N&K

Charles Lewinsky
Kastelau

Roman

Nagel & Kimche

2 3 4 5 6   18 17 16 15 14

© 2014 Nagel & Kimche
im Carl Hanser Verlag München
Herstellung: Andrea Mogwitz und Rainald Schwarz
Satz: Satz für Satz. Barbara Reischmann
Druck und Bindung: Friedrich Pustet
ISBN 978-3-312-00630-4
Printed in Germany

Für meinen Sohn Micha,
der die Filmleute kennt

«Toto, I've got a feeling we're not in Kansas anymore.»
Judy Garland in *The Wizard Of Oz*

In der Nacht vom 26. auf den 27. Juni 2011, kurz nach ein Uhr, fiel Automobilisten auf dem Hollywood Boulevard in Los Angeles ein Mann auf, der mit einer Spitzhacke über der Schulter mitten auf der Straße in östlicher Richtung unterwegs war. Eine herbeigerufene Polizeipatrouille entdeckte den Mann auf dem nördlichen Bürgersteig, nahe der Kreuzung mit der Sycamore Avenue, wo er mit seinem Werkzeug auf einen der in den Boden eingelassenen Sterne des Walk Of Fame einschlug. Auf die Aufforderung, seine Tätigkeit einzustellen, reagierte er nicht. Als die Beamten ihre Anweisung wiederholten, hob er die Hacke in bedrohlicher Weise gegen sie, worauf ihn Police Officer Milton D. Harlander jun. durch gezielten Einsatz seiner Dienstwaffe außer Gefecht setzte. Der Mann wurde mit einem Beindurchschuss ins Hollywood Community Hospital eingeliefert, wo er trotz intensiver ärztlicher Bemühungen in den frühen Morgenstunden verstarb. Bei der Obduktion wurde ein von der Schussverletzung unabhängiger Herzinfarkt als Todesursache festgestellt. Eine interne Untersuchung des LAPD bescheinigte Officer Harlander ein in jeder Hinsicht korrektes Vorgehen.

Bei dem Mann handelte es sich um einen gewissen Samuel A. Saunders, 49 Jahre alt, Besitzer der Videothek *Movies Forever*, 14th Street, Santa Monica. Der von ihm beschädigte Stern war dem Schauspieler Arnie Walton (1914–1991) gewidmet. Ob Saunders das Ziel seines Vandalenakts zufällig ausgewählt hatte oder ob es sich um eine gezielte Attacke handelte, konnte nicht festgestellt werden. Aufgrund des Ablebens des Täters wurden die Ermittlungen wegen Sachbeschädigung eingestellt.

Samuel A. Saunders hinterließ keine Verwandten. Eine letztwillige Verfügung wurde nicht gefunden. Die Bestände seiner Videothek wurden dem Film & Television Archive der UCLA übergeben. Es handelt sich dabei um historische Filme und Filmausschnitte auf verschiedenen Bildträgern sowie um persönliche Papiere und Aufzeichnungen. Die Materialien wurden bisher noch nicht archivarisch erfasst.

Die von Samuel Anthony Saunders hinterlassenen Unterlagen[1] *bestehen aus Briefen, Listen, Notizen, Ausdrucken von Internetseiten, Tonbändern und verschiedenen Ansätzen zu einer literarischen oder wissenschaftlichen Arbeit. Zusammen ergeben sie eine Geschichte, deren Wahrheitsgehalt sich aus heutiger Sicht nur schwer überprüfen lässt.*

Weder das Manuskript, von dem immer wieder die Rede ist, noch die Dissertation, auf der es basierte, haben sich in den Papieren erhalten. Im Sinne einer Rekonstruktion habe ich aus den Texten und Textfragmenten eine Auswahl getroffen und versucht, sie in eine logische Reihenfolge zu bringen. Die Abfolge der einzelnen Teile entspricht dabei nicht notwendigerweise der Chronologie ihrer Entstehung, soweit sich diese überhaupt feststellen lässt. Daten sind nur notiert, wo sie (wie bei den exakt dokumentierten Tonbandaufnahmen) feststehen oder sich mit großer Wahrscheinlichkeit rekonstruieren ließen.

Soweit nicht anders angegeben, sind die schriftlichen Dokumente mit Schreibmaschine oder Computer verfasst. Innerhalb der Texte habe ich – abgesehen von der Übersetzung ins Deutsche – keine Änderungen vorgenommen. Mehrfache Darstellungen desselben Sachverhalts wurden weggelassen. Wo es mir angebracht schien, habe ich in Fußnoten erklärende Anmerkungen hinzugefügt.

C. L.

---

1 Einzusehen im Film & Television Archive der UCLA (302 East Melnitz, Box 951323, Los Angeles, CA 90095, http://www.cinema.ucla.edu), Konvolut Saunders Estate P.

Textfragment Samuel A. Saunders

Ich hasse ihn. Ich hasse ihn. Ich hasse ihn. Noch aus dem Grab heraus macht er sich über mich lustig, freut sich grinsend über meine Enttäuschung und wendet sich dann mit einem Schulterzucken ab, so wie er sich in *Real Men* abwendet, nachdem er den Viehdieb erschossen hat. Dreht dem Besiegten den Rücken zu und schaut nicht zurück.

Ich kenne alle seine Gesten, das ganze Repertoire seiner schauspielerischen Mätzchen, die hochgezogene Augenbraue, der neckisch an die Wange gelegte Zeigefinger, das vorgeschobene Kinn. Ich kenne seinen Charme, der so künstlich ist wie das Erdbeeraroma in einem Milchshake. Ich kenne das Lachen, das er jetzt wahrscheinlich im Schauspielerhimmel lacht, denn aus der Hölle, die er verdient, wird er sich längst

[Handschriftlich angefügt:] NEIN!!! KEINE EMOTIONEN!!! SACHLICH BLEIBEN!!!

Manuskript Samuel A. Saunders

Soundstage Books, kein großer Verlag, aber auf Themen aus der Filmwelt spezialisiert, hatte ernsthaftes Interesse an dem Manuskript gezeigt. Der Lektor, ein Mr. Williams, war sogar regelrecht begeistert. Und trotzdem musste er mir schließlich mitteilen, sie hätten sich nun doch gegen eine Publikation entschieden. Es habe sich gezeigt, dass sich heute niemand mehr für Arnie Walton interessiere. Die meisten der Befragten hätten nicht einmal seinen Namen einordnen können. Das Risiko, mit dem Buch einen Flop zu landen, sei deshalb zu groß. Vor zwanzig Jahren, sagte er, wäre es noch etwas anderes gewesen. Er bedauerte die Absage und wünschte mir viel Glück. In einem der alten Filme, die ich so liebe, wäre in diesem Moment das Wort ENDE eingeblendet worden.

Soundstage Books waren meine letzte Hoffnung gewesen. Alle anderen Verlage, soweit sie überhaupt reagierten, hatten mich mit einem Formbrief abgewimmelt.

Vor zwanzig Jahren hätten sie zugegriffen. Aber damals hat man mich das Buch nicht publizieren lassen. Heute, wo sie mich ließen, will es niemand mehr haben.

Die Dramaturgie meines Ruins könnte aus einem Handbuch für Scriptwriting stammen. Jeder Anfänger weiß, dass man kurz vor der endgültigen Katastrophe noch einmal Hoffnung aufkeimen lässt.

Sie sah in meinem Fall so aus: Das Studio ließ mir einen Brief schreiben, mit der Mitteilung, sie hätten jetzt nichts mehr gegen das Buch. Im Gegenteil, sie würden mein Projekt sogar unterstützen und wären bereit, zweihundert Exemplare zum Ladenpreis abzunehmen.

Wahrscheinlich wollen sie seine alten Filme noch einmal auf den Markt bringen, als Blue-Ray-Special-Super-Gold-Edition oder wie man das heute nennt, wenn man alten Wein in neue Schläuche füllt. Damit sich irgendjemand für ihren vergessenen Alt-Star interessiert, brauchen sie für ihre Pressearbeit einen Skandal. Den ich ihnen liefern soll.

Zweihundert Exemplare! Hunderttausend hätte ich verkaufen können, damals.[2]

Als der Brief kam, habe ich gedacht, es sei die nächste Drohung. Sie hätten etwas von den neuen Beweisen erfahren – ich weiß nicht, wie das möglich gewesen wäre, aber damals, als es noch um eine Doktorarbeit ging, haben sie es auch geschafft – und wollten mich nun daran hindern, sie zu veröffentlichen. Schreiben von McIlroy & Partners haben noch nie etwas Gutes bedeutet. Aber der Brief war ganz höflich. Die Anwälte haben die Seiten gewechselt.

McIlroy & Partners. Diese ekelhaften Paragraphenroboter mit den geschniegelten Gesichtern und den geschniegelten Schriftsätzen. Einmal bin ich hingegangen, wollte mit McIlroy persönlich sprechen, ihm klarmachen, dass sie mein Leben ruinierten mit ihren Anwaltstricks. Sie haben mich nur angesehen, fast mitleidig. Niemand spricht mit McIlroy, schon gar nicht ein Würstchen wie du, sagten ihre Gesichter. Um dich fertigzumachen, reicht ein juristischer Anfänger, frisch von der Schulbank.

Ich weiß bis heute nicht, wer Arnie Walton damals das Manuskript meiner Dissertation zugespielt hat. Ich hatte sie noch nicht eingereicht, nur ein paar Leuten zum Lesen gegeben. Wollte mir Meinungen einholen, Verbesserungsvorschläge. Und dann hat mich Professor Styneberg zu sich bestellt.

Styneberg, den ich einmal so verehrt habe. Der berühmte Professor Styneberg, der Superliberale, der jedes Manifest, in dem es um die Frei-

---

2 Kleiner gesetzte Abschnitte oder Satzteile in den Texten von Samuel Saunders sind im Manuskript mit einer roten Wellenlinie gekennzeichnet. Meistens handelt es sich dabei um zu persönliche oder zu emotionale Ausführungen. Wahrscheinlich wurden sie für die nicht erhaltene Endfassung gestrichen oder umformuliert.

heit der Kunst geht, als Erster unterzeichnete. Er gab mir in seiner väterlichen Art – seiner verlogenen väterlichen Art – den Rat, aus dem Umkreis meiner Recherchen doch besser ein anderes Thema zu wählen. Eine Arbeit über Arnie Walton sei einfach nicht opportun.

Ich konnte es nicht verstehen.

Bis ich nach Hause kam, und da lag der erste Brief von McIlroy & Partners. Rufschädigung. Verleumdung. Schadenersatz. Sie hätten mich durch die Gerichte getrieben, bis nichts von mir übrig geblieben wäre als ein Haufen Schulden.

Dabei hatte ich Belege für fast alles. Dokumente und Aussagen. Es hat mir nichts genützt.

Handschriftliche Notiz Samuel A. Saunders

Recht bekommt derjenige, der mehr Geld hat.

Manuskript Samuel A. Saunders

Wenn ich das Buch damals geschrieben hätte, so wie es mir ein Freund geraten hatte[3], die Dissertation vergessen und mich direkt an das Buch gemacht, wenn ich das Manuskript vor dem Erscheinen niemandem gezeigt hätte, den Verlag zur Verschwiegenheit verpflichtet, wenn dieses Buch erschienen wäre

---

3 Siehe das Schreiben auf S. 209 ff.

und keine Klage hätte es mehr aus der Welt schaffen können – es wäre ohne Zweifel ein Bestseller geworden. Eine Sensation. In Scharen wären die Reporter am Roxbury Drive vorgefahren, mit ihren Teleobjektiven und Übertragungswagen. Den schmiedeeisernen Zaun mit den lächerlichen Messingspitzchen hätten sie ihm eingedrückt. Hätten ihm ihre Fragen per Megaphon zugebrüllt, und das ganze Land hätte sie gehört. Und er hätte sich feige in seiner Villa verbarrikadiert und sich geweigert, ihnen Antwort zu geben. No comment, no comment, no comment. Er wäre kein Held mehr gewesen von diesem Tag an. Die ganze Welt hätte sich über ihn lustig gemacht. Die Academy hätte ihm den Ehren-Oscar aberkannt.

Und ich wäre ein Star gewesen. Durch die Sender wäre ich getingelt, von Morning Show zu Morning Show. Ein Enthüllungsjournalist wie Bob Woodward. Watergate und Waltongate.

Meine Doktorarbeit hätte ich auch noch später schreiben können, mit all den Zitaten und Verweisen, die dazugehören, und heute wäre ich kein gescheiterter Akademiker ohne Abschluss, sondern Professor für Filmgeschichte. Stynebergs Büro, das Büro, in dem meine Welt untergegangen ist, würde mir gehören, nicht Barbara Cyslevski, dieser Harvard-Tussi mit ihren Gender-Analysen.

Manchmal mache ich auf dem Weg zu meinem Laden den Umweg über die Hilgard Avenue. Nur um am Campus vorbeizufahren. Dozent an der UCLA, das würde mir zustehen. Stattdessen muss ich mich mit einer Videothek für historische Filme über Wasser halten.

Über Wasser halten? Ich werde bald ersaufen. Mein kleiner Laden läuft jeden Monat schlechter. Was ich mühsam gesammelt habe, zum Teil in Archiven ausgegraben, an die vorher nie jemand gedacht hat, das findet sich heute fast alles im Internet.

Mein Businessplan funktioniert nicht mehr. Früher, wenn jemand zum Beispiel auf der Suche nach *Those Awful Hats*[4] war, dann hat er bei mir angerufen, ich habe ihm eine Kassette gezogen oder eine DVD gebrannt und ein paar Dollars verdient. Heute googelt er sich durchs Netz und hat den Film. Gratis. Die Zeiten haben sich geändert.

Movies Forever habe ich meinen Laden genannt. Die Ewigkeit ist auch nicht mehr, was sie mal war.

Und Arnie Walton residierte bis zu seinem Tod in diesem riesigen Anwesen am Roxbury Drive. In Interviews hat er immer erzählt, der Vorbesitzer der Villa mit den pseudogotischen Türmchen sei John Barrymore gewesen. Dabei hat nur Vince Rubenbauer, Barrymores Agent, dort gewohnt. Selbst in diesem Detail musste er sich etwas zurechtlügen.

Heute ist er so gut wie vergessen. Ich habe es ihm gewünscht, und jetzt leide ich selber darunter. Man kennt ihn nicht mehr. Die Aufmerksamkeitsmaschine dreht immer schneller, und außer den paar ganz großen Ikonen kommt alles unter die Räder, was nicht jeden Tag neues Futter liefert für Facebook und Twitter. 2001, an seinem zehnten Todestag, ist kein einziger Artikel über ihn erschienen. Kein einziger. Ich habe danach gesucht. Nur ein paar Freaks kennen ihn noch, Leute wie ich, die nachts um halb drei die Reruns alter Schwarzweißfilme aufzeichnen, und sich hinterher beim Sender beschweren, weil man die Schlusstitel mit den Namen der Mitwirkenden weggelassen hat. Auf dem Walk Of Fame stehen die Touristen vor seinem Stern und versuchen sich zu erinnern, wer zum Teufel das gewesen sein kann, Arnie Walton.

4 1909, Regie D.W. Griffith, Hauptdarsteller Mack Sennett.

Fragen sich, in welchem Film sie ihn wohl gesehen haben. Vielleicht haben sie ihren alten Opa auf den Ausflug an die Westküste mitgenommen, und der sagt dann: «Ich glaube, er hat immer den Helden gespielt.»

Du hast recht, Opa. Er hat immer den Helden gespielt.

Sein Ruhm hat sich nicht gehalten, und ich gönne ihm den Abstieg in die Rubriken «Wer war doch noch ...?». Aber wenn es ihn nicht mehr gibt, gibt es auch mich nicht mehr. Über einen Prominenten von vorgestern will niemand ein Buch lesen. Jetzt, wo sie mich ließen, interessiert sich niemand mehr dafür. Wir sind beide Fossilien, Überreste einer untergegangenen Zeit. Das Kino, das wirkliche Kino, existiert nicht mehr. Die Studios verdienen ihr Geld nur noch mit Popcorn-Filmen für Teenager. Explodierende Autos und Witze über Verdauungsfunktionen. Farbige Brillen soll man sich aufsetzen für ihre lächerlichen 3D-Effekte. Kinderkram. Sie schreien immer lauter, um sich gegenseitig zu übertönen. Weil sie das kunstvolle Lügen verlernt haben.

Das Lügen, das Arnie Walton so meisterhaft beherrschte.

Wir sind uns nie persönlich begegnet. Nicht ein einziges Mal. Er hat sich immer geweigert, mit mir zu sprechen.

Nur einmal wäre es beinahe dazu gekommen. Er war auf Werbetournee für die sogenannte Autobiografie[5], die zu seinem siebzigsten Geburtstag erschienen war, und sollte bei *Books And Stuff*, nur zwei Straßen von meiner Videothek entfernt, das Machwerk signieren. Ich wollte hingehen und Skandal machen. Ihn mit den Tatsachen konfrontieren. Den versammelten Presseleuten erklären, dass nichts von dem stimmt,

---

5 *From Berlin To Hollywood: An Actor's Journey*, New York 1984.

was er in dem Buch so salbungsvoll über die Anfänge seiner Karriere berichtet. Aber dann wurde die Autogrammstunde im letzten Moment abgesagt. Vielleicht hatte er einfach keine Lust, oder er litt damals schon unter dem Magenkrebs, an dem er dann schließlich gestorben ist.

Er hat wohl im Leben zu viel verschluckt.

[Handschriftlich angefügt:] ICH HASSE IHN!!!

Ausriss aus The Hollywood Reporter
vom 10. 9. 1991

In Erinnerung an den jüngst verstorbenen Schauspieler und Oscar-Preisträger Arnie Walton findet am 14. September 1991 in *Mann's Chinese Theatre* eine lange Nacht seiner wichtigsten Filme statt. Gezeigt werden *The Other Side Of Hell*, *The Good Fight* und *No Time For Tears*.[6] Einführende Worte: Professor Barbara Cyslevski, UCLA. Beginn 23:00 Uhr.

---

6 Eine Liste der wichtigsten Filme, in denen Arnie Walton mitgewirkt hat, findet sich im Anhang A. Alle drei Listen im Anhang stammen aus den Saunders-Papieren.

Manuskript Samuel A. Saunders

Natürlich hieß er nicht wirklich Arnie Walton. Marilyn Monroe hieß auch nicht Marilyn Monroe, und John Wayne hieß nicht John Wayne. Vielleicht hat er sich den Namen nicht einmal selber ausgedacht, hat nur nicht widersprochen, als die Werbeabteilung des Studios damit ankam. Anpassungsfähig ist er immer gewesen. Arnie Walton war die Amerikanisierung des Namens, unter dem er in Nazideutschland Karriere gemacht hatte. Und auch der war schon ein Pseudonym gewesen.

«Born Walter Arnold, March 23rd 1914, Neustadt, Germany.» So steht es in seinem Naturalization Certificate. Klingt exakt und zuverlässig, wie so vieles in seiner Biographie. Aber: Ich habe in Deutschland dreiundzwanzig Städte und Gemeinden mit dem Namen Neustadt gefunden (einschließlich der Stadt Wejherowo in Polen, die im Jahr 1919 noch «Neustadt in Westpreußen» hieß), und in keinem der dreiundzwanzig mit deutscher Gründlichkeit geführten Geburtsregister findet sich an diesem Datum ein Walter Arnold. Auch nicht in den Wochen davor oder danach.

Ich glaube trotzdem fündig geworden zu sein. Leider sogar doppelt, so dass keine eindeutige Zuordnung möglich ist. In Neustadt in Hessen (Landkreis Marburg-Biedenkopf) wurde am 23. März 1914 ein Walter Arnold Kreuzer geboren, und im Register von Neustadt an der Orla in Thüringen (Saale-Orla-Kreis) ist für den gleichen Tag ein Walter Arnold Blaschke vermerkt. Dafür, dass Schauspieler die eigenen Vornamen als Pseudonym wählen, gibt es viele Beispiele.

Kreuzer oder Blaschke. Eines von beiden dürfte sein wirklicher Name gewesen sein.

Der Künstlername Walter Arnold taucht zum ersten Mal im *Deutschen Bühnen-Jahrbuch 1932* auf, wo er im Ensemble des Reußischen Theaters Gera als Schauspieler aufgeführt wird. Die allererste kritische Erwähnung findet sich in der Besprechung einer Neuinszenierung von *Maria Stuart* (*Geraer Zeitung* vom 11. Januar 1933), wo es heißt: «Herr Walter Arnold als Offizier der Leibwache machte seine Sache brav.»

Auch ich habe meine Arbeit brav gemacht, mit wissenschaftlicher Gründlichkeit. Ich weiß, dass er in Gera noch keine großen Rollen gespielt hat. Er war als Anfänger wohl nicht das sofort umjubelte schauspielerische Genie, als das er sich später gern darstellte.

Im November 1933, im zweiten Jahr seines Engagements, wurde sein Vertrag mitten in der Spielzeit vorzeitig aufgelöst. In seiner Autobiographie gibt er als Grund dafür an, er habe sich öffentlich mit einem Kollegen solidarisiert, der aufgrund seiner jüdischen Abstammung entlassen worden sei, habe also seiner Überzeugung halber die berufliche Karriere aufs Spiel gesetzt.[7] Eine hübsche Geschichte, die gut ins Drehbuch seines Heldenepos passt. Nur entspricht sie nicht den Tatsachen.

Die lokale Presse jener Zeit berichtet ausführlich über die «Säuberung des Ensembles von volksfremden Elementen». Während aber der Name des entlassenen Schauspielers, Siegfried Hirschberg, in allen Artikeln genannt wird, ist im gleichen Zusammenhang nirgends von Walter Arnold die Rede, auch nicht in jenen Publikationen, die sich darauf spezialisiert

---

7 *From Berlin To Hollywood*, S. 24. Es war leider nicht möglich, von seinem Verlag eine Abdruckgenehmigung für diese oder eine andere Stelle zu bekommen.

hatten, sogenannte «Judenlakaien» namentlich an den Pranger zu stellen.

Die wirkliche Erklärung für die abrupte Beendigung seines Vertrags fand ich im Thüringischen Staatsarchiv Greiz, wo die (nach einem Vernichtungsbefehl vom Februar 1945 sehr unvollständigen) Akten der obersten Polizeibehörde Gera aufbewahrt werden. Im handschriftlich geführten Journal vom November 1933 lässt sich unter dem 18. des Monats in der Rubrik «Festnahmen» der Name «Arnold, Walter» entziffern, mit dem Vermerk «wg. 175». Es kann sich hier nur um den berüchtigten Paragraphen 175 des deutschen Reichsstrafgesetzbuches handeln, der «die widernatürliche Unzucht, welche zwischen Personen männlichen Geschlechts oder von Menschen mit Tieren verübt wird» mit Gefängnis von sechs Monaten bis zu vier Jahren bedrohte. Walter Arnold kam also wegen homosexueller Handlungen in Konflikt mit den Behörden. Da keine Anklage erhoben wurde, müssen sich die entsprechenden Vorwürfe entweder als gegenstandslos erwiesen haben, oder aber – im Hinblick auf sein späteres Verhalten in ähnlichen Situationen dürfte das wahrscheinlicher sein – er fand einen diskreten Weg, um die Eröffnung eines Verfahrens zu vermeiden. Vielleicht hat er den Behörden jemand anderen ans Messer geliefert, jemanden, der für sie interessanter war. Auf jeden Fall muss es einen Deal mit den Behörden gegeben haben. Vermutlich war die vorzeitige und fristlose Beendigung seines Vertrags am lokalen Theater eine damit verbundene Bedingung.

Für den weiteren Verlauf von Walter Arnolds Karriere blieb die Episode ohne negative Folgen. Bereits in der nächsten Spielzeit (1934/35) finden wir ihn als Ensemblemitglied am

Hildesheimer Theater, wo er erstmals bedeutende Rollen wie den Grafen Wetter vom Strahl in Kleists *Käthchen von Heilbronn* spielt. Nur ein Jahr später ist er erster jugendlicher Held am privaten Leipziger Schauspielhaus (nicht zu verwechseln mit dem Städtischen Schauspiel). Seine Darstellung des Prinzen von Homburg – ebenfalls Kleist – wird in der Presse bejubelt und dürfte der Anlass für ein erstes Rollenangebot der UFA gewesen sein.

Mit *Der Klassenprimus* (1936) gelang ihm dann auch im Film sehr schnell der Durchbruch.[8]

Handschriftliche Notiz Samuel A. Saunders

Erklären, wie ich dazu kam. Wie ich zu ihm kam. Man darf nicht den Eindruck bekommen, ich hätte von Anfang an etwas gegen ihn gehabt.

Er war für mich ein Name auf einer Liste, mehr nicht. Alphabetisch geordnet. Die Liste muss noch irgendwo sein.[9] Endlich einmal Ordnung machen. Die alten Papiere aussortieren. Das meiste wegschmeißen.

UFA-Schauspieler im Dritten Reich. Die Aufzählung begann mit Viktor Afritsch, das weiß ich noch.

Viktor Afritsch, Axel von Ambesser, Walter Arnold. Ein Name unter vielen.

---

8 Eine Liste der wichtigsten UFA-Filme von Walter Arnold findet sich im Anhang B.
9 In den Papieren im Archiv FTA/UCLA befindet sie sich nicht.

Manuskript Samuel A. Saunders

Die UFA-Filme, die in den letzten Kriegsmonaten gedreht, aber während des Dritten Reiches nicht mehr fertiggestellt und aufgeführt wurden, das war der Bereich, in dem ich das Thema für meine Dissertation finden sollte. Professor Styneberg hatte mir dazu geraten, weil ich auf dem College Deutsch belegt hatte. (Die Familie meiner Großmutter ist aus Deutschland eingewandert. Ich selber habe die Sprache nie wirklich perfekt beherrscht, aber meine Kenntnisse reichen aus, um problemlos ein Gespräch oder ein Interview zu führen.[10]) Ein überschaubares Gebiet mit einem politischen Aspekt, genau das, was man damals suchte. Und als Thema noch nicht übermäßig bearbeitet. Ein Bergwerk, in dem man noch auf manche filmhistorische Goldader stoßen konnte. «Arbeiten Sie sich erst mal in die Problematik ein», sagte Styneberg, «und picken Sie sich dann einen geeigneten Aspekt für Ihre Dissertation heraus.»

Am meisten gefiel mir an dem Vorschlag, dass man dafür nach Europa fahren musste. Ich war da vorher nicht gewesen. Vor allem Prag interessierte mich. Dort hatten die Deutschen, als es in Berlin kaum mehr ging, fleißig weitergedreht. «Weil der Lärm der Flugzeuge in der Reichshauptstadt die Tonaufnahmen stört», wie Propagandaminister Goebbels offiziell verlauten ließ. Der eigentliche Grund war wohl eher, dass seine Stars nicht in einer Stadt bleiben wollten, die fast täglich bombardiert wurde.

---

10 Die deutschen Sprachkenntnisse von Samuel Saunders lassen sich anhand des Briefes auf S. 252 ff. beurteilen.

Meine Recherchen haben mich dann einen anderen Weg nehmen lassen, und nach Prag bin ich nie gekommen. In den deutschen Archiven fand sich viel mehr Material, als ich erwartet hatte. Schon die erste Sichtung beschäftigte mich viele Wochen. Bei der Murnau-Stiftung in Wiesbaden waren sie anfänglich sehr korrekt und manchmal ein bisschen umständlich, vor allem, wenn es um die sogenannten «Vorbehaltsfilme» ging, die wegen ihrer nationalsozialistischen Tendenzen gesperrt sind. Man wollte dort zuerst überhaupt nicht einsehen, dass eine wissenschaftliche Arbeit etwas anderes ist als eine öffentliche Aufführung. Aber da waren auch zwei jüngere Archivare, mit denen habe ich mich angefreundet.

Bei der DEFA in Ostberlin war man überraschend freundlich und hilfreich. Im Staatlichen Filmarchiv der DDR habe ich sogar eine Entdeckung gemacht. Unter den eingelagerten Filmrollen von *Der Mann, dem man den Namen stahl* fand ich ein vollständig abgemischtes Tonnegativ, von dem niemand etwas gewusst hatte. Das Nitro noch in brauchbarem Zustand. Auf dieser Basis hätte man aus dem vorhandenen Schnittmaterial den ganzen Film, so wie ihn der Regisseur montiert hatte, rekonstruieren können.[11] Es wäre zwar nur eine Fußnote in der Filmgeschichte gewesen, aber bestimmt eine karrierefördernde Fußnote.

Ich habe keine Karriere gemacht. Es ist anders gelaufen. Und das hatte indirekt auch mit meinem Fund in Ostberlin zu tun.

---

11   1945, Regie Wolfgang Staudte, Hauptdarsteller Axel von Ambesser. Die hier von Saunders angedachte Rekonstruktion hat zu einem sehr viel späteren Zeitpunkt tatsächlich stattgefunden. Die wiederhergestellte Fassung von *Der Mann, dem dem Namen stahl* wurde am 21.6.1996 in Berlin uraufgeführt.

Ich war so glücklich über meine Entdeckung, dass ich ein paar Tage später die beiden Archivare der Murnau-Stiftung eingeladen habe, mit mir zu feiern. Wir sind essen gegangen, bei einem Jugoslawen, das weiß ich noch, was damals als recht exotisch galt, und dann empfahlen sie eine Kneipe, die sei zwar nichts Besonderes, aber für Filmverrückte wie uns ein echter Geheimtipp, ich würde schon sehen.

Bei Titi.

Ein schäbiges Lokal, nicht in der besten Gegend. Eng und ungelüftet. An den Wänden verblichene Filmstarporträts, manche signiert und gerahmt, andere aus Zeitungen ausgeschnitten und direkt auf die Täfelung geklebt. Eine Musikbox, aus der eine Frauenstimme einen alten Schlager schmetterte.

Ich weiß, es wird einmal ein Wunder geschehn. Im Rückblick ein ironisch passender Titel.

Titi selber eine Frau, die mir uralt erschien. Rotgefärbte Haare in altmodischen Wasserwellen, aber so schütter, dass die Kopfhaut durchschimmerte. Über die tiefen Falten im Gesicht hatte sie sich ein jugendliches Lärvchen gemalt. Das dick aufgetragene Make-up konnte eine Narbe, die sich vom rechten Auge über die ganze Wange zog, nicht ganz unsichtbar machen. Titi rauchte Kette, eine Art Zigaretten, die ich vorher nie gesehen hatte, mit langen Pappmundstücken, auf denen ihre überschminkten Lippen immer neue Abdrücke hinterließen. An den Stummeln im Aschenbecher sah das aus wie Blut.

Es waren an diesem Abend nicht viele Gäste da, und sie setzte sich bald zu uns an den Tisch. Ich bilde mir ein, dass ich ihr Parfüm noch riechen kann, ein ältlicher Duft von künstlichen Blumen. Blumen und Zigarettenrauch.

Ihre Stimme so leise, dass man sie über dem Lärm der alten

Schlagerplatten kaum verstand. Später, als ich sie besser kannte, wurde mir klar, dass sie nicht lauter sprach, weil ihre Stimme sonst kippte und schrill wurde. Manchmal, wenn sie sich über etwas erregte, vergaß sie das und klang dann wie eine ganz andere Frau. Wenn sie lachte – und sie lachte viel –, musste sie husten.

Meine Kollegen stellten mich als berühmten Wissenschaftler aus den USA vor. «Ein Spezialist für Filme der Dreißiger und Vierziger», sagten sie. Worauf mich Titi einer regelrechten Prüfung unterzog. Fragte mich ab wie in der Schule. Ging mit mir von Fotografie zu Fotografie, und ich sollte die Namen nennen. Bei den großen Stars war das einfach, Willy Fritsch oder Jenny Jugo, aber bei den meisten andern versagte ich kläglich. Jedes Mal, wenn ich wieder nur hilflos die Schultern zuckte, bekam ich einen tadelnden Klaps auf die Backe. Das sollte neckisch wirken, war aber auf die Dauer ganz schön unangenehm.

Ein Bild – keine Autogrammpostkarte und kein Zeitungsausschnitt, sondern eine ganz gewöhnliche alte Fotografie, Sepia mit Büttenschnitt – zeigte eine junge, sehr blonde Frau, die mit aufgesetztem Lächeln in die Kamera strahlte. «Wer ist das?», fragte Titi, und als ich es nicht wusste, gab es keinen Klaps, sondern eine ausgewachsene Ohrfeige.

Die Kollegen saßen hinter ihrem Bier und wollten sich ausschütten vor Lachen.

«Das bin ich», sagte Titi.

Sie war, erzählte sie bei der nächsten Zigarette, auch einmal beim Film gewesen, nicht gerade ein Star, aber doch jemand, der ein Star hätte werden können, wenn die Zeiten anders gewesen wären, wenn der Krieg länger gedauert hätte, wenn, wenn, wenn.

«Ich war nämlich einmal hübsch», sagte Titi. «Auch wenn man es mir nicht mehr ansieht.» Es war die Aufforderung zu einem Kompliment, das wir ihr dann auch wortreich machten.

Sie hieß Tiziana Adam, ein ungewöhnlicher Name, den ich zunächst für ein Pseudonym hielt. Später stellte sich dann heraus, dass sie tatsächlich so hieß.

Tiziana Adam, geboren am 4. April 1924 in Treuchtlingen in Bayern.

Sie hat, das habe ich im Archiv der UFA festgestellt, dort auch tatsächlich einmal einen Vertrag gehabt, wenn sie auch nur sehr wenige und kleine Rollen spielte. Sie muss neunzehn gewesen sein, als sie nach Berlin kam. Neunzehn Jahre alt und für die Karriere zu allem bereit.

Interview mit Tiziana Adam
(4. August 1986)[12]

Eine Uher, sehe ich. Habt ihr in Amerika keine moderneren Tonbandgeräte?

In der Stiftung ausgeliehen, ich verstehe. Ganz schön handlich. Die Dinger heute ... Zu meiner Zeit ... Es war eigentlich eine zweite Kamera. Eine für das Bild und die andere ... Der

12 Die Tonaufnahmen, die Samuel Saunders von seinen Interviews mit Tiziana Adam gemacht hat, sind leider nicht von professioneller technischer Qualität. Vor allem sind die Fragen und Zwischenbemerkungen des Interviewers nicht hörbar, lassen sich aber meist aus dem Zusammenhang herleiten. Die Gespräche werden hier zum ersten Mal transkribiert.

Ton war immer das Problem. Dass man die beiden Filmstreifen synchron kriegte. Furchtbar umständlich. Sie wissen das natürlich. Sie sind ja Wissenschaftler.

Und die Kopfhörer ... Elefantenohren. Man hat das so genannt, weil ... So groß waren die Dinger. Wir hatten einen Tonmeister, der war taub. Völlig taub, können Sie sich das vorstellen? Ein Tonmeister. Das war, als wir ...

Ja doch. Stellen Sie Ihre Fragen. Test, eins, zwo, drei. Test, eins, zwo, drei. Stellen Sie Ihre Fragen.

Das war eigentlich Zufall. Oder eigentlich doch nicht. Ich wollte immer zum Film. Schon als kleines Mädchen. So wie andere Prinzessin werden wollen. Tierärztin. Ich wollte zum Film, und mein kleiner Bruder ... Sie wollten alle zur Eisenbahn. Treuchtlingen war ja eine Eisenbahnerstadt. Ein Knotenpunkt. Darum haben die Amerikaner dann auch 1945 ... Ein Verbrechen war das, wenn Sie mich fragen. Auch wenn Sie Amerikaner sind, ich sage das einfach mal so. Ein Verbrechen. Mein Bruder ist bei dem Fliegerangriff ... Fünfzehn Jahre alt. Ein Kind. Ich war damals schon in Berlin. Das heißt: Ich war schon nicht mehr in Berlin. Weil wir doch ...

Sie müssen mich schon erzählen lassen, wenn ich mir die Zeit ... In so einem Lokal ... Die Arbeit hört nie auf. Das hätte ich mir damals auch nicht träumen lassen, dass ich einmal ... Jede Nacht hinter der Theke. [Singt] «Meine Herren, heute sehn Sie mich Gläser abwaschen ...» Kennen Sie das Lied? Die Seeräuberjenny. Solche Rollen hätte ich gern ... Mit Tiefgang. Aber an so etwas kam ich damals natürlich noch nicht ran. Und später ... Das Stück war ja auch verboten.

1943. Als Stenotypistin. Keine hundertfünfzig Silben oder so was Verrücktes, aber ... Stellen waren in der Zeit leicht zu ... Die Männer waren doch alle ... Barras. Komisches Wort eigentlich.

Beim Militär.

Doch, doch, Ihr Deutsch ist ganz gut. Ziemlich gut.

Stenotypistin. Tippse. Außerdem sah ich damals wirklich gut aus. Das zählt immer auch etwas. Nicht nur beim Film. Ein ganz junges Mädchen. Meine Eltern waren überhaupt nicht damit einverstanden, dass ich allein nach Berlin ... Meine Mutter ... Machte sich Sorgen um meine Jungfräulichkeit.

[Langes Lachen, Husten]

Nehmen Sie die Kopfhörer halt so lang ab.

Damals war Berlin der Nabel der Welt. Wenig später war es der Arsch, aber damals ... Wir hatten zwar schon aufgehört zu siegen, aber ... Man merkt das nicht gleich. Heute ist man natürlich klüger, aber damals ... Man hatte ja kein Buch, wo die Zukunft schon ... Und wenn, hätte ich es nicht gelesen. Ich war so jung. «Du bist wie der Frühling», hat jemand zu mir gesagt. Nicht irgendjemand. Reinhold Servatius. Der Regisseur. Sie werden den Namen kennen, als Wissenschaftler. «Wie der Frühling.» Das hat er gesagt. Wenn man mich heute ansieht, kann man sich das nicht mehr ...

Nett, dass Sie das sagen. Ich weiß, wie ich aussehe. Nachts im Lokal geht's ja noch. Wenn die Beleuchtung ... Da sieht man nur, was man sehen soll. Aber jetzt am Tag? Wenn Sie Filmaufnahmen hätten machen wollen ... Aber Sie wollen ja nur mit Ihrer Uher ... Ich hätte nein gesagt. Mit einer Narbe im Gesicht gehört man nicht mehr vor die Kamera.

Zuerst in einer Kleiderfirma. Berghäuser und Co. Uniformen natürlich, das war damals das große Geschäft. Ein bisschen Mode. Für die Frauen von den Uniformierten. Und die kleinen Freundinnen, die sie sich nebenher hielten. Alle. Fast alle. Ich könnte Ihnen Geschichten erzählen. Von ganz bekannten Persönlichkeiten, die heimlich ... Aber das ist ja nicht Ihr Thema.

Damals war es noch üblich ... Heute nicht mehr, aber damals ... Jede Firma hatte ihre eigenen Mannequins. Um den Kundinnen die Modelle ... Und den Kunden natürlich. Die mussten ja am Ende die ganze Schönheit bezahlen. Kleidervorführerinnen. Das andere Wort war ihnen zu französisch. Bei Berghäuser sagten wir Mannequins. Ich hatte genau die richtige Figur dafür. Nicht so spindeldürr, wie sie heute ... Wenn man das im Fernsehen ... Modeschauen. Wo man immer das Gefühl hat, man hört die Knochen klappern. Ein bisschen was musste man schon auf den Rippen ...

Das war natürlich ein interessanterer Job als bloß im Büro. Interessantere Leute. Man kam sich schnell näher, damals. Wenn so einer für gerade mal zwei Wochen auf Heimaturlaub war, dann ... Sie hatten es alle eilig.

Wollen Sie wirklich keine Zigarette? Ich komme mir doof vor, wenn ich hier so ganz allein herumhuste.

[Pause]

Wo waren wir? Mannequin, ja. Mit Frontoffizieren habe ich mich nie eingelassen. Prinzipiell. Die waren immer ... Zu schnell wieder weg. Da hatte man nichts von. Die andern, die sich einen Druckposten ... Wenn sie in Berlin ... Die konnten einem schon sehr viel nützlicher sein. Auch beruflich.

Einer ... Mit Vornamen hieß er Rainer, den Rest weiß ich nicht mehr. Etwas Wichtiges im Vorstand der UFA. Vielleicht können Sie herausfinden, wer das war. Sie als Forscher. Der Name würde mich interessieren.

Nein, eigentlich nicht mehr.

Der hat mir die erste Rolle beim Film ... Bloß bessere Statisterie, aber ich war ... Stolz wie Oskar. «Sehr wohl, gnädige Frau», das war mein einziger Satz. «Sehr wohl, gnädige Frau.» Als der Film fertig war ... Herausgeschnitten. Mein einziger Satz.

Ich weiß es nicht mehr. Irgendwas mit «Liebe». Ist doch nicht wichtig, wie der Streifen ... Später habe ich größere Rollen ... Keine großen, aber größere.

Das hatte dann schon nichts mehr mit dem Rainer zu tun. Der war nur ... Affäre ist ein guter Ausdruck. Passend. Das hat mir der Werner später mal ... Der hatte es mit den Worten.

Werner Wagenknecht. Der Drehbuchautor. Den kennen Sie nicht? Ich denke, Sie sind Wissenschaftler. Wenn auch noch furchtbar jung. Aber ihr Amerikaner macht ja alles mit Tempo. Also mit dem Werner war es so ...

Wie Sie meinen. Der Reihe nach. Wo waren wir stehengeblieben? Affäre, ja. Kommt aus dem Französischen, hat der Werner gesagt. Dort heißt es «Geschäft». Passt gut zu dem, was ich mit dem Rainer hatte. Es war ein faires Geschäft. Er hat mir eine Rolle besorgt, und ich habe es ihm ...

[Lachen, Husten]

Furchtbar, diese Husterei. Geben Sie mir Feuer. Früher hat man einer Dame ganz automatisch Feuer gegeben. Das waren andere Zeiten.

[Pause]

Ich hab dann einen Vertrag mit der UFA ... Nichts Großes, keine eigene Garderobe oder so. Aber eben doch UFA. Nur wegen des Geldes hätte ich auch bei Berghäuser ...

Das ist eine verdammt unhöfliche Frage. Warum? Weil ich

Talent hatte, darum. Weil ich gut zu fotografieren war, von allen Seiten. Auch das Gesicht, damals. Nur die wirklich guten Beziehungen ... Ich war ja neu in dem Geschäft.

Wenn ich zum Beispiel mit dem Walter Arnold zusammen gewesen wäre ... Ich hab's probiert. Heute kann ich das ja sagen. Eine alte Frau darf alles sagen. Es wär mir auch nicht schwergefallen. Ein attraktiver Mann. Äußerlich. Damals wusste ich noch nicht, was er ... Damals war ich noch naiv.

Einmal waren wir sogar zusammen tanzen, ganz offiziell. Der Walter Arnold und ich. Ein Wohltätigkeitsball. Winterhilfe oder was man damals ... Der Kleinpeter hatte das ... Der Herstellungsleiter. Ein Kleid hatte ich an, davon träume ich heute noch. Allererste Sahne. Nach so was hätten sie sich bei Berghäuser ... Ausgeliehen natürlich nur. Der Kleinpeter hatte überall seine Kontakte.

Der Zweck der Übung war ... Man sollte uns zusammen sehen. Fotografieren. Ich kann mir heute noch in den Hintern beißen, dass ich die Zeitschrift nicht mehr habe. *Für die Frau.* Ein großes Foto und darunter ... «Das neue Traumpaar?» Nur mit Fragezeichen, aber immerhin. Traumpaar. Walter Arnold und Tiziana Adam. Ein großes Bild. Das war die Sorte Klatsch, die sie in der Reklameabteilung ...

Er war der perfekte Gentleman. Solang wir dort waren. Champagner und Pralinen und das ganze Pipapo. Küsschen. Tanzte wie ein Engel. [Summt den Anfang einer Walzermelodie] Man hätte meinen können ... Man sollte ja auch meinen.

Hinterher ... Nicht einmal nach Hause gebracht. Geschweige denn ... Gar nichts. Hat mir eine Taxe bestellt. Die durfte ich auch noch selber ... Immerhin: Der Kleinpeter hat mir das zurückerstattet. Als Dienstfahrt.

Wenn Sie mich fragen: Beim Walter Arnold war immer nur alles Fassade. Auch seine Verführungskünste. Eine Frau spürt so etwas. Eine Rolle. Solang die Kamera lief, war er ... Oder wenn ein Fotograf da war. Aber sonst? Alles Fassade. Und dahinter ... Ich könnte Ihnen Dinge erzählen ...

Haben Sie Zigaretten? Meine sind alle.

Manuskript Samuel A. Saunders

Tiziana Adams Erinnerungen sollten in meiner Arbeit eine kleine Ergänzung zu den trockenen Fakten werden. Jemand, der die Leute noch persönlich gekannt hat.

Die großen Namen, so weit sie noch lebten, waren schon alle abgegrast. Tausendmal interviewt. Titi war noch unverbraucht. Gerade, weil sie kein Star gewesen war, noch nicht einmal ein Starlet, bestand die Chance, von ihr eine neue Sicht auf Personen und Ereignisse vermittelt zu bekommen. Nicht zuverlässig natürlich – oral history ist selten wirklich zuverlässig –, aber interessant.

Außerdem, das behaupteten zumindest die Kollegen vom Murnau-Archiv, war sie eine eifrige Sammlerin von Dingen aus jener Zeit. Es sei unglaublich, was sie alles gehortet habe, schwärmten mir die beiden vor, eine wahre Schatzgrube für filmhistorische Entdeckungen. Zuerst nahm ich das nicht ernst, war fest davon überzeugt, dass sie sich nur wieder einen Jux mit mir machten. Eine Wand voll alter Starporträts ist kein Material für wissenschaftliche Forschungsarbeit.

Bis mir Titi dann ihre Schätze zeigte. Nicht auf Anhieb,

sondern erst, als sie nach mehreren Interviews Vertrauen zu mir gefasst hatte.

In ihrer kleinen Wohnung über der Kneipe stapelten sich Bananenkisten voller Erinnerungsstücke. Das meiste davon wertloser Krempel, Dinge, die sie nur aufbewahrte, um sich selber zu beweisen, dass sie tatsächlich einmal beim Film gewesen war. Aber da war auch anderes, Überraschendes. Eine originale alte UFA-Filmklappe, der Name des Films, der dort einmal gestanden hatte, mit einem spitzen Gegenstand ausgekratzt. Eine Pistole, die sie mir aus der Hand riss, als ich sie mir näher ansehen wollte. «Sie ist noch geladen», sagte sie. Ich weiß bis heute nicht, ob das der Wahrheit entsprach oder nur ihrem Sinn für Dramatik. Funktionstüchtig war die Waffe auf jeden Fall, das hat sich dann später auf tragische Weise herausgestellt. «Eine Walther P38», sagte sie. Der Fachausdruck hörte sich aus ihrem Mund seltsam an, aber sie schien stolz darauf zu sein, ihn zu kennen.

Und Dokumente. Mehrere Waschpulverkartons voller Papiere. Als ich sie endlich lesen durfte – nur bei ihr in der Wohnung, mitnehmen durfte ich nichts –, brachte mich der Geruch immer wieder zum Niesen. Ich konnte es erst kaum glauben, aber bei dieser schrillen alten Dame war ich auf das gestoßen, was sich jeder Wissenschaftler wünscht: eine Informationsquelle, die noch niemand ausgewertet hatte. Und, das war das Wichtigste, auf eine Geschichte, die sehr viel interessanter war als nur eine Chronologie der beim Zusammenbruch des Dritten Reichs nicht fertiggedrehten Filme und ihrer Mitarbeiter.[13]

---

13 Eine vollständige Liste dieser Filme findet sich im Anhang C.

Interview mit Tiziana Adam
(6. August 1986)

Es war keine große Rolle. Zuerst nicht. Dann wurde sie immer größer und zum Schluss ... Zum Schluss war da überhaupt nichts mehr. Nicht für mich. Es ist eine lange Geschichte.

Haben Sie die Zigaretten mitgebracht? Man muss sich auch mal was leisten, wenn ein anderer bezahlt.

[Lachen, Husten]

Es hat keinen Sinn, dass Sie mir auf den Rücken ... Das nützt überhaupt nichts. Überhaupt: Wer mehr hustet, raucht dafür weniger.

Lied der Freiheit hieß der Film. Regie: Reinhold Servatius. Drehbuch: Frank Ehrenfels. Müssten Sie eigentlich kennen, Herr Wissenschaftler. Das ist doch genau einer von den Streifen, die Sie ... Nie fertiggedreht.

Es gibt eine Menge Dinge, die auf keiner Liste stehen und trotzdem ... *Lied der Freiheit*, ja. *Song of* ... Was immer «Freiheit» auf Amerikanisch heißt.

Liberty. Wie eure Schiffe damals im Krieg. *Song of Liberty*. Eigentlich sollte es so ein Historienschinken ... Krieg gegen Napoleon, heldenhafter Tod des Publikumslieblings, allgemeine Rührung. Alles auf Kammerspiel. Keine Schlachtenszenen und so was. Der Krieg dauerte schon ein paar Jahre, da war die Soldaterei nicht mehr so ... Nicht mehr publikumswirksam. Am Schluss wird seine Leiche ins Schloss getragen, und die Reichsklagefrau ...

Ich denke, Sie kennen sich aus. Die Reichsklagefrau, das war Maria Maar. Die ist Ihnen aber schon ...? Immerhin. Das war ihr Übername. Es gab die Reichswasserleiche, das war die

Kristina Söderbaum, und die Reichsklagefrau, das war eben die Maar. Weil die eine so schön sterben konnte und die andere ... Die Maar heulte Ihnen aufs Stichwort, da brauchte die Maske nicht mal mit Glyzerin ...

Lied der Freiheit. Vielleicht hätten sie den Namen auch noch geändert, wie alles andere. Es ging vieles durcheinander in den letzten Tagen.

Der Reihe nach, ja, ja, ja. Sie sind doch der, der hier ständig unterbricht.

Ursprünglich sollte es eine reine Studioproduktion werden. Atelier 2, nicht das ganz große. Ein kleiner Film, ohne Massenszenen. Außer der einen, wo die Soldaten im Saal des Schlosses ... Sie verlangen vom Herzog, dass er sie in die Schlacht ... Vom Großherzog.

Das war auch so eine Sache. Typisch. Im allerersten Drehbuch war er noch ein gewöhnlicher Herzog gewesen. Aber dann hat jemand ... So ein Schreibtischgenie aus der Dramaturgie. Hat herausgefunden, dass man nur einen Großherzog mit «Königliche Hoheit» anspricht, während ein gewöhnlicher Herzog ... So wurde er dann befördert. Wir durften die Änderung nicht selber in den Text reinschreiben, sondern in allen Büchern mussten die entsprechenden Seiten neu ... Für so einen Scheiß hatten sie noch Zeit damals. Und Material. Dabei war Papier schon ... Alles war Mangelware. Auf den Klos zum Beispiel ...

Ach ja, wenn Sie morgen weitermachen wollen ... Wenn es wirklich so wichtig für Sie ist ... Bringen Sie doch bitte zwei Packungen Klopapier mit. Ich schlepp mich jedes Mal krumm an dem Zeug. Ich geb Ihnen meine Kundenkarte vom Cash and Carry und damit ... Sie können auch für sich selber ... Da sparen Sie eine Menge Geld. Sind allerdings alles Großpackungen. Aber wenn Sie sich mit Ihren Kollegen zusammentun ...

Ja doch.

Lied der Freiheit. Walter Arnold war der junge Herzog ... Großherzog. So ein Hamlet-Verschnitt für Arme. Im ersten Akt eiert er nur rum, von wegen «Wir haben doch keine Chance». Im zweiten entschließt er sich zu kämpfen, und im dritten ... Kommt als Leiche nach Hause. Dafür ist Napoleon besiegt und Deutschland endlich wieder ... Muss man auch nicht lang überlegen, warum die sich so eine Geschichte ... 1944.

Also: der Walter Arnold, die Maar als alte Großherzogin, der Augustin Schramm als Hofmarschall und ... Den Schramm kennen Sie aber schon? Eben. Der war ja in der Zeit gewissermaßen unvermeidlich. «Wenn die UFA zwei Filme dreht, ist der Schramm in dreien drin.» Das war damals der Kantinenschnack. Immer die gleiche Rolle: der fröhliche Dicke mit dem Herzen aus Gold. Lebt auch schon nicht mehr, der Arme. Ich wäre ja zu seiner Beerdigung ... Gar nicht so weit weg. In Frankfurt. Ich habe es zu spät ... Man hat sich aus den Augen ... Seine Autogrammkarte hängt dort drüben. Links vom runden Tisch. Mit persönlicher Widmung. Auch ein Foto, das Sie nicht erkannt haben.

Die andern weiß ich nicht mehr. Die waren ja nur bei der Leseprobe ... Und nachdem es dann im Atelier gebrannt hat ...

Ja doch. Obwohl: Sie könnten mich auch einfach erzählen lassen. Sich die Dinge selber hintereinander sortieren. Hinterher. Aber wie Sie wollen. Nur noch schnell eine Zigarette ...

[Pause]

Meine Rolle? Am Anfang bloß Kammerzofe der Großherzogin. Später dann ...

Ja doch.

Zugegeben, es war keine Hauptrolle. Nichts, wofür man die Filmnadel in Gold ... Aber für mich die ganz große Chance. Ich hatte immerhin drei Szenen mit der Maar, nur wir beide. Natürlich, den ganzen Text hatte sie, und ich immer nur die Gurkenscheibchen.

Gurkenscheibchen. Kennen Sie den Ausdruck nicht? Was man bei einem Sandwich auch noch dazupackt, damit das Fleisch nicht so allein ist. Kleine Sätze. So Zeug, dass man beim Schnitt ... Weil es für die Handlung nicht wichtig ... «Das Kleid mit den Seidenbändern, Königliche Hoheit?» und so was alles. Gurkenscheibchen eben. Aber egal: Dialog mit Maria Maar. Das war nicht nichts, für eine Anfängerin. Man konnte sich immerhin zeigen. Nur das Kostüm, das sie für mich vorgesehen hatten ... Wie so 'ne Nonne. Der Rock viel zu lang. Als ob man was verstecken müsste. Dabei hatte ich sehr schöne Beine. Habe ich immer noch. Meine Beine sind das Einzige, was sich gehalten hat. Wollen Sie mal sehen?

Süß. Der Bubi ist erschrocken. Hast du Angst, dass die böse Oma dich vernaschen will? [Lachen]

In der Kostümabteilung haben sie gesagt, ein kürzerer Rock wäre nicht stilgerecht. Stilgerecht, du lieber Gott! Als ob auch nur ein einziger Zuschauer ... Man geht doch nicht ins Kino, um eine Lektion in Kostümkunde zu kriegen. Wieder mal was Nettes sehen, dafür ... Wenn die Rökk in ihren Filmen lange Kleider getragen hätte – keine Sau hätte sich ihre Hopsereien ansehen wollen. Aber da war nichts zu machen. Das war mein

Kostüm und damit basta. Ich war richtig froh, als es dann ... Nicht bei dem Brand im Atelier. Bei dem andern Brand. Als wir auf dem Weg ...

Nö, sag ich Ihnen noch nicht. Sie wollen doch, dass ich der Reihe nach ...

Drei Szenen mit der Maar. Was uns doch gewissermaßen zu Kolleginnen ... Aber sie hat mich behandelt wie den letzten Dreck. Immer nur von ganz oben herab. Als ob sie ein Fernglas brauchte, um ein Nichts wie mich überhaupt nur ... Ich hab's versucht. Hab's wirklich versucht. «Es ist mir eine große Ehre, mit Ihnen vor der Kamera stehen zu dürfen, gnädige Frau» und all so was. Aber sie? Hoch vom Himmel komm ich her.

Und dann hab ich Scheiße gebaut. Mein Gott, ich war jung und dumm. Jung bin ich nicht mehr, nur dumm.

Sie könnten mir ruhig widersprechen.

Ich habe doch tatsächlich ... Nein, das erzähle ich Ihnen morgen. Wenn Sie das Klopapier ... Zwei Großpackungen. Zweilagig, das reicht. Die Leute sollen zum Trinken zu Tini kommen und nicht zum Scheißen.

Seite aus dem Drehbuch Lied der Freiheit
(1. Fassung)[14]

Privatkabinett des Großherzogs. Innen. Tag.

Der Großherzog hinter seinem mit Papieren überladenen Schreibtisch. Er studiert ein Dokument. Hofmarschall Wackerstein wartet in unterwürfiger Haltung.
Der Großherzog taucht die Feder ins Tintenfass, will unterschreiben, zögert. Stützt nachdenklich den Kopf in die Hand.
Wackerstein hüstelt mahnend.
Der Großherzog schreckt aus seinen Gedanken auf. Unterschreibt das Dokument, reicht es Wackerstein.
Wackerstein nimmt das Dokument mit einer tiefen Verbeugung.

WACKERSTEIN
Königliche Hoheit ...

Will sich rückwärtsgehend entfernen. Wedelt dabei mit dem Dokument, um die Tinte zu trocknen.

GROSSHERZOG
Sag Er einmal, Wackerstein ...

Wackerstein bleibt stehen.

WACKERSTEIN
Königliche Hoheit?

GROSSHERZOG
Sag Er einmal, versteht Er den Napoleon?

---

14 Die einzige Drehbuchseite dieser Fassung, die sich in den Papieren von Samuel A. Saunders findet. Sie blieb erhalten, weil ihre Rückseite für einen Briefentwurf benutzt wurde. (Siehe auch die Anmerkung auf Seite 129.)

WACKERSTEIN
Zu Befehl, Königliche Hoheit, ich verstehe ihn sehr gut. Ich wage sogar zu behaupten: Ich fühle mich ihm verwandt.

GROSSHERZOG
(überrascht)
Verwandt? Kann Er mir diese Verwandtschaft erklären?

WACKERSTEIN
Sehr wohl, Königliche Hoheit. Ich trinke gern mal einen guten Schluck, und Napoleon, scheint mir, ist ein Säufer. Allerdings einer, der sich nicht am Wein berauscht, sondern an Schlachten. Und wie jeder Säufer weiß er nicht rechtzeitig aufzuhören. Das ist der Augenblick, wo er ins Schwanken gerät. Wenn man ihn in diesem Augenblick[15]

Interview mit Tiziana Adam
(7. August 1986)

Sie können das Ding gleich wieder ausschalten. Ich habe heute ... Keine Lust. Keine Kraft. Ich bin kein junges Mädchen mehr.

Nein, wirklich. Heute nicht. Wir haben ja schließlich keinen Vertrag ...

Klopapier? Was interessiert mich ...? Ach so. Auf Ihre

---

15 Endet hier.

Kosten? Wissen Sie, was das ist? Ein Scheißhonorar ist das. [Lachen]

Ein Scheißhonorar. Verstehen Sie? Sind eigentlich alle Amerikaner so humorlos?

Na schön. Aber heute nicht so lang. Ich bin müde. Über was soll ich ...?

Die Dummheit, die ich damals ...? Dummheit ist untertrieben. Das war so was von ... Wenn's für Blödheit eine Olympiade gäbe, hätte ich die Goldmedaille ... Mit Eichenlaub und Schwertern. Ich war noch so furchtbar jung. Hinterher kann man gar nicht mehr glauben, wie jung man einmal war. Sie werden das auch noch ...

Es war, weil mich die Maar so herablassend ... Als ob ich wirklich ihre Kammerzofe wäre, nicht nur als Rolle. Einmal hat sie mich vor allen Leuten ... Weil ich es gewagt hatte, mich im Atelier eine Sekunde lang auf ihren persönlichen Stuhl zu setzen. Hat mich fertiggemacht, das können Sie sich überhaupt nicht ... Als ob ich mindestens einen Altar geschändet ... Auf ein Hitlerbild gespuckt.

Zu wichtigen Leuten war sie dafür zuckersüß. Wenn einer politischen Einfluss hatte oder Verbindungen nach ganz oben, dann ... Ein Lächeln wie türkischer Honig. Gibt's das eigentlich heute noch? So ein klebriges Zeug, das man aus den Zähnen nicht mehr rauskriegt?

Blöd von mir. Sie können das gar nicht kennen. Sie sind Amerikaner.

Der Schramm zum Beispiel ... Hat ihn immer nur angelächelt. Weil man von dem wusste ... Er gehörte zu einer Saufrunde von ganz wichtigen Leuten. Lauter Bonzen und Goldfasane. Für die war er so eine Art Hofnarr, glaube ich. Hat den Komiker gegeben, und dafür durfte er bei ihren Kameradschaftsabenden ... Für die Kinder hatten sie kaum mehr Milch, aber für die Herren ... Champagner wie Wasser. Wenn der Augustin mit denen gesoffen hat, war er dann am nächsten Morgen jedes Mal ... In der Maske wussten sie nicht, wie sie ihn wieder als Mensch ... Dabei war er gar kein Hundertprozentiger. Nicht dunkelbraun. Überhaupt nicht. Parteigenosse, natürlich. Das waren sie alle. Das musste man damals einfach ... Aber sonst ... «Ich bin kein großer Schauspieler», hat er mal zu mir gesagt. «Aber ich komme mit allen Leuten gut aus. Das ist das Wichtigste in unserem Gewerbe.»

Sie wollen doch, dass ich Ihnen die Dinge erkläre.

Beim Augustin, weil der eben die richtigen Beziehungen hatte, machte die Maar auf charmant. Aber zu mir ... Da hab ich mir gedacht: Ich muss dafür sorgen, dass sie mich auch für etwas Wichtiges halten. Und am Anfang hat es ja auch funktioniert. Bis dann ...

Können wir nicht morgen? Mir fehlt mein Schönheitsschlaf. Gestern sind die Leute mal wieder ... Bis in die Puppen. Manchmal muss man ein Glas mittrinken als Wirtin, sonst sind sie beleidigt.

Na schön. Geben Sie mir noch mal Feuer, und dann ... Bringen wir's hinter uns.

[Pause]

Ich hab halt so Andeutungen gemacht. Immer mal wieder eine Bemerkung fallenlassen, wie aus Versehen. Von wegen, ich hätte da einen Verehrer, das wäre ein ganz wichtiger Mann, auch für die UFA. Der würde mich protegieren. Habe mir Rollen versprochen. Die andern würden schon sehen. Das hat sie natürlich spitz gemacht wie ... Wollten immer noch mehr ... Haben mich regelrecht ausgefragt. Und ich immer nur: Diskretion und zur Verschwiegenheit verpflichtet, und meine Lippen sind versiegelt. Was die Leute halt neugierig macht.

Hat auch bestens funktioniert. Die Maar wurde scheißfreundlich. Die konnte da umschalten, wie's ihr gerade passte.

Aber ich hab's dann ... Übertreibung ist der größte Fehler. Ich war eben noch keine erfahrene Schauspielerin. Bin auch keine mehr geworden. Habe nicht mehr die Chance ... Das Talent wäre da gewesen, das haben mir viele Leute gesagt. Fachleute.

Mein Beschützer, habe ich Rindvieh erzählt, hinke zwar ein bisschen, aber das mache ihn nur ... Wenn es um Filme gehe, habe keiner so viel zu sagen wie er. Einen Namen habe ich nicht genannt, so blöd war nicht einmal ich, aber die andern haben natürlich gedacht ...

Sie können sich ja denken, was sie gedacht haben.

Goebbels. So eine blöde Kuh war ich.

Eigentlich gehört das ja nicht zu Ihrem Thema. Kann Ihnen für Ihre Arbeit gar nichts ... Können wir es nicht einfach ...?

Es wäre mir wirklich lieber, wenn wir ...

Ja doch. Wenn's denn sein muss. Aber morgen fahren Sie noch einmal zum Cash and Carry für mich.

Mitten in der Nacht hat bei mir das Telefon geklingelt. Ich hatte damals eine hübsche kleine Wohnung. Schlüterstraße, Ecke Mommsen. Die hatte mir so ein Warenhausheini eingerichtet, den ich bei Berghäuser ... Aus schlechtem Gewissen, weil er seine Frau dann doch nicht ... Das Schlafzimmer ganz in hellrosa Schleiflack. Ich liege im Bett, und da kommt ein Anruf. Mitten in der Nacht. Am frühen Morgen. Gegen vier Uhr. Ein Mann, der hat sich nicht vorgestellt, keinen Namen genannt, gar nichts, sondern gleich angefangen, Fragen zu stellen. Immer wieder dieselben Fragen. Wie das mit meinem Freund sei, wann ich ihn zum letzten Mal getroffen habe, und was der denn immer so treibe. Lauter solche Sachen. Und im Hintergrund ... Männer, die haben gelacht. So auf ganz rohe Weise gelacht. Ich habe mir vor Angst in die Hosen ... Das ist jetzt nicht nur so ein Ausdruck, ich habe mich tatsächlich ... Das schreiben Sie aber bitte nicht in Ihre Arbeit. Bepinkelt habe ich mich. Weil ich gedacht habe: Jetzt ist alles aus. Jetzt kann ich nur noch die Zahnbürste einpacken und darauf warten, dass sie mich ...

Was ist das für eine saudumme Frage? «Nur wegen eines Anrufs?» Natürlich wegen eines Anrufs. Sie haben nicht in der Zeit gelebt. Sie kennen so was nicht. Ich hatte eine Geschichte über Goebbels erfunden, das war damals schlimmer als Mord und Totschlag. Da konnte man gleich einen Witz über den Führer ... Erklären, dass der Krieg nicht zu gewinnen sei.

Ich habe natürlich versucht, mich herauszureden. Hab auf naives Dummchen gemacht und so getan, als ob ich überhaupt nicht verstünde, von was er ... Ich hätte überhaupt keinen Freund, würde an Männer nicht einmal denken, die Filmerei ließe mir überhaupt nicht die Zeit dazu. Der Mann hat mir nicht geglaubt, das habe ich ganz deutlich gemerkt, ganz streng ist er geworden und ... Er könne auch andere Saiten ... Es sei nicht das letzte Mal, dass ich von ihm gehört habe, da könne ich mich drauf verlassen, ganz bestimmt nicht das letzte Mal. Dann hat er eingehängt.

«Und dann? Und dann?» Was soll die doofe Fragerei? Und dann nichts. Ich war ja dann bald nicht mehr in Berlin. Aus der Wohnung bin ich ausgezogen. Noch am selben Tag. Habe alles zurückgelassen. Hellrosa Schleiflack, das war damals das Schickste, was man haben konnte. Und im Wohnzimmer zwei Sessel mit echtem Damast. Beinahe echt. Ein Köfferchen habe ich mitgenommen, und sonst gar nichts.

Zu meinem Freund. Meinem Exfreund. Wir hatten uns ... Ich sage jetzt mal: getrennt. Ich bin ihm weggelaufen. Aber er war immer noch ... Verliebt wie ein Schulbub. Hat überhaupt nichts gefragt, als ich mit meinem Köfferchen ... Hat nur gesagt: «Wenn ich gewusst hätte, dass du kommst, hätte ich das Bett frisch bezogen.»

Nein, ich habe nicht geglaubt, dass sie mich bei ihm nicht ... Ganz blöd war ich auch nicht. Wo sie mich im Atelier ... Es war etwas anderes. In meiner Wohnung hätte ich nicht mehr ruhig schlafen können. Hätte nur noch pausenlos Angst gehabt, dass das Telefon wieder ... Werner hatte kein Telefon.

Werner Wagenknecht. Der das Drehbuch zu *Lied der Freiheit* geschrieben hat.

Sie brauchen gar nicht in Ihren Notizen nachsehen. Ich weiß, dass ich Ihnen einen anderen Namen gesagt habe. Frank Ehrenfels. Das ist der Werner.

Ausdruck aus Wikipedia

Werner Wagenknecht

Werner Wagenknecht (*31. Mai 1898 in Fürstenwalde; † 20. April 1945 in Kastelau) war ein deutscher Schriftsteller und Drehbuchautor.

Leben [Bearbeiten]

Jugend- und Kriegszeit (1898–1918) [Bearbeiten]

Werner Wagenknecht wurde am 31. März 1898 in *Fürstenwalde/ Spree* als Sohn des Postbeamten Othmar Wagenknecht und seiner Frau Sophie geboren. Der Vater verstarb früh, ein einschneidendes Ereignis, das Wagenknecht später in einem autobiografischen Roman verarbeitete.
Wagenknecht besuchte das städtische Gymnasium Fürstenwalde (heute Geschwister-Scholl-Gymnasium), das er 1916 mit dem Notabitur abschloss. Er wurde als Soldat eingezogen, diente aber wegen schwacher Konstitution nur in einer Schreibstube. Nach Kriegsende begann er ein Studium der Germanistik an der *Humboldt-Universität* Berlin. Er verließ die Universität ohne Abschluss.

Literarische Anfänge (1919–1924) [Bearbeiten]

Wagenknechts erste Gedichte zeigen noch stark expressionistische Züge, beeinflusst vor allem durch *Georg Trakl*. Schon sehr bald wandte er sich der Prosa und einer immer realistischeren Schreibweise zu. Vereinzelte in Zeitschriften veröffentlichte Kurzgeschichten stießen noch auf keinen größeren Widerhall. Wagenknecht verdiente seinen Lebensunterhalt mit dem Verfassen von Zwischentiteln für *Stummfilme*.

Die Zeit der Erfolge (1925–1933) [Bearbeiten]

Mit dem Roman *Kommando Null* (1925), einer bitteren Abrechnung mit der Sinnlosigkeit des Krieges wurde Wagenknecht schlagartig einem größeren Publikum bekannt. Das Werk wurde – zum Beispiel von *Carl von Ossietzky* in der *Weltbühne* – enthusiastisch gelobt, zum Teil aber auch aus politischen Gründen scharf angegriffen.

Bei der Verleihung des *Buchpreises der Pazifisten* kam es sogar zu Krawallen.

Wagenknecht war nun in der Lage, sich ganz der Schriftstellerei zu widmen. Es gelang ihm aber zunächst nicht, mit weiteren Werken an den Erfolg seines Erstlings anzuknüpfen. Der sehr persönliche Erinnerungsband *Zu zweit allein* wurde zwar von der Kritik wohlwollend besprochen, erreichte aber keine hohe Auflage.

Er arbeitete deshalb gleichzeitig als Drehbuchautor, vor allem für die *UFA*, eine Tätigkeit, die er einmal als «Tage am Fließband» bezeichnete. Mit dem Aufkommen des Tonfilms wurde vor allem sein Talent für lebensechte Dialoge immer mehr gefragt. Wagenknecht schrieb die Drehbücher für mehrere erfolgreiche Filme.

Mit dem Roman *Stahlseele* (1930) gelang ihm ein weiterer großer Erfolg. Das sozialkritische Werk schildert das mühsame Leben einer Berliner Arbeiterfamilie in den Jahren von *Weltwirtschaftskrise* und *Inflation*. Die Hauptfigur, der ehemalige Soldat Manni Trost, verliert seine Anstellung in einer Kabelfabrik (wo – daher der Buchtitel – Kabel mit «Drahtseele» hergestellt werden) und rutscht immer mehr ins Elend ab. Er wird kriminell, tritt schließlich, aus Verzweiflung, nicht aus Überzeugung, einem SA-Sturm bei und kommt bei einer Straßenschlacht ums Leben. Das negative Fazit des Buches, vor allem die letzten Worte der Hauptfigur («Sinnlos! Es war alles sinnlos!») lösten von Seiten der Nationalsozialisten erbitterte Proteste aus, die aber den Erfolg des Werks nicht verhindern konnten.

Zeit des *Nationalsozialismus* (1933–1945) [Bearbeiten]
Nach der Machtergreifung der Nationalsozialisten wurde Werner Wagenknecht zur Unperson. Im Rahmen der Aktion «Wider den undeutschen Geist» wurden seine Bücher am 10. Mai 1933 öffentlich verbrannt.

Da Wagenknechts Werke als «volksschädlich» eingestuft waren, wurde ihm die Mitgliedschaft in der *Reichsschriftumskammer* verweigert, was ein totales Publikationsverbot bedeutete. Obwohl er aus denselben Gründen auch nicht Mitglied der *Reichsfilmkammer* werden konnte, schrieb er unter verschiedenen Pseudonymen (Werner Anders, Anton Helfer u.a.) weiterhin Drehbücher für die *UFA*. Mehrere Möglichkeiten zur Emigration (u.a. durch die Vermittlung von *Lion Feuchtwanger*) lehnte Wagenknecht ab und harrte bis kurz vor Kriegsende in Berlin aus. Er verstarb, unter bis heute ungeklärten Umständen, bei Dreharbeiten zu einer *UFA*-Produktion in Kastelau (Bayern).

Nachwirkung   [Bearbeiten]

Werner Wagenknechts Werke sind heute weitgehend vergessen. Von seinen Romanen wurde nach dem Krieg nur *Stahlseele* neu aufgelegt, stieß aber nicht auf Interesse. Seine Tagebücher, die er einmal als «mein wichtigstes Werk» bezeichnete, sind nicht erhalten.

Werke   [Bearbeiten]

a) Bücher
- *Ende und Anfang*, Gedichte, 1919
- *VerSuche*, Gedichte, 1920
- *Der Uhrwerk-Mann*, Kurzgeschichten, 1922
- *Kommando Null*, Roman, 1925
- *Zu zweit allein*, Erinnerungen, 1927
- *Quadratische Kreise*, Kurzgeschichten, 1928
- *Stahlseele*, Roman, 1930

b) Filmdrehbücher

- *Endlose Straße*, 1926
- *Ich und du*, 1927
- *Wenn es Mai wird*, 1929
- *Kinder, Kinder, Kinder*, 1930
- *Sein bester Freund*, 1931
- *Zapfenstreich*, 1932
- *Dr. Fabrizius*, 1932
- *Solang die Fahne weht*, 1935 (als Werner Anders)
- *Fahrt ins Glück*, 1937 (als Werner Anders)
- *Staatsaffäre*, 1938 (als Heinrich Haase)
- *Die eiserne Faust*, 1941 (als Anton Helfer)
- *Warum nicht?*, 1942 (als Anton Helfer)
- *Aufstand im Puppenhaus*, 1943 (als Anton Helfer)

[Diese Liste ist unvollständig. Bitte hilf der Wikipedia, indem du sie ergänzt.]

Tagebuch Werner Wagenknecht

(Oktober 1944[16])

Ich bin zu alt für sie. Sie interessiert sich nicht wirklich für mich. Sie hat nie eines meiner Bücher gelesen. Sie liest überhaupt keine Bücher. Sie wird mich unglücklich machen.

---

16 Wagenknechts Tagebucheinträge sind nicht datiert. Da es sich um lose Blätter handelt, ist auch die Einordnung in eine Reihenfolge problematisch. Die angegebenen Datierungen sind aus dem Zusammenhang abgeleitete Approximationen.

Ich liebe sie.

Ich weiß nicht, wie sie die drei schweren Koffer in die vierte Etage geschleppt hat. Wenn Titi etwas will, schafft sie alles. Stand einfach da und machte dieses Kleinmädchengesicht, das sie immer aufsetzt, wenn sie etwas ausgefressen hat. Ihr Sei-nicht-allzu-streng-mit-mir-Gesicht. Einmal hat sie meine allerletzten Zigaretten aufgeraucht, wo sie doch weiß, dass kaum mehr welche zu kriegen sind, und hat genau dasselbe Gesicht gemacht. Sie weiß, dass sie niedlich ist und setzt das schamlos ein.

Sie ist so niedlich.

«Wenn ich gewusst hätte, dass du kommst ...», habe ich in meiner Überraschung gesagt, und sie hat den Satz ergänzt. «...dann hättest du das Bett frisch bezogen, nicht?»

Natürlich sind wir im Bett gelandet, und natürlich habe ich zu allem ja und amen gesagt. Nicht einmal dabei ist sie ehrlich. Ich weiß, dass ich nicht so ein guter Liebhaber bin, wie sie mir das vorspielt.

Sie lügt mich an, aber sie tut es unwiderstehlich.

Ich weiß, dass sie mich wieder verlassen wird. So wie das letzte Mal. «Sie hat mir das Herz gebrochen», sagt man, aber das ist ein dummes Klischee. Herzen sind elastisch.

Sie wird es wieder tun.

Damals – sie würde es nie zugeben, aber ich mache mir da nichts vor –, damals hat sie sich nur mit mir eingelassen, weil sie vom Filmgeschäft noch nichts verstand. Weil sie allen Ernstes dachte, der Mann, der die Drehbücher schreibt, sei der Wichtigste im Atelier und könne auch über die Besetzung bestimmen. Nur das hat mich attraktiv für sie gemacht. Sie hat herausgefunden, wer hinter dem Pseudonym steckt, und ist in meiner Wohnung aufgekreuzt. Wollte über ihre Rolle mit mir reden, hat sie gesagt, dabei hatte sie gerade den einen Satz. Sie war so verlogen. So naiv. So wunderbar. Wollte sich doch tatsächlich in meinem Bett größere Rollen erschlafen. Als sie dann merkte, dass sie aufs falsche Pferd gesetzt hatte, war sie gleich wieder weg. Wir leben in sachlichen Zeiten.

Aber es waren die zwei schönsten Monate meines Lebens. Nein, nicht die schönsten. Die aufregendsten. Ich bin noch kein alter Mann, aber wenn man auf die fünfzig zugeht, denkt man immer: Es könnte das letzte Mal sein. Ich war verliebt wie ein Pennäler. Ich bin es immer noch.

Diesmal wird es wohl nur zwei Wochen dauern. Wenn sie sich von ihrem Schreck erholt hat, wird sie sich jemand Nützlicheren suchen.

Ich glaube nicht, dass bei ihr die Gestapo am Telefon war. Die rufen nicht an. Bestellen einen in die Prinz-Albrecht-Straße oder stehen gleich vor der Tür in ihren Ledermänteln. Und selbst wenn Goebbeles von der Geschichte gehört hätte ... (Goebbeles. Ganz schön jämmerlich, sich auf diese billige Art über ihn lustig zu machen. In einem Tagebuch, das nie jemand lesen wird. Ich bin ja soo mutig.) Selbst wenn – er hätte ihr nicht seine Rachegötter auf den Hals gehetzt. Wäre wahrscheinlich noch stolz gewesen auf das Gerücht, der Bock von Babelsberg. Hätte vielleicht versucht, es zur Wirklichkeit zu machen, für eine Nacht oder zwei.

Ich glaube, dass mit dem Freund, nach dem sie gefragt haben, ich gemeint war. Es ist kein wasserdichtes Geheimnis, dass ich unter Pseudonym Drehbücher schreibe. Möglich, dass sich da jemand ein Fleißkärtchen verdienen will. Aber das sage ich Titi nicht, sonst kriegt sie Angst und packt gleich wieder ihre Koffer.

Jeder Tag mit ihr ist kostbar.

Wenn ich könnte, würde ich alle Liebesszenen in meinen Büchern nachträglich umschreiben. Sie kommen mir heute alle so blutleer vor. Ich habe Titi damals noch nicht gekannt. Sie hatte mir noch nicht gezeigt, was man alles tun kann mit zwei Händen und einem Mund und ...

Und dann kommt der Dramaturch [sic] und streicht alles wieder durch. Man soll auch in seinem Tagebuch nicht kitschig werden.

Titi.

Sie hasst es, wenn ich sie so nenne. Tiziana will sie genannt werden und ist schrecklich stolz darauf, tatsächlich so zu heißen. Aber die tizianroten Haare, mit denen sie geboren wurde, und die ihr den Vornamen verschafft haben, hat sie längst blond gefärbt. Sie möchte so sein wie alle anderen, aber gleichzeitig etwas ganz Besonderes.

Du bist so jung, Titi.

Ich weiß, dass es nicht dauern wird.

Es ist mir egal.

Ich bin zu lang allein gewesen.

Interview mit Tiziana Adam
(11. August 1986)

Ich sage auch nichts anderes, wenn Sie Ihr Tonband einschalten. Ich will einfach nicht. Ich will nicht. Wenn ich tot bin, von mir aus. Dann ist mir egal ... Aber solang ich lebe ...

Glauben Sie an Gott? Ich nicht.

Interesse der Wissenschaft! Machen Sie sich doch nicht ...

Darum geht es Ihnen überhaupt nicht. Ihren Doktortitel wollen Sie ... Dass man Ihnen auf die Schulter klopft. Dass man sagt: «Du bist ein ganz toller Hecht, dass du das gefunden hast.» Ein Buch wollen Sie daraus machen, mit Ihrem Namen auf dem Titelblatt. Nicht mit seinem, mit Ihrem. Das stellen Sie sich dann ins Regal, und jedes Mal, wenn Sie daran vorbeigehen ... Interesse der Wissenschaft!

Geben Sie mir Feuer, verdammt noch mal!

Dann kaufen Sie sich halt ein Feuerzeug! Sie können es unter Betriebskosten absetzen. Zum Einschleimen bei Tiziana Adam. Weil ich ihr die Tagebücher von Werner Wagenknecht ...

[Pause]

Sie kriegen sie aber nicht. Vielleicht lass ich Sie mal eine Seite lesen. Nicht alle. Ganz bestimmt nicht alle.

Die Erinnerung an ihn bewahren! Je größer die Worte, desto kleiner der Schwanz. All die Jahre hat sich keine Sau ... Ich bin mal in eine Buchhandlung ... Ich geh sonst nie in Buchhandlungen. Ich habe keine Zeit zum Lesen, und meine Augen ... Ach Quatsch, ich sag's, wie's ist. Ich hab nie ein Buch vom Werner gelesen. Bücher und ich, das passt nicht zusammen. Er wollte unbedingt, dass ich wenigstens eines ... Aber das war so ein ganz dickes Trumm, da hab ich mich rausgeredet. Hab gesagt: «In dich bin ich verliebt, nicht in das, was du schreibst.» Was damals gar nicht ... So richtig geliebt hab ich ihn erst, als er tot war. Nein, vorher. Aber da hab ich es erst gemerkt.

[Lange Pause]

Was wollte ich erzählen? In eine Buchhandlung bin ich und hab ein Buch von Werner Wagenknecht verlangt. Nur um zu sehen ... Sie kannten nicht mal den Namen. Nicht mal den Namen! Also spucken Sie hier keine großen Töne von wegen Erinnerung bewahren. Da ist keine Erinnerung mehr. Bei niemandem. Außer bei mir.

Nach dem Krieg bin ich nach Berlin gefahren, um meine Wohnung aufzulösen. Bloß dass da gar nichts mehr aufzulösen war. Das hatten Ihre Landsleute schon ... Mit einer gutplatzierten Bombe. Wusch, alles weg. Hellrosa Schleiflack.

Bei ihm war nichts passiert. Das Haus stand noch. Seine Wohnung hatte mehr Glück gehabt als er. Ich sperr die Tür auf, den Schlüssel hatte ich ja noch, und ... Eine wildfremde Familie wohnte da. In seinen Möbeln. Irgend so 'ne runtergehungerte Flüchtlingsfrau mit drei [unverständlich]. Wie das halt war, damals. Seine andern Papiere und die meisten Bücher hatten sie schon zum Anfeuern ... Aber sein Tagebuch hatte er ... Wenn die Gestapo das gefunden hätte, er wäre sofort hops gewesen. Aber er musste ja schreiben. Jeden Tag. Wie eine Krankheit war das bei ihm.

Im Kartoffelkeller. Da war so ein Fach in der Wand, wo früher mal die Gurkengläser gestanden hatten. Das wurde dann zugemauert, als sie daraus einen Luftschutzkeller ... So eine Reihe Ziegelsteine hält natürlich jeden Volltreffer ... [Lachen] Nicht richtig sorgfältig zugemauert, es musste ja schnell gehen. Vier Steine konnte man rausnehmen und dahinter ...

Ich hab's mitgenommen, und jetzt gehört es mir. Das, was er in Kastelau geschrieben hat und drei Kartons Papier aus Berlin. Das ist mir vom Werner geblieben. Sein Grab haben sie schon lang ... Sollen sie. Der Name auf dem Kreuz war ohnehin der falsche. Aber sein Tagebuch ...

All die Jahre hat keiner nach ihm gefragt. Vergessen, vergraben, vorbei. Und jetzt kommen Sie und wollen ...

Und wenn Sie mich tausendmal fragen, meine Antwort bleibt immer dieselbe. Kennt man den Götz von Berlichingen bei euch in Amerika? Nein? Dann sollten Sie den mal nachschlagen.

Posthum. Wieder so ein fettes Wort. Posthum haben sie alle beschlossen zu vergessen, was passiert war. Posthum war alles anders, als es wirklich gewesen ist. Posthum ...

Den Werner haben sie begraben, und der Walter Arnold ... Die Marianne hat mir erzählt, dass sie im Jeep durchs Dorf gefahren sind, er und dieser amerikanische Colonel. Der eigentlich aus Wien stammte. Kulturoffizier hieß das damals. Eine ganz große Karriere hat er gemacht, der Walter Arnold. Und der Werner ...

[Weinen]

Sehen Sie, was Sie angerichtet haben? Jetzt kann ich mich noch mal neu schminken. Lassen Sie mich in Frieden. Ich brauche Ihr Taschentuch nicht.

Geben Sie schon her.

Manuskript Samuel A. Saunders

Nach meiner Rückkehr aus Deutschland hatte ich kaum mehr Kontakt mit Tiziana Adam. Zuerst haben wir noch einige Briefe gewechselt, meistens wenn ich Fragen an sie hatte, aber dann habe ich die Verbindung einschlafen lassen. Das war nicht anständig von mir, ich weiß. Wir waren fast so etwas wie

Freunde geworden, und ich wusste, dass es ihr nicht gutging. Aber nachdem Professor Styneberg meine Doktorarbeit abgelehnt hatte und nach den ganzen Anwaltsgeschichten wollte ich an die ganze Sache einfach nicht mehr erinnert werden.

Ich sollte mir ein anderes Thema suchen, hatte Styneberg gesagt. Es wäre wahrscheinlich gar nicht so schwierig gewesen. Material hatte ich genug gesammelt. Aber mein Kopf machte nicht mit. Einen Film rekonstruieren, den niemand mehr sehen will, oder die Karriere eines längst vergessenen Schauspielers auseinanderdröseln – wie sollte ich mich dafür begeistern? Wo ich eine Story hätte schreiben können, die Furore gemacht hätte. Wo ich sie schon geschrieben hatte.

Trotzdem, ich hätte mich bei Titi melden müssen. Ich bin nicht stolz darauf, dass ich es nicht getan habe.

Im Februar 1994 kam dann ein Paket aus Deutschland. Von einer Immobilienfirma in Wiesbaden. Nach dem Ableben von Frau Tiziana Adam habe man ihre Wohnung geräumt und dabei einen Karton mit dem Vermerk gefunden: «Nach meinem Tod an Sam Saunders zu schicken.» Mit meiner Adresse.

Von meinen Kollegen bei der Murnau-Stiftung habe ich erfahren, dass Titi Selbstmord begangen hat. Aus Angst vor einem qualvollen Tod an Lungenkrebs, hat man angenommen, aber ich glaube, dass es noch einen anderen Grund dafür gab. Sie hat sich in ihrem Wohnzimmer erschossen, und ich glaube zu wissen, mit welcher Waffe sie es getan hat. Man kann auch an Erinnerungen sterben.

Titis letzte Jahre müssen schwierig gewesen sein, und trotzdem hat sie noch daran gedacht, mir Werner Wagenknechts Tagebuchblätter zu vermachen. Vorher hatte ich nur die Notizen, die ich mir jeweils nach der Lektüre gemacht hatte. Kopien hatte sie mir nie erlaubt, obwohl das in der Murnau-Stiftung kein Problem gewesen wäre. Sie wollte die Papiere nicht aus dem Haus lassen, auch nicht für ein paar Stunden. Sie waren ihr kostbarster Besitz.

Tagebuch Werner Wagenknecht
(Oktober 1944)

Heute habe ich mich mit Kleinpeter getroffen, in der Halle des Anhalter Bahnhofs wie immer. Er war sichtlich nervös. Die typische Geste unserer Zeit ist nicht der Hitlergruß, sondern der ängstliche Blick über die Schulter.

Dabei ist so eine große Bahnhofshalle der perfekte Treffpunkt für Leute, die nicht zusammen gesehen werden dürfen. Am Anhalter interessiert sich niemand für den andern. Hier hat es jeder eilig. Bahnhöfe sind bevorzugte Ziele für Bombenangriffe. Wenn hier einer stehen bleibt, ist er mit Warten beschäftigt, was eine sehr aufreibende Tätigkeit sein kann. Oder mit dem Versuch, sich an den scharfkantigen Überresten eines Abschieds nicht allzu sehr zu verletzen. («Scharfkantige Überreste eines Abschieds»? Die Formulierung streicht mir jeder Lektor raus.) Ein Bahnhof, das ist ein Film ohne Hauptdarsteller, dafür mit jeder Menge Komparserie.

Man könnte ein Buch über den Anhalter im Krieg schreiben. So etwas wie *Menschen im Hotel*, nur viel realer. Verschiedene Schicksale, die sich am selben Schauplatz verflechten. Eine Mutter, die vergeblich auf ihren Sohn wartet. Er hat ihr seinen Heimaturlaub telegraphisch angekündigt, aber auf dem

Weg zum Transportplatz hat ihn eine Granate erwischt. Ein Beinamputierter, der nicht weiß, ob ihn sein Mädel noch haben will, jetzt, wo er ein Krüppel ist. Ein Bahnbeamter, der Sabotage plant, damit ein Deportationszug nicht abfahren kann. Große Zeiten sind ein guter Boden für Geschichten. Die man erst wird schreiben können, wenn die Zeiten wieder klein sind.

Eine Geschichte könnte von einem verbotenen Schriftsteller handeln, der sich heimlich mit einem Herstellungsleiter der UFA trifft. Weil man dort seine Drehbücher braucht, aber nicht ihn.

Was für ein Unterschied zu früher, als mich Kleinpeter ganz offiziell in seinem Büro empfing. Er hat zwei Fenster nach vorn raus, das Höchste, was man in Babelsberg ohne einen Vorstandsposten erreichen kann. Damals brachte uns die Vorzimmerdame Kaffee. Und heute ...

Nicht jammern. Beschreiben.

Bei unserem ersten Treffen im Anhalter (vor einer Ewigkeit, kommt es mir vor, dabei ist es doch erst ein paar Monate her) wollte er besonders überzeugend unauffällig sein, und ist mit einem Koffer in der Hand aufgekreuzt. Ich glaube, das habe ich damals nicht aufgeschrieben. Kam mit einem leeren Koffer, was im Atelier jedem Requisiteur einen Anschiss eingetragen hätte, weil ohne Gewicht ja die Körperhaltung nicht stimmt. Er hat ihn dann auch einfach stehenlassen. Hat wohl eingesehen, dass der ihn auch nicht unsichtbar machen konnte.

Damals war er noch nicht nervös. Kam gar nicht auf den Gedanken, dass unser verschwörerisches Treffen auffliegen könnte. Kleinpeter funktioniert aus der Überzeugung heraus, dass sich alles organisieren lässt. Der Krieg, das hat er selber mal so formuliert, ist für ihn nur die lästige Störung einer geordneten Filmproduktion. Heute klang er anders. Verunsichert.

Nicht dass er etwas Entsprechendes gesagt hätte, dazu ist er viel zu kontrolliert. Aber Diktaturen schärfen das Gehör.

Zuerst hat er mir ganz sachlich mitgeteilt, dass die Dreharbeiten von *Lied der Freiheit* begonnen hätten, und ich habe mich höflich für die erfreuliche Neuigkeit bedankt. Die natürlich keine Neuigkeit für mich war. Ich weiß es schon längst von Titi, und ich nehme an, dass er weiß, dass ich es weiß. Aber wir haben uns beide an unsere Rollen gehalten. Offiziell hat Titi, wie alle anderen, keinen Kontakt mehr zu mir. Ich bin ein Unberührbarer. Müsste mit einem Lepraglöckchen durch den Anhalter laufen und «Unrein! Unrein! Unrein!» rufen.

Mit dem Drehbuch seien sie so weit zufrieden, aber ich solle mir ein anderes Pseudonym einfallen lassen. Anton Helfer klinge zu offensichtlich unecht. Man müsse die Pferde nicht unnötig scheu machen. Bis jetzt habe er das Buch ohne Angabe eines Verfassers verteilen lassen, das sei aber auch schon wieder auffällig. Ein Pseudonym und fünf Zeilen Lebenslauf für die *Filmbühne*.

Es ist nicht das erste Mal, dass ich mich habe neu erfinden müssen.

Ein Kriegsheld als Autor, das wäre eine Möglichkeit. Helden sind jetzt immer eine Möglichkeit. Schwer verwundet aus dem Feld zurück. Einen Arm verloren oder ein Bein. Besser einen Arm. So ein leerer Ärmel, das Ende in die Tasche des Jacketts gesteckt, das können sich die Leute vorstellen. Ein Bild abrufen, das in den Köpfen schon vorhanden ist, weil es jeder hundertmal gesehen hat.

Ein Soldat, der schon immer gern geschrieben hat, aber erst jetzt dazu kommt ...

Nein. Film ist heile Welt. Da darf nicht einmal die Biographie des Autors an die Wirklichkeit erinnern.

Andererseits: Eine Wehrmachtskarriere, bei der man vor lauter Heldentum nicht zum Dichten kam, würde dramaturgisch sauber erklären, warum da plötzlich ein völlig neuer Name ...

«Bitte germanisch», hat Kleinpeter gesagt. Etwas möglichst Reales. Eine Lüge, die nach Wirklichkeit klingt.

Wieczorek? Dombrowski? Aus einer Bergmannsfamilie in Essen?

Nein. Wer für die UFA Drehbücher schreiben will, kommt nicht aus dem Ruhrpott, auch wenn er aus dem Ruhrpott kommt. Die Leute berlinern sich schneller ein, als man gucken kann.

Matzke? «Drehbuch: Wilfried Matzke?»

Zu proletarisch. Die Herren Genies mögen es vornehmer. Machen sich auf die Suche nach einem wohlklingenden Namen, noch bevor sie das erste Blatt in die Maschine spannen.

Damals, vor dem ersten Gedichtband, habe ich nächtelang Listen mit Namen geschrieben. Seit der Pennälerzeit war ich fest davon überzeugt, dass man einen imposanten Namen haben müsse, um Dichter zu sein. Eichendorff. Liliencron. Droste-Hülshoff. Bloß nicht Wagenknecht.

Ehrenfels.

Fotokopie
(Aus dem Archiv der UFA-Presseabteilung)

Lebenslauf Frank Ehrenfels

Frank Ehrenfels verdiente sich seine Sporen auf der Lokalredaktion des *Wismarer Anzeigers*. Schon mit einundzwanzig Jahren verfasste er ein erstes Theaterstück, aufgrund dessen er eine Anstellung als Dramaturg bekam. Frank Ehrenfels ist Leutnant der Reserve. *Lied der Freiheit* ist sein erstes Filmdrehbuch.

Tagebuch Werner Wagenknecht
(Oktober 1944 / Fortsetzung)

Aber nicht deshalb hatte mich Kleinpeter herbestellt. Das eigentliche Thema kam zum Schluss. Man merkte es daran, dass er plötzlich begann, sich umzusehen. Unauffällig, wie er meinte. Als Herstellungsleiter ist Kleinpeter hervorragend. Als Schauspieler miserabel.

Vorher hatte er ganz normal gesprochen, jetzt fing er an zu flüstern. Er brauche ganz eilig eine Geschichte, die in den Alpen spiele. Es sei ihm völlig egal, ob Komödie oder Liebesschnulze oder sonst was, nur die Alpen seien wichtig, die Alpen. Und das Ganze möglichst bis gestern. Ob ich nicht so was in der Schublade hätte? Nein? Dann solle ich mich dringend auf den Hosenboden setzen und mir etwas einfallen lassen.

Und dabei die ganze Zeit dieser Blick über die Schulter. Etwas ist faul im Staate Dänemark.

Die Alpen als einzige Vorgabe. Es könnte bedeuten, dass der Trenker[17] nicht mehr im Verschiss ist. Obwohl er damals, als man im Südtirol optieren musste, zu lang überlegt hat, ob er Reichsdeutscher oder Italiener sein wollte. Ist er wieder in Gnaden aufgenommen? Möglich ist alles. Man kriegt die Gerüchte nicht mit, wenn man nicht mehr jeden Tag mit den Kollegen zusammenhockt.

Ich tippe auf etwas anderes. Die Alpen sind wunderbar weit weg von Berlin. In den Alpen fallen keine Bomben. Wer dort einen Film dreht, ist in Sicherheit. Kann es sein, dass Kleinpeter ans Abhauen denkt? Er wäre nicht der Einzige.

Im Atelier, berichtet Titi, sind sie alle nicht richtig bei der Sache. Außer der Maar, die sich deshalb über die anderen beschwert. Walter Arnold, der sonst auf seinen Stadttheater-Perfektionismus so stolz ist, könne zum ersten Mal seinen Text nicht, sagt sie. Augustin Schramm, die Betriebsnudel vom Dienst, habe den Humor verloren, und Servatius sei krank. Er huste die ganze Zeit, manchmal sogar in die Szenen rein, aber es klinge nicht echt, sagt Titi. Als kleines Mädchen habe sie so gehustet, um die Schule zu schwänzen. Sie hat damals sogar gewusst, wie man sich selber zum Kotzen bringt. Sie muss ein schreckliches Gör gewesen sein.

Ein Regisseur, der den eigenen Dreh schwänzen möchte ... Auch ein hübsches Thema für eine Geschichte.[18]

---

17 Luis (eigentlich Alois Franz) Trenker (1892–1990), Bergsteiger, Schauspieler, Regisseur und Schriftsteller, bekannt für seine Filme über die Alpen.
18 Zum Realitätsbezug des folgenden Textes siehe die Ausführungen von Samuel A. Saunders auf Seite 73 f.

Servatius beim Onkel Doktor
von Werner Wagenknecht

Dr. Klink würde keine Schwierigkeiten machen, dachte Servatius. Er machte nie Schwierigkeiten. Er war nicht der Arzt, den man aufsuchte, wenn es einem wirklich schlechtging, aber um Probleme diskret zu lösen, gab es keinen Besseren. Er schrieb einem die Rezepte, wie man sie brauchte, und die Atteste, wie man sie haben wollte. «Ich mache so viele Menschen gesund», hatte er einmal gesagt, «da kann ich auch ab und zu einen krankschreiben.» Um einen Skandal zu verhindern, verwandelte er den besoffenen Absturz eines Stars schon mal in eine Krankheit mit beeindruckendem lateinischen Namen, und auch bei Schwangerschaften, die man nicht brauchen konnte, war er die richtige Adresse. Diskret eben.

Und nicht einmal teuer. Zum Geldverdienen hatte er seine Praxis, die scheinbar ganz gut lief. Ihn interessierte etwas anderes: Dr. Klink war prominentensüchtig. Ein Foto mit Zarah Leander, Heinz Rühmann, der ihm bei einem Premierenempfang den Arm freundschaftlich um die Schulter legte – dafür lebte er. Einmal hatten sie, weil sie ihm eine Freude machen wollten, eine hübsche Tanzmaus auf ihn losgelassen, mit dem Auftrag, ein bisschen nett zu ihm zu sein, aber das hatte ihn überhaupt nicht interessiert. Schwer verheiratet, wie man hörte. Wenn man von seiner Frau auch nie etwas zu sehen bekam.

Sie waren in Klinks Ordination verabredet. Nach Ende der Sprechstunde, das verstand sich von selbst. Sie hatten ihm den imposanten Titel eines Vertrauensarztes verliehen, dafür konnte er schon mal Überstunden machen.

Im Treppenhaus roch es nach Kohl, ein Armeleutegeruch,

der nicht in diese Kudammgegend passte. Aber in diesen Tagen wusste man nie. Der Gestank verstärkte sich noch, als Servatius die Tür zur Praxis öffnete. Im Eingangsraum mit dem verwaisten Schreibtisch der Empfangsdame war er kaum auszuhalten. Er schaute ins Ordinationszimmer, ins Wartezimmer – niemand. Schließlich – er hätte wirklich nur seiner Nase folgen brauchen – fand er den Arzt in seinem kleinen Labor. Dr. Klink rührte über dem Bunsenbrenner in einer Pfanne. Blickte nur kurz auf, als er die Tür hörte. «Ich bin noch nicht zum Essen gekommen», sagte er. «Gehen Sie ruhig schon mal durch.»

Eine ganze Wand im Behandlungszimmer war Klinks Steckenpferd gewidmet: signierte Schauspielerfotos, drei Reihen übereinander. Alle schön sauber gerahmt und hinter Glas. Vier der Bilder waren abgenommen und standen an die Wand gelehnt auf dem Boden. Dort, wo ihr Platz gewesen wäre, hing jetzt ein Flugblatt mit Anweisungen für das korrekte Bergen von Verschütteten. War wohl Vorschrift, dass man das aufhängte.

Servatius hatte nicht die Absicht, sich verschütten zu lassen. Er hatte nicht die Absicht, in Berlin zu bleiben.

Das ganze Zimmer irgendwie unordentlich. Schmuddelig geradezu. Als ob die Putzfrau lang nicht gekommen wäre. Auf dem Schreibtisch ein dicker Wälzer, ein *Atlas der deskriptiven Anatomie*. Brandspuren auf dem Umschlag. So etwas passte nicht zu Klink, der immer so korrekt und proper daherkam. Als ob das Wort «Hygiene» speziell für ihn erfunden worden wäre.

Seltsam. Aber vielleicht schluckte er ja neuerdings sein Zaubermittelchen selber, diese Wundermixtur, mit der man zwei Tage hintereinander durchmachen konnte. Manche Kollegen schworen darauf. Pilotentrunk nannten sie das. Sollte er. Die Probleme anderer Leute waren nicht Servatius' Sache, er hatte an seinen eigenen genug. Von ihm aus konnte sich der Herr Doktor das Amphetamin löffelweise in den Frühstückskaffee kippen. Solang er nur in der Lage war, ihm das Attest auszustellen, das er brauchte, schön mit Stempel und allem Pipapo.

Als Klink endlich hereinkam, brachte er den Kohlgestank mit. Er hatte die Pfanne in der Hand und stellte sie auf dem Anatomieatlas ab, wo sie zischend die nächste Brandnarbe hinterließ. Er machte eine fahrige Geste, die wohl heißen sollte: «Moment noch, ich habe zuerst etwas Wichtiges zu erledigen», und fing gierig an zu essen. Verzog das Gesicht, weil sein Geköche noch zu heiß war, löffelte aber immer weiter, ungeduldig wie ein Verhungernder.

Wohl doch nicht der Pilotentrunk. Nach allem, was Servatius wusste, machte der Durst, aber keinen Hunger. Im Gegenteil: Er kannte Schauspielerinnen, die ihn benutzten, um schlank zu bleiben. Wenn die mal wieder ihre Kur machten, war es fast unmöglich, mit ihnen zu arbeiten, so aufgedreht waren sie die ganze Zeit.

Dr. Klink kratzte, wie auf der Suche nach einer besonderen Köstlichkeit, mit dem Löffel in der Pfanne herum, schien sich dann plötzlich zu erinnern, dass er nicht allein war, und schob den Anatomieatlas samt Kohlsuppe von sich weg. «Können Sie kochen?», fragte er.

«Über Bratkartoffeln bin ich nie hinausgekommen.»

«Man muss das lernen», sagte Klink. «Man muss das alles lernen.» Und dann, ganz plötzlich, als ob er endlich die richtige Seite im Drehbuch aufgeschlagen hätte: «Was haben Sie für Beschwerden?»

Na endlich. «Die Lunge», sagte Servatius. «Das wird wohl das Richtige sein, denke ich.» Er hatte sich überlegt, ob er auch hier ein bisschen husten sollte, aber Dr. Klink wäre wohl nicht darauf hereingefallen.

«Die Lunge?» Klink schob sich die Brille auf die Stirn und studierte seinen Suppenlöffel, als ob der ein Thermometer wäre, an dem sich die Temperatur eines Patienten ablesen ließ. «Das ist ein interessantes Organ mit vielen Möglichkeiten. Wir sollten uns das mal genauer ansehen. Wenn Sie sich bitte freimachen wollen.»

«Ich brauche keine Behandlung, Herr Doktor. Nur ein Attest. Verstehen Sie?»

Klink sah ihn an, als ob er Chinesisch gesprochen hätte. Ganz schön von der Rolle, der Mann. Sonst war er schneller von Kapee.

«Mein neuer Film ... na ja. Das Drehbuch behagt mir nicht wirklich. Nicht meine künstlerische Linie. Da wäre es am einfachsten ...»

«Auf der Lunge?», sagte Klink. Er leckte den Löffel ab und legte ihn sorgfältig zu seinen Bleistiften in die Bakelitschale. «Das kann etwas Gefährliches sein. Pulmonale Hypertonie. Oder eine chronische obstruktive Bronchitis.»

«Sie sind der Arzt.»

«Ziehen Sie sich erst mal aus!»

Klink war aufgestanden und ging zum Waschbecken. Servatius bemerkte erst jetzt, dass sich darin schmutzige Teller stapelten.

Na schön, dachte er. Wenn er das Theater durchspielen will ...

Er hängte sein Jackett über die Stuhllehne, öffnete den Krawattenknopf und begann, sein Hemd aufzuknöpfen.

«Wie wär's mit einem Emphysem?», fragte Klink, während er sich die Hände unter dem Wasserstrahl rieb. «Schädigung der Lungenbläschen? Wäre das in Ihrem Sinn?»

«Was auch immer. Solang ...»

«Solang Ihr Zustand eine Kur notwendig macht, nehme ich an. Ein paar Wochen in der gesunden Natur.»

Na endlich war der Groschen gefallen.

«Hatten Sie sich eine bestimmte Gegend vorgestellt?»

«Man sagt, dass Alpenluft ...»

«Die Alpen, ja», sagte Klink. «Eine sehr schöne Gegend. Nur schon rein landschaftlich.»

Klang in seinem Ton so etwas wie Sarkasmus mit? Das passte nicht zu ihm. Klink war immer ein serviles Männchen gewesen.

«Und wie viele Wochen möchten Sie krankgeschrieben werden?» Klink wusch sich gar nicht die Hände. Er machte sein Geschirr sauber. «Vier vielleicht? Oder lieber gleich acht?»

«Reden wir nicht um die Sache herum.» Servatius fühlte jene zornige Ungeduld in sich aufsteigen, die ihn auch im Atelier in letzter Zeit immer häufiger erfasste, wenn sich Schauspieler allzu begriffsstutzig anstellten. Man wurde nicht geduldiger mit dem Alter. «Ich brauche ein Attest, mit dem ich ein paar Wochen aus Berlin wegfahren kann. Ist das so schwer zu verstehen?»

«Weil Ihr neuer Film Ihrer künstlerischen Linie nicht entspricht.»

«Weil ich nicht in dieser Scheißstadt bleiben will, Mann Gottes. Punkt, aus.»

Klink rieb sich die Hände an seinem weißen Mantel trocken – auch der nicht besonders sauber – und begann die Fotos an der Wand zu studieren. «Haben Sie gelesen, was da steht?», fragte er nach einer Pause. «Das Plakat.» Wieder schob er sich in einer automatischen Geste die Brille auf die Stirn. «Vorsicht: Trümmerteile können nachrutschen», las er vor. «Verstehen Sie?»

Durchgedreht. Der Pilotentrunk, Überarbeitung oder einfach eine Saite gerissen. Servatius kam sich lächerlich vor, wie er mit nacktem Oberkörper dastand.

«Man kann alles richtig machen, und es ist doch falsch», sagte Klink. Drehte ihm immer noch den Rücken zu. «Es sind keine Trümmerteile nachgerutscht. Sie haben sie herausgeholt, und sie hat ausgesehen wie immer. Nur über und über mit Staub bedeckt. Wo sie doch so gern alles sauber haben wollte. Immer alles ganz sauber.» Und dann, im genau gleichen scheinbar emotionslosen Tonfall: «Legen Sie sich hin. Ich werde Sie jetzt untersuchen. Mit der Lunge ist nicht zu spaßen. Wussten Sie, dass der Luftdruck einer Bombe einem die Lunge zerreißen kann? Wenn es ein Volltreffer ist?»

Servatius blieb stehen. «Ihre Frau?», fragte er.

Klink schüttelte den Kopf. «Ich habe keine Frau. Ich bin Witwer. Das muss man auch lernen, wissen Sie. Es gehört so vieles dazu. Kohlsuppe kann ich schon.»

Nichts wie weg hier. Es war natürlich furchtbar, was dem Mann passiert war, aber ... Es würde sich ein anderer Arzt finden.

«Ja», sagte Klink und ging wieder zum Waschbecken, «es ist vielleicht besser, wenn Sie sich wieder anziehen. Ich hätte Ihnen Ihr Attest nur geschrieben, wenn Sie wirklich krank gewesen wären. Sie sehen nicht so aus, als ob Ihre Lunge zerrissen wäre. Oder Ihr Herz.»

Nicht antworten. Sich gar nicht auf eine Diskussion einlassen.

«Sie sind nicht der Einzige, der aus Berlin wegwill. Es waren auch schon Kollegen von Ihnen bei mir. Aber es ist besser, wenn Sie hierbleiben. Wenn Sie alle hierbleiben. Weil sonst die Zahlen nicht stimmen. Es ist nämlich ein großes Experiment, wissen Sie. Ein Feldversuch. Meine Kollegen machen die interessantesten Operationen.»

Jetzt hatte er sich in der Eile auch noch einen Knopf abgerissen.

«Ja, Herr Servatius.» Klink nahm einen Teller in die Hand und starrte ihn an, als ob er noch nie einen so seltsamen Gegenstand gesehen hätte. «Bleiben Sie in Berlin. Sie dürfen sich das nicht entgehen lassen. Vielleicht erleben Sie etwas, das sich für einen neuen Film verwenden lässt. Oder liegt das Thema nicht auf Ihrer künstlerischen Linie?»

Das Jackett konnte er auch draußen anziehen.

«Warten Sie, Herr Servatius.» Klinks Stimme war plötzlich voller Autorität. «Ich muss Sie noch vor etwas warnen.»

«Ja?»

«Sie werden jemanden finden, der Ihnen Ihr Attest schreibt. Vielleicht werden Sie sogar losfahren in die gesunden Alpen. Aber es wird Ihnen nichts nützen. Wir Ärzte sind ein verklatschter Haufen, und Sie sind ein bekannter Mann. Ich werde es erfahren. Und dann zeige ich Sie an.»

Er hatte schon die Tür geöffnet, aber jetzt blieb er stehen. «Anzeigen?»

«Sie wollen sich der Arbeit in einem kriegswichtigen Betrieb entziehen. Das ist Sabotage. Zersetzung des Wehrwillens. ‹Der Krieg ist verloren›, haben Sie gesagt.»

«Ich habe nie ...»

«‹Der Führer ist ein Arschloch›, haben Sie gesagt.»

«Das wird man Ihnen nicht glauben. Ich habe Freunde.»

«Meinen Sie?» Dr. Klink setzte sich wieder hinter seinen Schreibtisch. «Dann sollten Sie es darauf ankommen lassen. Ich wünsche Ihnen gute Besserung, Herr Servatius.»

Manuskript Samuel A. Saunders

In den Papieren von Werner Wagenknecht finden sich mehrere Texte, die in ihrem Charakter nicht eindeutig einzuordnen sind. Den eigentlichen Tagebucheinträgen, die, wie sich aus dem Zusammenhang ergibt, oft noch am Tag des Ereignisses verfasst wurden, kann wohl ein hoher Grad von Zuverlässigkeit beigemessen werden. Das gilt aber nicht für einige, vom Verfasser jeweils mit eigenen Titeln und seiner Autorenzeile versehene Prosastücke, die eher den Charakter von Kurzgeschichten haben – eine Literaturgattung, die Wagenknecht in den Jahren seiner literarischen Tätigkeit oft gepflegt hat.

Obwohl im Mittelpunkt dieser in sich abgeschlossenen Texte immer reale Persönlichkeiten stehen, ist es doch möglich, dass es sich bei den Situationen, in denen sie gezeigt werden, um reine Erfindungen handelt, möglicherweise Vorarbeiten zu dem «großen Roman», den Wagenknecht nach dem Ende des Naziregimes zu schreiben beabsichtigte. Andererseits, und das scheint mir wahrscheinlicher zu sein, ist es auch denkbar, dass er darin Ateliergerüchte, die ihm Tiziana Adam zutrug, in eine literarische Form brachte.

So oder so vermitteln diese Texte ein überzeugendes Bild jener Zeit. Ob sich die Ereignisse nun genau so abgespielt haben mögen oder nicht – die damalige Stimmung lässt sich auf jeden Fall aus ihnen ablesen.

Zwei Schauspieler
von Werner Wagenknecht

Um das Gipsornament an der Zimmerdecke war eine Blumengirlande gemalt. Das war ihm vorher nie aufgefallen. Vielleicht konnte man sie nur erkennen, wenn man, so wie er jetzt, auf dem Rücken lag, mit halbgeschlossenen Augen. Rote und blaue Blümchen. Vielleicht – es war schön, im Halbschlaf so etwas auszuspinnen, den Traum noch ein bisschen zu verlängern –, vielleicht hatte ihm die Hoteldirektion eine Freude machen wollen, «eine kleine Überraschung für unseren liebsten Gast», und sie hatten einen Maler bestellt, heimlich, der hatte die Blüten hinpinseln müssen, ganz schnell, während er im Atelier zur Kostümanprobe war. Ein Gerüst hatten sie eigens gebaut, denn das Zimmer war hoch, und der Maler hatte auf dem Rücken gelegen, wie Michelangelo in der Sixtinischen Kapelle. Heiß war ihm bei der Arbeit geworden, und er hatte sich ausgezogen, ganz nackt hatte er dagelegen, ein muskulöser Körper mit einer kleinen Narbe am Bauch. Schweißtropfen auf der Haut wie Perlen, und von der Farbe kleine blaue und rote Punkte, die gingen nur weg, wenn man sie ableckte, und sie schmeckten süß.

Neben ihm war das Bett leer. Er war froh darüber. Es war immer am besten, wenn sie gingen, ohne dass man sie auffordern musste. Ohne das ganze Theater von «Das Zimmermädchen kommt gleich» und «Es ist zu gefährlich» und «Wir sehen uns ja bald wieder». Man sah sich nicht wieder, und wenn, dann tat man so, als kenne man sich nicht. Er mochte es nicht, wenn sie noch da waren, wenn es draußen hell wurde. Das Licht war so anders am nächsten Tag und machte alle Gesichtszüge grob. Nicht nur die Gesichtszüge. Wie hatte er geheißen? Es lohnte nicht, sich die Namen zu merken, meistens waren sie falsch, und wenn sie echt waren, lohnte es sich erst recht nicht.

Henno, ja. Mit dieser ganz geraden Haltung und der kleinen Narbe am Bauch, die aussah wie ein zweiter Nabel. Gestern, in der Bar des Hotels, war er ihm unwiderstehlich vorgekommen.

Sie hatten sich über das Wetter unterhalten, und dann – wie waren sie darauf gekommen? – über Jean Paul, den sie, wie sie sich später, sehr viel später, gestanden, beide nicht gelesen hatten. Mit fremden Leuten redete man nicht über Politik, über den Krieg schon gar nicht, und Sportveranstaltungen fanden keine mehr statt. Zwei Whiskys, nicht mehr, dann hatte er sich verabschiedet, alles ganz harmlos, das Ende einer zufälligen Barbekanntschaft. «Ich muss zum Glück nicht mehr weit», hatte er gesagt, «ich wohne hier im Hotel.» Hatte dabei, wie aus Versehen, seine Zimmernummer genannt.

Und dann auf das Klopfen an der Tür gewartet. Wie schon so oft.

Henno. Wie er wohl wirklich hieß?

Er hatte sich immer wieder vorgenommen, dort nicht mehr hinzugehen, auch wenn es fast der einzige Ort war, der einem noch blieb, jetzt, wo alle interessanten Lokale geschlossen waren. Im Haus logierten auch ausländische Gäste, Diplomaten, die sollten die Reichshauptstadt nicht als einen Ort des Mangels erleben. «Frieden gibt es nur noch in der Schweiz», sagte man in Berlin. «Oder in der Bar vom *Adlon*.»

Trotzdem.

Einfach nicht mehr hingehen, und wenn, dann nur auf ein schnelles letztes Glas vor dem Einschlafen, ohne mit jemandem eine Unterhaltung anzufangen, ein Glas und Schluss. Allerhöchstens zwei.

Alles andere war viel zu riskant, wenn man ein Gesicht hatte, das jeder kannte. Im *Film-Kurier* hatten sie ein Foto abgedruckt von einem zerstörten Haus, alles ausgebrannt und kaputt, nur ein Stück Mauerwerk stand noch, und dort hing, völlig unversehrt, ein Plakat vom *Ewigen Junggesellen*, dieses Bild, das auch auf seiner Autogrammkarte drauf war, das, wo er den Strohhut so schräg aufgesetzt hatte. Wie durch ein Wunder hatten die Bewohner des Hauses unverletzt überlebt, und eine Frau, so stand es in dem Artikel, hatte dem Fotografen gesagt: «Walter Arnold hat uns beschützt.»

Mit so einem Plakatgesicht musste man vorsichtig sein. Henno hatte ihn auch gleich mit Namen angesprochen.

Henno.

Gut, dass er weg war. Am nächsten Morgen waren sie immer enttäuschend.

Aufstehen, duschen, und dann die Rolle noch einmal durchgehen. Wenn sich solche Texte auch ebenso gut von Einstellung zu Einstellung lernen ließen. Das war kein Kleist, den man ihm da zu spielen gab. Das einzig Interessante der Todesmonolog nach der Schlacht. Den hatte dieser Wagenknecht – er fiel auf keine Pseudonyme rein, er nicht – ganz hübsch geschrieben. Aber Walter Arnold hatte sich ein für alle Mal vorgenommen, keine halben Sachen zu machen. Auch wenn sie damit mehr als zufrieden gewesen wären. Eigentlich wollten sie nur sein Gesicht. «Wenn einer lächeln kann wie du», hatte Servatius einmal gesagt, «ist jede Schauspielschule verschwendete Zeit.»

Er hatte sich gerade aufgesetzt, als er das Klopfen an der Tür hörte. Nicht das diskrete Anklopfen eines Zimmermädchens, das frische Handtücher bringt – aber warum um diese Zeit? –, sondern ein forderndes, hartes, selbstbewusstes Pochen. Es gab keinen Grund, so gegen seine Zimmertür zu hämmern. Es konnte keinen Grund geben.

Es durfte keinen Grund geben.

Er zog die Decke bis zum Hals hoch, plötzlich sehr bewusst, dass er ohne Schlafanzug dagelegen hatte. Und der Morgenmantel über dem Stuhl unerreichbar weit weg.

Es klopfte wieder, stärker als beim ersten Mal, ungeduldiger. Gleich würden sie die Tür aufbrechen. Es war bestimmt mehr als einer. Sie kamen nie allein.

Und wieder. Noch heftiger. Früher – noch während er es dachte, wunderte er sich, dass ihm das in diesem Moment einfiel –, früher hatte man so den Beginn einer Theatervorstellung angekündigt, einen Stock auf den Bühnenboden gestoßen, noch mal und noch mal und noch mal.

Und dann die Stimme. «Öffnen Sie die Tür, Herr Arnold! Das Spiel ist aus.»

Er hatte es immer gewusst. Eines Tages würde man ihn ...

Aber irgendetwas stimmte nicht. Etwas war falsch an der

Szene. Wie wenn in der Montage ein Anschluss nicht sauber war, und man wusste zuerst gar nicht, was einen störte, musste sich die Sequenz ein zweites Mal ansehen, bevor man den Achssprung feststellte oder das Requisit, das in der einen Einstellung im Bild gewesen war, und wenn sie darauf zurückschnitten, war es verschwunden.

Die Stimme kam von der falschen Seite. Die Stimme und das Klopfen. Dort war nicht die Zimmertüre, dort war … Die andere Hälfte seiner Suite. Der Salon.

Und dann ging die Tür auf, und Henno kam herein, vollständig angezogen, in seinem dunkelgrauen Anzug mit den breiten Aufschlägen, sah ihn an, wie er verschreckt dasaß hinter seiner Decke, der ertappte Liebhaber im zweiten Akt eines französischen Schwanks, und lachte und sagte: «Ich habe drüben auf dem Sofa geschlafen. Du schnarchst nämlich, Walter.»

Er wollte auf die Uhr sehen, ganz automatisch, aber die lag auf dem Nachttisch. Die Hand auszustrecken, den nackten Arm unter der schützenden Decke hervor, dazu konnte er sich nicht überwinden.

«Es ist gerade acht vorbei», sagte Henno. «Zeit, dass wir uns Frühstück aufs Zimmer bestellen.»

«Du bist verrückt. Wir können doch nicht …»

«Wir können eine ganze Menge.» Henno setzte sich auf die Bettkante. «Das haben wir doch ausprobiert.» Mit dem Zeigefinger fuhr er über Arnolds nackte Schulter und weiter den Hals entlang bis unters Kinn, das er hochhob, so dass Arnold seinem Blick nicht ausweichen konnte. «Ein guter Liebhaber bist du übrigens nicht. Viel zu egoistisch.» Henno war noch nicht rasiert. Aber seine Haare waren korrekt gekämmt, ein strenger Scheitel, wie mit dem Lineal gezogen.

«Mein Morgenmantel», sagte Arnold und hoffte, dass Henno das leichte Flattern in seiner Stimme nicht bemerken würde. «Da drüben auf dem Stuhl. Wenn du so nett sein willst.»

«Aber warum denn? So gefällst du mir viel besser.» Riss ihm die Decke weg, mit einer schnellen, überraschenden Bewegung, so wie man jemanden schlägt, der sich nicht wehren darf. Sah sich Walters nackten Körper prüfend an, nickte, ein Sammler, der sich an seiner neuesten Erwerbung freut.

«Wenn jemand merkt, dass du ... dass wir ...»

«Aber das wissen sie doch», sagte Henno, in einem Tonfall, als ob er einem begriffsstutzigen Kind etwas ganz Einfaches zum hundertsten Mal erklärte. «Das wissen wir doch. Wir haben eine Liste, und da kommst du ganz schön oft vor. Wann, wo, mit wem. Du hast nicht immer einen so guten Geschmack gehabt wie gestern.»

«Wir?» Das Wort steckte ihm im Hals wie eine Gräte. Er wollte aufstehen, sich den Morgenmantel holen, aber Henno drückte ihn aufs Bett zurück. Ein angezogener Mann und ein nackter Mann. So wollte er es haben.

«Ja, lieber Walter», sagte Henno. «Wir. Ich bin der zahme Ganter, der die dicken Vögel anlockt. Man braucht Fachleute, um das Laster zu bekämpfen. Kenne deinen Feind.» Mit der Fingerspitze zeichnete er eine Figur auf Walters Brust.

«Und jetzt? Werde ich ... bin ich verhaftet?»

Wenn Henno lachte, hatte er etwas Jungenhaftes. «Aber warum denn? Wegen deines kleinen Steckenpferds wird das Reich nicht untergehen, Paragraph 175 hin oder her. Wir wissen nur gern Bescheid. Damit du uns keine Schwierigkeiten machst, wenn wir dich um einen kleinen Gefallen bitten.» Er wischte seine Hand, die gerade noch so gefährlich zärtlich über Arnolds Brust gefahren war, am Bettlaken ab. Als ob sie etwas Ungesundes berührt hätte.

Ein kleiner Gefallen.

«Nichts Besonderes», sagte Henno. «Nichts, was deine Karriere stören wird. Du sollst dich nur ein bisschen umhören. Bei euch in Babelsberg draußen arbeitet eine Menge interessanter Menschen. Mit interessanten Meinungen zu allen möglichen Dingen. Über die wüssten wir gern Bescheid. Wir wissen gern über alles Bescheid.»

Er stand auf und schaute auf den nackten Arnold hinunter. «Wie sagte der Agent zum Schauspieler? ‹Rufen Sie uns nicht an, wir melden uns schon.› Du kannst dich darauf verlassen, dass wir uns melden werden.»

Unter der Zimmertür drehte er sich noch einmal um. «Du solltest wirklich einmal Jean Paul lesen. Sehr anregend.»

Um das Gipsornament an der Decke war eine Blumengirlande gemalt gewesen. Aber jetzt konnte er sie nicht mehr entdecken.

Interview mit Tiziana Adam
(29. August 1986)

Woher soll ich denn wissen, ob das wirklich so …? Ich war nicht dabei. Ich hab mich nicht zu den beiden ins Bett … Man hat halt so was gemunkelt, damals. Filmleute sind ein verklatschter Haufen. Aber dass er ein Problem hatte, das sah auch ein Blinder.

Weil er seltsam geworden war. Nein, nicht seltsam. Normal. Aber so übertrieben normal, dass jeder gemerkt hat: Der spielt das nur. Ich weiß nicht, wie ich Ihnen das ... Zum Beispiel: Einmal ist mir im Atelier die Handtasche zu Boden gefallen, und er hat sich gebückt und hat sie aufgehoben und hat gesagt: «Bitte schön, Tiziana.» Das hätte er nie getan, wenn nicht etwas mit ihm ... Nie. Wo er mich sonst nicht mal ignoriert hat. Er, der große Publikumsliebling, und ich klein Schneckenschiss.

Außer der eine Abend, wo wir zusammen zu diesem Ball gegangen sind. Habe ich Ihnen von dem Ball erzählt? Ein Kleid hatte ich an ...

Habe ich? Dann eben nicht. Hinterher denke ich mir: Die haben uns nur zusammen hingeschickt, damit die Leute denken sollten, er interessiert sich für Frauen. Damit keiner auf die Idee kommt, dass er in Wirklichkeit ...

Sind Sie eigentlich schwul?

[Lachen] Süß, jetzt wird der Bubi rot. Mir ist das so was von egal. Von mir aus kann jeder, wie er lustig ist. Aber während der Hitlerei ...

Obwohl: Die braunen Herren haben in dem Punkt auch nichts ... Wissen Sie, was man damals gesagt hat? Geflüstert? In jedem Hitlerjungen steckt ein SA-Mann. Schauen Sie mich nicht so an, als ob Sie die Pointe nicht kapieren. In jedem Hitlerjungen ...

[Lachen, Husten]

Ich weiß doch auch nicht, wer das Gerücht aufgebracht hat. Es ist über vierzig Jahre her. Und es steht auf Gerüchten ja nicht drauf «made in ...» Aber wo Rauch ist ...

Der Walter Arnold zum Beispiel ... Vergaß plötzlich dauernd seinen Text, wo er den doch sonst immer perfekt … Theaterschauspieler halt. Die sind das Auswendiglernen gewohnt. Hörte manchmal, mitten im Dreh, nicht mal sein Stichwort. Geistesabwesend. Und dann plötzlich wieder so übertrieben freundlich. Ich hab mal einen Film gesehen, da kommt einer von einem anderen Planeten auf die Erde. Hat sich als Mensch verkleidet, weiß aber nicht wirklich, wie das geht. Ein saukomischer Film. Aus Frankreich, glaube ich. Kennen Sie den?

Der Arnold hatte sich verändert, und der Schramm auch. Der war plötzlich schweigsam. Kein Kalauer mehr, nichts. Was überhaupt nicht zu ihm passte. Man sagt ja, dass Komiker im Privatleben immer ganz traurige Leute … Aber der Schramm … Das war einer, der erzählte sich vor dem Einschlafen noch schnell selber einen Witz, damit er beim Aufwachen gleich was zu lachen hatte. Ein richtiger Gemütskorken. Ich habe ihn gefragt, ob er krank sei oder was, und seine Antwort weiß ich heute noch. «Sind wir das nicht alle?», hat er gesagt. «Sind wir das nicht alle?»

Viel später, als alles schon fast vorbei war … Er hat mir verraten, was ihm damals den Spinat so verhagelt hat. Bei dieser Saufrunde, wo er immer dabei war, die von den Bonzen, da hat er zufällig … Auf dem Scheißhaus. Ein Gespräch mit angehört. Ein ganz hohes Tier, ein General oder so was, und noch ein anderer. Haben sich darüber unterhalten, wie es um den Krieg wirklich stand. Was mit ihnen passieren würde, wenn die Russen … Der Schramm hat sich schon in Sibirien gesehen. Weil er doch in ein paar von diesen «Die-Fahne-hoch»-Filmen mitgespielt … Seit dem Tag wollte er überall sein, nur nicht in einem Atelier in Berlin.

Mit dem Drehplan waren wir im Verzug. Und das bei Servatius. Der strengste Regisseur überhaupt. Pingelig bis zum Gehtnichtmehr. Immer alles auf die Minute. Aber wenn es jetzt mal wieder nicht weiterging ... Seine Wutanfälle waren berühmt, aber jetzt ... Blieb einfach sitzen in seinem Regiestuhl und rauchte eine Zigarette.

[Pause]

Brav. Das haben Sie nun also doch gelernt, dass man einer Dame Feuer gibt.

Ich selber habe ja ewig gebraucht, um zu kapieren, was los war. So lang war ich in dem Verein noch nicht ... Zuerst hab ich gedacht: Die haben halt einfach eine Macke. Künstler eben. Aber in Wirklichkeit hatten sie die Hosen voll. Wollten nichts wie weg aus Berlin. Konnte man ja auch verstehen. Wollten weg und durften es nicht laut ...

Kennen Sie den Film *Unter den Brücken*[19]? Diese Geschichte auf dem Kahn?

Brav, Herr Wissenschaftler. Note eins, setzen. Über diese Dreharbeiten wurde im Atelier viel ... Sie mussten den Schauplatz immer wieder ... Woanders von vorn anfangen. Weil die Anschlüsse nicht funktionierten. Berlin im Hintergrund hatte nach jedem Bombenangriff neue Lücken. Berlin, die Stadt der Warenhäuser. Hier war'n Haus, dort war'n Haus.

[Lachen, Husten]

Verdammte Husterei.

Die Einzige, der man nichts anmerkte, war Maria Maar. Die tat ihre Arbeit wie 'ne Eins. Die hat damals tatsächlich noch

---

19 Regie Helmut Käutner; Hauptdarsteller Hannelore Schroth, Gustav Knuth, Carl Raddatz. Der Film wurde 1945 von der Zensur nicht freigegeben und kam erst 1946 zur Uraufführung.

an den Endsieg ... Ist sogar in einer Wochenschau aufgetreten, als tapfere ausgebombte Berlinerin. Obwohl sie überhaupt nicht ... Pures Affentheater. Nach dem Dreh hat sie sich gleich wieder zurückfahren lassen. Eine Villa am Griebnitzsee. Hat erst mal ein heißes Bad genommen. Weil in den Trümmern so viel Staub war. Das hat sie uns auch ganz stolz ... Es war ihr nicht einmal peinlich. Das sei ihr Beitrag zur Stärkung des Wehrwilllens, hat sie gesagt.

Nein, das ist kein Gerücht. Sie hocken doch die ganze Zeit in den Archiven. Machen Sie sich doch mal auf die Suche. Irgendwo wird sich diese Wochenschau bestimmt noch finden lassen.

Transkription: Die Deutsche Wochenschau Nr. 736
(Oktober 1944 / 3. Beitrag)

Schwenk über eine Straßenzeile mit Bombenschäden. Dramatische Musik.

OFF-SPRECHER:
Bei den feigen Terrorangriffen der angloamerikanischen Banditen wurde in der Reichshauptstadt auch das Gebäude zerstört, in dem die bekannte Filmschauspielerin Maria Maar zurzeit ihren Wohnsitz hat.

Groß ein Plakat: Front und Heimat kennen nur ein Ziel: Kampf bis zum Sieg!

OFF-SPRECHER:
Ihr eigenes Haus hat die beliebte Künstlerin als

Erholungsheim für verwundete Frontsoldaten zur
Verfügung gestellt.
Maria Maar und ein Reporter vor einem Plakat mit dem Text:
Unerschütterlich! Kampfentschlossen! Siegesgewiss!

REPORTER:
Frau Maar, was empfinden Sie vor diesen Trümmern?

MARIA MAAR:
Ich empfinde Wut. Wut und gleichzeitig Mut.
Entschlossenheit. Unsere Mauern können sie
brechen, aber nicht unsere Herzen.

REPORTER:
Sie haben so vieles verloren. Bedrückt Sie das nicht?

MARIA MAAR:
Ich mag nur eine ganz gewöhnliche Schauspielerin
sein, aber ich weiß, was ich unseren jungen Helden
an der Front schuldig bin. Ich müsste mich
schämen, wenn ich hier jammern wollte.
Die Kamera schwenkt auf das zerstörte Gebäude.

OFF-SPRECHER:
So wie Maria Maar empfinden Männer und
Frauen überall in unserem Vaterland.
Musik wird lauter.[20]

---

20 Weitere Beiträge in dieser Wochenschau: Im Generalgouvernement heben Bergarbeiter Gräben für Panzersperren aus. / Junge lettische Kriegsfreiwillige werden als Luftwaffenhelfer in die Wehrmacht aufgenommen. / Flugzeuge des Typs Focke-Wulf 190 bombardieren feindliche Stellungen an der Westfront. / Panzergrenadiere im Angriff auf sowjetische Truppen in Kurland. / Niederschlagung des Volksaufstands in Warschau. / Kämpfe um Lunéville. / Goebbels besucht die Westfront und hält eine Durchhalterede bei einer Kundgebung in Köln.

Interview mit Tiziana Adam
(29. August 1986 / Fortsetzung)

Alle wollten sie weg aus Berlin. Das heißt: Wollen hätten sie gewollt, aber dürfen haben sie nicht gedurft. Die UFA war damals als kriegswichtiger Betrieb ... Wussten Sie das? Wenn da einer am Morgen nicht pünktlich im Atelier stand ... Theoretisch Sabotage. Was natürlich totaler Quatsch ... Von wegen kriegswichtiger Betrieb. In Babelsberg wurden Filme produziert und keine Panzerkanonen. Bloß wegen einer besonders gelungenen Großaufnahme fielen die feindlichen Flugzeuge auch nicht vom Himmel.

Sind Sie eigentlich Patriot? Ich meine: Sie als Amerikaner? So richtig mit Nationalhymne Singen und dabei Hand aufs Herz?

Ihr Amis habt's gut. Wer einen Krieg gewinnt, braucht hinterher nicht ...

Ja doch, ich erzähl ja schon weiter.

Dreimal ... Oder viermal? Ich weiß es nicht mehr. Ein paarmal jedenfalls mussten wir die Dreharbeiten wegen Fliegeralarm ... Mussten alles stehen- und liegenlassen und uns in diesem Luftschutzkeller verkriechen. In dem es nach Essig stank.

Essig, ja. In einer Ecke standen zwei so riesige Flaschen davon, mit Stroh umwickelt. Weil das früher der Lagerraum von der Kantine gewesen war, und sie hatten vergessen ... Oder sie waren zu schwer gewesen. Das war immer eine ganz seltsame Stimmung in diesem Keller. Nicht wegen des Fliegeralarms, den war man unterdessen ... Der Mensch gewöhnt sich an alles, bloß die Kuh gewöhnt sich nicht an den Schlachter. Nein, weil doch die Schauspieler alle noch im Kostüm ... Sie müssen sich das vorstellen: Da hockte man sich gegenüber wie die Hühner auf der Stange, die Leute von der Technik alle im Blaumann, und mittendrin die Maar in ihrer Robe oder der Schramm in seiner Uniform mit den Silberstickereien. Seltsam.

Da unten hat mal einer gesagt ... Es könnte der Servatius gewesen sein, aber ganz sicher bin ich mir nicht mehr. Doch, ich glaube schon, dass es der Servatius ... «Wenn jetzt eine Bombe aufs Atelier fällt», hat er gesagt, «drehen wir den Film am Mittelmeer zu Ende.» Es sollte wie ein Scherz klingen, aber er meinte es ganz ernst. Natürlich nicht das mit dem Mittelmeer. Ich glaube, er hat damals schon an die Alpen gedacht.

Es ist aber keine Bombe aufs Atelier ... So kriegswichtig waren wir wohl doch nicht. Aber vielleicht ist an dem Tag, dort im Luftschutzkeller, einer auf den Gedanken gekommen ... Wäre doch möglich. Ein Brand braucht ja keine Bombe.

Im Atelier, ja. Kein katastrophaler Großbrand, aber drehen konnte man dort nicht mehr. Das war dann doch auch der Grund, warum wir ...

Woher soll ich das Datum wissen? Bin ich ein Kalender? Sie werden das schon rausfinden.

Es war an dem Tag, an dem der Werner zur Nachmusterung musste. Das weiß ich noch genau. Er hat versucht, so zu tun, als ob es nur eine Formsache ... Aber er hat Schiss gehabt. Eine Frau spürt so etwas. Ganz fürchterlich Schiss hat er gehabt.

Tagebuch Werner Wagenknecht
(3. November 1944)

Heute bin ich einem Engel begegnet. In einem Klassenzimmer, in dem es genau so roch wie damals im Gymnasium in Fürstenwalde. Kreide, schweißige Kleider und Angst. Aber es war ein echtes Wunder. In Lourdes würde man eine Kerze dafür anzünden.

Vorher hatte ich mehr als eine Stunde splitternackt im Schulhausflur gestanden, hinter einem Mann mit traurigen Arschbacken. (Traurig? Warum nicht? Manchmal ist das falsche Wort genau das richtige.) Sie ließen uns in Einerkolonne warten, und wir durften dabei nichts anbehalten als Socken und Schuhe. Mehr als eine Stunde. Genügend Zeit, um über die Präzision von Adjektiven nachzudenken. Traurige Arschbacken, ja, bleich und müde. Resigniert. Arschbacken, die jede Hoffnung aufgegeben hatten, je wieder eine Hose prall zu füllen. Man hätte mit einer Kamera ganz langsam an unserer Kolonne vorbeifahren müssen, auf Gürtelhöhe von Hintern zu Hintern. Dazu auf der Tonspur den *Marsch der Freiwilligen*. Damit wäre alles gesagt gewesen.

Es war völlig sinnlos, dass wir genau so stehen bleiben mussten, nackter Bauch hinter nacktem Arsch, es gab keinen vernünftigen Grund für die strenge Ermahnung, auf gar keinen Fall aus dieser Position auszuscheren. Lauter Kommandos um des Kommandierens willen. Sich miteinander zu unterhalten wäre nicht verboten gewesen, aber Gespräche verstummen bald, wenn man sich dabei nicht ins Gesicht sehen kann. (Auch eine hübsche Formulierung: In Deutschland ist alles so organisiert, dass man sich nicht mehr ins Gesicht sehen kann.)

Trotz der erzwungenen Freikörperkultur froren wir nicht. Der Flur war sogar ausgesprochen überheizt. Wo sie die Kohlen herhatten? Über so was dachte man nach. In einer Stunde war man vielleicht schon zur Wehrmacht eingezogen oder zum Arbeitsdienst, aber darüber zerbrach man sich den Kopf. Warum wir beim Warten stehen bleiben mussten, wo es doch Bänke gab, die ganze Wand entlang. Es hat keiner gewagt, die Frage zu stellen. Man musste sich nur die Gesichter der Uniformierten ansehen, um zu wissen, dass es zwecklos gewesen wäre. Hätte man uns das Hinsetzen erlaubt, wahrscheinlich wäre der Himmel eingestürzt.

Die Leute, die dort regieren, haben sich alle eine Fassade aus übertriebener militärischer Zackigkeit zugelegt. Wohl um dahinter die Gebrechen zu verstecken – oder die Schlauheit –, die ihnen ihre Druckposten verschafft haben. Einer tat sich besonders hervor, ein alter Oberfeldwebel, dem das Brüllen zur zweiten Natur geworden war. (Der Typ wäre in einem Roman nicht zu verwenden. Er war sein eigenes Klischee.) Wenn er der Reihe der nackten Männer entlangparadierte, von der Bedeutung seiner Funktion so aufgeblasen, dass er beinah aus seiner Uniform platzte, dann konnte man förmlich riechen, wie sehr er die Macht genoss, die er über uns hatte. An die hundert Männer mittleren Alters – und jeden Tag, ist anzunehmen, wird eine neue Ladung einbestellt –, an die hundert Beamte, Handwerker oder Wissenschaftler, und alle mussten wir uns seine Schikanen ohne Widerspruch gefallen lassen. Senkten den Blick, wenn er an uns vorbeigockelte. Ich auch. Als ob wir alle ein schlechtes Gewissen hätten. Mit der Unterhose hatte man uns auch das Selbstbewusstsein genommen. Das war wohl auch der Zweck der Übung.

«Sie haben sich einzufinden», haben sie geschrieben. «Nachmusterung», haben sie geschrieben. «Widrigenfalls», haben sie geschrieben.

Dabei hat mir Kleinpeter versprochen, er habe meine Freistellung vom Militär über seine Kontakte ein für alle Mal geregelt. Er hat versagt. Oder er hat mich fallenlassen. Der nächtliche Anruf bei Titi könnte bedeuten, dass eine Aktion gegen mich im Gang ist. Vielleicht hat Kleinpeter, der überall seine Kontakte hat, davon läuten hören und will mich jetzt loswerden. Wenn ich an die Front komme, ist er aus der Schusslinie. Ich will das nicht von ihm denken, aber auch Kleinpeter muss sehen, wo er bleibt. Und am liebsten bleibt jeder in Zivil.

Der Mann vor mir – seinen Hintern kenne ich im Detail, aber von seinem Gesicht habe ich keine Ahnung – trat von einem Fuß auf den andern. Musste aufs Klo und traute sich nicht zu fragen. Oder er war das lange Stehen nicht gewohnt.

Man muss sich das alles merken. Das lässt sich später alles mal verwenden.

Wenn man lang genug am Leben bleibt.

Falls ich die Geschichte tatsächlich einmal schreibe, wird er einen Pickel auf der Arschbacke haben. Das macht das Bild einprägsamer.

Links oder rechts?

Über solche Dinge denkt mein Kopf nach. Die richtige Platzierung eines Pickels.

Einmal, als ich zwei kostbare Zigaretten hintereinander weggeraucht habe, bloß um das richtige Adjektiv für eine Regieanweisung zu finden, hat Titi mich gefragt: «Ist es denn so wichtig, ob es ein bisschen mehr so oder ein bisschen mehr so heißt?»

Ja, Titi. Es ist das Wichtigste auf der Welt.

Da wo der Flur einen Knick machte, hatten sie eine lächerliche Barriere aufgebaut, mit einem eigens dafür abgestellten Obergefreiten, der die Klappe jedes Mal öffnen musste, wenn der Nächste aufgerufen wurde. Noch eine kriegswichtige Tätigkeit.

Die nackten Männer durchschritten, einer nach dem andern, diese Pforte (ihr, die ihr eintretet, lasst alle Hoffnung fahren), verschwanden um die Ecke und kamen nicht zurück. Wenn sie ihren Urteilsspruch empfangen hatten, wurden sie wohl auf einem andern Weg ins Untergeschoss zurückgeführt, in die Turnhallen-Garderobe, wo sie sich wieder in Menschen verwandeln durften.

Irgendwann war nur noch der traurige Hintern vor mir, und dann war ich an der Reihe.

Ich hatte ein Büro erwartet, aber ich kam in ein Schulzimmer. Vorn, am Lehrerpult, ein Stabsarzt in Hauptmannsuniform. Der Engel. Neben seinem Podest, zu seinen Füßen gewissermaßen, eine junge Wehrmachtshelferin. An einem kleinen Tischchen mit Schreibmaschine. Ob sie wirklich keinen Mann für diesen Posten gefunden haben? Oder sollte ihre Anwesenheit die Situation für die nackten Musterungspflichtigen noch peinlicher machen? Ich würde es ihnen zutrauen.

Das Mädchen war sogar hübsch. Wäre hübsch gewesen, wenn sie ihre Haare nicht zu so altdeutschen Schnecken zusammengedreht hätte. Auf Scholtz-Klinken[21] gerafft.

«Name?»

---

21 Getrud Scholtz-Klink (1902–1999), Reichsfrauenführerin, wurde oft wegen ihrer «Schneckenfrisur» verspottet.

«Wagenknecht.»
«Vorname?»
«Werner.»

In einem Drehbuch würde ich jetzt schreiben: «Gegenschnitt. Der als Offizier verkleidete Arzt blickt von seiner Liste auf.»

«Beruf?»
«Zurzeit ohne Beschäftigung.»

Klack, klack, klick, machte die Schreibmaschine.

Eine lange Pause. Dann:

«Ach, Fräulein Steinacker, versuchen Sie doch, ob Sie nicht irgendwo eine Tasse Kaffee für mich auftreiben können. So stark wie möglich. Ich kann die Augen kaum mehr offen halten.»

Die junge Dame mit der Schneckenfrisur machte ein beleidigtes Gesicht. Vielleicht weil der Arzt sie mit ihrem Namen angesprochen hatte und nicht mit dem Dienstgrad. Wozu meldet man sich schließlich freiwillig? Aber sie ging hinaus.

«Jetzt schnell», sagte der Stabsarzt. Sagte der Engel. «Sind Sie der Schriftsteller Wagenknecht?»

«Jawohl», sagte ich. Nein, ich bellte: «Jawoll!»

«Lassen Sie den militärischen Ton», sagte er. «Die Situation ist schon so peinlich genug, ich in Uniform und Sie splitternackt. Der Autor von *Stahlseele*?»

«Sie kennen das Buch?» Ich glaube, ich habe gestottert.

«Von früher», sagte er und notierte etwas in seinen Unterlagen. Mit der Wandtafel hinter ihm sah es aus, als ob er einen Eintrag ins Klassenbuch machte. «Der Band stand mal in meiner Bibliothek. Wird hoffentlich irgendwann wieder dort stehen. Sie haben Beschwerden im Unterbauch», sagte der Engel.

«Krämpfe. Ab und zu stechende Schmerzen. In unregelmäßigen Abständen Blut im Stuhl. Verdacht auf Magengeschwür. Ich kann das Risiko nicht eingehen, dass das während einer militärischen Operation plötzlich akut wird. Untauglich.»

Ein Wunder. Ich weiß nicht, was unglaublicher daran war: Dass ich noch einen Leser habe oder dass dieser Leser mir vielleicht das Leben rettete?

Ich wollte mich bedanken, aber er ließ mich nicht zu Wort kommen. «Es wird die nächste Nachmusterung geben», sagte er. «Und die übernächste. Die meisten meiner Kollegen interessieren sich nicht für Literatur. Es wäre also am besten, wenn Sie dann nicht in der Stadt wären. Viel Glück, Herr Wagenknecht.» Und dann, im selben Atemzug, aber mit einer ganz anderen Stimme: «Nun verschwinden Sie schon, Mann! Sie halten mir den Betrieb auf! Unglaublich, was einem hier für Menschenmaterial zugemutet wird.»

Die Wehrmachtshelferin war zurückgekommen.

Manuskript Samuel A. Saunders

Über den Brand, der am 3. November 1944 das Atelier 2 in Babelsberg unbrauchbar machte, gibt es verschiedene, sich widersprechende Darstellungen.

Fest steht, dass das Feuer während der Nacht ausbrach und erst bei Dienstantritt um 05:45 Uhr von der technischen Mannschaft entdeckt wurde. Es handelte sich um einen Schwelbrand mit starker Rauchentwicklung, der vom Betriebsbrandschutz ohne größere Schwierigkeiten gelöscht werden konnte.

Die im Atelier aufgebaute Dekoration für den Film *Lied der Freiheit* wurde dabei durch Löschwasser so stark beschädigt, dass sie nicht mehr verwendbar war. Außerdem war bei vielen Kabeln die Isolation durchgeschmort. Sämtliche elektrischen Anschlüsse mussten überprüft und teilweise ersetzt werden. Es wurde damit gerechnet, dass das Atelier mindestens zwei Monate lang nicht benutzbar sein würde.

Die Tagesprotokolle der UFA-Produktionsabteilung, die bis über das Kriegsende hinaus mit großer Akribie geführt wurden, nennen zwei mögliche Ursachen für den Brand: Es könnte sich um einen durch die kriegsbedingten Stromschwankungen ausgelösten Kurzschluss gehandelt haben, vielleicht ging das Feuer aber auch von einer trotz strenger Vorschriften achtlos entsorgten Zigarette aus.

Arnie Walton spricht in seiner Autobiographie von einem «Attentat auf das Nervenzentrum der deutschen Filmwirtschaft»[22], einem Attentat, bei dem er selber nur knapp mit dem Leben davongekommen sei. Dieser Darstellung ist aber, wie so manchem, das Arnie Walton in seiner Biographie berichtet, wohl nur wenig Glauben zu schenken.

Die interessanteste, allerdings durch nichts belegte Erklärung für den Brand stammt von der Schauspielerin Tiziana Adam, die an jenem Tag im Atelier 2 beschäftigt gewesen wäre. Sie ist fest davon überzeugt, dass das Feuer absichtlich gelegt worden sei, und zwar von einem Mitwirkenden der Produktion *Lied der Freiheit*. Als mögliche Brandstifter nannte sie den Regisseur Reinhold Servatius, den Produktionschef Sebastian Kleinpeter und den Schauspieler Walter Arnold, ohne aller-

---

22 *From Berlin To Hollywood*, S. 84.

dings für die Täterschaft einer dieser Personen Beweise liefern zu können. Das Motiv wäre ihrer Meinung nach bei allen dreien dasselbe gewesen: Dadurch, dass die Dreharbeiten in Berlin verunmöglicht wurden, sollte eine Verlegung des Drehorts in ein weniger von alliierten Bombenangriffen bedrohtes Gebiet erreicht werden. Was dieses Szenario glaubhaft macht – wenn auch keineswegs beweist – ist die Tatsache, dass *Lied der Freiheit* in der Folge tatsächlich von einer Atelier- zu einer Außenproduktion umdefiniert wurde.

Interview mit Tiziana Adam
(29. August 1986 / 2)

Zwei Interviews am selben Tag? Kommt mir vor wie damals bei *Lied der Freiheit:* Meine Rolle wird immer größer, und am Schluss ... Wie sieht es eigentlich mit Gage aus?

Typisch. Zum Tanzen gehen, aber der Musik kein Bier ausgeben wollen. Ich denke, ihr Amerikaner seid alle reich. Vom Tellerwäscher zum Millionär. Wissen Sie was? Das ist gar keine schlechte Idee.

Nicht Millionär. Tellerwäscher. Beziehungsweise Gläser. Ich brauche jemanden, der mir in der Kneipe aushilft. So 'ne Art Werkstudent. Sie kriegen auch jeden Tag warmes Abendbrot. Und dafür erzähle ich Ihnen ...

Na schön, zweimal die Woche. Mein letztes Wort. Freitag und Samstag. Wenn die Saufköppe Ausgang haben. Und sobald Ihre Doktorarbeit fertig ist ... Ein Exemplar für meine Sammlung. Abgemacht? Abgemacht.

Dann legen wir los. Nur noch schnell eine Zigarette.
Danke.
[Pause]
Wer das Feuer im Atelier gelegt hat, kann ich nicht mit Sicherheit ... Ich habe meine Vermutungen, aber ... Da gibt dir keiner was dafür. Es muss jemand gewesen sein, der sich dort gut auskannte. Hat dafür gesorgt ... Ich meine: Es war nur gerade die eine Dekoration im Eimer. In den Ateliers links und rechts ... Alles heil. Ich glaube nicht an Zufälle. Zufall ist, wenn man nicht rauskriegt, wer's gewesen ist.

Und wie schnell sie dann alles nach Bayern verlegt haben. Das muss doch vorbereitet gewesen sein. Nur schon die ganzen Papiere. Bis man damals aus Berlin weg durfte ... Und wir lauter kriegswichtige Personen. Eine ganze Filmmannschaft. Das war alles im Voraus geplant, da kann mir keiner was erzählen. Ich bin ja von gestern, aber nicht von voriger Woche. Der Kleinpeter mag ja gut im Improvisieren gewesen sein, aber ... Wenn einer beim Skat plötzlich einen Buben aus dem Ärmel zaubert, dann hat den nicht der Schneider dort vergessen. Das war Brandstiftung.

Ich weiß es nicht. Wirklich nicht. Keine Ahnung. Ist heute ja auch scheißegal. Damals ... Damals, wenn ich den Brandstifter gekannt hätte – ich hätte ihn ... Bedankt hätte ich mich. Weil ich ohne ihn nie aus Berlin ... Die bayerischen Alpen, wo sie nicht mal wussten, was ein Bombenangriff ... Wo ich keine nächtlichen Anrufe mehr ... Weg von allem. Auf den Knien hätt ich ihm gedankt. Damals. Ich wusste ja nicht, was noch alles ...

Dabei wollten sie mich zuerst gar nicht mitnehmen. «Nur ganz kleine Mannschaft», haben sie gesagt. «Deine Rolle können wir auch vor Ort besetzen.» Zu Deutsch: «Du bist total unwichtig, und deine Kammerzofe spielt uns jeder Dorftrampel.» Aber nicht mit mir. Nicht mit Tiziana Adam.

Dafür sollte der Werner mitfahren. Obwohl das Drehbuch doch schon fertig war. In Bayern schien es egal zu sein, dass er es gar nicht ... Ich meine: offiziell. «Wir brauchen ihn für Textergänzungen in letzter Minute», hieß es. «Anpassung an die veränderten Umstände.» Als ob ein Schauspieler nicht auch mal ein bisschen improvisieren könnte.

Ich könne so lang in seiner Wohnung bleiben. Hat er mir angeboten. Was ja nett gemeint war von ihm, aber ... Er hat die Menschen so gut verstanden, der Werner, und war doch total ... Weltfremd. Kennen Sie das Wort? Naiv, irgendwie. Obwohl er doch ... Sie hätten sehen sollen, wie er sich beim Kofferpacken angestellt hat. Hilflos wie ein Pimpf, der zum ersten Mal mit ins Zeltlager ... Seine Reiseschreibmaschine musste unbedingt mit. Als ob so was Modernes in Bayern noch nicht erfunden wäre. Als wären sie dort nie über den Federkiel hinaus ... Na ja, im Prinzip hat er damit ja recht behalten, aber damals ... Lächerlich fand ich das. Einen halben Koffer mit Schreibpapier gefüllt. An ein Ersatzfarbband gedacht, aber dafür die Unterhosen ... Und Bücher wollte er einpacken, jede Menge Bücher. Als ob es in Urlaub ginge. Er hat allen Ernstes erwartet, ich würde ihm helfen, seine Hemden ... Und dann Küsschen und tschüss. Aber nicht mit mir.

Ich bin noch einmal nach Babelsberg rausgefahren. Am Abend. Hab mir eine Taxe geleistet, obwohl ... Ich war nicht gut bei Kasse damals. Bin ich heute auch nicht. Aber trotzdem: Taxe. Eines dieser Hurra-wir-haben-kein-Benzin-mehr-Autos. Holzvergaser. Die immer so 'nen fischigen Geruch ... Wie geräucherter Hering. Hat's das eigentlich bei euch in Amerika auch gegeben?

Blöd von mir. Für so was ist der Bubi viel zu jung.

Also, ich komm bei den Ateliers an, geh aber nicht rein, sondern warte draußen. Ich wusste ja, wo die Büros von der Herstellungsleitung ... Solang hinter den Fenstern von Kleinpeter Licht brannte, war er auch noch da. Der Mann war berühmt für seine Überstunden. Manchmal machte er die ganze Nacht durch, und am nächsten Morgen ... Saß in der Kantine, frisch wie aus dem Urlaub. Machte sich über die Leute lustig, die vor Dienstbeginn erst mal einen Kaffee brauchten, um auf Touren zu kommen. Oder was man damals unter dem Namen Kaffee ... Es hieß, dass er sich mit diesem Pilotentrunk aufputschte, mit dem auch die Flieger ... Glaub ich aber nicht. Der Kleinpeter war einfach so. Ein Steher.

Weil er immer so lang arbeitete, hatte er immer noch den Berechtigungsschein für einen eigenen Wagen. Kein sehr elegantes Modell, aber immerhin. Ein Benziner. Eigene Parkbucht, mit Namensschild. Das hatten sonst nur die Regisseure und die feinen Herren aus der Teppichetage. Ich hab bei seinem Wagen gewartet. Ein Opel Olympia. Den hat er dann einfach in Berlin zurückgelassen, als wir ...

Der Reihe nach, ich weiß.

Es war schon elf vorbei, als er endlich rauskam. In jeder Hand eine dicke Aktenmappe. Wollte wohl zu Hause noch eine Zusatzschicht ... Hat ganz schön doof geschaut, als er mich da stehen sah. «Ich brauche dringend einen Rat von Ihnen, Herr Kleinpeter», habe ich gesagt.

Ich hätte das Gespräch ja lieber gleich dort geführt. Im Mondlicht. Weit und breit kein Mensch. In einem Auto nebeneinander, wenn der Mann die Hände am Lenkrad hat und immer nur auf die Straße guckt.... Man kann da als Frau seine Argumente nicht wirklich zur Geltung ... Wenn Sie verstehen, was ich meine.

Wie er mich wieder anguckt! Ist wohl noch nicht bis Amerika durchgedrungen, dass es nicht der Storch ist, der die Kinder bringt. Ich war hübsch, damals. Nicht schön, das ist etwas ganz anderes, aber verdammt hübsch. Sexy heißt das heute. Alles dran und an der richtigen Stelle. Heute ... «Nur eine hohe Säule zeugt von verschwundner Pracht.» *Des Sängers Fluch.* Mussten wir in der Schule auswendig lernen. Verschwundne Pracht. Aber damals ...

«Nehmen Sie mich doch ein Stück mit», habe ich gesagt. Er konnte nicht gut nein sagen. Eine Frau allein und so spät am Abend, da musste er ...

Danke, aber ich will die Zigarette jetzt gar nicht anzünden. Das ist ein Requisit. Damals, bei Kleinpeter im Auto, hatte ich auch eine Zigarette in der Hand.

Nach seiner Meinung habe ich ihn gefragt. Wie man sich verhalten müsse, wenn man von einer Situation ... Wenn man etwas wisse, das gegen das Gesetz ... Gegen den Staat vielleicht sogar. Ob man die unbedingt anzeigen müsse bei der entsprechenden Stelle, auch wenn man die Leute eigentlich möge und ihnen nichts Böses wolle. Alles bewusst vage, aber so, dass er merken musste: Ich meinte etwas Bestimmtes. Er könne mir da bestimmt einen guten Rat geben, habe ich gesagt. Wo die Sache ihn doch selber auch ... Am Rand natürlich nur, aber irgendwie eben doch. Immer mit der Zigarette in der Hand. Ich wusste: In dem Moment, wo er mir Feuer gibt, ist er bereit zu verhandeln.

Er hat angehalten und den Motor abgestellt. Das konnte ein gutes Zeichen sein oder ein schlechtes. Hat das Lämpchen an der Decke angeknipst. Gelbes Licht, ein bisschen wie in einem Schlafzimmer. Und hat mich angeschnauzt: «Ich mag keine Andeutungen. Sag mir, was du zu sagen hast. Oder steig aus und lauf nach Hause.»

Ich hab meine Stimme ganz dünn gemacht, wie so 'n kleines Mädchen. Ich bin vielleicht nicht die größte Schauspielerin von der Welt, aber was bei Männern wirkt … Es sei wegen Werner, habe ich gesagt, wegen dieser heimlichen Drehbücher, wo er doch Schreibverbot habe, und wenn man so etwas wisse und nicht anzeige, dann mache man sich bestimmt mitschuldig, und es könnten einem die schlimmsten Sachen … Aber ich wolle auch niemandem Schwierigkeiten machen, auch Kleinpeter nicht, obwohl er doch die ganze Zeit Bescheid gewusst haben müsse. Ob er mir nicht einen Rat geben könne, wie sich die Sache ohne Anzeige … Wo er doch so klug sei und so viel Erfahrung habe.

Er hat ein paar Augenblicke überlegt, und dann hat er mir Feuer gegeben.

Danke.

[Pause]

Ich weiß nicht warum, aber der erste Zug aus einer Zigarette schmeckt immer ganz besonders gut.

Kleinpeter hat mich angesehen. Anders als sonst. Fast mit einer Art von Hochachtung. «Das hätte ich dir gar nicht zugetraut», hat er gesagt. «Mich zu erpressen, das hat schon lang niemand mehr probiert.»

Er hat gedacht, dass es mir um größere Rollen ginge. Oder mehr Gage. Aber ich hab ganz auf bescheiden gemacht. Habe ihm gesagt, dass ich mit meiner Kammerzofe ganz zufrieden wäre. Nur spielen wolle ich sie. Unbedingt. Auch wenn der Film jetzt nicht mehr in Berlin gedreht würde, sondern in den Alpen.

Tagebuch Werner Wagenknecht
(November 1944)

Kleinpeter hat Titi tatsächlich auf die Liste der Leute gesetzt, die nach Bayern mitfahren dürfen. Ich weiß nicht, wie sie das geschafft hat. Sie wollte es mir ums Verrecken nicht verraten. Aber sie war ungeheuer stolz auf sich, und das machte sie eine Nacht lang ungeheuer zärtlich. Ich bin ewig nicht mehr so jung gewesen.

Noch einmal ein neuer Anfang. Ich habe jetzt sogar die Mitgliedskarte der Reichsfilmkammer, die sie mir all die Jahre verweigert haben. Falsch: Nicht ich habe die Karte; Frank Ehrenfels hat sie. Alle meine Papiere sind auf diesen Namen ausgestellt. Werner Wagenknecht, den man jederzeit zu einer Nachmusterung aufbieten kann, existiert nicht mehr.

Es ist mir peinlich, dass ich an Kleinpeters Loyalität gezweifelt habe. Er hat sich für mich weit aus dem Fenster gelehnt und will sich nicht dafür danken lassen. Er brauche mich, das sei alles. Will er so vieles umgeschrieben haben? Oder ist er einfach ein guter Mensch? Was immer. Einem geschenkten Gaul nil nisi bonum.

Ich sitze hier in einer Gaststätte, *Hansekrug* heißt sie, und warte auf den Wagen, der mich abholen soll. Mein Gepäck steht neben mir auf dem Fußboden. Die Schreibmaschine musste ich mit Bindfaden verschnüren. Das Schloss am Tragkoffer ist schon lang kaputt.

Kleinpeter wollte nicht, dass ich zusammen mit den andern in Babelsberg einsteige. Man solle das Schicksal nicht herausfordern.

Schade, dass der *Hansekrug* so gar nichts Bedeutsames an sich hat. Nichts, was man sich für eine Beschreibung einprägen müsste. Das Hitlerbild an der Wand hängt schief, aber wenn ich das später einmal in einem Buch verwendete, würden die Kritiker sagen: Billiger Symbolismus. Auf der Theke steht ein Glas mit Soleiern, und ich frage mich, wie sie das vollgekriegt haben, wo es Eier doch schon so lang nur auf Karte gibt. Vielleicht sind es noch Vorkriegseier, und die Leute wollen ihre kostbaren Rationierungsmarken nicht für zweifelhafte Ware ausgeben. Ich habe keine Ahnung, wie lang Soleier sich halten.

In der Luft liegt dieser Geruch, den man früher nicht kannte, und den man jetzt überall riecht. Der allgemeine Mangel lässt sich erschnuppern. Kommt das daher, dass so viele Dinge fehlen, oder liegt es an den Ersatzstoffen, mit denen man vorzutäuschen versucht, es gäbe sie noch?

Ich muss mir angewöhnen, deutlicher zu schreiben, damit ich beim Abtippen die eigene Klaue auch lesen kann. Das wäre ein Thema für eine hübsche Geschichte: ein Dichter, der ein unsterbliches Meisterwerk verfasst hat, aber die eigene Handschrift nicht mehr entziffern kann.

Auch zu symbolisch.

Sie hätten schon vor einer halben Stunde hier sein sollen. Wir leben in einer Zeit, wo man bei der kleinsten Panne sofort an Katastrophen denkt. Nur wegen der paar Minuten muss ja nicht gleich das ganze Atelier in die Luft geflogen sein.

Später, unterwegs.
Natürlich waren sie irgendwann doch da. Auf der Straße blökte eine Dreiklanghupe die ersten Töne von *Fahrt ins Glück*. Ich kenne das dumme Lied allzu gut. «Fahrt ins Glück, Fahrt ins Glück, und wir schauen nicht zurück.» Man müsste verlangen können, dass bei jeder Vorführung des Films ein Lichtbild projiziert wird: «Der Autor des Films legt Wert auf die Feststellung, dass der Text des Titelliedes nicht von ihm ist.» Als ob ich noch irgendetwas zu verlangen hätte. Das Schlagerchen haben sie damals dazuerfunden, weil in der Saison kein lustiger Film ohne Trallala auskam. Egal, ob es Sinn machte oder nicht.

Ich weiß nicht, warum ich mich heute noch darüber ärgere. Das Buch war ja nicht von mir. Das war von Werner Anders. Oder war es Heinrich Haase? Mein Name ist Hase, ich weiß von nichts.

Der Borgward, mit dem sie mich abholten, war damals das wichtigste Versatzstück des Films. Ein kleiner Reisebus mit der Firmenaufschrift «Fröhlich & Lustig». Rosarot lackiert, damit auch dem dümmsten Kinobesucher gleich von Anfang an klar ist, dass die Affäre glücklich ausgehen wird. Eine dieser unendlich vorausschaubaren Geschichten, bei denen man sich schon langweilt, während man sie noch erfindet. Augustin Schramm als Feriengast, der sich dauernd über alles beschwert, bis sich sein Sohn in die Juniorchefin des Reiseunternehmens verliebt. Und dann ein künstliches Hindernis nach dem andern, bis die hundertzehn Minuten endlich voll sind und die Hochzeit stattfinden kann.

Und in diesem Bus fahren wir jetzt nach Bayern. Es war nichts anderes aufzutreiben, weil die Wehrmacht alles beschlagnahmt, was Räder hat. Aber Fahrzeuge, die für einen Film speziell bemalt wurden, werden bei der UFA nicht unter «Fahrzeugpark» aufgelistet, sondern unter «Dekorationen». Ich werde mich nie wieder über Bürokratie beschweren.

Die Leute von der Technik mit ihren ganzen Gerätschaften sind schon zwei Stunden früher losgefahren. Ihre Fahrzeuge sind langsamer, ein Militärtransporter und ein Mannschaftswagen. Ebenfalls Dekorationsstücke, aus *Gefreiter Gebhardt*. Senfgelb und mit dem schwarzen Wehrmachtskreuz. Wer zuerst in Bayreuth ankommt, wartet dort auf die andern.

Das weiß ich alles von Augustin Schramm. Anfänglich war er der Einzige, der keine Hemmungen hatte, sich mit mir zu unterhalten. Die andern haben mich angesehen, als ob ich Nosferatu persönlich wäre. Ein Untoter. Sie wussten nicht, wie sie mit mir umgehen sollten, wo ich doch offiziell gar nicht mehr existiere. «Was wollen Sie in unserem Bus, Herr? Sie sind doch längst begraben.» Unterdessen hat sich das gelegt. Aber sogar Titi hat zuerst so getan, als ob sie mich nicht kennte. Maria Maar hat ihren Kopf ein paar Kilometer lang demonstrativ nicht vom Fenster weggedreht. Sie wollte wohl später einmal sagen können, sie habe mich gar nicht bemerkt.

Überhaupt ist die Maar die Einzige, die sich nicht darüber zu freuen scheint, dass wir aus Berlin wegkommen. Sie sieht sich wohl als Flintenweib, das heroisch auf die Barrikaden steigt und eigenhändig die feindlichen Armeen in die Flucht schlägt, wie auf dem Gemälde von Delacroix. (Das sie bestimmt nicht kennt.) Kleinpeter hat ihr einen Vortrag über deutsche Befehlstreue und Pflichterfüllung gehalten, es habe jeder dahin zu gehen, wo die Führung ihn hinschicke und so weiter und so fort. Jetzt fühlt sie sich als Märtyrerin des Gehorsams. Jeder lügt sich an, wie er kann.

Titi sitzt nicht bei mir, sondern bei den Darstellern. Sie will demonstrieren, dass sie jetzt auch dazugehört.

Ob sie mit Kleinpeter ins Bett gehen musste? Möglich. Andererseits war sie nicht sehr lang weg, und als sie zurückkam ...

Ich will es nicht wissen. Sie ist mit dabei, nur das ist wichtig, während alle anderen kleinen Rollen in Berlin geblieben sind. «Die paar Leute werden sich vor Ort schon finden», hat Kleinpeter gesagt. «Sonst müssen wir halt das Drehbuch anpassen.» Frank Ehrenfels macht das schon. Wozu war er Volontär in Wismar?

Der neue Drehort heißt Kastelau, sagt Augustin. Ein Kaff in der Gegend von Berchtesgaden, wo Leute Urlaub machen, die sich die angesagten Orte nicht leisten können. Im Frieden natürlich nur. Jetzt macht man seine Vergnügungsreisen nach Russland.

Kastelau. Ich habe den Namen nie vorher gehört. Es soll dort ein altes Schloss geben, für die Innenszenen. Hoffentlich mit einer Halle, die groß genug ist für den Aufmarsch der Soldaten. Genügend Statisterie wird sich in so einem Dorf ja finden lassen. Obwohl: Gesunde junge Leute haben in Deutschland immer mehr Seltenheitswert.

Was zerbreche ich mir Kleinpeters Kopf? Es geht weg von Berlin. Das ist alles, was zählt. Ein sichererer Ort lässt sich bestimmt in ganz Deutschland nicht finden. Wo sogar der Führer in der Gegend Urlaub macht.

Später.

Im Bus herrscht unterdessen eine Stimmung wie auf Klassenfahrt. Bei Fichtenwalde gab es einen letzten Kontrollpunkt, aber die Soldaten wollten unsere Papiere gar nicht sehen. Die Schauspieler mussten ihnen sogar Autogramme geben. Auch Titi, die das so herablassend erledigte, als ob sie seit Jahren daran gewöhnt sei.

Augustin hat das Spiel aufgebracht, dass jeder das peinlichste Erlebnis aus seinem Leben erzählen müsse, und auch gleich mit einer Schnurre aus seiner Anfängerzeit losgelegt, wie man ihm auf einer Tournee im Hotel die einzige Hose geklaut habe und er dann in ein Leintuch gehüllt ins Theater habe marschieren müssen. In Walter Arnolds Geschichte ging es um die fristlose Entlassung aus seinem allerersten Engagement, nachdem ihn der Oberspielleiter mit seiner Gattin erwischt habe – in des Oberspielleiters Ehebett. Nicht wirklich glaubhaft, so wie ich ihn einschätze. Maria Maar erzählte etwas von einem Kostüm, das mitten in der Vorstellung aufgeplatzt sei, auf der Bühne des Staatstheaters. Die Anekdote war völlig unkomisch und offensichtlich erfunden. Sie hatte nur den Zweck, uns wieder einmal daran zu erinnern, dass sie in Berlin die Maria Stuart gespielt hat. Der Höhepunkt ihrer Karriere. Man erzählt sich – aber das hat sie natürlich nicht erwähnt –, Gründgens sei gegen die Besetzung gewesen, aber Göring habe darauf bestanden. Die Maar ist mit Emmy Sonnemann[23] befreundet und flicht diese Tatsache gern ins Gespräch ein.

Als Titi an der Reihe war, hat sie sich sehr geschickt (und

---

23 Emmy (eigentlich Emma Johanna Henny) Sonnemann (1893–1973), Schauspielerin, zweite Frau von Hermann Göring.

ausgesprochen bösartig) aus der Affäre gezogen. Schon als Schulmädchen habe sie so sehr für Maria Maar geschwärmt, hat sie behauptet, dass sie einmal, um die Mitschülerinnen zu beeindrucken, deren Unterschrift auf einer Fotografie gefälscht habe – aber so ungeschickt und krakelig, dass man sie nur ausgelacht habe. Es klang wie ein Kompliment und sollte doch daran erinnern, dass die Maar nicht mehr die Jüngste ist. Sie kann ganz schön durchtrieben sein, meine Titi.

Der allgemeinen guten Laune tat das keinen Abbruch, im Gegenteil. Maria Maar ist schlau genug, um in einer solchen Situation den Hintergedanken einfach nicht zu bemerken und am lautesten mitzulachen.

Fröhlich und Lustig. Es hätte nicht viel gefehlt, und sie hätten angefangen zu singen. So erleichtert sind sie alle, dass wir den Krieg mit jedem Kilometer mehr hinter uns lassen.

Manuskript Samuel A. Saunders

Samuel Goldwyn soll einmal gesagt haben, für eine gute Story würde er selbst den Teufel als Drehbuchautor engagieren. Er hat nicht mit McIlroy & Partners gerechnet. Die wüssten auch Satan persönlich das Leben so lang zur Hölle zu machen, bis der irgendwann aufs Schreiben verzichtete und sich wieder in seine so viel friedlichere Unterwelt trollte. Dämonen, die einem mit glühenden Eisen das Fleisch von den Knochen schälen, sind harmlose Spaßmacher, verglichen mit einer amerikanischen Anwaltsfirma.

Eine gute Story hatte ich. Die beste, die man sich vorstellen kann. Und was hat es mir genützt?

Von all den Kenntnissen, die ich aus Deutschland zurückgebracht habe, waren mir letzten Endes nur die Dinge nützlich, die ich von Titi gelernt habe. Nicht ihre Geschichten. Auch nicht die eine, große Geschichte. Mit meinen wissenschaftlichen Erkenntnissen kann ich die Wände tapezieren.

Wenn ich – ewig kann es nicht mehr dauern – *Movies Forever* endgültig schließen muss, weil der Vermieter nicht länger auf sein Geld warten will, wenn das ganze mühsam gesammelte Material auf dem Sperrmüll landet, weil man das ja heute alles im Internet findet, wenn ich ein für alle Mal zugeben muss, dass mein Leben gescheitert ist, dann kann ich immer noch in irgendeiner Bar hinter dem Tresen arbeiten. «Meine Herren, heute sehn Sie mich Gläser abwaschen.» Die Melodie hat Titi immer gepfiffen, wenn ich mich am Wochenende zur Arbeit meldete. Um mich zu ärgern, oder weil sie immer noch von dieser Rolle träumte. So wie ich immer noch von einem Buch träume, das nie publiziert werden wird.

Heute stapelt man Gläser einfach in den Geschirrspüler. Aber wirklich sauber, so sauber, wie Titi das haben wollte, werden sie dort nicht. Wenn ich in ein Lokal gehe, achte ich heute noch ganz automatisch auf den Zustand der Gläser, so wie ein Zahnarzt den Leuten wohl automatisch aufs Gebiss sieht. Ich sehe jedes Mal diesen leichten Kalkfilm. Nie den richtigen Glanz. So wie bei Arnie Walton aller Glanz verblasst, sobald man näher hinsieht.

Ich habe erst später erfahren, warum sich Titi in diesen Dingen so gut auskannte. Von der Zeit nach dem Krieg redete sie nicht gern.

Sie hatte ihre eigene Mischung aus zwei verschiedenen Geschirrspülmitteln, die sie in leeren Schnapsflaschen zusammenmixte. Jedes Glas musste man, wenn es sauber war, noch einmal einzeln abspülen, das war ihr Geheimnis, so heiß, dass man sich dabei die Finger verbrühte. Und nicht etwa im Abwaschbecken – «du badest ja auch nicht im Dreck» –, sondern direkt unter dem Wasserhahn. Dabei war es der Kundschaft, die sich bei ihr versammelte, völlig egal, ob die Gläser ein bisschen mehr oder ein bisschen weniger glänzten. Gut eingeschenkt mussten sie sein, darauf kam es ihren Gästen an. Bei Titi versammelten sich entschlossene Trinker.

Sie hat mir beigebracht, dass man ein Schnapsglas nie in einem Zug vollschenkt, selbst wenn man den Eichstrich auch mit geschlossenen Augen exakt treffen würde. Immer zuerst ein bisschen zu wenig eingießen und dann, in einem zweiten Anlauf, noch einmal nachfüllen, eine Spur über den Strich hinaus. Das gibt dem Kunden das Gefühl, dass hier großzügig bedient wird, und er hört nicht auf zu bestellen.

Ich habe bei ihr auch gelernt, ein perfektes Pils zu zapfen. Mit einer Schaumkrone, die sich ein ganz kleines bisschen über den Rand des Glases hinauswölbt, ohne dass auch nur ein Tropfen außen hinunterläuft. Die Papiermanschette am Fuß des Glases immer absolut trocken. Dass ich das irgendwann hinkriegte, hat mir bei Titi mehr Respekt eingetragen als all meine Fachkenntnisse.

Ich hätte statt einer Videothek eine Bar eröffnen sollen. Die Cocktails nach berühmten Regisseuren benennen. «Nehmen wir einen Fellini oder doch lieber einen Billy Wilder?» Kleine Snacks mit den Namen von Filmstars. Der Greta-Garbo-Teller mit schwedischem Rauchlachs und die Arnie-Walton-Platte mit faulen Eiern. Was eben gut zusammenpasst.

[Handschriftlich angefügt:] ALLES STREICHEN!!!

Interview mit Tiziana Adam
(1. September 1986)

Bevor wir anfangen ... Zeig erst mal, was du kannst. Was du bei mir gelernt hast. Schenk mir einen Aquavit ein.

Ja, ich duze dich. Angestellte duzt man.

Ein großes Glas. Meine Leber hält das schon aus.

Keine Angst, ich werde dir schon keinen besoffenen Scheiß ... Aber nüchtern will ich mich an die Geschichte nicht ... Kann ich einfach nicht.

Prost.

Also ...

[Pause]

Hetz mich nicht. Ich erzähl's dir einmal, ohne Unterbrechungen und dann ...

Weißt du, was die Münchberger Senke ist? Ein Autobahnabschnitt. Wenn man von Norden kommt, kurz vor Bayreuth. Sieh halt auf der Landkarte nach. In den Nachrichten hört man den Namen manchmal. Münchberger Senke. Wenn es auf der Autobahn mal wieder einen Massenunfall gegeben hat, von wegen Nebel.

Bei uns war es kein Nebel. Es war ...

Lass die Flasche ruhig stehen.

[Pause]

Also.

Die Autobahn fast leer an dem Tag. Hatte ja keiner mehr ein Auto. Unser Fahrer ... Eigentlich schon lang im Ruhestand, aber sie haben ihn reaktiviert. War ja sonst niemand mehr ... Der ist dann später freiwillig nach Berlin zurück. Als die Russen kamen, haben sie ihn erschossen. Weil die Fahrer bei der UFA alle so 'ne Uniformmütze anhatten, und da dachten sie ... So wie sie bei den andern auch meinten ... Glaubst du an Schicksal?

Du sollst mich nicht unterbrechen.

Die Münchberger Senke.

Der Fahrer hat die ganze Zeit vor sich hin gesungen, das weiß ich noch. Gesummt. Immer dieselbe Melodie. Eigentlich nur drei Töne. Aus dem Film, in dem auch unser Bus ... Die Melodie von der Hupe. [Singt] «Fahrt ins Glück, Fahrt ins Glück.» Bis wir dann über diesen Hügel kamen und unten in der Senke ... Man müsste solche Melodien verbieten.

Über den Hügel und dann plötzlich ...

[Pause]

Senke. Ich habe das Wort vorher überhaupt nicht gekannt. «Tal» hätte ich gesagt. «Niederung». Aber dort ...

Schenk mir noch mal ein.

Wir kamen also über diesen Hügel und ...

[Pause]

Den Rauch hatten wir schon vorher gesehen. Schwarzer Rauch. Wie wenn einer auf einer wilden Deponie Autoreifen ... Sie haben ja auch Autoreifen verbrannt. Nicht nur die Reifen.

Da wo die Räder gewesen waren, waren jetzt Pfützen aus geschmolzenem Gummi. Der Geruch ... Einmal hab ich den Gummi von einem Einweckglas auf der Herdplatte liegen lassen, und mir ist speiübel geworden, nur weil mich der Geruch daran erinnert hat ...

Bis zum Rand.

[Pause]

Die Leute von der Technik waren vor uns losgefahren. In

zwei Wehrmachtsfahrzeugen. Auch aus einem Film. Nicht gepanzert, nur angemalt. Im Kino muss es nur aussehen wie wirklich. Sie hatten gute Leute damals, im Malersaal von der UFA. Künstler. Die konnten dir Marmor so perfekt imitieren, dass es absolut echt ... So ein Auto war für die kein Problem. Ein Klacks.

Zwei Wehrmachtstransporter auf einer leeren Autobahn. Das muss ein Flieger gesehen haben, ein Amerikaner oder ein Engländer, ich weiß es nicht. Die konnten ja damals schon rumkurven, wie sie wollten. Unsere Luftwaffe ...

Den Göring hat man damals nur noch Herrn Meier genannt. Weil er doch gesagt hatte, er will Meier heißen, wenn auch nur ein einziges feindliches Flugzeug ...

Mach nicht so ein Gesicht. Ich weiß selber, dass das alles nicht dazugehört. Wenn du erzählen müsstest, was ich zu erzählen habe, würdest du auch drum rum ...

Gib mir Feuer.

[Pause]

Ein Flieger muss sie gesehen haben und ... Das gab's damals oft. Flugzeuge, die Militärkolonnen angriffen. Oder ganz einfach Menschen. Wenn man den Krieg verliert, heißt das Terror. Wenn man gewinnt ...

Sie müssen sie also entdeckt haben, und dann ...

[Pause]

Zuerst haben wir nur die Flammen gesehen. Ein Verkehrsunfall, haben wir gedacht. Unser Fahrer hat abgebremst, und wir sind ganz langsam ...

Wir haben nicht gleich gemerkt, dass das unsere Leute ... Haben angehalten, weil man ja immer denkt, vielleicht kann man ... Obwohl da nichts mehr zu helfen war, das hat man gleich ... Man kannte solche Bilder, damals. Ausgebrannte Autos, so was gab's in Berlin an jeder Ecke. Für die Kinder, hab ich mal gehört, war das ein richtiges Spiel geworden. Herausfinden, welche Marke so eine Brandruine mal gewesen war. Welches Modell.

Wenn Menschen verbrennen, bewegt sich ihr Körper manchmal noch, wusstest du das? Von der Hitze. Der Bus hatte keine Fenster mehr, und hinter einer dieser ausgebrannten Öffnungen saß ein Körper, immer noch ganz gerade, und ... Als ob er uns zuwinken würde. Sie. Es könnte Trude gewesen sein. Gertrud. Maria Maars persönliche Garderobiere. Die von ihr immer behandelt wurde wie eine Sklavin.

Als ob sie uns ...

Gib mir die Flasche. Aus einem Glas wird man nicht schnell genug besoffen.

[Pause]

Hat uns zugewinkt.

[Lange Pause]

Ich kann das nicht. Du musst das verstehen. Es gibt Dinge ... Ich kann das nicht.

Der Werner hat damals alles aufgeschrieben. Ich such dir das raus, und du liest es selber.

Und jetzt lass mich in Ruhe.

Nein. Keine Fragen. Kein Wort mehr.

Hau ab.

Tagebuch Werner Wagenknecht
(November 1944)

Ich stand davor und war nicht erschüttert. Als ob etwas in mir eingefroren wäre. In meinem Kopf hat es immer nur gedacht: Merk dir das alles! Schreib es auf. Vergiss keine Kleinigkeit. Am liebsten hätte ich mir an Ort und Stelle Notizen gemacht. Als Titi sich an mich presste und festgehalten werden wollte, da war ich nicht wirklich für sie da. Nicht so, wie sie es gebraucht hätte.

Nein. Wenigstens in seinem Tagebuch soll man sich nicht anlügen. Nicht drum herumreden. Ich fand es lästig, dass ich sie ausgerechnet jetzt trösten sollte. Ich habe ihre Verzweiflung als Störung empfunden. Wie wenn mir jemand in eine schwierige Textpassage hineinquatscht. Über ihre Schulter weg habe ich die ganze Zeit weiter zugesehen und versucht, mir alles einzuprägen.

Muss ich mich deshalb schämen? Die Leute sind nicht in diesen Autowracks verbrannt, damit ich später einmal Material für meinen Roman habe. Aber was keiner aufschreibt, wird vergessen. Es wird eine Zeit kommen – diese Zeit kommt immer –, in der niemand mehr glauben wird, dass es so passiert ist. So und nicht anders.

Wenn der Spuk vorbei ist, ewig kann es nicht mehr dauern, dann werde ich nie wieder ein Drehbuch schreiben. Das habe ich mir fest vorgenommen. Nur noch den Roman. Für den ich immer noch keinen Titel habe. Vielleicht rede ich es mir ein, aber ich glaube, dass das der Auftrag ist, für den ich all die Jahre aufgespart wurde. Der eine Roman, in dem alles drinsteht. So, wie es gewesen ist.

Titi zuckte am ganzen Körper und schlug um sich, als ob sie einen Wespenschwarm abwehren müsse. Die Augen fest zugedrückt, wie es Kinder tun, wenn ihnen etwas Angst macht. Ich habe sie in die Arme genommen, und sie schrie weiter, in meinen Mantel hinein. Als Titis Schreie in ein Weinen übergingen, konnte ich spüren, wie sich ihr Körper entspannte.

Maria Maar hatte ihren Rücken in eine soldatische Haltung gezwungen und stand stramm wie eine Ehrenwache. Nur ihre rechte Hand, die sie in die Manteltasche gesteckt hatte, zuckte die ganze Zeit. Als ob da ein kleines Tier in ihrer Tasche wäre, das sie festhalten müsse. Das uns alle auffressen würde, wenn es ihm gelänge zu entkommen. Ihr Gesicht ganz hart, ohne eine Träne. Die Reichsklagefrau hat nicht gemerkt, dass die Wirklichkeit ihr ein perfektes Stichwort gegeben hatte.

Dafür weinte Walter Arnold. Zumindest hatte er die Hände vors Gesicht geschlagen. Keine wirklich überzeugende Geste, schien mir, zu theatermäßig. Er stand auch viel zu gewollt elegant da, Standbein, Spielbein. Provinzverzweiflung. Aber vielleicht tue ich ihm unrecht. Vielleicht ist das Künstliche seine Art von Ehrlichkeit.

Servatius kniete am Straßenrand, den Oberkörper weit vorgebeugt, die Stirn fast auf dem Boden. Man hätte meinen können, er spreche ein Gebet, aber er kotzte nur. Kleinpeter stand hinter ihm und machte immer wieder dieselbe fahrige Bewegung. Als ob er Servatius den Kopf tätscheln wolle.

Augustin Schramm war weggelaufen. Die Autobahn entlang, von allem weg. Mitten auf der Fahrbahn. Soweit ich es beobachten konnte, sah er sich nicht ein einziges Mal um. Als ob er in einer langen Einstellung wäre, und der Regisseur hätte gesagt: «Geh einfach immer weiter, bis ich ‹Schnitt!› sage.» Der Fahrer rannte hinter ihm her und rief seinen Namen. Zuerst «Herr Schramm!» und dann «Augustin!»

Von den beiden Autos waren nur Skelette übrig. Das falsche Wort. Ein Skelett ist innen, und was da vor sich hin glühte, war ja das Äußere. Die Karosserie. Man spürte die Hitze im Gesicht, und das war bei der Kälte nicht einmal unangenehm. Die Maar muss das Gleiche empfunden haben wie ich, denn sie machte, ohne den Blick abzuwenden, ein paar Schritte von den ausgebrannten Wagen weg. Man wärmt sich nicht am Scheiterhaufen seiner Kollegen.

Damals, als sie meine Bücher auf den Scheiterhaufen warfen, hat man die Hitze auch auf der Haut gespürt. Es war eine laue Maiennacht, und die Ascheflocken flatterten durch die Luft wie die ersten Schmetterlinge. Sie müssen die Mäuler voll Asche gehabt haben bei ihrem Schreien und Singen.

(Der Vergleich ist verlockend, aber er darf im Buch nicht vorkommen. Ich darf nicht vorkommen. Es muss ein Bericht werden, keine Abrechnung.)

Ich weiß nicht, wie lang die Wracks schon gebrannt hatten. Flammen waren keine mehr zu sehen. Da war nur die Hitze der Glut und dieses Ticken. Unregelmäßig. Metall, das sich ausdehnte. Oder zusammenzog. Ich habe diese physikalischen Abläufe nie verstanden.

Und der Geruch. Wie ein Brand riecht, das haben wir alle gründlich gelernt. Wir Deutsche sind geübt im Abbrennen und Abgebranntwerden. Aber hier kam noch etwas anderes dazu, etwas, das einen an die Zeit vor dem Krieg erinnerte, an Sommerfeste, wo man ein Feuer macht und Fleisch darauf brät.

Die ganze Zeit kam kein anderes Auto vorbei. Als ob das alles nur eine Filmszene wäre, und die Aufnahmeleitung hätte den Drehort abgesperrt.

Später hat Kleinpeter eine Aktenmappe aus unserem Bus geholt und feierlich die Namen all der Leute verlesen, die in den beiden Autos mit den falschen Wehrmachtskreuzen auf den Dächern unterwegs gewesen waren. Es war eine lange Liste. Namen, die man nicht kennt, haben etwas von einer fremden Sprache. Es klang wie ein lateinischer Gottesdienst.

Einen Namen nannte er zweimal. Vater und Sohn. Der eine Beleuchter und der andere Requisiteur. Ob die Verwaltung zwei Beileidsbriefe an dieselbe Adresse schickt? Mit derselben frommen Lüge, die sie auch von der Front immer schreiben? «Er hat nicht gelitten.»

In stolzer Trauer.

Hinterher schweigen alle. Der Erste, der wieder etwas sagte, war Walter Arnold. Er fragte: «Und was wird jetzt aus unserm Film?»

Manuskript Samuel A. Saunders

Die Katastrophe auf der Autobahn, der vierzehn Menschen zum Opfer fielen – Menschen, die seine Kollegen gewesen waren –, inspirierte Arnie Walton in seinen Memoiren nicht etwa zu einer Äußerung des Bedauerns oder der Trauer. Er beschreibt die Situation so: Der Bus mit den Schauspielern gerät ebenfalls in das Bombardement und entgeht nur knapp einem Volltreffer. Worauf Walter Arnold heldenhaft versucht, brennende und schreiende Kollegen aus den bombardierten Wagen zu retten.[24] Die Tatsache, dass er damit sowohl den Erinnerungen von Tiziana Adam wie auch der Tagebucheintragung von Werner Wagenknecht widerspricht, macht jeden Kommentar wohl überflüssig.

Ein Brief

Münchberg, den 14. März 1987

Sehr geehrter Herr Saunders,

Ihre Anfrage, die Sie an das Bürgermeisteramt der Stadt Münchberg gerichtet haben, ist von dort an mich weitergeleitet worden, mit der Bitte, sie direkt zu beantworten. Seit ich, vor mehr als zwanzig Jahren, zum 600. Jahrestag der Verleihung der Stadtrechte, eine kleine Chronik meiner Vaterstadt verfasst habe, gelte ich hier als so eine Art Lokalhistoriker, eine unverdiente Ehre für einen längst in den Ruhestand getretenen Schuldirektor. Nun ja, auf einem kleinen Misthaufen kräht es sich leicht. Die Geschichte von Münchberg hat im Laufe der Jahrhunderte nicht viel Interessanteres zu bieten als immer neue Feuersbrünste.

Was nun Ihre Anfrage betrifft, bedaure ich, Ihnen mitteilen zu müssen, dass sich weder im Stadtarchiv noch in den Wochenberichten der freiwilligen Feuerwehr, die in einem solchen Fall bestimmt als Erste alarmiert worden wäre, ein Hinweis auf den von Ihnen geschilderten Zwischenfall finden ließ. Die

---

24 *From Berlin To Hollywood*, S. 104 ff.

Ereignisse lassen sich also nicht aktenmäßig belegen, was aber keineswegs bedeuten muss, dass sie nicht stattgefunden haben. Es mag angesichts der bedrückenden Einzelheiten, die Sie in Ihrem Brief schildern, herzlos klingen, aber in der Endphase des Zweiten Weltkriegs waren feindliche Fliegerangriffe zu einem so alltäglichen Vorkommnis geworden, dass man sie wohl nicht mehr einzeln der Aufzeichnung wert hielt. Der allzu menschliche Drang, gerade in schwierigen Zeiten den Anschein der Normalität zu wahren und unangenehme Dinge einfach nicht zur Kenntnis zu nehmen, mag auch hier eine Rolle gespielt haben.

(Es könnte Sie in diesem Zusammenhang interessieren, dass Münchberg schon in der Nacht vom 16. auf den 17. August 1940 als erste Stadt in Bayern Ziel eines Fliegerangriffs geworden war.)

Ich habe mich nicht auf die archivarische Nachforschung beschränkt, sondern Ihre Anfrage auch an Kollegen aus den Nachbarorten Helmbrechts, Wüstenselbitz, Stammbach und Zell im Fichtelgebirge weitergeleitet. Ein ehemaliger Deutschlehrer, der in seiner Anfängerzeit an der Volksschule in Stammbach unterrichtet hat, meinte sich zu erinnern, gerüchteweise von der Bombardierung zweier Militärfahrzeuge an der von Ihnen genannten Stelle der Reichsautobahn gehört zu haben, allerdings ohne Bezug zur UFA oder zu irgendwelchen Dreharbeiten. Vielleicht setzen Sie sich direkt mit ihm in Verbindung. Seine Anschrift: Manfred Hofwirth, Wasserknoden 32, 9546 Bad Berneck.

Ich bedaure, Ihnen keine exakteren Auskünfte geben zu können, und hoffe trotzdem, Ihnen mit diesen Angaben ein kleines bisschen gedient zu haben. Dass sich ein Ereignis dokumentarisch nicht belegen lässt, ist ja noch lange kein Beweis ex negativo.

Für Ihre Dissertation wünsche ich Ihnen viel Erfolg.
Mit vorzüglicher Hochachtung
Dr. Hans-Walter Fleischhauer

Manuskript Samuel A. Saunders

Nach den zu jener Zeit gültigen «Verordnungen über den totalen Arbeitseinsatz» wären die Überlebenden des Filmteams verpflichtet gewesen, auf schnellstem Weg an ihren zugeteilten Arbeitsplatz zurückzukehren, im konkreten Fall also nach Berlin. Es lässt sich heute nicht mehr feststellen, wer damals beschlossen hat, die Fahrt zum vorgesehenen Drehort Kastelau trotz des Ausfalls der technischen Mannschaft und der gesamten Ausrüstung fortzusetzen. Aufgrund ihrer Außenseiterpositionen dürften weder Tiziana Adam noch Werner Wagenknecht, von denen die ausführlichsten Berichte über jene Tage vorliegen, in diese Entscheidungsfindung involviert gewesen sein. Die Darstellung von Arnie Walton, der den Beschluss als bewussten Akt des Widerstands gegen die Nazis darstellt[25], erscheint so wenig glaubhaft wie das meiste, das er aus jenen Tagen berichtet. Es ist anzunehmen, dass Sebastian Kleinpeter, dem als Herstellungsleiter die Gesamtverantwortung für das Projekt oblag, den Entscheid in Absprache mit dem Regisseur Reinhold Servatius getroffen hat.

---

25 *From Berlin To Hollywood*, S. 119 f.

Fest steht, dass die kleine Rumpfequipe in Richtung Süden weiterfuhr und zunächst einmal in München Station machte. Dort, genauer gesagt, im Vorort Geiselgasteig, befanden sich die Ateliers der Bavaria Filmkunst GmbH, einer nur formal unabhängigen Gesellschaft, die zum gleichen staatlichen Monopolkonzern gehörte wie die UFA. Aufgrund dieser engen geschäftlichen Verbindung und vielleicht unter Hinweis auf die hohe Priorität, die ihr Projekt im Propagandaministerium genoss, scheint es der Gruppe aus Berlin gelungen zu sein, aus den Beständen ihrer Schwestergesellschaft zumindest den Grundstock einer technischen Ausrüstung zu requirieren. Weder meine Interviews mit Tiziana Adam noch die Tagebuchaufzeichnungen von Werner Wagenknecht geben genaueren Aufschluss über die entsprechenden Verhandlungen; es ist auch nicht anzunehmen, dass einer der beiden etwas damit zu tun hatte.

Noch schwieriger als der Ersatz der Ausrüstung dürfte sich die Lösung der personellen Probleme gestaltet haben. Der kriegsbedingte Mangel an Arbeitskräften scheint auch bei der Bavaria so extrem gewesen zu sein, dass für *Lied der Freiheit* gerade nur ein einzelner Kameramann (Mathias Hauck) freigestellt werden konnte. Von Werner Wagenknecht liegt ein «Bericht» über dessen Bemühungen vor, auch noch einen Tonmeister für die Produktion zu finden, es dürfte sich dabei aber bestenfalls um die stark fiktionalisierte Beschreibung von Vorgängen handeln, die ihm nur vom Hörensagen bekannt sein konnten.[26]

---

26 Siehe dazu auch die Anmerkungen von Samuel A. Saunders auf S. 73 f.

Wer nicht hören kann
von Werner Wagenknecht

Die Straßen in München waren auf ordentliche Weise zerstört. Der Schutt von den zerbombten Häusern säuberlich links und rechts zur Seite geschoben. Dazwischen spielten die Passanten Alltag. Auf improvisierten Schmalspurschienen ratterten Bergbauloren durch die Stadt, notdürftig mit Bänken versehen. Keine Fenster. Man saß im Freien, aber niemand klagte über die Kälte. Die Münchner redeten so liebevoll von ihrer «Bockerlbahn», als ob sie sich das neue Gefährt seiner Niedlichkeit wegen zugelegt hätten.

Mathe Hauck war unterwegs zu Franz Reitstaller. Das war der einzige Name, der ihm eingefallen war. Ein zuverlässiger Tonmeister, mit dem er schon einige Male zusammengearbeitet hatte. Zur Wehrmacht eingezogen und aufgrund einer Verwundung wieder entlassen. Was das genau für eine Verwundung war, wusste Hauck nicht, aber Reitstaller, so hieß es, hatte nicht lang im Lazarett gelegen. Falls er arbeitsfähig war, wenn auch eingeschränkt, war das vielleicht die Lösung. Man konnte vieles einsparen und improvisieren, aber ganz ohne Ton ging es nicht. Und es musste einfach gehen. Seit Mathe Hauck von der Möglichkeit gehört hatte, seine Arbeit weit weg von Sirenen und Bomben zu tun, konnte er an nichts anderes mehr denken.

Reitstaller war nicht ausgebombt. Eine ganze Häuserzeile ohne jede Beschädigung. Nummer 16. Nummer 14. Nummer 12. Ein Mann an zwei Krücken balancierte die drei Stufen von der Haustür herunter. Zum Glück war es nicht der Tonmeister. Ein Mann um die dreißig, unterschenkelamputiert. Seltsam, dachte Hauck, wie wir alle neue Fähigkeiten entwickeln. Erkennen die Art einer Verwundung auf den ersten Blick. Allein daran, wie jemand seine Krücken benutzt.

Auf jedem Treppenabsatz stand der vorschriftsmäßige Eimer mit Sand zum Löschen von Stabbrandbomben. «Und mit einem Eimer Sand rettet er das Vaterland.»

Aus Reitstallers Wohnung schepperte Marschmusik, so laut, dass Hauck nicht hören konnte, ob die Klingel funktionierte. Er drückte noch mal auf den Knopf, klopfte auch an – keine Reaktion. Unterdessen lief schon das nächste Musikstück, wieder so ein Jubelmarsch mit wirbelnden Trommeln und schmetternden Trompeten. Im Rundfunk wurde immer noch pausenlos gesiegt.

Er stand unschlüssig da, als eine verhärmte junge Frau die Tür der Nachbarwohnung öffnete. Vielleicht gehörte sie zu dem Kriegsbeschädigten, den er vor dem Haus gesehen hatte. «Gehen Sie nur hinein», schrie sie. In normaler Lautstärke hätte man sie über dem Lärm der Musik nicht gehört. «Er lässt die Tür jetzt immer offen.»

Die Musik kam aus dem Wohnzimmer. Ein Volksempfänger, auf maximale Lautstärke gedreht, so wie man es bei Führerreden machte. Reitstaller saß in einem Sessel am Fenster und schaute auf die Straße hinaus. Er zeigte keine Reaktion, als Hauck hereinkam. Auch als der das Radio ausschaltete, die plötzliche Stille wie ein Schlag, drehte er erst nach ein paar Sekunden den Kopf.

«Kennst du mich noch?», fragte Hauck.

«Ja», sagte Reitstaller. Auch seine Stimme überlaut, an die Musik angepasst. «Ja, ja.»

«Mathe Hauck von der Bavaria. *Vierundzwanzig Stunden.*

Du erinnerst dich bestimmt an den Film. Da hatten wir zum ersten Mal miteinander zu tun.»

«Ja, ja», sagte Reitstaller.

«Und jetzt würde sich die Gelegenheit ergeben ... Bist du eigentlich wieder arbeitsfähig?»

«Ja», sagte Reitstaller. Und dann, immer noch mit dieser zu hoch aufgedrehten Stimme: «Wer sind Sie?»

«Hauck. Mathe Hauck. Von der Bavaria. Wir haben ein paarmal ...»

Reitstaller schüttelte den Kopf und hielt eine Hand in die Höhe, ein Schupo, der den Verkehr zum Stehen bringt. Er nahm ein Schulheft vom Fensterbrett, schlug es auf und hielt es Hauck hin. Karierte Seiten mit Einträgen in verschiedenen Schriften. «Heute kein Brot» und «Scheuerpulver ist alle». Reitstaller hielt ihm einen Bleistift hin. «Ich höre ein bisschen schlecht», sagte er. Brüllte er.

Direkt unter «Fliegeralarm» schrieb Hauck seinen Namen hin.

«Natürlich», sagte Reitstaller. «Du bist doch der mit dem kaputten Knie. Glückspilz. Mich haben sie an die Front geschickt.»

«Was fehlt dir genau?», schrieb Hauck in das Heft.

«Nichts Besonderes. Volltreffer in ein Munitionslager. Mir ist nichts passiert. Nur mein Trommelfell ...» Reitstaller riss eine Seite aus dem Schulheft, zerfetzte sie in kleine Schnipsel und ließ sie zu Boden rieseln. «Sie können mich nicht mehr brauchen, weil ich ja keine Befehle mehr höre. Ich drehe nur noch Stummfilme.»

»Wird das wieder besser?», schrieb Hauck.

«Klar», schrie ihm Reitstaller ins Gesicht. «Wenn ich tot

bin.» Hauck musste zusammengezuckt sein, denn der Tonmeister entschuldigte sich. «Tut mir leid. Ich kann den Pegel nicht mehr regulieren.»

«Und arbeiten?», schrieb Hauck.

Reitstaller lachte, bis ihm der Atem ausging. «Du hast Humor, Volksgenosse», japste er schließlich. «Du hast wirklich Humor.»

Interview mit Tiziana Adam
(5. September 1986)

Du darfst mich nicht ansehen. Ich habe mir heute noch kein Gesicht ... Dafür müsste ich vor den Spiegel ... Und manchmal ... Wenn ich getrunken habe, bin ich am nächsten Morgen ...

Heute gibt's nur Gefängniskost für mich. Wasser und Zigaretten. Auf das Brot verzichte ich freiwillig.

Also. Was willst du wissen?

München. Da gibt es wenig zu sagen. Wir haben da nur rumgewartet. Ich war froh um die Zeit. Wenn du gerade miterlebt hast, wie deine ganzen Kollegen ... So was musst du erst mal verdauen. Ich hab's bis heute nicht wirklich ... Ich denke manchmal: Die Runzeln ... Jedes Jahr kriegt man sie schwerer weg. So viel Schminke gibt es auf der ganzen Welt nicht. Die Runzeln, das sind eigentlich Narben. Von Erinnerungen.

In Grünwald. Eine piekfeine Gegend, lauter Villen auf riesigen Grundstücken. Vom Krieg hat man überhaupt nichts ...

Die Hecken alle perfekt in Form geschnitten und Dienstmädchen mit Häubchen. Die Maar hat sich natürlich gleich wieder beschwert. Weil man uns in einer gewöhnlichen Pension … Nicht in einem feinen Hotel. Hat gestänkert und gleichzeitig getrauert. Sie konnte da umschalten, hin und her, je nachdem, mit wem sie gerade … Ja, und eine Gedenkveranstaltung wollte sie unbedingt organisiert haben. Wo sie dann aufgetreten wäre. Für die gefallenen Kollegen.

Obwohl … Gefallen ist man, wenn man in einer Schlacht war oder in einem Kampf. Und sie hatten alle nur in einem Bus … Bloß dass der falsch angestrichen war.

Drei Tage oder vier. Erst die Warterei, endlos, und dann hatte es der Kleinpeter plötzlich eilig. Ich hatte mir gerade die Haare gewaschen, und zum Trocknen haben sie mir keine Zeit mehr … Ich musste mir in der Pension ein Handtuch klauen und bin dann mit so einem Turban auf dem Kopf … Total lächerlich. Das Handtuch hab ich noch irgendwo. Ich bin keine Frau, die Sachen wegschmeißt. Der Bus war ein Borgward. Gibt es heute auch nicht mehr. Es war eine fürchterliche Fahrt. Fürchterlich. In der Werkstatt der Bavaria hatten sie eine Kupplung an den Bus geschweißt, und jetzt schleppten wir einen Anhänger hinter uns her, mit all dem technischen Material, das der Kleinpeter … Ich weiß nicht, wie er das den Kollegen aus den Rippen … Im Bus selber war auch jeder freie Platz vollgestopft, mit Scheinwerfern und solchem Kram. Die Scheinwerfer haben wir dann gar nicht benutzen können, weil das Stromnetz in Kastelau …

Ja doch. Der Bus also voller Material. Und dazu der Anhänger. Alles zusammen viel zu schwer für die alte Klapperkiste. Den kleinsten Hügel kamen wir nicht … Und keiner, der den

Borgward richtig fahren konnte. Kleinpeter hatte es jedem freigestellt, nach Berlin zurückzugehen, und unser Fahrer ... Wegen der Verantwortung für seine Familie, hat er gesagt. Fast siebzig Jahre alt. Die Russen haben ihn dann erschossen, bloß weil er diese Mütze ...

Hab ich das schon ...? Weiß ich gar nicht mehr. Du könntest es dir ruhig auch zweimal anhören. Jetzt hast du mich ganz rausgebracht. Was wollte ich ...?

Kein Fahrer. Der neue Tonmeister hat sich dann ans Lenkrad ... Ein seltsamer Kerl, mit einer viel zu lauten Stimme. Wenn man ihn etwas fragte, kriegte man keine vernünftige Antwort. Ich habe erst nach einiger Zeit kapiert, dass er taub war. Das musst du dir vorstellen: ein tauber Tonmeister. Ein ganz schrulliger Typ. Nach der Weihnachtsfeier hat er doch tatsächlich allen Ernstes behauptet ...

Ja doch. Der Reihe nach, ich weiß schon.

Reitstaller hieß er, und einen Bus hatte er vorher bestimmt noch nie ... Wenn er schaltete, hatte man jedes Mal das Gefühl, das ganze Getriebe fliegt auseinander. Ständig hat er den Motor abgewürgt. Speiübel ist einem geworden. Die Strecke wäre gar nicht so weit gewesen, aber ... Ein Tag und eine Nacht und noch ein Tag. Ohne Hotel oder Pension oder sonst was, wo man sich mal hätte ausruhen können. Auf den Sitzen ausstrecken konnte man sich auch nicht, weil da alles mit Material ... An einer Tankstelle haben wir einmal fast drei Stunden gestanden, weil die ums Verrecken kein Benzin ... Trotz all der Papiere mit Stempeln und Unterschriften, die der Kleinpeter mit sich rumschleppte. Ich weiß nicht, wie er sie dann doch noch überzeugt hat. Wahrscheinlich mit Geld. Das ist immer das beste Argument.

Die Stimmung im Bus kannst du dir vorstellen. Dicke Luft, ganz wörtlich. Es haben alle gequalmt wie die Weltmeister. In Berlin waren Zigaretten Mangelware, aber irgendwie hat es der Kleinpeter geschafft ... Der Werner hat sich eine Fluppe nach der andern ... Er war ein schlimmer Kettenraucher, hab ich dir das schon erzählt?

Deine doofen Sprüche kannst du dir sparen. Gib mir lieber Feuer.

[Pause]

Wir waren jetzt schon bald eine Woche von Berlin weg, und alle waren stinkig. Nur der Augustin hatte die ganze Zeit ekelhaft gute Laune, man hätte ihn erwürgen können dafür. In der Münchberger Senke hatte er noch geheult wie ein Schlosshund, und jetzt ... Aufgekratzt wie eh und je. An einen blöden Witz, den er gemacht hat, kann ich mich heute noch ... Maria Maar hatte sich wieder mal beschwert, so eine lange Fahrt sei unzumutbar – «un-zu-mut-bar», ich hab den Ton noch im Ohr –, und da hat er doch tatsächlich gesagt: «Die Kinder Israels waren vierzig Jahre in der Wüste unterwegs.» Daran merkte man, wie weit weg wir schon von Berlin waren. Von den Kindern Israels zu reden – wegen so was konnte man damals jede Menge Schwierigkeiten bekommen.

Einmal, weil da oben Schnee lag und die Reifen durchdrehten, haben wir sogar alle ... Die ganze Mannschaft: aussteigen und schieben. Eine steile Straße mit ganz vielen Kurven. Meine Schuhe waren hinterher ... Ganz teure Schuhe. Krokodilleder, das ging damals noch, und ich hatte auch eine Handtasche, die dazupasste. Ruiniert. Ich wollte bei Kleinpeter den Antrag stellen, dass die UFA mir die Schuhe ersetzen sollte, aber ... Später war es nicht mehr wichtig.[27]

Irgendwann hat man dann keine Häuser mehr gesehen. Nur noch Landschaft. Der Schramm war der Einzige, der sich dafür begeistern konnte. Für mich sind verschneite Bäume nicht romantisch, sondern einfach nur ... Einfach nur kalt. Und die Berge, nun ja. Das waren eben die Berge. Dafür konnte man sich auch nichts ... Ich bin kein Naturmensch.

Einmal wären wir beinahe schon am Ziel gewesen, zumindest nach der Karte. Aber dann war da eine Barriere quer über die Straße und SS-Leute mit Maschinenpistolen. Führersperrgebiet. Wir waren in der Nähe vom Obersalzberg, und du weißt ja, was dort war.

Ihr Amerikaner seid wirklich die ungebildetsten Leute von der ganzen Welt. Dort hatte der Führer seinen Berghof. Adolf Hitler. Den Namen kennst du aber schon?

Wir mussten einen riesigen Umweg fahren, ein ganzes Tal runter und das nächste ... Irgendwann sind wir dann doch in Kastelau angekommen.

---

27 Der handschriftliche Entwurf zu einem Schreiben in dieser Sache findet sich auf der Rückseite der einzigen erhaltenen Drehbuchseite der ersten Fassung von *Lied der Freiheit* (siehe Seiten 42 f.).

Ausdruck aus Wikipedia

Kastelau (Berchtesgaden)

Der Wintersportort Kastelau ist seit dem 1. Januar 1972 ein Ortsteil des *Marktes Berchtesgaden* im oberbayerischen Landkreis *Berchtesgadener Land*.

Geschichte [Bearbeiten]

Vermutlich am Ende des 14. Jahrhunderts war Kastelau der 3. Gnotschaftsbezirk der *Gnotschaft Au*, die 1812 zur Gemeinde Au wurde. Um den Passweg über den Auenpass nach Österreich und Italien zu sichern, wurde dort im 15. Jahrhundert eine Burg errichtet, der Stammsitz der heute ausgestorbenen *Freiherren zur Linden*. Die Burg wurde im *Dreißigjährigen Krieg* zerstört und nicht wieder aufgebaut. Kastelau blieb bis zum 31. Dezember 1971 Ortsteil der Gemeinde Au, die erst im Zug der Gebietsreform in Bayern am 1. Januar 1972 ihre Eigenständigkeit verlor. Seither ist Kastelau ein Ortsteil, bzw. eine *Gnotschaft*, der Marktgemeinde Berchtesgaden. Lange Jahre war der einzige Anschluss an das öffentliche Verkehrsnetz die Haltestelle *Unterau* der Lokalbahn Berchtesgaden-Salzburg, von der aus man dann den Anstieg nach Kastelau zu Fuß zu bewältigen hatte. Erst 1929 wurde das abgelegene Bergdorf durch eine Postautobuslinie mit Berchtesgaden verbunden, worauf ein bescheidener Tourismus seinen Anfang nahm. Heute bildet der Fremdenverkehr die wichtigste Einnahmequelle der Gemeinde. Kastelau ist der Todesort des Schriftstellers *Werner Wagenknecht* (1898–1945).

Baudenkmäler [Bearbeiten]

Von der historischen Lindenburg (auch Lindenkastell genannt), auf einem Felsvorsprung über dem Dorf gelegen, sind Teile der Umfassungsmauern und eines Wehrturms erhalten. Man hat von dort einen sehr schönen Ausblick auf das Tal und die umliegenden Berge.
Das älteste, wenn auch durch spätere An- und Umbauten stark veränderte Gebäude des Dorfes ist die Riedgrabenmühle aus dem Jahre 1452.
Beim Lindenlehen (heute Rathaus) ist der angebaute hölzerne Stallstadel aus dem späten 17. Jahrhundert noch weitgehend im Originalzustand.
Der Gasthof *Watzmann*, an der Stelle des alten Zehntenhauses errichtet, ist ein biedermeierlicher Putzbau mit Schopfwalmdach aus der ersten Hälfte des 19. Jahrhunderts. Die Lüftlmalereien an der Fassade sind zum Teil Kopien nach Originalen von *Franz Seraph Zwinck*.

Interview mit Tiziana Adam
(2. September 1986 / Fortsetzung)

Ein Kaff war das damals, das kannst du dir überhaupt nicht ... Das Ende der Welt. Wenn mir jemand gesagt hätte, dass ich dort mehr als zehn Jahre ...
Der Reihe nach. Ja doch.
Als ob die Zeit stehengeblieben wäre. Aber nicht malerisch, wie sie das in einem Film gemacht hätten, sondern einfach alt. Ganz viele Häuser noch aus Holz. Für Kastelau hätte es keine

Brandbombe … Ein Streichholz hätte genügt. Ich bin ja auch nicht in einem Palast aufgewachsen, weiß Gott nicht, aber Treuchtlingen war doch wenigstens eine Stadt. Kastelau … Schmutzig und kalt. Vor allem kalt. Wenn ich mich zurückerinnere, habe ich das Gefühl, ich hätte dort die ganze Zeit nur gefroren.

Weißt du, was das Erste war, das wir von dem Ort gesehen haben? Eine kleine Holzhütte mit einem ausgesägten Herzen in der Tür. Ein Scheißhäuserl, ja. «Die Wirklichkeit übertreibt mal wieder», hat der Werner gesagt. Als wir daran vorbeifuhren, kam gerade eine Frau heraus, dick vermummt. Staunte uns mit offenem Mund hinterher. Man sieht nicht jeden Tag einen rosaroten Autobus. Fröhlich & Lustig. Vielleicht kannte sie ja den Film. Obwohl das nächste Kino …

Wir haben natürlich alle nach dem Schloss Ausschau gehalten, in dem wir … Nur dass da keines war. Die Lindenburg, das sind nur noch ein paar Ruinen. Bloß wussten wir das damals noch nicht. Läden gab's auch keine. Von wegen Fremdenverkehrsort. Die Milch holt man beim Bauern, und was man im Sommer nicht selber eingemacht hat … Nur gerade mal eine Bäckerei, die von den Holzmayrs, deren Sohn dann später …

Ja doch.

Wir haben dann vor dem *Watzmann* angehalten. Nicht der Berg, du Blödmann. Der Gasthof. Über dem Eingang ist so ein Vordach, und darauf stand der Name. Holzbuchstaben. Wie in Hollywood, nur natürlich viel kleiner. ATZMANN stand da. Das W war umgefallen, und es hatte sich niemand darum gekümmert, es wieder …

Der Weg zum Eingang nicht geräumt, nur so ein Trampelpfad durch den Schnee. Und ich immer noch in meinen feinen

Schuhen. Da heißt es immer, Krokodilleder hält was aus, aber bei Matsch ... Wahrscheinlich weil bei den Krokodilen immer die Sonne ... An meinen Koffer kam ich auch nicht ran, da hatte jemand eine Materialkiste ...

Ich wäre gescheiter im Bus sitzen geblieben, weil die Tür vom *Watzmann* nämlich zugesperrt war. Ein handgemaltes Pappschild hinter die Scheibe geklemmt: «Bis auf weiteres geschlossen». Das war dann also unser Hotel.

Menschen sind doof, weißt du das? Kein Einziger wollte glauben, dass die Tür wirklich zu war. Bis er nicht selber dran gerüttelt hatte. Als ob alle anderen ... Die Klingel hat funktioniert. Nicht elektrisch, sondern so ein altmodischer Klingelzug, mit einem Draht zur Glocke. Soweit ich weiß, ist das heute noch so. Leute aus der Stadt finden so was romantisch. Die Glocke hat man aus dem Haus gehört, aber niemand hat darauf reagiert.

Der *Watzmann* steht am Dorfplatz, direkt gegenüber von der Kirche. Etwas seitlich ist das Rathaus. Na ja, man benutzt es als Rathaus, aber du darfst dir da kein prächtiges Gebäude ... Ein großes altes Bauernhaus mit einem noch älteren angebauten Holzschuppen. Die Hakenkreuzfahne war fast größer als das ganze Gebäude.

Der Kleinpeter ist dann noch einmal eingestiegen und hat auf die Hupe gedrückt. Immer wieder. Sehr laut war sie ja nicht. Immer wieder die drei gleichen Töne. [Singt] «Fahrt ins Glück, Fahrt ins Glück.»

Irgendwann kam dann dieser Mann aus dem Rathaus. Später hab ich ihn ja ganz anders ... Aber zuerst hab ich nur gedacht: eine lächerliche Figur. Eine Uniformjacke, Ortsgruppenleiter, und dazu Lederhosen. Ein kleiner, rundlicher

Typ mit Hängebacken. Aber nicht gemütlich. Ein Bullenbeißergesicht.

Bullenbeißer. Bulldog.

Er marschierte quer über den Platz auf uns zu, zügig, aber man hatte trotzdem nicht den Eindruck ... Wegen uns hatte er es nicht eilig. Er ging immer so.

Kleinpeter wollte ihm die Hand geben, aber der Mann nahm sie nicht. Riss stattdessen den Arm in die Höhe. «In Kastelau heißt das ‹Heil Hitler!›», sagte er.

Markus Heckenbichler:
Antwort auf einen Fragebogen
(1988)[28]

FRAGE 1

Natürlich war mein Vater ein Nazi. Er hat das auch nie abgestritten.

Er war für Ordnung, so hatte man ihn erzogen, und so war damals die Zeit. Man muss bedenken, dass er den Ersten Weltkrieg und das ganze Durcheinander, das hinterher kam, mitgemacht hatte, die Inflation und die Weltwirtschaftskrise. Ihm gefiel, dass es wieder feste Regeln gab. Aber ich muss zugeben, dass er auch gern regiert hat. In so einem kleinen Dorf

---

28 Der von Samuel A. Saunders verfasste Fragebogen ist in seinen Papieren nicht erhalten. Die Fragen, auf die sich die einzelnen Antworten von Markus Heckenbichler beziehen, lassen sich aber durch die Nummerierung der Antworten und ihren inhaltlichen Zusammenhang leicht rekonstruieren.

gibt es immer wichtige Familien und weniger wichtige, und die Heckenbichlers hatten nie zu den wichtigen gehört. Er hat es bestimmt genossen, dass er jetzt in der Gemeinde das Sagen hatte.

Als sein Sohn habe ich oft genug zu spüren bekommen, dass er ein strenger Mann sein konnte, vielleicht sogar übermäßig streng und dabei nicht immer gerecht. Ein Haufen Leute im Dorf hatte Angst vor ihm.

Aber nicht jeder Nazi war auch ein Verbrecher. Mein Vater war nie in der SS oder so etwas, und Judenverfolgung hat es in Kastelau, wo man überhaupt keine Juden gekannt hat, nie gegeben. Mein Vater war ein Funktionär, der Befehle empfangen und Befehle gegeben hat, immer in der Überzeugung, dass das, woran alle glaubten, schon das Richtige sein würde.

Von dem, was man nach seinem Tod über ihn erzählt hat, ist vieles nicht wahr. Ich bin fest davon überzeugt, dass er aus Kummer gestorben ist, was aber nichts damit zu tun hatte, dass der Krieg verloren war. Er hat es nicht ertragen, dass er jetzt wieder ein ganz gewöhnlicher Heckenbichler sein sollte.

Tagebuch Werner Wagenknecht
(November / Dezember 1944)

Ich würde mich gern hinlegen, aber die Bettlaken sind steif und klamm. Das Zimmer ist eiskalt. Ich muss mir verkneifen, alle paar Minuten den Heizkörper anzufassen, um zu sehen, ob sich dort schon etwas tut. Wenn sich dann wieder nichts verändert hat – so schnell kann es ja auch nicht gehen –, friert man umso mehr. Es spielt sich eben doch das meiste im Kopf ab. Ich versuche mich an der Hoffnung zu wärmen. Die Wirtin (die muss ich noch beschreiben) hat fest versprochen, bis zum Abend werde sie die Heizung wieder in Gang gesetzt haben, «wenn sie nicht völlig verrußt ist, wo sie doch so lang außer Betrieb war».

Das Bettgestell aus dunklem Holz, mit einem hohen Kopfteil. Der Bettrand ein bisschen höher als die Matratze. Das Ganze hat etwas von einer Kiste, in die man sich zum Schlafen zu verpacken hat. (Es ist nicht einfach, die Matratze anzuheben. Das wird ein gutes Versteck für mein Tagebuch.) Ein Stuhl und ein kleiner Tisch, zu niedrig, um darauf bequem Maschine schreiben zu können. Vielleicht wird er sich noch austauschen lassen. Ein wackliger Schrank, von dem das dünne Furnier schon abblättert. Ich kann mir vorstellen, dass mal in allen Zimmern schöne alte Bauernschränke standen, und ein Antiquitätenhändler hat sie ihnen gegen diese Fabrikware abgeschwatzt. An der Wand ein Aquarell: *Bergspitze mit Gipfelkreuz.*

Auf dem Nachttisch – ein hübsches Bild, wenn man Symbolik mag – liegt eine Bettflasche aus Zinkblech, wahrscheinlich noch für den letzten Gast gefüllt. Wann immer das gewesen sein mag. Das Wasser ist gefroren und hat das Metall gesprengt, ein schmaler Riss, durch den man den Eisklumpen sehen kann. Ich lege sie besser in die Badewanne, bevor sie auftaut und den Nachttisch überschwemmt.

Es gibt, welcher Luxus, tatsächlich eine Wanne, allerdings nur eine einzige. Ein gemeinsames Badezimmer für die ganze Etage. Im Moment noch ohne Wasser. «Bis zum Abend …», hat die Wirtin gesagt. Ich kann mir die Hahnenkämpfe schon ausmalen, die es um die Badbenutzung geben wird. Die Hühnerkämpfe. Ich höre die Maar schon gackern.

Heckenbichler, der Ortsgruppenleiter, hat uns Filmleute zuerst so verächtlich behandelt, als seien wir Zigeuner und wollten bei ihm um Almosen betteln. UFA-Zigeuner. Er selber sei noch nie in einem Kino gewesen, hat er ganz stolz erklärt, und würde auch nicht hingehen, wenn man ihn einlüde. In diesen heroischen Zeiten seien solche frivolen Vergnügungen prinzipiell abzulehnen.

Der Mann ist eine Karikatur. Eine von den Karikaturen, die dieses Land regieren.

Kleinpeter hat ihm dann das Schreiben gezeigt, das er sich vom Ministerium hat ausstellen lassen. «Alle Dienststellen von Staat und Partei werden dringlich aufgefordert.» Heckenbichlers Ton hat sich blitzartig geändert. Er stand innerlich stramm. (Kann man das so formulieren?) Äußerlich hat er versucht, sich nichts anmerken zu lassen. Wippte in den Knien, was wohl Lässigkeit darstellen sollte und doch nur nach Einknicken aussah.

Er hat uns im Rathaus von seiner Frau heißen Tee mit Kräuterschnaps servieren lassen, in einer Art Bauernstube. Holztäfer mit Schnitzereien, ein Kachelofen und ein großes Hitlerbild. Hat auch gleich seinen Sohn nach der Wirtin vom Gasthof losgeschickt.

Als sie ankam, ganz atemlos, war sie völlig anders, als ich in einem Drehbuch eine bayerische Wirtin schreiben würde. Nicht kräftig und zupackend – «resch» heißt das wohl hier oben –, sondern eine verblasste Schönheit Mitte vierzig. Früher ist sie vielleicht einmal mädchenhaft zart gewesen, jetzt wirkt sie nur noch ausgezehrt. Dunkle Ringe unter den Augen.

Zu wenig Schlaf oder zu viele Sorgen. Frau Melchior heißt sie. Wenn man ihr die Hand gibt, schaut sie einem nicht ins Gesicht. Als ob sie dauernd ein schlechtes Gewissen hätte.

Heckenbichler behandelt sie wie eine Untergebene. Hat sie angeschnauzt – «Der Gasthof ist auf der Stelle wieder zu eröffnen!» –, und sie ließ es über sich ergehen. Sie war nicht glücklich über sein Kommando, das hat man ihr angemerkt. Aber sie hat auch nicht widersprochen. Zog den Kopf ein, wie jemand, der sich vor Prügeln fürchtet. Heckenbichler scheint in Kastelau die ganz große Nummer zu sein, nicht nur Ortsgruppenleiter, sondern auch Bürgermeister und wahrscheinlich Ehrenvorsitzender sämtlicher Vereine. Was er anordnet, hat zu geschehen und zwar zackzack.

Der Gasthof wurde also für uns aufgesperrt, und man wies uns Zimmer an, alle auf demselben Flur in der obersten Etage. «Das wird das Beste sein», sagte Frau Melchior mit ihrer schüchternen Stimme. «Wärme steigt ja hoch, und wenn die Heizung erst wieder in Gang ist …» Sie spricht Sätze oft nicht zu Ende, als ob ihr jedes Mal mittendrin der Mut ausginge. Eine interessante Figur.

«Auch die Küche ist noch heute wieder in Betrieb zu nehmen», hat Heckenbichler angeordnet. (Er formuliert seine Befehle gern mit «ist zu». Man muss sich das merken, wenn man einmal Dialog für einen entsprechenden Charakter zu schreiben hat.) Den Packen Essensmarken, den Kleinpeter ihr hinschob, hat Frau Melchior nicht annehmen wollen. «Geben Sie mir lieber jeden Tag, was Sie verzehren. Nicht dass noch jemand auf den Gedanken kommt …»

Die Unterkunft ist also geregelt. Auch für den Borgward und den Anhänger mit den kostbaren Geräten hat sich Platz gefunden, im Schuppen neben dem Rathaus. «Ich kann Ihnen eine Wache hinstellen, wenn Sie das wünschen», hat Heckenbichler gesagt, «aber es wird nicht notwendig sein. In meinem Ort wird nicht gestohlen.» In seinem Ort. Er meint das ganz wörtlich.

Der Heizkörper ist schon ein klein bisschen wärmer. Oder bilde ich mir das nur ein?

Das Fenster geht auf den Dorfplatz hinaus. «Die bessere Seite», hat Frau Melchior das genannt. Man sieht die Kirche und kann sogar den Spruch über dem Eingang lesen: «Solus deus adjuvabit». Hoffen wir, dass Gott Latein kann. Daneben ist ein kleiner Friedhof, jeder Grabstein mit seinem eigenen Sahnehäubchen aus Schnee. Auf den Steinen stehen bestimmt immer wieder die gleichen Namen, lauter Heckenbichlers und Melchiors. An Altersschwäche gestorben oder im Kindsbett. Kastelau, so fühlt es sich an, ist ein Ort, wo man eines natürlichen Todes stirbt, in der Stube, in der man geboren wurde.

Das schwächer werdende Licht des frühen Abends lässt die Spuren von Schuhen und Autoreifen in der Unschärfe verschwinden. Der Schnee auf dem Platz sieht aus wie frisch gefallen.

Wird es wirklich schon Abend? Tatsächlich: Der Heizkörper ist nicht mehr ganz so eiskalt wie eben noch. Es wird sich aushalten lassen.

Manuskript Samuel A. Saunders

Nach Ankunft der Filmleute in Kastelau stellte sich ihre Situation folgendermaßen dar:

Sie waren in die bayerischen Alpen gereist, um dort einen Film mit dem Namen *Lied der Freiheit* zu drehen, ein tatsächlich existierendes Projekt für einen als kriegswichtig eingestuften Betrieb. *Lied der Freiheit* hatte den obligatorischen Bewilligungsvorgang in der Filmabteilung des Propagandaministeriums erfolgreich durchlaufen und war sowohl in den Jahres- wie in den Quartalsplänen der UFA vorgesehen.

Nur schon aus rein praktischen Gründen war es aber überhaupt nicht möglich, diesen Film in Kastelau zu drehen. Ein derart umfangreiches Projekt lässt sich mit nur einem Kameramann und einem Tonmeister natürlich nicht realisieren. Die ursprüngliche technische Crew, so wie sie aus Berlin losgefahren war, hatte aus vierzehn Leuten bestanden, und selbst das war schon ein absolutes Minimum gewesen.

Außerdem war Kastelau als Drehort völlig ungeeignet. Die Handlung von *Lied der Freiheit* verlangte als Schauplatz ein großherzogliches Schloss; vom Kastell, das Kastelau den Namen gegeben hatte, waren aber nur noch Ruinen übrig.

Dazu kam als zusätzliche Schwierigkeit, dass die Handlung des Films im historischen Umfeld der Befreiungskriege gegen Napoleon angesiedelt war, was vor allem im Bereich der Kostüme einen größeren Aufwand bedingt hätte. Sämtliche eigens für das Projekt hergestellten Kleidungsstücke waren aber bei dem Bombardement auf der Autobahn verbrannt. Eigentlich hätte die Filmmannschaft also an ihren Arbeitsplatz bei der UFA zurückkehren müssen.

Das hätte aber dem unausgesprochenen Zweck dieses Außendrehs widersprochen, nämlich den an ihm Beteiligten einen Grund zu geben, nicht im kriegsbedrohten Berlin zu sein. Die Filmleute hatten also jedes Interesse daran, die Rückkehr dorthin so lange wie möglich hinauszuzögern.

Es wird ihnen bewusst gewesen sein, dass sie sich mit einem solchen Verhalten in Gefahr brachten. Wer sich der Verpflichtung zum Einsatz in einem kriegswichtigen Betrieb entzog, machte sich strafbar, und jede Dienststelle war berechtigt und verpflichtet, ihn festzunehmen und der Gestapo zu überstellen. In dieser späten Phase des Krieges, das war allgemein bekannt, neigten die Gerichte dazu, die entsprechenden Gesetze sehr extensiv auszulegen und wegen «Schwächung der Wehrkraft» oder «Sabotage» drakonische Strafen bis hin zur Todesstrafe zu verhängen.

Die Gefahr einer solchen Denunziation war durchaus real. Entsprechende Hinweise wurden nicht nur mit Belobigungen, sondern auch mit materiellen Vorteilen, meist in der Form von zusätzlichen Bezugsscheinen für knappe Waren, belohnt.

Mit anderen Worten: Für die Filmequipe war der begehrte Aufenthalt in Kastelau nur so lang gesichert, als sie dort tatsächlich einen Film drehten, oder – da sie den Film aus den erwähnten praktischen Gründen gar nicht drehen konnten – zumindest den Eindruck erweckten, mit Dreharbeiten beschäftigt zu sein. Immer in der Hoffnung, dass die mit den Notwendigkeiten einer Filmproduktion nicht vertrauten Einwohner des Dorfes die Unmöglichkeit der ganzen Aktion nicht bemerken würden.

Und dieser Film musste zwingend den Titel *Lied der Freiheit* tragen. Es bestand ja jederzeit die Gefahr, dass jemand in

Kastelau Verdacht schöpfen und in Berlin nachfragen würde. Dort hätte man ihm die Legitimität eines Films namens *Lied der Freiheit*, aber keines anderen bestätigt.

Mit anderen Worten: Es musste unter dem alten Titel ein neuer Film erfunden werden, dessen Realisation, zumindest scheinbar, auch mit den geringen technischen Mitteln möglich war, die zur Verfügung standen. *Lied der Freiheit* war als Bezeichnung vage genug, um zu jeder Art von Story zu passen, sofern die nur einen einigermaßen patriotischen Charakter hatte. Dieser ideologische Aspekt des Films war wichtig, denn es war anzunehmen, dass die Dorfbewohner ein so ungewöhnliches Ereignis wie einen Filmdreh sehr aufmerksam beobachten und untereinander diskutieren würden. Und Kastelau war ein Ort, in dem zu diesem Zeitpunkt noch niemand an der Nazi-Ideologie zweifelte oder zu zweifeln wagte.

Damit dieser Plan eine Erfolgschance hatte, durfte niemand im Dorf erfahren, dass das ursprüngliche Drehbuch eine ganz andere Storyline vorgesehen hatte. Man musste also die alten Drehbücher verschwinden lassen. Das könnte der Grund dafür sein, warum von der ursprünglichen Fassung von *Lied der Freiheit* nur noch eine einzige, zufällig erhaltengebliebene Seite[29] existiert.

Der Herstellungsleiter Kleinpeter scheint diese Entwicklung vorausgeahnt oder zumindest für möglich gehalten zu haben. Warum sonst hätte er das Risiko auf sich genommen, einen zwar äußerst kreativen, aber mit einem absoluten Schreibverbot belegten Autor auf diese Expedition mitzunehmen?

---

29 Seite 42 f. Siehe dazu auch die Anmerkung auf S. 129.

Tagebuch Werner Wagenknecht
(November/Dezember 1944)

Es ist das erste Mal, dass ich Kleinpeter ohne Krawatte gesehen habe. Ein dunkelbrauner Norwegerpullover mit zwei eingestrickten Rentieren auf der Brust. Keilhosen und schwere Schuhe. Als ob es zum Skifahren ginge. Im Gegensatz zu mir ist er auf die Kälte vorbereitet.

Er kam in mein Zimmer, und wir boten uns gegenseitig den einzigen Stuhl an. Als lauter Höflichkeit blieben wir am Ende beide stehen. Eine seltsame Gesprächssituation, aber nicht seltsamer als unser Dialog. Ich will versuchen, ihn so aufzuschreiben, wie wir ihn geführt haben, in seiner ganzen Absurdität. Sonst glaube ich mir morgen selber nicht mehr, dass er tatsächlich so stattgefunden hat.

Er (zu meiner Überraschung ganz fröhlich): «Wir können *Lied der Freiheit* in Kastelau nicht drehen.»

Ich: «Wir haben das Schloss noch nicht gesehen.»

Er: «Es gibt kein Schloss.»

Ich: «Deswegen sind wir doch hergekommen.»

«Es gibt nur ein Kastell.»

«Dann eben Kastell.»

«Und das gibt es auch nicht.»

«Wie bitte?»

«Die zerfallenen Überreste einer Mauer werden als Dekoration nicht ganz ausreichen.»

Er hat es nicht so gespreizt gesagt, aber dem Sinn nach. Ich weiß es nicht mehr wörtlich. Ich bin kein Gedächtniskünstler.

Ich (verwirrt): «Wir drehen also nicht?»

Er: «Doch.»

«Aber nicht hier?»

«Wo sonst?»

«Wenn es nicht geht ...»

«Tun wir es trotzdem.»

Das Gespräch war länger. Oder schien mir doch länger. Ich kriege nicht mehr alle Kurven zusammen, die es genommen hat.

«Dann ist es also unmöglich», habe ich irgendwann gesagt, und er hat geantwortet: «Total unmöglich. Aber das verraten wir keinem.»

Mein verständnisloses Gesicht machte ihm sichtlich Spaß. Es ist nicht die richtige Metapher, aber mir fällt keine andere ein: Kleinpeter ist aufgeblüht.

Ich habe nicht verstanden, was er wollte, und gerade das fand er erfreulich. «Wenn du nicht dahinterkommst», hat er gesagt, «kommt auch kein anderer dahinter.»

Ich: «Hinter was?»

Er: «Hinter das, was wir hier in Kastelau drehen.»

«Ich denke, wir drehen nicht.»

«Doch. Bloß nicht *Lied der Freiheit*.»

«Sondern?»

«Einen andern Film. Namens *Lied der Freiheit*. Den du für uns schreiben wirst.»

Mit Dialogen kenne ich mich weiß Gott aus. Aber einen so verrückten Text, wie wir zwei ihn gesprochen haben, hätte ich mir im ganzen Leben nicht ausdenken können.

«*Lied der Freiheit* habe ich schon geschrieben», habe ich gesagt.

Und er: «Hast du nicht. Das war Frank Ehrenfels.»

Wenn ich Kleinpeter nicht so gut kennen würde, hätte ich gedacht, er ist betrunken.

«Es ist ganz einfach», hat er gesagt. «Wir haben kein Drehbuch, und das verfilmen wir.»

Stockbesoffen, hätte ich gedacht.

Ich: «Du bist verrückt.»

Er: «Das möchte ich nicht ausschließen.»

Ich: «Was drehen wir denn nun also?»

Er: «Das, was du schreibst.»

«Und was schreibe ich?»

«Was immer dir einfällt. Solang es zum Titel passt. Und nicht mehr Rollen hat als die vier Hanseln.»

Und immer so weiter. Wir haben in Spiralen geredet, und ihm schien das Durcheinander auch noch Spaß zu machen. Überhaupt nicht der sachliche Kleinpeter, wie ich ihn all die Jahre kenne.

Schließlich hat er es mir dann erklärt. Wir sollen so tun, als ob wir einen Film drehen. Was letzten Endes auf dem Zelluloid drauf ist und in welcher Qualität, spielt keine Rolle. Solang nur die Dreharbeiten überzeugend aussehen. Er hat sich das zusammen mit Servatius ausgeheckt, der auch auf gar keinen Fall zurück nach Berlin will. Es wissen alle Bescheid und sind mit an Bord, außer Maria Maar. Mit der muss er erst noch reden.

Am liebsten würde er gleich morgen mit den Dreharbeiten anfangen. Wenn er ein vorzeigbares Drehbuch hätte. Das ist jetzt meine Aufgabe.

«Du wirst das schon schaffen», hat er gesagt. «Wozu bist du Frank Ehrenfels?»

Interview mit Tiziana Adam
(8. September 1986)

Heute sind wir nicht verabredet. Heute ist großes Reinemachen. Der ganze Laden muss mal wieder gründlich ...
Nein, nicht heute. Morgen. Dienstag, haben wir gesagt.
Natürlich bin ich mir sicher. Ich bin nicht senil. Ich sehe nur so aus.
Das ist nicht mein Problem. Hättest du das Tonbandgerät eben früher ... Ist sowieso lächerlich, dass du dir das jedes Mal ausleihen musst. Kauf dir endlich ein eigenes. Ihr Amerikaner seid doch alle reich.
Nein, heute wirklich nicht. Die ganzen Gläser müssen ... Weißt du, wie lang das dauert? Stunden. Und ich arme alte Frau muss das alles ganz allein ...
Nö. Die Nummer kenn ich. Du hilfst mir fünf Minuten, und dann musst du plötzlich dringend weg. Und ich kann hier noch nachts um zwölf ... Knif. Kommt nicht in Frage.
Tatsächlich? Das würdest du ...? Na schön, wenn du es wirklich versprichst, kann ich mir eine Stunde für deine Fragen ...
Alle Regale. Und der Boden natürlich. Die Fenster hätten es auch nötig. Umsonst ist der Tod.
Gib mal den Aschenbecher rüber.
[Pause]
Also, was soll ich erzählen?
Das ist eine gute Frage. Lass mich überlegen. Ich glaube: Alle. Nein, fast alle natürlich nur. Die Maar haben sie nicht eingeweiht. Nicht gleich. Die war ja ... Überzeugte Nazisse, persönliche Freundin von Emmy Sonnemann und all so was. Die hätte da nicht mitgespielt.

Hast du eigentlich unterdessen die Wochenschau aufgetrieben, in der sie …?

Dann weißt du ja, wovon ich rede. Die hat das geglaubt. Noch während sie gelogen hat, hat sie … Irgendwann wird sie dann natürlich gemerkt haben, was los war, aber da … Erst als es schon offensichtlich war, dass alles den Bach runtergeht. Und sie war Schauspielerin. Das darfst du nie vergessen. Kein angenehmer Mensch, aber eine richtig gute … Die konnte sich selber von allem überzeugen, auch vom Gegenteil. Am Anfang … Ja, da bin ich mir ziemlich sicher, am Anfang hat sie … Hat wirklich geglaubt, dass wir da oben einen Durchhaltefilm … Hat gedacht, sie rettet damit heldenhaft das Vaterland. Und dann später … Wie du willst. Gehen wir sie einzeln durch. So viele sind es ja gar nicht.

Kleinpeter und Servatius wussten selbstverständlich Bescheid. Die hatten sich die Nummer ja zusammen … Wobei ich glaube, dass Servatius die Idee … Die letzte Zeit in Berlin, da hat der nur noch … War im Atelier überhaupt nicht mehr bei der Sache. Innerlich bereits abgereist. Es war ganz bestimmt seine Idee. Der Kleinpeter hatte es ja nicht so mit den Inhalten. Wird sich mehr um die praktischen Probleme … Der konnte organisieren, wie andere Leute Klavier spielen. Natürlich haben sie es nicht so geplant, wie es dann schließlich … Ich nehme an, sie wollten den Film eigentlich drehen, wie er vorgesehen war. Oder doch so ähnlich. Dann ist die Sache passiert, auf der Autobahn …

[Pause]

Dann ist passiert, was passiert ist, und sie hatten keine Technik mehr, keine Ausrüstung, nichts. Von da an haben sie improvisiert.

Obwohl ... Wenn ich mir das jetzt überlege ... Etwas stimmt daran nicht. Der Kleinpeter muss gewusst haben, dass es in Kastelau gar kein Schloss ... Dann muss ihm doch auch von Anfang an ... Man konnte da oben gar keinen Film drehen. Aber da kannst du dir den Kopf drüber zerbrechen. Du bist der Wissenschaftler. Ich bin nur das Auskunftsbüro.

Der Werner sowieso, das ist klar. Der musste die ganze Geschichte ja erfinden.

Der Schramm und der Arnold ... Bestimmt. Die hätten alles getan, um aus Berlin hinaus ... Beim Arnold ... Wenn die Geschichte stimmt, die man sich damals erzählt hat, dann hatte der Grund genug, alles mitzumachen. Der saß doch in der Klemme. Wenn sich damals einer für Männer interessierte und nicht für Frauen, dann war er der Arsch.

[Langes Lachen, Husten]

Entschuldige. Mit der Pointe habe ich mich jetzt selber überrascht. Dann war er der Arsch. Verstehst du? [Lachen] Guck nicht so ernst, Bubi.

Beim Schramm weiß ich es von ihm selber. Er hat es mir erzählt, später. Der hatte ein Gespräch mit angehört, und seither war ihm klar, dass die Wirklichkeit und das, was in den Zeitungen stand ... Dass der Krieg schon längst ... Besser von den Amerikanern besiegt zu werden und nicht von den Russen. Also nichts wie weg aus Berlin. Natürlich hat der mitgespielt.

Richtig, die beiden aus München. Da brauchst du nicht mal fragen. Ein Kameramann, der einen tauben Tonmeister anschleppt, nur damit die Produktion nicht abgesagt wird – wie offensichtlich ist das denn?

Nein, es haben alle gewusst, was gespielt wurde. «Wir drehen einen Film.» Alle. Außer der Maar, am Anfang. Darum mussten wir ja auch überzeugend sein. Damit sie nichts merkt. Und die Leute im Dorf, natürlich. Die mussten glauben, so wäre das beim richtigen Kintopp.

Markus Heckenbichler:
Antwort auf einen Fragebogen
(1988)

FRAGE 2

An die Dreharbeiten im Dorf kann ich mich gut erinnern. Wir haben dabei zugesehen, so oft wir nur konnten. Ich war damals vierzehn, und in Kastelau, wo es nicht einmal eine HJ gab, war ja sonst nichts los. Damit Sie mich richtig verstehen: Es gab die HJ schon, aber um richtige Veranstaltungen durchzuführen waren wir zu wenige, und der Weg bis nach Unterau wäre unpraktisch weit gewesen, vor allem im Winter. Ich nehme an, die Leute vom Film sind gerade wegen dieser Ungestörtheit zu uns gekommen.

Sie haben an verschiedenen Orten im Dorf gefilmt, einmal war sogar die Zirbelstube im Rathaus dafür vorgesehen. Das hat dann aber nicht funktioniert, obwohl man extra zwei Tage lang den Kachelofen nicht geheizt hatte, weil es sonst mit den Scheinwerfern zu heiß geworden wäre. Es hat sich herausgestellt, dass die Sicherungen für die Scheinwerfer nicht ausreichen. Das galt für den ganzen Ort, und deshalb konnte nur gefilmt werden, wenn die Sonne schien. Ich nehme an, dass es deshalb so lang gedauert hat.

Wir Jungen wurden manchmal eingesetzt, um die Sachen,

die sie gebraucht haben, von einem Ort an den anderen zu schleppen, weil sie selber viel zu wenig Personal hatten. (Ich war in München einmal bei der Aufzeichnung einer Fernsehsendung dabei, und da waren viel mehr Mitarbeiter.)

Die meisten Aufnahmen wurden unter freiem Himmel bei der Lindenburg gemacht. Für den Tonmeister wurde dort sogar eine kleine Hütte gebaut.

Interview mit Tiziana Adam
(8. September 1986 / Fortsetzung)

Der Mensch ist komisch, weißt du. Mit der Zeit haben wir alle vergessen, dass wir die Filmerei nur spielten. Haben uns angestrengt, als ob es um Hollywood ... Um den Gloria-Palast. Einmal hat der Servatius einen ganzen Vormittag lang immer die gleiche Szene wiederholen lassen, nur ein paar Sätze. Wollte aus dem Augustin eine Nuance rauskitzeln, die der ums Verrecken nicht ... Und dabei ...

Es war natürlich auch, weil fast immer Leute zugeschaut haben. Wir waren ja in dem Dorf eine Attraktion, wie eine Kuh mit zwei Köpfen. Die erst noch Gedichte aufsagen kann. Auf Lateinisch. Ein paar Zuschauer standen eigentlich immer um uns rum, vor allem kleine Jungs. Kleinpeter hat versucht, den Aufnahmeleiter zu machen und sie auf Distanz zu halten, aber ... Viel zu höflich für den Beruf. Standen da wie angewachsen und staunten uns an wie die Pfingstochsen.

Pfingstochse. Ich weiß auch nicht, was das ist.

Die Leute sind gekommen, obwohl Kino für sie etwas total

Fremdes war. Ich glaube, im ganzen Dorf war nur eine Frau, die sich dafür ... Eine alte Dame. Die ist mal mit einer Nummer von *Für die Frau* angekommen, da wo der Bericht über den Ball drin war. Mit dem Foto vom Walter und von mir. Wir mussten das alle beide für sie signieren. Aber sonst ... Wir waren einfach eine Abwechslung.

Auch der Heckenbichler tauchte ständig bei den Dreharbeiten auf. Der Herr Bürgermeister. Der hatte so eine Art, plötzlich da zu sein, ohne dass man ihn hat kommen sehen. Schmidtchen Schleicher. Er hat uns nicht getraut, vor allem am Anfang nicht. Ich glaube, er hat niemandem ... Hat das ganze Dorf kontrolliert. Der hätte dir sagen können, wer um welche Zeit aufs Klo gegangen ist. Ob er Durchfall gehabt hat oder nicht. Fühlte sich für alles verantwortlich und hatte gleichzeitig Angst. Wollte nichts falsch machen. Verstehst du, was ich meine?

Du kannst das gar nicht verstehen. Du bist Amerikaner.

Nach dem Krieg ging es dann ganz schnell bergab mit dem Heckenbichler. Wie so ein Ballon, dem die Luft ausgeht. Seelisch verschrumpelt. Hat sich im *Watzmann* nicht mehr an den Stammtisch getraut, sondern ...

Ja doch.

Wie gesagt, am Anfang war ihm die ganze Sache unheimlich. Vor allem, weil wir mit dem Drehen ... Mit dem vorgespielten Drehen ... Weil wir nicht gleich anfangen konnten. Der Werner saß ja noch in seinem Hotelzimmer und versuchte sich eine Geschichte aus den Fingern zu saugen. Und wir mussten doch so tun, als ob das Drehbuch ... Von Goebbels persönlich abgenommen und all so 'n Kram. Da ist dann der Servatius auf den Einfall gekommen ...

Das war eigentlich, könnte man sagen, meine erste große Szene. Und ich war gut, sage ich dir. Verdammt gut. Es haben schon Leute für weniger einen Filmpreis bekommen. Ich habe …

Nein, das erzähle ich dir morgen. Oder nächste Woche. Wann du halt das Tonbandgerät wieder kriegst. Jetzt ist erst mal Reinemachen angesagt. Du hast es mir versprochen.

[Langes Lachen. Husten. T. A. setzt mehrmals zum Sprechen an und wird immer wieder von Gelächter überwältigt.]

Natürlich waren wir für heute verabredet. Du hattest völlig recht. Ich wollte nur, dass du … [Lachen] Und es hat ja auch funktioniert. Jetzt kommst du aus der Geschichte nicht mehr raus. Du musst zugeben: Eine so schlechte Schauspielerin bin ich nicht.

Du kannst da drüben anfangen, über der Theke. Erst mal alle Gläser raus.

Tagebuch Werner Wagenknecht
(November / Dezember 1944)

Titi ist unglaublich. Sie hat mir ein paar Tage Luft verschafft. Und zusätzliche Arbeit. Weil ich ihr jetzt eine größere Rolle schreiben muss.

Ich komme nicht schnell genug vorwärts mit dem Drehbuch. Ich bin immer noch dabei, eine einigermaßen plausible Handlung zusammenzustücken. Und steh mir dabei selber im Weg. Die alte Gewohnheit, immer alles ganz sorgfältig zu formulieren, lässt sich nicht so leicht ablegen. Manchmal kaue ich eine halbe Stunde lang Adjektive durch. Wie ein Idiot habe ich mein Synonymwörterbuch in Berlin liegenlassen. Weil mir Titi beim Packen dauernd reingeredet hat.

Aber das hat sie jetzt alles wiedergutgemacht. Ich könnte sie küssen. Ich werde sie küssen. Ich habe sie geküsst. Die schönste Konjugation, die ich kenne.

Ich werde es nur ganz kurz aufschreiben, weil ich wieder an mein Drehbuch muss. So achtzig, neunzig Seiten sollten es schon werden. Einigermaßen sinnvolle Seiten, falls der Herr Ortsgruppenleiter auf den Gedanken kommen sollte, einen Durchschlag davon zu verlangen. (Wir müssen überhaupt mit Durchschlägen arbeiten. Hier im Dorf gibt es keine Möglichkeit, ein Buch zu vervielfältigen.) Vorläufig redet sich Kleinpeter noch auf Vertraulichkeit raus, aber ewig wird sich das nicht durchhalten lassen. Ich schließe jedes Mal die Tür ab, wenn ich mein Zimmer verlasse, aber das wäre wohl auch kein Hindernis für unseren Dorf-Harun-al-Raschid: Taucht unerkannt überall auf und wacht über das Wohl seines Reichs.

Auch bei Titis Heldentat ging es um Heckenbichler. (Ich kenne die Geschichte vorläufig nur von ihr. Ganz genau so, wie sie es schildert, wird sie sich nicht abgespielt haben. Titi neigt zu Übertreibungen. Vor allem, was die eigene Person anbelangt.)

Heckenbichler, erzählt sie, hat Kleinpeter zu sich ins Rathaus bestellt, um sich bei ihm darüber zu beschweren, dass die Dreharbeiten noch nicht losgegangen sind. Das grenze an Arbeitsverweigerung (oder wie immer das Wort hieß, das er gebraucht hat), und er werde das an höherer Stelle melden müssen. Worauf Kleinpeter die Verzögerung mit einer Erkrankung im Ensemble erklärte. Es gehe dabei um eine ganz zentrale

Rolle. Bis die entsprechende Darstellerin wieder gesund sei, könne man leider, leider nur warten.

Es ist ihm wohl auf die Schnelle nichts Besseres eingefallen. Wirklich gut war die Ausrede nicht. Denn jetzt wollte Heckenbichler die Kranke persönlich in Augenschein nehmen. Maria Maar, die in die wirkliche Situation nicht eingeweiht ist, konnten sie mit der Rolle nicht besetzen. Also musste Titi ran. Ein Glück, dass Heckenbichler noch nie im Kino war, so dass man sie ihm als UFA-Star verkaufen konnte. Als die jugendliche Heldin, ohne die der Film nicht machbar sei.

Sie hat sofort begriffen, was man von ihr wollte: die Kranke spielen, möglichst überzeugend, Lungenentzündung oder etwas Ähnliches. Eine Aufgabe, die sie mit Begeisterung übernommen hat. Sie dürfe dabei aber kein Wort reden, hat ihr Servatius eingeschärft. Hatte wohl Angst, dass sie was Falsches sagen könnte.

«Immer kriege ich Szenen ohne Text», hat sie sich geärgert.

Sie hat Vollgas gegeben, wie das nur Titi kann. Hat sich ins Bett gelegt, in einem langen weißen Nachthemd. Vorne rum hat sie den Stoff befeuchtet, so dass er am Körper klebte. «Damit es wirkt, als ob ich hohes Fieber habe», hat sie mir stolz erklärt. «Außerdem sieht man so mehr von der Figur.» Sie hat das Ganze genommen wie eine Probeaufnahme.

Als der Heckenbichler im *Watzmann* einmarschiert ist – er kommt meistens allein, aber in einer Haltung, als ob er einen ganzen Schlägertrupp hinter sich hätte –, hat ihn Kleinpeter gebeten, möglichst schnell einen Arzt aufzutreiben. (Nachdem er vorher bei Frau Melchior diskret in Erfahrung gebracht hatte, dass es hier weit und breit keinen gibt.) Der ganze, mit Berlin bis ins Detail abgestimmte Drehplan komme durcheinander, wenn Fräulein Adam länger ausfalle. Sie habe möglicherweise eine Lungenentzündung, was ja kein Wunder sei bei der Kälte hier oben.

Heckenbichler hat angeboten, einen Transport ins Klinikum von Berchtesgaden zu organisieren, was Kleinpeter natürlich abgelehnt hat. So einen Transport, das werde der Herr Ortsgruppenleiter sicher einsehen, würde Fräulein Adam kaum überleben, in ihrem Zustand. Aber die Entscheidung liege selbstverständlich bei ihm, Heckenbichler, in seiner Eigenschaft als Bürgermeister, und sie würden sich allen seinen Anordnungen fügen. Das sei ihnen auch wegen Berlin lieber, sie wollten mit dem Ministerium auf gar keinen Fall selber Schwierigkeiten bekommen. Es mache da nämlich ein Gerücht die Runde – sie wollten nichts gesagt haben, aber der Herr Ortsgruppenleiter müsse ja informiert sein –, man erzähle sich also, dass Fräulein Adam dort einen persönlichen Protektor habe. An höherer, ja, man dürfe schon sagen: an höchster Stelle. Worauf Heckenbichler sofort ganz untertänig und eifrig geworden ist. Wir leben in einer Zeit, wo einem jede höhere Stelle gefährlich werden kann.

Das Gespräch fand auf dem Flur statt, direkt vor Titis Zimmer, und sie hat durch die Tür alles mit angehört. Als die drei dann hereinkamen, hat sie sich brav an die Regieanweisung gehalten und nur gestöhnt. Mit bleichem Gesicht und feuchter, kalter Haut. Behauptet sie zumindest. Aber eben, sie übertreibt gern.

Als sich Heckenbichler dann fürsorglich auf den Bettrand gesetzt hat, so fürsorglich, wie ein Dorftyrann eben sein kann, hat sie sich dramatisch mühsam aufgerichtet, hat gehustet und gewürgt – und dann hat sie ihm über seine Lederhose gekotzt. Sie ist furchtbar stolz darauf und will immer wieder für ihre Schlauheit gelobt werden.

Sie hat Zigaretten in Wasser aufgelöst und die Mischung getrunken. Jetzt ist sie immer noch ganz bleich, und an Essen darf sie nicht mal denken. «Mit dem Trick», sagt sie, «habe ich schon als Mädchen die Schule geschwänzt.»

Markus Heckenbichler:
Antwort auf einen Fragebogen
(1988)

FRAGE 3

Diese Frage verstehe ich nicht. Wieso sollten wir auf den Gedanken gekommen sein, dass hier nicht wirklich ein Film gedreht wurde? Er wurde doch gedreht. Wir haben es mit eigenen Augen gesehen.

Tagebuch Werner Wagenknecht
(November/Dezember 1944)

Die Geschichte steht. Noch nicht in allen Einzelheiten, aber der große Bogen funktioniert einigermaßen. Nach dem Mittagessen mache ich mich an die Dialoge. Parole: Nicht gut, aber schnell. Kleinpeter fragt jede halbe Stunde nach, ob ich vorwärtskomme. Er darf nicht merken, dass ich mir auch noch

Zeit für mein Tagebuch nehme. Ich könnte ihm nicht erklären, warum mir diese Aufzeichnungen so wichtig sind.

Es wäre mir lieber gewesen, wenn ich für die Filmgeschichte in einer historischen Periode hätte bleiben dürfen, von mir aus auch Renaissance oder irgendwas. Unter Pumphosen und Reifröcken lassen sich dramaturgische Schlampereien besser verstecken. Aber was die Bavaria an Kostümen rausgerückt hat, ist so quer durch die Jahrhunderte zusammengestückelt, dass nichts damit anzufangen ist. Also Gegenwart, heldisch verzerrt. Ich schreibe nicht fürs Publikum, ich schreibe für Kastelau. Genau genommen nur für den Ortsgruppenleiter Heckenbichler. Was ihn überzeugt, überzeugt auch sein Dorf. Hier traut sich keiner, eine andere Meinung zu haben als er.

Es wird ein Soldatenstück. Nur schon wegen der Kostüme. Uniformen findet man in Deutschland immer genug.

Der einzige Schauplatz, der einigermaßen nach etwas aussieht, sind die Ruinen der Lindenburg. (Übrigens: Kleinpeter hat von Anfang an gewusst, dass es hier oben kein Schloss gibt. Er hat das bloß als Argument benutzt, damit das Ministerium den Außendreh abnickt. In Wirklichkeit hat er einfach nur auf der Landkarte nach einem möglichst abgelegenen Fleck gesucht, und als er den Namen Kastelau las, ist ihm der Trick eingefallen. Ich lerne ganz neue Seiten an ihm kennen. Es stellt sich heraus, dass er im innersten Herzen ein unseriöser Mensch ist. Das macht ihn mir sehr sympathisch.)

Die Lindenburg im Schnee lässt sich bestimmt gut photographieren. Romantisch kaputte Mauerreste sind immer wirkungsvoll. Ich habe mir einen hübschen Namen dafür einfallen lassen: Die Feste Schwanenberg. Aus Walter Arnold mache ich den letzten Spross derer von Schwanenberg. Natürlich ein Held. Etwas anderes würde er uns gar nicht spielen.

Sogar ein hübsches Wappen habe ich mir für die Familie ausgedacht: ein Schwan mit ausgebreiteten Flügeln, der seine Brut gegen einen Angreifer verteidigt. Schade, dass es hier oben niemanden gibt, der das für uns zeichnen könnte.

Oberleutnant Bodo von Schwanenberg (ich wollte ihn Rüdiger nennen, aber Servatius findet den Namen doof) hat zusammen mit einem altgedienten Feldwebel (Augustin Schramm) den Auftrag bekommen, eine Anhöhe gegen den Ansturm des Feindes zu verteidigen. Und diese Anhöhe, im Befehl nur als Hügel 17 bezeichnet, entpuppt sich – Überraschung, Überraschung – als Stammsitz seiner Familie. Zufälle gibt es …

Ich fange an, die Kollegen zu verstehen, die in irgendwelchen Propagandaabteilungen sitzen und dort rund um die Uhr patriotischen Schrott absondern. Es ist teuflisch verlockend, Dinge zu schreiben, die sich so kinderleicht erfinden lassen. Es verschafft einem ohne viel Aufwand das angenehme Gefühl, kreativ zu sein.

Weil Bodo von Schwanenberg ein so langer Name ist, habe ich für Schramms Rolle einen ganz kurzen genommen: Feldwebel Buff. In Fürstenwalde hatten wir einen Turnlehrer, der so hieß. Buff wird ein liebenswerter, rustikaler Typ. Jemand, der schon eine Menge schwieriger Situationen erlebt hat und am Überleben mehr interessiert ist als am Siegen. Ich darf ihn nicht zu intelligent machen, sonst wird es schwierig, den Dialog so zu führen, dass sich das Heldische am Schluss durchsetzt. Deutsch und doof, das passt ohnehin am besten zusammen. Ich werde vorschlagen, dass er die Rolle mit leichtem hessischen Akzent spielt, den hat er gut drauf.

Die beiden, Schwanenberg und Buff, sind nur ein Vortrupp und sollen Verstärkung bekommen. Aber die lässt auf sich warten, und die Übermacht des Feindes rückt näher. Unangenehm realitätsnah, aber mehr Schauspieler haben wir nun mal nicht.

Die sich nähernde Front müssen wir durch Schlachtgeräusche auf der Tonspur darstellen. Ich werde anmerken, dass das in Berlin in der Nachbearbeitung gemacht werden soll. Was natürlich totaler Unfug ist. Bis wir nach Berlin zurückkommen, wird es ganz andere Dinge nachzubearbeiten geben.

(Überlegen, ob «Nachbearbeitung» ein möglicher Titel für den großen Roman sein könnte.)

Sehr bald, schon nach etwa fünf bis acht Seiten schätze ich, wird endgültig klar, dass die Verstärkung in absehbarer Zeit nicht eintreffen kann, weil der heftige Wintereinbruch den Weg über den Berg unpassierbar gemacht hat. Schwanenberg und Buff sind also ganz auf sich gestellt. Buff plädiert dafür, den Auftrag zu vergessen und sich abzusetzen, es habe keinen Sinn, einen Kampf zu führen, den man nicht gewinnen könne. Bodo schwankt zuerst – wenn er nicht schwankt, wird der Film zu kurz –, aber vertritt dann natürlich die Gegenposition: Absolute Befehlstreue, kämpfen bis zum letzten Blutstropfen, der Heldentod als hehres Ziel. Was man in solchen Fällen eben so sagt.

Seine heroische Haltung wird auf die Probe gestellt, als er ein hübsches Mädchen aus dem Dorf kennenlernt und sich in sie verliebt. (Titi muss eine wichtige Rolle haben, schließlich glaubt Heckenbichler, sie sei die jugendliche Heldin des Ensembles. Vorläufig liegt sie im Bett und spielt mit vollem Einsatz langsame Genesung. Lässt sich von Frau Melchior Süppchen kochen und löffelt sie so mühsam, als sei sie zu schwach, um das Besteck zu halten.) Vielleicht schreibe ich eine Szene bei der Dorfschönheit zuhause – alles ganz keusch, natürlich –, in der Bodo den Verlockungen der Liebe und eines harmonischen Familienlebens widerstehen muss. Wenn wir das holzgetäfelte Zimmer im Rathaus ein bisschen ummöblieren, geht es für den Film als Bauernstube durch.

Bodo kämpft mit sich, aber natürlich siegt sein Pflichtbewusstsein, und er entsagt der Liebe. «Mein Platz ist auf dem Feld der Ehre» und so weiter und so fort.

Dann taucht, um ihm das Leben noch schwerer zu machen, Maria Maar als seine Mutter auf. (Es soll mich bloß keiner fragen, wie sie durch die feindlichen Linien gekommen ist. Das muss ich irgendwie wegeskamotieren.) Sie hat natürlich drei Söhne – im Märchen haben Königinnen immer drei Söhne –, davon sind zwei bereits gefallen. Sie fleht ihren Jüngsten tränenreich an, am Leben zu bleiben und das Geschlecht derer von Schwanenberg nicht aussterben zu lassen. (Oder Schwanenburg? Das klingt vielleicht noch besser.) Er schwankt, aber natürlich bleibt er letzten Endes standhaft.

Die nächste Hiobsbotschaft: Seine Geliebte (Resi? Zenzi?) will versuchen, den Truppen, auf die man wartet, trotz der winterlichen Verhältnisse einen Weg über den Berg zu weisen. Sie ist unterwegs, als ein Schneesturm ausbricht. Bodo klettert hinterher, findet sie auch, aber sie ist am Erfrieren und stirbt dramatisch in seinen Armen. (Das wird Titi Spaß machen!) An ihrer Leiche tut er den Schwur, den Feind bis auf die letzte Patrone zu bekämpfen. («Tut den Schwur»? Ich muss aufpassen, dass mir die schwülstigen Dialoge die Sprache nicht endgültig versauen.)

Zum Schluss dann eine große Szene, in der sich das ganze Dorf, samt Frauen und Kindern, an die Seite der beiden Soldaten stellt und den Feind besiegt. Heckenbichler wird uns die nötigen Statisten schon besorgen. Im Lauf des Gefechts überwindet auch Buff seinen inneren Schweinehund und opfert sich für Bodo, indem er sich in die Schussbahn einer Kugel wirft. Dramatische letzte Worte im Sinn von: «Ein Heldengeschlecht wie die von Schwanenburg (ja, -burg ist besser) muss weiterleben!» Schlussbild: Walter Arnold, verwundet, aber gerettet in den Armen von Maria Maar. ENDE.

Das Ganze ist zum Speien. Zum Glück ist es von Frank Ehrenfels und nicht von mir.

Interview mit Tiziana Adam
(15. September 1986)

Zum Sterben bin ich dann nicht mehr gekommen. Zuerst lag zu viel Schnee und dann ... Ich kann mich heute noch darüber ... Weil: So eine Todesszene, so richtig mit Schmackes, das ist das Beste überhaupt für eine Karriere. Denk an die Söderbaum. Die ist nur berühmt geworden, weil sie in *Jud Süß* tragisch ertrunken ist. Ich hätte auch Karriere machen können, das kannst du mir glauben. Das Talent wäre ... Willst du nicht doch eine Zigarette?

Mach nicht so ein hochnäsiges Gesicht. Nichtraucher sind auch keine besseren Menschen.

[Pause]

Meinen ersten Drehtag werde ich nie ... Die erste richtige

Szene. Endlich mal nicht nur «Ja, gnädige Frau» und «Nein, gnädige Frau» und brav einen Knicks machen. Endlich mal … Ich weiß nicht, wie ich dir das erklären soll. Einerseits wusste ich natürlich, dass wir überhaupt nur drehen, damit wir beschäftigt aussehen. Aber andererseits … Ich hab mir halt gedacht: Vielleicht verwenden sie die Aufnahmen ja doch irgendwann einmal. Bauen sie irgendwo ein. Auch wenn der Ton nichts taugt. Hab ich dir erzählt, dass unser Tonmeister taub war?

Und selbst wenn alles nur für die Mülltonne ist, habe ich gedacht, es ist doch eine Chance. Servatius zeigen, was ich kann. Das war gar nicht so falsch gedacht, weil er … Nach dem Krieg hat er noch jede Menge Filme … Nur ohne mich halt. Diese Scheißnarbe im Gesicht hatte ich nicht auf der Rechnung.

Spar dir das Gesülze. Natürlich sieht man sie. Die Kamera sieht alles.

Es war die Szene, wo wir uns zum ersten Mal begegnen, der Walter Arnold und ich. Er kommt ins Dorf, um Essen zu besorgen, und ich gehe mit einem Korb am Arm an ihm vorbei. Er schaut mir nach, und ich bleibe stehen. «Du musst seinen Blick im Rücken spüren», hat Servatius gesagt. Dann dreh ich mich ganz langsam um und … Großaufnahme von meinem Gesicht. Nur das Gesicht, aber man merkt, dass ich mich auf der Stelle … Großaufnahmen sind das Wichtigste überhaupt. Um eine Großaufnahme haben sie bei der UFA gekämpft wie die Hyänen.

Mein Kostüm hatte mir die Marianne organisiert. Marianne Melchior, die Wirtin vom *Watzmann*. Überhaupt kein passender Vorname für dort oben. Eigentlich hieß sie Maria, aber das war ihr zu ... Zu katholisch. Also Marianne. Man hat es ihr nicht angesehen, so verschüchtert, wie sie immer war, aber sie hatte auch etwas Rebellisches an sich. Das habe ich erst später richtig verstanden, als sich herausstellte ...

Ja doch.

Die Marianne hat mir auch beim Textlernen geholfen. Ich sollte ja ein bisschen auf Bayerisch machen. Nicht richtig, aber doch mit der Melodie. Wir hatten uns angefreundet, weil sie während meiner Krankheit ... vorgetäuschten Krankheit ... Weil sie sich um mich gekümmert hat. Sie war so nett, ich hätte ihr am liebsten verraten, dass alles nur gespielt war. Und später dann ... Hätte ich damals auch nicht gedacht, dass sie und ich einmal ...

Ja doch.

Die erste Szene musste ich in Tracht spielen. In Kastelau wäre auch nicht viel anderes aufzutreiben gewesen. Außerdem machte das den Film heimatlich, hat der Kleinpeter gesagt. Der konnte sich immer für alles eine Begründung ausdenken.

Ich war nicht glücklich über das Kostüm. Erst mal hat man darin gefroren wie die Sau. Zum Glück hatte mir die Marianne auch Unterwäsche dazu besorgt. Ich hatte ja so was nicht. Richtige Liebestöter, Barchent oder wie das Zeug ... Hässlich wie die Nacht, aber es sind einem wenigstens nicht die Nieren ... Als der Werner diese Unterwäsche zum ersten Mal an mir gesehen hat, hat er gesagt ...

Das geht dich überhaupt nichts an. Das ist intim.

Von meiner Tracht wollte ich ... Eine weiße Bluse, die ging noch an. Die brachte wenigstens den Busen zur Geltung. Aber darüber so ein riesiges Schultertuch, lauter Falten, so dass man von der Figur überhaupt nichts ... Und zu allem Elend auch noch ein grässlicher grüner Filzhut. Kreisrund. Als ob einem ein Suppenteller auf dem Kopf ... Ich hab mir überhaupt nicht gefallen. Dafür war der Heckenbichler ... Der würde gern was mit einem richtigen Filmstar angefangen haben, das war leicht zu merken. Er hielt sich für unwiderstehlich, bloß weil er in seinem Dorf ... Hat mich angemacht mit Sprüchen ... Was man eben auf dem Land unter Flirten versteht. Unauffällig wie ein Schaufelbagger. Und hat sich gleichzeitig nicht getraut, weil sie ihm doch von meinen ungeheuer wichtigen Freunden in Berlin erzählt hatten. Von denen hatte er mehr Angst als vor seiner Frau. Die war so unter seiner Fuchtel, die wäre im Ehebett einfach zur Seite ... Aber mit dem Heckenbichler etwas anfangen – das hätte mich geekelt. Der hatte so etwas ... Ich weiß nicht, wie man das nennen soll. Wie so'n Pfarrer, der die kleinen Mädchen beim Kommunionsunterricht in den Hintern kneift.

Zuerst habe ich beim Spielen zu viel gemacht. Übertrieben. Der typische Anfängerfehler. Aber ich lerne schnell. Der Servatius hat gesagt, er kann sich vorstellen, dass ich eine große Zukunft habe. Das hat er auch wirklich gemeint. Es gab keinen Grund, dass er mir schmeicheln sollte.

Die Maar war bei dem Dreh auch dabei. Obwohl sie mit der Szene gar nichts ... Wollte wohl sichergehen, dass ich ihr nicht die Schau stehle. Sie hat ja damals noch gedacht, dass das ein richtiger Film ... Hat mir sogar einen guten Rat gegeben. «Du musst am Anfang sehr glücklich aussehen», hat sie gesagt. «Das ist immer das Wichtigste, wenn man am Ende stirbt.»

Szene aus dem Drehbuch Lied der Freiheit
(2. Fassung)

Kirche. Außen. Tag.

Bodo kommt an der Kirche vorbei, einen großen Brotlaib unter den Arm geklemmt. Er bleibt stehen und betrachtet nachdenklich die Fassade der Kirche.
Aus seinem Blickwinkel sehen wir die Inschrift über dem Kirchenportal: SOLUS DEUS ADJUVABIT.
Bodo schüttelt den Kopf. Für sich:

BODO

Gott allein? Nein, man muss schon selber etwas tun.

Er reißt ein Stück von der Brotkruste ab und stopft es sich in den Mund.
Von der anderen Seite kommt Rosi, ein junges Mädchen in Landestracht, mit einem Korb über dem Arm. Sie geht an ihm vorbei, scheinbar ohne ihn zu beachten.
Bodo schaut ihr nach.
Rosi dreht sich um, sieht ihn an.
Groß ihr Gesicht, auf dem sich eine Emotion abzeichnet, für die sie in diesem Moment noch selber keinen Namen hat.
Bodo lächelt. Er hält ihr den Brotlaib hin.

BODO

Auch ein Stück?

Wie magisch angezogen, geht Rosi ein paar Schritte auf ihn zu. Bleibt stehen. Nach einer Pause:

ROSI

Sie sind nicht von hier.

BODO

Doch. Es ist allerdings ein paar hundert Jahre
her.

Rosi glaubt, dass er sich über sie lustig machen will, und reagiert beleidigt.

ROSI

Von Leuten aus der Stadt bekommt man nie eine
grade Antwort.

BODO

Sie müssen nur die richtigen Fragen stellen,
Fräulein.

ROSI

Ich bin kein Fräulein. Ich bin die Rosi.

BODO

Rosi …

Pause.

BODO

Ich wusste nicht, dass Rosen hier oben auch im
Winter blühen.

Die beiden stehen sich einen Augenblick stumm gegenüber, jeder in seine eigenen Gedanken versunken. Dann erinnert sich Bodo daran, dass Buff auf ihn wartet, und reißt sich zusammen.

BODO

Ja, dann …

Er salutiert und will weitergehen. Bleibt dann aber doch noch einmal stehen und streckt Rosi den Brotlaib hin.

BODO

Doch ein Stück?

ROSI

Trockenes Brot?

BODO

Der Soldat isst, was er kriegen kann.

Rosi fasst in ihren Korb und nimmt ein Stück Speck heraus. Hält es ihm hin.

ROSI

Hier.

Bodo lacht.

BODO

Brot und Speck. Ich sehe schon: wir beide passen gut zusammen.

Immer noch lachend geht er weiter. Rosi sieht ihm lange nach.

Manuskript Samuel A. Saunders

Wenn das, was sich seit Dezember 1944 in Kastelau abspielte, ein Film gewesen wäre, man hätte ihn als Lustspiel inszenieren können. Eine kleine Gruppe von verschworenen Künstlern trickst ein verbrecherisches Regime mit dessen eigenen Mitteln aus – so eine Story wäre für den Lubitsch von *Sein oder nicht sein* wie gemacht gewesen. Wie es ausgehen würde, ahnte damals noch keiner der Beteiligten.

Walter Arnold wird das Ganze als Heldensaga erlebt haben. In der selbstverständlich er selber die Hauptrolle spielte. Aber wenn es stimmt, was mir Tiziana Adam über die Ereignisse des folgenden Frühjahrs berichtet hat – und ich habe keinen Grund, an ihrer Darstellung zu zweifeln –, dann war er ganz und gar nicht der strahlende Held, als den er sich in seinen Memoiren gern darstellt. Um eine Fachbezeichnung zu verwenden, die an deutschen Theatern üblich ist: Er war immer nur ein Heldenspieler. Sein Heroismus war ein Kostüm, eine Verkleidung, auf die alle hereingefallen sind: die Kinobesucher, die seinen Charakter mit dem seiner Rollen verwechselten, seine Kollegen und wohl auch er selber. Wenn jemand dieses Heldentum in Frage stellte, wenn also sein kunstvoll aufgebautes Image bedroht wurde, wehrte er sich mit allen Mitteln und war in der Wahl seiner Methoden völlig skrupellos. Ich habe es am eigenen Leib erfahren. Er hat mir McIlroy & Partners auf den Hals gehetzt, und das war nichts anderes, als wenn er einen Schlägertrupp losgeschickt hätte, um mir die Beine zu brechen. Er hat mich ruiniert, hat meine Existenz zerstört und, da bin ich mir ganz sicher, er hat deswegen auch nicht eine einzige schlaflose Nacht verbracht.

Arnie Walton, der Mann mit dem Ehren-Oscar. Den er nicht so sehr für seine schauspielerischen Leistungen bekommen hat, sondern, wie es in der Begründung der Academy hieß, «für seine vorbildliche moralische Haltung in schwierigen Zeiten». Er hat sich eine angeschminkte Träne aus dem Augenwinkel gewischt, und im Shrine Auditorium sind sie alle aufgestanden und haben minutenlang applaudiert. Standing Ovation für einen Mörder.

Pressemitteilung

Das Board of Governors der Academy of Motion Picture Arts and Sciences teilt mit:

Der Honorary Award für das Jahr 1988 geht an den Schauspieler Arnie Walton. Die Academy ehrt damit nicht nur das filmische Schaffen eines großen Darstellers, sondern ebenso dessen persönliche Lebensleistung. So wie er sich als junger Mann in aufopfernder Weise und unter hohem persönlichen Risiko gegen die Zumutungen der nationalsozialistischen Diktatur wehrte, hat Arnie Walton in seinem zweiten Leben als Amerikaner die Ideale der Freiheit und Demokratie jederzeit hochgehalten und war stets bereit, sich selbstlos für patriotische Anliegen einzusetzen. Für diesen persönlichen Einsatz und seine vorbildliche moralische Haltung in schwierigen Zeiten hat er den Preis mehr als verdient.

Die Verleihung der Auszeichnung findet im Rahmen der 60. Annual Academy Awards am 11. April 1988 im Shrine Auditorium in Los Angeles statt.

Manuskript Samuel A. Saunders

Heute würde man die Geschichte wohl als Klamotte erzählen. Neuerdings wird im Kino ja gelacht, wenn jemand umgebracht wird.

Eine besonders absurde Episode wird für alle Beteiligten die Sonnwendfeier gewesen sein, die sie auf Wunsch des Ortsgruppenleiters und Bürgermeisters Heckenbichler im Kirchlein von Kastelau gestalten mussten.

Interview mit Tiziana Adam
(17. September 1986)

Am Anfang gab es für die Maar beim Drehen noch nichts ... Weil ihre neue Rolle ja erst später ... Das hat ihr überhaupt nicht gepasst. Wenn es nach ihr gegangen wäre, hätte sie in jeder Szene ... Und alle anderen wären überhaupt nur da gewesen, um ihr Stichworte ... Jetzt musste sie warten, und in Kastelau hatte sie keine Villa mit Dienstmädchen und Seeanstoß. Sie hat sich bei Servatius darüber beschwert. Sie hat sich eigentlich immer beschwert, das war gewissermaßen ihr Rollenfach. Er hat behauptet, er müsse die Szenen unbedingt der Reihe nach ... Aus künstlerischen Gründen. Was natürlich überhaupt nicht stimmte. Der wirkliche Grund ... Na, kommst du dahinter? Na?

Mein Gott, bist du doof. Weil doch der Werner ihre Szenen noch gar nicht geschrieben hatte. Das Drehbuch wurde nämlich erst nach Weihnachten fertig, weil ...

Das Wort «Drehbuch» darfst du in deiner Arbeit nicht verwenden, sonst stellen sich die Leute etwas Falsches vor. Ein eigentliches Buch gab es gar nicht. Sie hatten ja kein Hektographiergerät wie in Berlin, und Werner musste jede Seite mit ganz vielen Durchschlägen ... Auf so hauchdünnem Papier, das schon kaputtging, wenn man es nur scharf anschaute. Darüber hat sich die Maar auch beschwert.

Weil sie also nichts zu tun hatte und es nicht aushalten konnte, wenn sie nicht wichtig war, hat sie sich mit Heckenbichler ... Sie hatte immer eine Schwäche für die Leute an der Macht. Das war vielleicht eine Paarung! Die Maar, man kann über sie denken, was man will, war ja eine imposante Gestalt.

Nicht mehr die Jüngste, aber immer noch imposant, und der Heckenbichler ... Mehr so ein Schrumpfriese. Sie wird ihm von ihren berühmten Freunden erzählt haben, von Emmy Sonnemann, und wie sie mal bei den Görings auf Carinhall eingeladen war. Ich könnte dir die Geschichten auswendig hersagen, so oft hat sie uns damit genervt. Aber das kannst du alles in deinen klugen Büchern ...

Der Heckenbichler war natürlich beeindruckt bis zum Gehtnichtmehr. In seinem Dorf war er der Gottsöberste, aber Dinge wie Carinhall oder Staatstheater oder an Himmlers vierzigstem Geburtstag ein Gedicht Aufsagen ... Das hat sie tatsächlich gemacht, wusstest du das? Es muss für ihn gewesen sein, als ob das Hitlerbild an der Wand ... Er hat ihr jeden Wunsch von den Augen abgelesen. Muss zum Ablesen allerdings auf einen Schemel gestiegen sein, bei seiner Größe.

[Lachten, Husten]

Warum muss ich eigentlich immer husten, wenn ich lache?

Statt dass sie ihren Einfluss dazu verwendet hat, dass sie für uns etwas ... Das Essen war, vornehm ausgedrückt, bescheiden, und in so einem Dorf hängt immer noch irgendwo eine Speckseite im Rauchfang. Aber sie hat stattdessen dem Heckenbichler gepredigt, dass Kastelau dringend Kultur braucht. Von wegen völkisches Bewusstsein und Kraft durch Freude. Er muss unbedingt was in der Richtung organisieren, hat sie ihm eingeredet.

Weißt du, was eine Sonnwendfeier ist?

Heute ist aber wirklich der Tag, wo ich dir jeden Scheiß ... Weihnachten auf Nazi ist das. Wo dann statt des süßen kleinen Jesuleins der neugeborene Adolf in der Krippe liegt.

Mein Gott, ihr Amerikaner! Natürlich nicht wörtlich in der

Krippe. Wintersonnwende, das ist Weihnachtsfeier auf Altgermanisch. Mit Sprechchören und all so was. Wenn alle reden, als ob das Textbuch in Fraktur ... So etwas gebe es in allen wichtigen Städten des Reichs, hat sie ihm erklärt, und darum müsse natürlich auch Kastelau ... Man kann den Leuten alles einreden. Wenn sie dabei nur wichtig sein dürfen.

Heckenbichler hat einen Brief geschickt, ganz offiziell. Sein Sohn musste ihn zum *Watzmann* rüberbringen, in HJ-Uniform. Die Herren Kleinpeter und Ehrenfels hätten sich im Rathaus zu einer Besprechung einzufinden, dann und dann. Ohne Begründung. Der Werner war sofort ... Der Kleinpeter hatte mit dem Heckenbichler fast jeden Tag zu tun, aber mit dem Werner hatte der Herr Ortsgruppenleiter noch nie auch nur ein Wort geredet. Und jetzt diese Vorladung. Das konnte nur Schlimmes bedeuten, davon war er ... Vielleicht war sein Pseudonym ... Warum hätte es der Heckenbichler sonst so förmlich gemacht, mit Vorladung und «haben sich einzufinden», wo der *Watzmann* doch nur ein paar Schritte vom Rathaus ...? Er hätte ihnen auch so sagen können, was er ... Seit das Hotel samt Gaststube wiedereröffnet war, saß er ohnehin jeden Abend am Stammtisch. Sogar ans Weglaufen hat der Werner gedacht. Aber natürlich mussten sie hingehen.

Und dann stand in der Zirbelstube Schnaps für sie bereit, und der Herr Ortsgruppenleiter war scheißfreundlich. Hat ihnen erklärt, dass er ganz spontan beschlossen habe, in Kastelau eine Sonnwendfeier durchzuführen. In der Dorfkirche, am 21. Dezember. Die ehrenvolle Aufgabe, diese Feier zu gestalten, übertrage er vertrauensvoll den Künstlern aus Berlin. Da hätten sie doch Gelegenheit ... Arbeiter der Stirn zeigen ihre Volksverbundenheit. Es müsse nichts Großes werden, nur ein kleines, bescheidenes Festspiel, das Ganze nicht länger als eine Stunde, inklusive Aufmarsch und gemeinsamer Gesang. Für den sehr verehrten Volksgenossen Ehrenfels, nehme er doch an, sei es bestimmt eine kleine Sache, einen entsprechenden Text ... So etwas sei bestimmt kein Problem für jemanden, der schon in ganz jungen Jahren ein erstes Theaterstück ... Der Werner hat zuerst gar nicht verstanden, was für ein Theaterstück gemeint war. Hatte schon wieder vergessen, was er seinem Pseudonym alles in den Lebenslauf ...

Natürlich konnten sie nicht ablehnen. Der Kleinpeter hat sogar gemeint, eigentlich komme der Auftrag wie gerufen. Solang wir an dieser Feier arbeiteten, müsse der Dreh unterbrochen werden, und schließlich ginge es nur darum, möglichst viel Zeit ... Er hat nicht gesagt «bis der Krieg endgültig verloren ist», aber es war allen klar, was er ... Es waren also alle gern dabei, auch die Maar, wenn die auch aus anderen Gründen. Für sie war es selbstverständlich, dass sie in dem Festspiel die Hauptrolle ... In dem Punkt haben ihr alle gern den Vortritt gelassen.

Aber dann war es der Werner, der Schwierigkeiten ... Im Rathaus hatte er noch kein Wort gesagt, aber jetzt hinterher ist er regelrecht durchgedreht. Hat richtig getobt, was sonst gar nicht seine Art ... Er war mehr der Typ, der sich nach innen aufregt und alles in sich hinein ... «Du kriegst noch einmal tatsächlich ein Magengeschwür», habe ich immer zu ihm gesagt. Aber er hat ja nicht lang genug gelebt, um ...

Können wir eine Pause machen? Nur eine Zigarettenlänge an der frischen Luft.

[Unterbrechung]

Ich weiß auch nicht warum, aber je älter ich werde, desto leichter kommen mir die Tränen. Und da heißt es immer, man vertrocknet mit den Jahren. Wo waren wir?

Der Werner hat gestreikt. Es sei ihm scheißegal, was seine Weigerung für Folgen habe, aber so sehr könne er sich nicht ... Das könne man nicht von ihm verlangen. Das Drehbuch sei schon schlimm genug, mit all dem Jubel, Trubel, Heldentum. Jetzt auch noch ein Festspiel voller Blut-und-Boden-Parolen, nein, nein, nein. Hat total auf stur geschaltet. Der Kleinpeter hat versucht, ihm klarzumachen, dass wir uns einen Streit mit Heckenbichler nicht leisten konnten, aber er ... Nichts zu machen.

Ich war es dann, die den Werner rumgekriegt hat. Nicht mit Argumenten. Eine Frau hat da andere Methoden. Ich glaube, es war in dieser Nacht, dass ich angefangen habe, mich richtig in ihn ... Wenn ein Mann so ganz schwach wird, das macht ihn unwiderstehlich. Wir haben ...

Egal. Alles brauchst du auch nicht wissen. Am nächsten Morgen hat er sich an die Arbeit gemacht.

Und noch jemand hat sich über die Sonnwendfeier aufgeregt. Von der ich es überhaupt nicht erwartet hätte. Die Marianne. Frau Melchior. Die fand es empörend, dass so etwas in der Kirche ... Nicht weil sie fromm gewesen wäre, sondern weil es gegen die Tradition war. Früher, hat sie mir erzählt, habe man in Kastelau jedes Jahr im Dezember ein Weihnachtsspiel aufgeführt, seit ewigen Zeiten immer dasselbe. Nur seit dem Krieg nicht mehr, weil nicht mehr genügend Männer ... Man braucht ja Männer für die Drei Könige und die Hirten und ... Sie selber hatte als junge Frau mal die Maria gespielt, was in Kastelau das Höchste war. Wie wenn du eine Misswahl gewinnst. Ich konnte sie mir gut als Gottesmutter vorstellen, mit ihrem feinen Gesicht. Vielleicht ... Das habe ich mir noch gar nie überlegt. Ob sie deshalb ihren Vornamen ...? Man kann eine Rolle auch überhaben. Ein paar Jahre später, hat sie mir erzählt, hatte dann auch ihr Sohn in dem Weihnachtsspiel mitgemacht, als Eselchen an der Krippe. Es war das erste Mal, dass sie mir etwas von einem Sohn gesagt hat, überhaupt das erste Mal, dass sie so viel ... Sonst musste man ihr jedes Wort einzeln aus dem Mund ... Dass jetzt statt des Weihnachtsspiels eine Sonnwendfeier stattfinden sollte, das war für sie ... Hat Dinge gesagt über den Heckenbichler... Wahrscheinlich haben noch mehr Leute im Dorf so über ihn gedacht, aber es hätte es sonst keiner gewagt, das auch laut ...

Ich wollte natürlich mehr wissen, über ihren Sohn und überhaupt ihre Familie. Ich bin ein neugieriger Mensch. Ihr Mann, nahm ich an, war gefallen. Das war damals das Normale. Aber sie ist gleich wieder schweigsam ... Man hat gemerkt: Sie hat es bereut, dass sie überhaupt den Mund ... Was ja auch begreiflich war. Wenn es jemand anderer gewesen wäre und nicht ich ... Sie hat nur gesagt, ihr Sohn ist beim Barras, im Moment wird er vermisst, und niemand weiß, ob er überhaupt noch lebt. Was gelogen war und gleichzeitig die Wahrheit. Nicki hieß ihr Sohn. Nikolaus.

Scheiße. Meine Zigaretten sind alle. Wir reden morgen weiter. Oder übermorgen.

Nein, wirklich nicht. Ein Auto fährt auch nicht ohne Benzin.

Tagebuch Werner Wagenknecht
(Dezember 1944)

Ich habe ein Monster erschaffen, und es hat in meinem Kopf die Macht übernommen. Ich bin eine Marionette.

Frank Ehrenfels. Frankenstein Ehrenfels. Wenn ich mir damals wenigstens einen weniger künstlichen Namen hätte einfallen lassen. Jetzt muss ich antworten, wenn mich jemand damit anredet. Darf keine Sekunde vergessen, dass ich das bin. Ich, Frank Ehrenfels. Leutnant der Reserve und Parteigenosse. Verfasser des unsterblichen Meisterwerks *Lied der Freiheit*. Und eines Festspiels zur Sonnwendfeier von Kastelau.

Das Schlimme ist: Während mein Verstand noch die Gründe aufzählt, warum ich das nicht tun kann, ohne mich selber zu verlieren, sucht mein Hinterkopf schon nach Lösungen. Überlegt sich passende Titel. Etwas bedeutungsschwanger Altfränkisches müsste es sein, das nach hochwichtigem Inhalt klingt, auch wenn es keinen hat. So etwas wie das *Frankenburger Würfelspiel* von dem unsäglichen Möller.[30]

Ich habe ...

Nein, nicht: «Ich habe». Frank Ehrenfels hat. Wir haben.

Wir haben vier Schauspieler zur Verfügung, das ist alles. Wirklich überwältigende Massenszenen werden sich damit nicht inszenieren lassen. Heckenbichler hat zwar zugesagt, dass er uns das ganze Dorf als Statisterie schickt, wenn wir das

---

30 Eberhard Wolfgang Möller (1906–1972), Theaterreferent im Propagandaministerium, war unter anderem Mitverfasser des Drehbuchs zum antisemitischen Hetzfilm *Jud Süß*. *Das Frankenburger Würfelspiel* war ein Thingspiel, das er anlässlich der Olympiade 1936 verfasste.

wünschen. Aber der eine oder andere Zuschauer sollte auch noch übrig bleiben.

Ich lasse die HJ – ich glaube, es sind vier oder fünf Buben – mit Fackeln einmarschieren. Fackeln wirken immer. Einen Chor gebe es im Dorf auch, behauptet Heckenbichler, aber Frau Melchior sagt, dass davon nur die Frauenstimmen übrig sind. Höchstens noch der eine oder andere vereinzelte Altmännerbass. Die Baritone und Tenöre stecken alle in Uniform und singen nur noch Marschlieder. Wenn man ihnen nicht schon längst die Stimmbänder weggeschossen hat.

Ich müsste ... Frank Ehrenfels müsste ...

Es gibt nichts Verlogeneres als einen falschen Konjunktiv. Ich muss. Wenn ich mich weigere, sind die Konsequenzen klar.

Ob Titi weinen würde, wenn es mich nicht mehr gäbe? Gestern Nacht hat sie sich an mich geklammert. Vielleicht hat sie auch nur Theater gespielt, bei ihr kann man das nie ganz ausschließen. Aber wie sie über mir kniete und mit ihrem Mund ganz langsam ...

Pfui, Herr Ehrenfels. Für pornographische Romane hätten Sie sich einen anderen Namen ausdenken müssen.

Ein Sprechchor wäre gut, aber mit nur vier Stimmen klingt das nach nichts. Wir haben auch gar nicht die Zeit, um so etwas präzise einzuüben. Stattdessen, habe ich mir überlegt, könnte man die feierlichen Stellen – es wird nur feierliche Stellen geben – mit leiser Orgelmusik unterlegen. Ich muss Frau Melchior gleich mal fragen.

Es gibt nur ein Harmonium, und es ist niemand mehr da, der es spielen kann.

(Das wäre auch ein Stoff für eine Geschichte: Ein Organist im Krieg, und jedes Mal, wenn die feindlichen Geschosse durch die Luft heulen, hört er Melodien. Ein Oratorium auf der Stalinorgel.)

Selbst wenn es einen Organisten gäbe, ein Harmonium hätte ohnehin nicht gepasst. Der dünne Jammerton klingt viel zu christlich. Heckenbichler wünscht sich bestimmt eine muskulösere Religion.

Ich lasse die Schauspieler als historische Figuren auftreten. Da können wir die Kostüme verwenden, die für den Film nicht brauchbar waren. Maria Maar als mittelalterliche Fürstin, Augustin Schramm als Herold, Titi kriegt eine Krinoline, und Walter Arnold … Eine Landsknechtsuniform wäre noch da, aber dafür ist er der falsche Typ. Zu wenig Kraftbolzen. Schade, dass der Gestiefelte Kater nicht vorkommen darf. Ein enges Trikot und Lederstiefel, das würde ihm bestimmt gefallen.

Bleiben Sie bei der Sache, Herr Ehrenfels.

Ein Jäger. Irgendetwas Grünes ist bei den Kostümen dabei. Das passt auch gut zu Bayern. Der alte Mann, der am Stammtisch immer als Erster besoffen ist, prahlt gern mit den vielen Steinböcken, die er in seinem Leben erlegt haben will. Vielleicht kann der auf dem Jagdhorn ein paar Signale blasen. Das würde nicht schlecht wirken, in einer halbdunklen Kirche.

Frankenstein. Das Monster hat es sich in meinem Kopf schon ganz bequem gemacht.

Ich werde behaupten, dass alle Figuren aus der Geschichte von Kastelau stammen. Es wird mir niemand widersprechen. Man hat sich in Deutschland daran gewöhnt, dass die Geschichte für einen erfunden wird.

Historische Figuren und ihre Botschaft für die Gegenwart. Das ist immerhin schon mal ein Rahmen.

Um den richtigen Ton zu treffen, muss ich mich nur daran

erinnern, wie das damals war, als sie meine Bücher auf dem Scheiterhaufen verbrannt haben. Es stimmt schon, was man sagt: Ein Schriftsteller kann alles, was er erlebt, irgendwann einmal verwenden.

Pompöse Feierlichkeit. Und das Ganze natürlich in Versen.

«Wir sprechen zu euch aus der Tiefe der Zeit.

Wir raunen. Wir warnen. Wir mahnen.

Wir rufen zum Kampfe. Wir rufen zum Streit.

Hör, Volk, auf die Stimme der Ahnen.»

Verse dieser Art schreiben sich von selber. Wenn die Silbenzahl nicht aufgeht, streut man «Volk» ein oder «Blut» oder was sonst die Zeile vollmacht.

«Wo einstens eine Linde stand,

wo eine Burg einst dräute ...»

Dräuen ist immer gut.

«... zur Wache überm Vaterland,

blüht neue Hoffnung heute.»

Was immer das heißen mag.

Frankenstein.

Sich so etwas ausdenken zu müssen, das versaut einem das Hirn. Ich bin schon total verseucht. Mein Kopf produziert Phrasen wie ein kranker Körperteil Eiter.

«Wenn sich die Sonne wendet

das Firmament erklimmt,

weiß man: Das Dunkel endet

und neues Licht erglimmt.»

Glühwürmchen, Glühwürmchen, glimmre.

Ich will solche Sachen nicht schreiben. Ich will nicht Frank Ehrenfels sein.

Manuskript Samuel A. Saunders

Von dem Festspiel zur Wintersonnenwende, das am Abend des 21. Dezembers 1944 unter dem Titel *Ahnenwort in großer Zeit* in der Kirche von Kastelau aufgeführt wurde, sind außer ein paar Versen in den Tagebuchaufzeichnungen von Werner Wagenknecht keinerlei Texte erhalten. Und selbst von diesen Zeilen, die Wagenknecht in einem sehr frühen Entwurfsstadium notierte, lässt sich nicht mit Sicherheit sagen, ob sie in der Produktion auch tatsächlich Verwendung gefunden haben.

Tiziana Adam war in dieser Hinsicht leider keine ergiebige Informationsquelle. Die einzige Textstelle, an die sie sich erinnern konnte, waren zwei Zeilen, die sie bei der ersten Lektüre missverstanden hatte und die sich ihr deshalb einprägten. «Wir vergessen nimmermehr / Männer stark und Frauen hehr» hatte Werner Wagenknecht gereimt, was sie für einen Tippfehler hielt und zu «Frauenheer» verschlimmbesserte.

Immerhin konnte sie mir bestätigen, dass alle vier UFA-Schauspieler an der Veranstaltung teilgenommen hatten, wobei Maria Maar – wohl auf eigenen Wunsch – den weitaus größten Part hatte. (In den Memoiren von Arnie Walton findet die Aufführung keine Erwähnung.)

Nicht von historischem Interesse, aber vielleicht doch als Farbtupfer erwähnenswert sind zwei weitere Details, die Tiziana Adam zu berichten wusste: Der Kälte wegen habe sie unter dem weiten Rock ihres Kostüms zwei Paar Unterhosen tragen müssen, und in der Kirche sei es so dunkel gewesen, dass man seinen Text kaum habe ablesen können.

Wie auch immer die Aufführung im Detail ausgesehen haben mag, sie scheint, zumindest was ihre Wirkung auf die Zuschauer anbelangt, den gestellten Auftrag erfüllt zu haben. Ein jugendlicher Teilnehmer der Veranstaltung, dessen Bericht mir vorliegt, spricht von einem «berührenden Erlebnis», und im *Berchtesgadener Anzeiger* vom 11. Januar 1945 ist von «einer mächtigen Demonstration kulturellen Gestaltungswillens gerade in schwerer Zeit» die Rede. Da allerdings kaum anzunehmen ist, dass die Zeitung damals eigens einen Reporter nach Kastelau geschickt hat, wird es sich bei der kurzen Notiz wohl um ein «Eingesandt» handeln, möglicherweise von Ortsgruppenleiter Peter Heckenbichler selber verfasst.

Für die Chronologie von *Lied der Freiheit* ist relevant, dass die Dreharbeiten wegen der Sonnwendfeier für mindestens zehn Tage unterbrochen wurden. Da in den Wetterberichten für die Woche nach Weihnachten 1944 von heftigem Schneefall in den Alpen die Rede ist, gehe ich davon aus, dass die Arbeit am Film erst Anfang 1945 wiederaufgenommen wurde.

Markus Heckenbichler:
Antwort auf einen Fragebogen
(1988)

FRAGE 4

Bei der Aufführung in der Kirche habe ich selber mitgespielt, und es war sehr feierlich. Wir fünf Buben von der HJ sind zum Takt einer Trommel mit brennenden Pechfackeln einmarschiert. (Der Trommler war mein Patenonkel, Herr Otto Haslinger.) Damit es symmetrisch war, haben wir auch noch ein Mädchen dazugenommen. Wir bildeten links und rechts vom Altar ein Spalier und konnten von dort aus nicht nur die

Schauspieler gut sehen, sondern auch die Leute in den Bänken. Die Kirche war so voll wie sonst nur an Weihnachten und an St. Bonifaz (5. Juni), wo nach der Abendmesse zu Ehren des Schutzpatrons von Kastelau immer Tanz war.

Was genau gesprochen wurde, weiß ich nicht mehr. Walter Arnold, der ja dann in Amerika so berühmt geworden ist, spielte einen Jäger. Er hatte sich dazu von meinem Vater ein Paar Lederstiefel ausgeliehen, die ihm aber zu eng waren. Wenn man es wusste, konnte man es an der Art erkennen, wie er sich in ihnen bewegt hat.

Vom Inhalt der Vorstellung weiß ich nicht mehr viel. Ich erinnere mich noch, dass ich Angst hatte, mir ein Loch in die Uniform zu brennen, weil von den Fackeln manchmal glühende Funken herunterfielen, und man sich doch nicht bewegen durfte. Da wäre ich von meinem Vater hinterher ganz schön verprügelt worden.

Im Ganzen war es ein berührendes Erlebnis, vor allem am Schluss, als alle aufgestanden sind und *Flamme empor* gesungen haben. Es war eben doch nicht alles schlecht.

Interview mit Tiziana Adam
(20. September 1986)

Fällt dir etwas auf? Ich rauche nicht mehr. Na ja, weniger. Der Arzt hat mir das Röntgenbild von meiner Lunge ... Als ob sie zwanzig Jahre älter wäre als ich. Dreißig Jahre. Er will ja, dass ich ganz aufhöre, aber an irgendwas muss sich der Mensch ... Zehn Zigaretten am Tag, kein Stück mehr. Hab ich mir eisern vorgenommen. Heute waren es erst drei. Vier. Während des ganzen Interviews werde ich keine einzige ...

Nun stell schon eine Frage. Das macht einen ganz nervös, wenn du nur dasitzt mit deinen doofen Kopfhörern und diesem erwartungsvollen Gesicht. Wie ein Hund, der auf sein Leckerli wartet. Ich kann dir Geschichten aus meinem Leben erzählen bis zum Jüngsten Gericht, aber dafür kriegst du keinen Doktortitel. Ich habe ein richtiges Leben gelebt, verstehst du? Nein, das verstehst du natürlich nicht, so jung, wie du bist.

Ich bin nicht schlecht gelaunt. Und wenn ich schlecht gelaunt bin, ist das meine Sache. Worüber soll ich reden?

Nach der Sonnwendfeier haben wir erst mal überhaupt nicht ... Weil es nämlich viel zu kalt war. Bayerisch Sibirien. Die Kamera hätte gar nicht funktioniert bei den Temperaturen. Am Tag vor Weihnachten waren es fast dreißig Grad unter null. So etwas kennt ihr natürlich nicht, bei euch in Kalifornien. Bei euch scheint ja immer ... Dreißig Grad minus, da friert dir aber alles ab, das kann ich dir ... Immerhin, im *Watzmann* war einigermaßen geheizt. Mit zwei Pullovern übereinander war es erträglich. Nur dass ich keine Pullover hatte. So was hätt ich vorher nie freiwillig ... Entweder man ist Filmschauspielerin oder die Christl Cranz[31].

Die Marianne hat mir ausgeholfen. Ein richtig netter Mensch, immer hilfsbereit und all so was, nur ... Wie nennt man das? Verschlossen. Zugeknöpft. Nicht immer, manchmal ist sie explodiert und hat geredet wie ein Wasserfall, aber meis-

---

31 Christl Cranz (1914–2004), Skiläuferin, zwölffache Weltmeisterin sowie Olympiasiegerin 1936.

tens ... Als ob man ihr den Mund ... Immer nur ja und amen, und die halben Sätze verschluckt. Man hatte immer das Gefühl, es tut ihr leid, dass sie überhaupt etwas ... Später hab ich ja verstanden, warum sie so vorsichtig war, aber damals ... Nicht dass es mich gestört hätte. Ich selber bin ja nicht gerade der schweigsamste Mensch von der Welt, und mit Leuten, die zuhören können, bin ich immer gut ... Drum komm ich auch mit dir gut aus, Bubi.

Es ist mir scheißegal, ob du es magst, wenn ich dich so nenne.

Ich bin nicht schlecht gelaunt. Was hackst du immer darauf herum? Mit den Zigaretten hat das gar nichts zu tun. Ich bin nur ungeduldig. So bin ich nun mal. Ich kann nicht den ganzen Tag damit verbringen, in dein Mikrophon ...

Wo war ich?

Die Marianne, ja. Richtig gute Freundinnen sind wir geworden. Ein stilles Wasser, wie gesagt, und pausenlos beschäftigt. Das glaubt man gar nicht, was so ein Gasthof den ganzen Tag Arbeit ... Und das damals alles ohne Angestellte. Ab und zu eine Aushilfe aus dem Dorf, das war dann aber auch schon ... Und so ein altes Gebäude, bis man da nur die Böden ... Die Waschküche hättest du sehen sollen. Eine Mangel für die Leintücher, da musstest du ein Kraftmensch sein, um die Kurbel ... Ich hab der Marianne manchmal ein bisschen geholfen, in der Zeit, wo nicht gedreht werden konnte. Sonst gab es ja nichts zu unternehmen in Kastelau. Außer dem, was der Werner am liebsten den ganzen Tag getrieben hätte. Aber irgendwann will der Mensch auch aufstehn.

Die andern ... Der Servatius hat probiert wie ein Weltmeister. Im *Watzmann* gibt's den Lindensaal, für Hochzeiten und

Beerdigungsessen, oder wenn der Turnverein einmal im Jahr sein Fest ... Da hat sich der Servatius eingerichtet. Hat so stur gearbeitet wie im Atelier, mit pünktlich auf die Minute Anfangen und die Leute Zusammenscheißen, wenn sie den Text nicht konnten. Ich weiß nicht, ob er das nur gemacht hat, damit das Ganze überzeugend wirkte, oder ob er ... Wir hatten unterdessen schon alle vergessen, dass die Dreharbeiten ja nur Theater ... Egal. Exakt um halb acht hat er jeden Tag angefangen. Völlig sinnlos früh. Auf einen Tag mehr oder weniger kam es ja nicht ... Im Gegenteil: Je länger wir die Drehzeit ausdehnen konnten, desto ... Die Schauspieler haben sich in ihre Rollen reingekniet wie sonst was. Die Maar hat sogar ganz ernsthaft versucht zu intrigieren, dass der Werner ihre Figur umschreiben sollte. Statt der Mutter vom Arnold wollte sie lieber seine Schwester sein, so furchtbar viel älter sei sie doch ... Dabei waren das dreißig Jahre Unterschied. Mindestens. Wenn nicht noch mehr. Der Servatius war sonst bekannt dafür, dass er in seinem Atelier keine Diskussionen duldete, aber jetzt ... Wenn man in den Lindensaal reinkam, saßen sie immer alle um den Regietisch rum und ... Ein ganz kleiner Tisch, genau in der Mitte des Saales. Haben diskutiert. Und dabei gequalmt wie die Schornsteine.

Scheiße, da hätt ich mich jetzt nicht daran erinnern sollen. Pause. Ich muss mal.

Szene aus dem Drehbuch Lied der Freiheit
(2.Fassung)

Feste Schwanenburg. Außen. Tag.

Bodo hat seine Pistole auseinandergebaut. Die Einzelteile liegen auf einem Tuch, das er über einen Mauerrest gebreitet hat. Sehr konzentriert ist er dabei, die Teile mit einem Lappen zu reinigen. Seine Mutter sieht ihm dabei zu. Nach einer Pause:

FREIFRAU

Bodo …

Bodo schaut von seiner Arbeit nicht auf.

FREIFRAU

Willst du mir nicht zuhören?

BODO

Ich höre.

FREIFRAU

Und kannst deiner Mutter dabei nicht ins Gesicht sehen.

BODO

Manche Dinge darf man nicht aufschieben.

Er arbeitet weiter.

FREIFRAU

Du bereitest dich auf einen Kampf vor, den du nicht gewinnen kannst.

BODO

Vielleicht. Aber der Feind muss bekämpft werden.

FREIFRAU

Die Übermacht deiner Gegner …

Bodo fällt ihr ins Wort.

BODO

Es gibt keine Übermacht, solang das Recht auf
unserer Seite ist.

FREIFRAU

Und für dieses Recht bist du bereit, dein Leben zu
opfern?

BODO

Für das Recht und für die Freiheit.

Eine lange Pause.
Bodo ist konzentriert bei der Arbeit.

FREIFRAU

Musst ausgerechnet du …?

BODO

Wer sonst?

FREIFRAU

Der Kampf wird doch nicht hier entschieden
werden. Nicht in dieser abgelegenen Ecke.

Pause. Bodo überlegt ein paar Augenblicke lang. Dann wendet er sich zum ersten Mal der Freifrau zu.

BODO

Schau her, Mutter.

Er nimmt einen kleinen Bestandteil der Pistole, legt ihn auf seine Handfläche und hält ihn ihr hin.

BODO

Was ist das?

Die Freifrau versteht nicht, worauf er hinauswill.

FREIFRAU

Ein Stück Metall.

BODO

Richtig. Aber dieses kleine Stückchen Metall ist

die Schlagbolzenfeder, und ohne diese winzige Feder ist die ganze Pistole sinnlos. Weil sie nämlich nur schießen kann, wenn auch das kleinste Teilchen seine Pflicht tut.

FREIFRAU
(heftig)
Du bist kein Teilchen! Du bist mein Sohn!

BODO
Gerade weil ich dein Sohn bin. Du sollst stolz auf mich sein können. Versprich mir, tapfer zu sein!

Pause.

FREIFRAU
Ich verspreche es.

Sie schließt ihren Sohn in die Arme. Im Gegenschnitt sehen wir, dass ihr Tränen über das Gesicht laufen.

Interview mit Tiziana Adam
(20. September 1986 / Fortsetzung)

Ja, ja, ja, ich habe geraucht. Du bist ein Meisterdetektiv. Sherlock Holmes persönlich. Aber es war erst die Vierte heute.

Na schön, die Fünfte. Das ist immer noch erst die Hälfte von dem, was ich ...

«Noch nicht mal elf Uhr, noch nicht mal elf Uhr.» Ich weiß selber, wie spät es ist. Du nervst. Überhaupt kannst du da gar nicht mitreden, du als Nichtraucher. Ich hab mich halt erinnert, wie wir damals gequalmt haben, und da ... Ich bin nicht Mutter Teresa.

Zu rauchen hatten wir immer, weil Kleinpeter aus Berlin genügend Zigaretten ... Für eine viel größere Mannschaft. Wir haben davon profitiert, dass die Kollegen ... Egal. Man hat sich bemüht, das zu vergessen. Wir waren froh, dass wir wenigstens zu rauchen hatten. Weil das Essen ... Bis heute kann ich Linsen nicht ... Dabei: Lebensmittelkarten hätten wir jede Menge gehabt. Einen ganzen Packen schleppte der Kleinpeter in seiner Aktentasche rum. Weil die Mannschaft ja eigentlich viel größer ... Egal. Die Karten haben bloß nichts genützt. Wo die Küche leer ist, bleibt das Gebiss im Nachttisch.

Am schlimmsten war das am Weihnachtsabend. 24. Dezember 1944. Weil wir uns schon alle darauf gefreut hatten, dass es wenigstens an diesem Tag ... Die Marianne hatte heimlich Vorräte angelegt, alle möglichen guten Sachen. Sogar einen Gugelhupf hatte sie uns versprochen, nach einem alten Rezept, wie man ihn da oben an Weihnachten ... Eier, Butter, Rosinen. Das hatte sie alles irgendwo abgeknapst und für den Abend aufgespart. Sogar Marzipan. Ich weiß nicht, wo sie das herhatte. Und was haben wir gekriegt? Linsen. Der Heckenbichler hat im letzten Moment alles beschlagnahmen lassen. Für die Winterhilfe. Wer's glaubt. Irgendwo hatte der seine Wampe ja her.

Diese Weihnachtsfeier in der Gaststube vom *Watzmann* werd ich nie vergessen. Mit Tannenzweigen auf den Tischen und Rosen aus Krepppapier. Magst du Kitsch? Ich mag Kitsch. Es waren nicht nur die Filmleute da, sondern auch ein paar alte Herrschaften aus dem Dorf. Die Marianne hat die eingeladen, weil sie zu Hause doch nur Trübsal ... Die jungen Leute waren ja alle fort. An der Front oder gefallen oder ...

Nein, im Lager war nie einer aus dem Dorf. Soweit ich weiß. Kastelau ist kein Ort, wo man sich gegen die Regierung auflehnt. Heute wählen sie dort wahrscheinlich zu hundertzwanzig Prozent CSU.

Es haben alle versucht, ein bisschen Stimmung zu machen. Der Augustin hat sogar einen richtigen Auftritt ... Hat eine unsichtbare Weihnachtsgans tranchiert und so getan, als ob er jedem ein Stück davon auf den Teller legt. Ich weiß sogar noch den Witz, den er dabei gemacht hat. Das sei eine Göring-Gans, hat er gesagt, mit besonders breiter Brust. Damit alle Orden darauf Platz hätten. Sogar die Maar hat gelacht. Wollte wahrscheinlich ihren Humor ... Oder sie hatte einfach einen Schwips. Wir waren alle ganz schön angetüdelt. Wo es nichts Richtiges zu essen gibt, wird umso mehr ... Was so ein richtiger Gasthofkeller ist, den kriegt auch ein Weltkrieg nicht leer. Die Marianne musste mehr als einmal runter, um Nachschub vom Hausbrand zu holen. Dabei muss sie einmal vergessen haben, die Kellertür wieder abzuschließen, was sie sonst immer ganz sorgfältig gemacht hat. Richtig pingelig war sie immer mit der Zusperrerei. Aber an diesem Abend ... So ist dann die Sache mit dem Reitstaller passiert. Mit dem tauben Tonmeister.

Im Dorf hatte bisher noch keiner mitgekriegt, dass der gar nichts hörte. Bei der Arbeit saß er ja in seinem Kabäuschen, und wenn dort einer reinschaute, sah alles richtig aus. Er hatte den Kopfhörer auf und drehte an seinen Knöpfen rum. Manchmal hat er sogar die richtige Einstellung erwischt, rein aus Erfahrung. Der Beethoven, das hat mir mal einer erzählt, hat auch stocktaub noch Konzerte ... Wie gesagt: Im Dorf wusste keiner Bescheid. Klar, wenn einer den Reitstaller was gefragt hat, hat der nicht reagiert, aber die Leute hielten ihn einfach für unhöflich. Ein Grummelkopf, von dem man keine anständigen Antworten ... Er war halt aus München, und in einem Kaff wie Kastelau gilt jeder, der aus der Stadt kommt, als ein bisschen verrückt. Einmal ...

Ja doch. Aber du musst dir abgewöhnen, mich ständig zu unterbrechen. So komm ich nie zur nächsten Zigarette.

Du kennst das ja hier aus dem Lokal: Wenn die Leute genug in sich reingekippt haben, fangen sie unten an zu pinkeln und oben an zu singen. Nicht schön, aber mit Begeisterung. Und immer alle im Chor. Genau das war an diesem Abend das Problem. Weil der Reitstaller ja nicht mitsingen konnte. Bei Weihnachtsliedern fällt das auf. Ich meine: Da kannst du nicht einfach stumm dabeisitzen. Nicht an Heiligabend in einer bayerischen Gaststube. Du kannst dich nicht mal darauf herausreden, dass du die Lieder nicht kennst. Nicht bei *Stille Nacht* und *O Tannenbaum*.

Der Reitstaller hat zwar gemerkt, dass sie alle singen, aber er hatte keine Ahnung, was es war. Wie ihn dann die Ersten schief angeschaut haben, ist er aufgestanden und ... Mit so einer entschuldigenden Handbewegung, dass er ganz dringend aufs Klo ... Ist dann aber im Keller gelandet. Vielleicht, weil er niemandem begegnen wollte, oder ganz einfach, weil er besoffen war. Ist auch egal. Wie dann die Marianne mal wieder Schnaps holen ging, hat sie gemerkt, dass sie vergessen hatte, die Kellertür ... Und hat abgeschlossen.

Es ist keinem aufgefallen, dass der Reitstaller nicht zurückgekommen ist. Es war das besoffenste Weihnachtsfest, das ich jemals ... Erst am nächsten Tag ...

Aber das erzähl ich dir morgen. Wie viele Zigaretten hab ich schon geraucht?

Das kann nicht stimmen. Ich bin ganz sicher, es waren erst vier.

Tagebuch Werner Wagenknecht
(Dezember 1944)

Erledigt. Das Drehbuch ist fertig. Die größte Kacke, die ich je geschrieben habe. Ich kann stolz auf mich sein. Frank Ehrenfels lebe hoch.

Sie sind alle sehr zufrieden damit, obwohl man durch die dramaturgischen Löcher ganze Schafherden treiben könnte.

Schafherden durch Löcher? Die Sprachbilder, die mein Kopf produziert, hängen schief. Vielleicht verbiegt einem die Schundproduktion doch des deutschen Stils [sic].

Heute bin ich mit der festen Überzeugung aufgewacht: Endlich kann ich mit dem großen Roman anfangen. Ich war richtig glücklich. In den paar Minuten zwischen dem halben und dem ganzen Aufwachen erfüllt einem der Kopf jeden Wunsch. Aber die Regierungszeit der Übermenschen ist noch nicht abgelaufen, auch wenn manches darauf hindeutet, dass sie nicht mehr ewig dauern kann. Gestern hat man von ganz weit weg etwas gehört, das wie Donner klang. Bei strahlend blauem Winterhimmel. Es könnten Geschütze gewesen sein. Ich hoffe, dass es Geschütze waren.

Eine Anekdote, die sich vielleicht einmal irgendwo einbauen lässt: Reitstaller will ein Gespenst gesehen haben. (Man müsste ihm, wenn man die Geschichte verwendet, einen anderen Beruf geben. Ein tauber Tonmeister ist eine so absurde Figur, dass sie nur in der Wirklichkeit existieren kann.) Er hat sich gestern während der Weihnachtsfeier in den Keller verlaufen, und Frau Melchior hat ihn aus Versehen dort eingeschlossen. Heute war jeder mit dem eigenen Kater beschäftigt, und niemand hat ihn vermisst. Heiligabend als großes Besäufnis ist gar keine so schlechte Idee. Allemal besser als die verlogene Blockflöten-Feierlichkeit.

Am nächsten Morgen hat ihn Frau Melchior dort unten entdeckt, als sie etwas holen wollte und dazu die Kellertür aufsperrte. Sie trägt ihre Schlüssel an einem Ring am Gürtel, wie die Hausdame in einem altmodischen Theaterstück. Reitstaller war total verfroren. Dabei hätte er viel früher befreit werden können, wenn er einfach gegen die Tür gehämmert hätte. Aber das hat er sich nicht getraut. Er ist fest davon überzeugt, dass im Keller vom *Watzmann* ein Gespenst haust, und will sich ums Verrecken nicht davon überzeugen lassen, dass er alles nur geträumt hat. Zuerst habe er ja auch wirklich an die Tür geklopft, erzählt er, aber wegen der allgemeinen Singerei habe das keiner gehört. Dann sei er wohl kurz eingeschlafen, aber gleich wieder aufgewacht, weil jemand ganz nah an ihm vorbeigegangen sei, völlig lautlos. Der menschliche Verstand schlägt seltsame Volten: Seit der Explosion, die ihm das Gehör genommen hat, muss für Reitstaller die ganze Welt lautlos sein, aber in diesem Fall hält er es für einen Beweis.

Ein Mann sei es gewesen, sagt er, oder doch etwas, das ihn an einen Mann erinnert habe. Ein bisschen wie ein Soldat habe die Erscheinung ausgesehen, aber ganz genau habe er es im Halbdunkel des Kellers nicht erkennen können. Eine überlebensgroße Gestalt in einem bodenlangen Mantel. Ein Gefangener aus irgendeinem alten Krieg, redet er sich ein, in dem Keller eingesperrt und dort verdurstet. Reitstaller will deutlich gesehen haben, wie das Gespenst in einem Kellerraum verschwunden und wenig später mit einer Flasche in der Hand wieder herausgekommen ist. Ganz steif habe es sich bewegt, sagt er, eckige Bewegungen wie ein Roboter oder Automat.

In einem Drehbuch würde ich solche Phantastereien im Flüsterton erzählen lassen, aber Reitstaller berichtet das alles mit seiner überlauten Stimme, schreit uns seine Gespenstergeschichte regelrecht zu. Er war natürlich betrunken, auch wenn er behauptet, sein Kopf sei völlig klar gewesen. Man muss nicht bei Professor Freud persönlich studiert haben, um eine Erklärung dafür zu finden, dass ein Besoffener von einem Gespenst träumt, das sich im Weinregal bedient.

Das Interessante an der Geschichte ist nicht der verdurstete Soldat, den er sich einbildet, sondern die Tatsache, dass er ums Verrecken nicht einsehen will, dass ihm da sein vernebelter Kopf einen Streich gespielt hat. Er schwört Stein und Bein, dass er die geheimnisvolle Gestalt tatsächlich gesehen hat. (Wieso eigentlich «Stein und Bein»? Wenn ich meine Bücher wieder zur Hand habe, muss ich die Etymologie nachschlagen.) So verängstigt sei er gewesen, schreit er, dass er sich die ganze Nacht und den halben Vormittag nicht zu rühren getraut habe. In Wirklichkeit wird er wohl seinen Rausch ausgeschlafen haben.

Jetzt macht natürlich jeder Witze auf seine Kosten. Augustin Schramm, der manchmal den Humor eines Pennälers hat, verneigt sich bei jeder Begegnung tief vor ihm und nennt ihn nur noch Hanussen[32].

Man kann sich mit Reitstaller nur schriftlich unterhalten, und so hatte ich nie viel Kontakt mit ihm. Aber er macht mir nicht den Eindruck eines Spökenkiekers, eher den eines sachlichen Handwerkers. Jemand, der nach der Arbeit seine Brief-

---

32 Erik Jan Hanussen (eigentlich Hermann Chajim Steinschneider, 1889–1933), Trickkünstler und «Hellseher».

markensammlung sortiert. Ganz bestimmt kein Mensch mit übermäßiger Phantasie. Und jetzt plötzlich diese fixe Idee. Wenn es nicht am Alkohol liegt, dann haben vielleicht die Kriegserlebnisse etwas in seinem Kopf durcheinandergebracht. Auf jeden Fall eine interessante Episode.

Und: Es war kein Geschützfeuer, was ich gehört habe. Frau Melchior hat mich ausgelacht. Das Geräusch ist ein Naturphänomen, das hier im Dorf jeder kennt. Sie nennen es den «Donnerwind». Ich bin enttäuscht und schäme mich für diese Enttäuschung. Es müsste einen doch freuen, dass es auf der Landkarte noch Flecken ohne Krieg gibt.

Manuskript Samuel A. Saunders

Ende September 1986 lag Tiziana Adam fast zwei Wochen lang mit einer schweren Bronchitis im Bett. Sie behauptete, die Krankheit sei durch ihren Versuch, das Rauchen aufzugeben, ausgelöst worden. Ihre Lungen hätten den Entzug des vertrauten Stoffes nicht ertragen. Solang sie dazu selber nicht in der Lage war, sorgte ich dafür, dass ihr Lokal weiterfunktionierte, und hinterher bezahlte sie mir für meinen Einsatz ein überraschend großzügiges Honorar. Ich beschloss, das Geld für eine Reise nach Kastelau zu verwenden, um ein Gefühl für die Atmosphäre des Ortes zu bekommen und wenn möglich mit Leuten zu reden, die sich noch an die Dreharbeiten in ihrem Dorf erinnerten. Beides ist mir misslungen.

Kastelau hat keine Atmosphäre mehr. Das verschlafene Bauerndörfchen, so wie es mir Titi geschildert hat, ist längst hinter einer touristischen Disneyland-Fassade verschwunden. Man würde sich nicht wundern, wenn im nächsten Moment Mickymaus und Daisy Duck Arm in Arm um die Ecke kämen, einen Hamburger von McDonald's in der Hand. Selbstverständlich in modischer Skikleidung aus dem «Snow Shop» in der ehemaligen Riedgrabenmühle. Selbst die Hänge über dem Dorf wirkten während meines Besuches wie von einem Kulissenmaler entworfen. Mehrere Schneekanonen waren von früh bis spät damit beschäftigt, sie auf winterlich zu verkleiden.

Man hat sich in Kastelau auf eine Art von Fremdenverkehr ausgerichtet, die dem Kunden, der sich keinen Aufenthalt in Berchtesgaden leisten kann, ein ähnlich exklusives Gefühl vermitteln soll, aber zu bezahlbaren Preisen. Zu diesem Zweck hat man sämtliche Fassaden des Dorfes zulackiert und zugekleistert. Bei der neuen Parkgarage direkt neben dem Rathaus hatte man Holzbalken auf die Betonwände geklebt, damit das Ganze rustikal wirken sollte. In den historischen Stallstadel auf der anderen Seite des Gebäudes ist das Büro des Fremdenverkehrsvereins eingezogen.

Die Zirbelstube im Rathaus, die Werner Wagenknecht in seinen Tagebüchern erwähnt, existiert noch. Sie wird von der Gemeinde als exklusiver Veranstaltungsort für intime Gesellschafts- und Firmenanlässe vermarktet. Stundenweise zu mieten.

Der *Watzmann*, wo ich mich natürlich einquartiert hatte, war bei meinem Besuch gerade frisch renoviert, die alten Lüftlmalereien an der Fassade mit neuen grellfarbigen Bildern ergänzt, in denen die Geschichte von Kastelau mindestens so realitätsfern dargestellt wurde, wie es in Werner Wagenknechts Festspiel zur Wintersonnwende 1944 der Fall gewesen sein muss. Der Lindensaal, wo die Proben zu *Lied der Freiheit* stattgefunden haben, ist zu einer Diskothek umgebaut, die einen mit ihren wummernden Bässen bis zwei Uhr früh nicht zur Ruhe kommen lässt. Die neuen Besitzer des Hotels, ein Ehepaar aus Krefeld, versprachen mir, nach Ende der Saison nachzusehen, ob sich irgendwo noch alte Unterlagen wie zum Beispiel die Meldescheine der Filmequipe finden ließen. Ich habe trotz mehrfacher Nachfragen nie wieder etwas von ihnen gehört.

In der Ruine der Lindenburg, die mich als Schauplatz der meisten Filmszenen ganz besonders interessierte, war ein Mauerrest zum Glühweinstand umfunktioniert. Allerdings war er bei meinem Besuch nicht in Betrieb, da ich mich, um von den günstigeren Tarifen zu profitieren, für die Vorsaison entschieden hatte.

Im selben Zustand wie zur Zeit der Dreharbeiten war nur noch die Dorfkirche mit ihrem Friedhof. Ein Grabkreuz für Werner Wagenknecht konnte ich nicht finden, auch keines mit dem Namen Frank Ehrenfels.

Ebenso erfolglos gestaltete sich die Suche nach informativen Gesprächspartnern. Von den ursprünglich hier ansässigen Familien lebt kaum mehr jemand im Dorf. Durch den starken Anstieg der Grundstückspreise macht es mehr Sinn, seine Liegenschaft zu verpachten, als sie selber zu bewohnen. Und von den wenigen Zeitzeugen, die ich noch finden konnte, war niemand bereit, mir Auskunft zu geben. Man müsse die Sache endlich einmal ruhen lassen, war die einhellige Meinung, ohne dass mir jemand erklären wollte, um was es sich bei «der Sache» denn eigentlich handelte.

Erst zwei Jahre später gelangte ich durch einen glücklichen

Zufall an die Adresse von Markus Heckenbichler, dem Sohn des damaligen Ortsgruppenleiters. Da ich nicht noch einmal nach Europa reisen konnte – damals gab es noch keine Billigflieger –, habe ich ihn nie persönlich getroffen. Aber er erklärte sich freundlicherweise bereit, eine Reihe von Fragen schriftlich zu beantworten.

Vom Standpunkt der wissenschaftlichen Forschung war mein Besuch in Kastelau also nicht ergiebig. Nur in der Nacht vor meiner Abreise, als mich eine allzu große Abschiedsportion Schweinskrustenbraten mit Knödeln und Krautsalat – die Spezialität der *Watzmann-Stube* – nicht schlafen ließ, und ich früh um vier einen Rundgang durch das schlafende Dorf machte, bekam ich zumindest eine kleine Ahnung davon, wie es sich hier vierzig Jahre früher angefühlt haben musste – ohne Neonreklamen und ständige Musikberieselung. Es muss ein sehr einsamer Ort gewesen sein.

Markus Heckenbichler:
Antwort auf einen Fragebogen
(1988)

FRAGE 5

Der Mann, der die Tonaufnahmen für den Film machte, soll es gewesen sein, der das Gespenst gesehen hat. Er hatte eine besonders laute Stimme, so dass man es bis auf die Straße oder bis ins nächste Haus hören konnte, wenn er etwas gesagt hat. Ich kann mich nicht mehr erinnern, wer mitgehört hat, wie er von dem Gespenst erzählte, aber im Dorf haben damals alle davon geredet.

Die Idee von einem Gespenst gab es in Kastelau schon immer, nur dass es nicht im Keller vom *Watzmann* angesiedelt war, sondern in der Riedgrabenmühle, die ja das älteste Gebäude im Dorf ist. Es soll dort ein Müller spuken, der die Leute beim Mehlabwiegen betrogen hat und darum bis in alle Ewigkeit keine Ruhe finden kann.

Wir Buben haben an den Geist geglaubt und gleichzeitig nicht daran geglaubt, wie das so ist in dem Alter. Am Silvester, als die Erwachsenen alle im *Watzmann* waren, saß ich mit ein paar Freunden zusammen, und wir haben uns gegenseitig alle Gruselgeschichten erzählt, die wir kannten. Kurz vor Mitternacht haben wir die Fenster aufgemacht, um die Kirchenglocke zu hören. In anderen Jahren wurde immer Feuerwerk abgebrannt, aber das war damals wegen der Verdunkelung verboten. Da haben wir ein seltsames Geräusch gehört, eine Art Stöhnen. (Hinterher erkläre ich mir das so, dass ja die meisten Mitglieder der Blasmusik beim Militär waren, und jemand die Tuba gespielt haben muss, der das nicht richtig konnte.) Aber weil wir alle müde waren und auch heimlich ein bisschen Bier getrunken hatten, sind wir furchtbar erschrocken. Einer hat gesagt, so eine Erscheinung sei ein Zeichen dafür, dass schwere Zeiten kämen.

Am nächsten Morgen habe ich das meinem Vater erzählt und eine Watschen dafür bekommen. Das sei alles nur dummes Zeug, und es gebe für alle Dinge eine logische Erklärung. Die es ja dann später auch gegeben hat.

Interview mit Tiziana Adam
(8. Oktober 1986)

Schau dir dieses Elend an. So was muss ich jetzt ... Befehl vom Onkel Doktor. Mentholzigaretten. Ekelhaftes Zeug. Dabei: Ich glaube nicht daran, dass man vom Rauchen ... Sonst wären wir damals alle an Lungenkrebs ... So wie wir die ganze Zeit ... Nach dem Krieg waren noch so viele Stangen Zigaretten übrig, dass ich damit ...

Ja doch. Der Reihe nach, ich weiß. Lass eine alte Frau doch labern. Du bist immer so streng zu mir. Aber ein netter Mensch bist du trotzdem. Und tüchtig. Hast richtig Umsatz gemacht, während ich im Bett lag. Wie hast du das eigentlich hingekriegt? Die Besoffenen beim Einkassieren beschissen?

[Lachen, Husten]

Ich soll nicht husten, sagt er. Der hat gut reden.

Also. Was soll ich dir ...?

Nein, gedreht haben wir erst wieder Mitte Januar. Zweite Hälfte Januar. Wenn du es genau wissen willst, musst du die alten Wetterberichte nachschauen. Vorher hat es dauernd geschneit oder war neblig. Kunstlicht hatten wir ja nicht.

Silvester war im *Watzmann* ein Empfang für die Parteigenossen aus dem Ort. Also eigentlich für ganz Kastelau. Der Heckenbichler hatte dafür gesorgt, dass in seinem Dorf alles in die Partei eingetreten ist, was einen Antrag ... Die Blaskapelle spielte, oder doch zumindest das, was ohne jungen Leute von der Blaskapelle übrig geblieben war, und es gab Freibier bis zum Abwinken. Theoretisch auf Kosten der Parteikasse, aber die Marianne hat natürlich nie eine Rechnung ... Da hätte sie es sich nur mit dem Herrn Ortsgruppenleiter verdorben. Der

Lindensaal mit jeder Menge Fahnen ganz in Schwarzweißrot, und der Heckenbichler hat eine endlose Ansprache gehalten. In dieser gestelzten Sprache, die sie in Bayern für Hochdeutsch … Mit dem neuen Jahr kommt die Wende, der Führer weiß schon, was er tut, und der Endsieg ist sicher. Alle haben fleißig applaudiert, damit ihnen niemand vorwerfen konnte, sie seien nicht genügend begeistert gewesen.

Die Dorfgeschichten interessieren dich nicht, ich weiß. Aber bei der Feier ist noch etwas anderes passiert, was dann später Folgen für unseren Film hatte. Ein paar Tage vorher war nämlich der junge Holzmayr aus dem Lazarett entlassen worden. Der Sohn von den Leuten, die im Dorf die Bäckerei hatten. Bastian Holzmayr. Basti. Er war in Uniform da, mit Eisernem Kreuz und allem. Der Heckenbichler hat ihn als Vorbild … Ein Held, der für das Vaterland sein Leben in die Schanze geschlagen hat und so. Dass ihm alle dankbar sein müssen und ihm zur Seite stehen. Das hat der Walter Arnold dann auch getan. Ist ihm zur Seite gestanden, wenn du verstehst, was ich …

Er hat sich halt an ihn rangemacht. Oder kommt so etwas bei euch in Amerika nicht vor?

Mir ist es erst aufgefallen, als mich der Werner darauf aufmerksam gemacht hat. Der war in solchen Sachen ein richtiger Merker, das hatte wohl mit seiner Schreiberei zu tun. Aber unpraktisch bis zum Gehtnichtmehr. Hab ich dir erzählt, wie er damals beim Kofferpacken beinahe seine Unterhosen …?

Dann eben nicht.

Der Werner hatte bei der Versammlung gar nicht dabei sein wollen, aber er musste hingehen, weil er doch Parteigenosse … Nicht als Werner Wagenknecht, aber als Frank Ehrenfels. Das hatte er sich selber in den Lebenslauf … Er stand die ganze

Zeit ein bisschen seitlich, an die Wand gelehnt, und hat die Leute beobachtet. Drum hat er auch gleich gemerkt, was da ablief. Der Basti war ein hübscher Kerl, von Haus aus eigentlich ein kräftiger Bauerntyp, aber jetzt ganz zerbrechlich. Lungensteckschuss. Das ist, wie wenn du Tuberkulose kriegst von einem Tag auf den andern. Ein blasses Gesicht mit langen feinen Wimpern. Ich weiß nicht, ob er sich schon immer für Männer … Beim Barras lernt ja mancher mehr als schießen. Die Geschichte zwischen den beiden hat dann Wochen später dazu geführt …

Ja doch. Wie du willst. Der Reihe nach.

Die ersten Wochen Januar waren dann vor allem langweilig. Drehen konnten wir nicht, wegen dem Wetter, draußen war es eisig, und im *Watzmann* ist uns die Decke auf den Kopf … «Zum Glück nur die Decke», hat der Augustin gesagt. «In Berlin kommen noch ganz andere Sachen runter.» Man ist nur rumgesessen, mit drei Schichten Kleidern übereinander. Die Marianne konnte gar nicht so viel heizen, wie es draußen kalt war. Erst gegen Ende des Monats wurde es dann endlich ein bisschen wärmer. Vorübergehend. Noch nicht Frühling, aber doch zum ersten Mal wieder über null. Der Schnee ist ein bisschen getaut, und am Tag sind von den Dächern die Schneelawinen … Wie Bomben. In der Nacht ist dann alles wieder zugefroren. Jeden Morgen eine große Eisbahn. Aber immerhin, ein paar Stunden am Tag konnten wir wieder … Der Werner hatte mir ein paar richtig tolle Szenen geschrieben. Weil ich doch eine Hauptrolle haben musste, nachdem sie dem Heckenbichler erzählt hatten, ich sei bei der UFA ein Star und erst noch mit Beziehungen nach ganz oben. Und natürlich auch weil ich ihn drum gebeten habe. Er war schwer in mich verliebt. Ich in ihn auch, aber anders. Männer sind viel romantischer als Frauen, sie geben es bloß nicht zu. Wie ist das eigentlich bei dir? Schon eine Menge Freundinnen durchprobiert?

[Lachen] Du bist süß, Bubi. Männer, die erröten können, haben was Attraktives.

Richtig tolle Szenen. Die Maar wäre beinah eifersüchtig auf mich ... Obwohl unterdessen sogar sie kapiert hatte, dass der Film nicht wirklich ... Aber sie hat brav mitgemacht und ihren Stiefel gespielt. Nach Berlin wollte auch sie nicht zurück.

Der Servatius hat ausführlich mit mir gearbeitet, fast so eine Art privater Schauspielunterricht. Ich weiß nicht, ob aus Begeisterung oder einfach, damit er was zu tun hatte. Ich habe jedenfalls eine Menge dabei gelernt. Zum Beispiel: Wenn die Kamera ganz nah an dein Gesicht rangeht, dann denkst du am besten an etwas ganz anderes. Egal an was. Dass du noch Strümpfe stopfen musst, oder wie viel zwölf mal zwölf ... Bloß nicht an die Situation, die du gerade zu spielen hast. Sonst machst du nämlich automatisch zu viel. «Es passiert alles im Kopf», hat der Servatius gesagt. «Aber nicht in deinem, sondern in dem des Zuschauers.» Er war fest davon überzeugt, dass ich einmal Karriere ... Damals hatte ich noch keine Narbe im Gesicht.

[Pause]

Ekelhaft. Bei Mentholzigaretten ist es genau umgekehrt wie bei den andern. Mit Menthol ist der erste Zug der schlimmste. Als ob man einen Apotheker ablutscht.

Meine allerschwierigste Szene war eine, in der ich kein einziges Wort zu sagen hatte. Den ganzen Text hatte der Augustin. Aber die Kamera die ganze Zeit nur auf mir. Am Anfang bin ich total glücklich und am Schluss ... Himmelhoch jauchzend, zu Tode betrübt. Und das alles nur mit dem Gesicht gespielt. In Großaufnahme.

Szene aus dem Drehbuch Lied der Freiheit
(2. Fassung)

Feste Schwanenburg. Außen. Tag.

Rosi und Buff. Rosi hat einen Kuchen gebracht. Buff kaut genüsslich an einem Stück.
BUFF
Mmm ... Selber gebacken?
ROSI
Für ihn.
BUFF
Und für mich.
Er nimmt den nächsten Bissen.
Nach einer Pause fragt Rosi verlegen:
ROSI
Sie kennen ihn schon sehr lange, nicht?
BUFF
(kauend)
Ewig.
ROSI
Was ist er für ein Mensch?
BUFF
Ein Soldat.

ROSI

Ich meine: Außerdem?

Buff überlegt. Dann legt er sein Kuchenstück sorgfältig auf einem Mauerrest ab. Fasst Rosi an den Schultern und dreht sie zu sich, so dass sie ihm ins Gesicht sehen muss.

BUFF

Hör zu, Rosi: Bist du in ihn verliebt?

Rosi antwortet nicht. Aber ihre verlegene und gleichzeitig glückliche Miene lässt keinen Zweifel an der Antwort.

BUFF

Und er in dich?

Rosi lächelt strahlend.
Während der nächsten Sätze bleibt die Kamera groß auf ihrem Gesicht.

BUFF (A.D.B.[33])

Das ist nicht gut.

Rosi reagiert überrascht. Das ist nicht, was sie erwartet hat.

BUFF (A.D.B.)

Bodo ist kein Mann, in dem man sich verlieben sollte.

Rosis Verwirrung verstärkt sich.

BUFF (A.D.B.)

Obwohl er ein guter Mann ist.

Rosi ist erleichtert.

BUFF (A.D.B.)

Ein sehr guter Mann.

Rosi nickt eifrig.

BUFF (A.D.B.)

Aber er wird dir nie treu sein.

---

33 Außerhalb des Bildes.

Rosi erschrickt. An Buffs nächstem Satz merken wir, dass er dieses Erschrecken bemerkt hat.

BUFF (A.D.B.)

Keine Angst. Er hat keine andere.

Rosi atmet auf.

BUFF (A.D.B.)

Aber treu wird er immer nur seiner Mission sein.

Rosi versteht nicht.

BUFF (A.D.B.)

Der Aufgabe, die das Schicksal ihm gestellt hat.

Rosi blickt fragend.

BUFF (A.D.B.)

Es gibt Kämpfe, die müssen geführt werden. Auch wenn man sie nicht gewinnen kann.

Rosis Gesicht wird ernst.

BUFF (A.D.B.)

Gerade, weil man sie nicht gewinnen kann.

Rosi will einen Einwand machen, aber Buff lässt sie nicht zu Wort kommen.

BUFF (A.D.B.)

Er wird es nicht überleben, Rosi.

Rosis Augen öffnen sich weit.

BUFF (A.D.B.)

Er wird für seine Sache fallen.

Rosi beginnt zu verstehen, dass Buff recht hat.

BUFF (A.D.B.)

Du bist zu jung, um schon Witwe zu werden.

Rosis Gesicht verzieht sich zu einem Weinen.

BUFF (A.D.B.)

Du solltest ihn vergessen.

Rosi weint.
BUFF (A.D.B.)
Nein, das war jetzt dumm von mir. Du sollst dich an ihn erinnern. Menschen wie ihn dürfen wir nie, nie, nie vergessen.
Rosi legt weinend ihren Kopf an seine Brust. Buff legt die Arme um sie.

Interview mit Tiziana Adam
(8. Oktober 1986 / Fortsetzung)

Natürlich, der ganze Film war Schrott. Pausenlos nur heroisches Gesülze und ein Wasserfall nach dem andern. Aber diese eine Szene ...

Wasserfall. Ich denke, du verstehst was vom Film. Wasserfall ist, wenn auf der Leinwand geweint wird. Die Maar war darin ... Die beste Heulsuse der Welt. Aber ich war auch nicht schlecht. Weißt du, an was ich die ganze Zeit gedacht habe, während die Kamera auf mir drauf war? An die Uschi. Eine Friseuse bei der UFA.

Nein, die hatte nicht in dem Bus gesessen. Die war in Berlin geblieben. Soviel ich wusste, ging es ihr ... Aber für mich war sie nicht mehr da, verstehst du? In Kastelau gab es niemanden, der mir die Haare nachblondieren konnte, Maskenbildner war ja nicht. Wir Frauen mussten alles selber ... Die Männer natürlich auch, aber für die war das einfacher. Dem Werner zum Beispiel, dem habe ich die Haare geschnitten. Die Maar hatte Glück, zu ihrer Rolle gehörte hinten ein strenger Knoten, und fertig war die Gartenlaube. Aber ich ... Das Blond hatte keinen Glanz mehr, und was nachwuchs, war natürlich rot. Und gerade diese Szene ohne den Trachtendeckel auf dem Kopf. Ich hatte das Gefühl, ich sehe aus wie ... Da musste ich nur dran denken, und schon kamen mir die Tränen. Im Bild muss das toll gewirkt haben. Servatius war ganz begeistert.

Das Verrückte ist, dass ich die Aufnahmen nie gesehen habe. Den Film gibt es ja nicht mehr. Vielleicht bilde ich mir nur ein, dass ich gut war, und in Wirklichkeit war ich ... Vielleicht wollte Servatius nur nett sein, als er mich gelobt hat. «Du hast eine große Zukunft vor dir», hat er gesagt. Eine große Zukunft, klar. Kaiserin von China bin ich geworden.

Das ist das erste Mal, dass du die Streichhölzer rausholst, noch bevor ich eine Zigarette im Mund habe. Du kennst mich schon ganz gut.

[Pause]

Es war die Art Szene, weißt du, wo du nicht das größte Naturtalent sein musst, um Effekt zu machen. Du schaust nur ins Objektiv ... Nicht direkt ins Objektiv, immer ein ganz kleines bisschen dran vorbei. Den Tipp hat mir der Hauck gegeben, der Kameramann aus München. Du denkst an deine Friseuse, bemühst dich nicht zu blinzeln, und im Zuschauerraum heulen sie Rotz und Wasser. So eine Szene war das. Wo man eine Karriere damit begründen kann. Könnte.

Ich hab ja dann auch Karriere gemacht. Spiele immer noch die ganz großen Rollen. Jeden Abend ab achtzehn Uhr, montags geschlossen. [Singt] «Meine Herren, heute sehn Sie mich Gläser abwaschen ...»

Weißt du, wen ich erwürgen könnte? Den Kerl, der die Mentholzigaretten erfunden hat.

Ein Brief

4.2.1989

Hi, Sammy!

Dass es Dich tatsächlich noch gibt! Ich hätte geschworen, dass Du schon lang in einem Deiner Filmarchive verstaubt bist, in historisches Zelluloid eingewickelt wie so ein alter Pharao. Kein Vorwurf! Ich habe ja auch nichts von mir hören lassen. Es ist schändlich, wie man alte Freunde aus den Augen verliert. Dabei haben wir am College nicht nur das Zimmer geteilt, sondern auch eine Menge anderes. Wenn ich nur an die kleine Schwarzhaarige denke, die immer ganz vorsichtig die Brille abgenommen hat, bevor sie sich küssen ließ … Weißt Du noch, wie die hieß? Wie ich Dich kenne, alter Streber, hast Du den Namen bestimmt auf einer Deiner Karteikarten vermerkt.

Ich wollte mich schon ewig mal wieder bei Dir melden, aber Du weißt ja, wie es ist. Man hat einfach zu viel um die Ohren. Dieses Gewerbe ist ein Rattenrennen, wenn Du nicht mitrennst, fressen die andern Ratten den Käse allein. Immerhin, ich habe schon zwei Folgen für *The Commander* verkaufen können. Eine davon soll sogar tatsächlich produziert werden. Und wenn die Hollywoodgötter es wollen, krieg ich vielleicht einen festen Job bei *City Cops*. Drück mir die Daumen.

Die Lohnschreiberei, in die ich in den letzten Jahren hineingeraten bin, ist nicht die ganz große Kunst, von der wir damals geträumt haben. Aber man wird älter. Als Teenager müssen wir beide die fanatischsten Filmfreaks von ganz Amerika gewesen sein. Weißt Du noch, wie wir uns damals Warhols *Sleep* in voller Länge reingezogen haben? Viereinhalb Stunden, oder was es war, und wir waren die Einzigen im Kino, die nicht früher rausgegangen sind. Hinterher, das werde ich nie vergessen, hast Du gesagt, dass Dich der Film an Eric Satie erinnert. Ein spätes Geständnis: Ich habe Dir damals nur nicht widersprochen, weil ich keine Ahnung hatte, wer dieser Satie war. Irgend so ein französischer Nouvelle-Vague-Filmer, habe ich gedacht. Du hattest schon immer das Talent, mit Namen um Dich zu schmeißen.

Und jetzt tatsächlich eine Doktorarbeit! Ich bin tief beeindruckt. Ab sofort werde ich in mein CV reinschreiben, dass ich Dich kenne. Damit krieg ich bestimmt jeden Job, den ich haben will. Und Steven Spielberg stell ich als Assistenten ein. Grins.

Aber jetzt im Ernst: Ich empfinde es als Kompliment, dass Du meine Meinung zu Deiner Dissertation hören willst. Wenn ich auch befürchte, dass Du meine Fähigkeiten als Kritiker überschätzt. Der Mitgliedsausweis der Writers Guild macht mich nicht automatisch zum literarischen Guru, schon gar nicht, wenn es um einen wissenschaftlichen Text geht. Aber ich will es gern versuchen und mein Möglichstes tun. Wenn es Dir recht ist, werde ich es so machen wie bei einer Drehbuchbesprechung: Ich schmeiß Dir einfach die Notizen an den Kopf, die ich mir während der Lektüre gemacht habe, und Du musst selber sehen, wie Du damit klarkommst. Warum soll es Dir besser ergehen als mir?

– Erst mal das Positive: Die Story ist wirklich interessant. Um ganz ehrlich zu sein: Noch nicht in der Form, wie Du sie geschrieben hast, aber an und für sich. Als ich noch ein blutiger Anfänger war, hab ich mal einem Showrunner ein viel zu umfangreiches Exposé eingereicht, und er hat mich tat-

sächlich zu einem Gespräch eingeladen. Ich werde nie vergessen, was er gesagt hat: «Hinter der dicken Schminke könnte eine ganz hübsche Blondine stecken. Die Frage ist nur, wie man sie rausholt.» So auch Dein Text.
- Der wissenschaftliche Jargon schreckt einen beim Lesen ab, aber ich nehme an, in einer Dissertation muss das so sein. Von diesen Dingen verstehe ich nichts.
- Die Story musst Du noch gewaltig straffen, wenn sie jemanden interessieren soll. Man merkt auf jeder Seite, dass Du zu viele Details kennst, und das ist immer ein Problem. Musst Du wirklich alles einbauen, was Du in Deinem Zettelkasten gesammelt hast? Ein Beispiel (und es gibt noch andere): diese Episode mit der Sonnwendfeier. Brauchst Du die wirklich? In einem Film würde sie wahrscheinlich gedreht und dann wieder rausgeschnitten. Zu weit weg vom Rückgrat der Geschichte. «Kill your darlings», sagte der Mann und erwürgte seinen Goldhamster.

(Wie gesagt, ich hab mir Dein Manuskript einfach als Geschichte angesehen. Der intellektuelle Krimskrams ist nicht mein Ding. Das ganze theoretische Getue hat mich schon am College gelangweilt. Ich will mir die Dinge selber erklären und nicht alles vorgekaut bekommen.)

- Viel zu viele Figuren. Ich hab schon verstanden, dass es die alle wirklich gegeben hat, und wie ich Deine Gründlichkeit kenne, kannst Du mir von jedem Einzelnen sagen, welche Haarfarbe seine Urgroßmutter hatte. Trotzdem: Zu viele Details überfordern den Zuschauer. Oder in Deinem Fall den Leser. Ich würde versuchen, die Story auf eine einzige Person zuzuspitzen, und welche das sein muss, ist offensichtlich. Ich hatte keine Ahnung, dass Arnie Walton als

junger Mann eine Karriere in Nazideutschland hatte. Und dass er so ein mieser Typ war. Das ist der Aspekt, den ich wirklich spannend finde. Wenn ich die Geschichte bei einem Studio pitchen müsste, würde ich mich voll und ganz darauf konzentrieren.
- Richtig interessant (immer von der Story her gesehen) wird es erst in den letzten Monaten in Kastelau. Da wo sie herausfinden, dass das Gespenst kein Gespenst ist. Kannst Du Dich nicht auf diesen Zeitraum beschränken, und die ganze Backstory viel kürzer erzählen?

Ich weiß nicht, ob irgendetwas von meinem Gelaber für Dich hilfreich ist. Mir ist schon klar, dass man die Dramaturgie eines Drehbuchs nicht einfach auf eine Dissertation übertragen kann. Aber eine Geschichte ist eine Geschichte und muss gut erzählt sein. Von Fußnoten wird niemand satt, und auch Dein Professor wird sich bei der Lektüre nicht langweilen wollen. Ist es dieser Styneberg, für den Du immer so geschwärmt hast?

Etwas ganz anderes: Überleg doch mal, ob Du aus der Geschichte nicht lieber ein Buch machen willst statt einer Doktorarbeit! Oder Du machst beides, eine Dissertation für Deine akademische Eitelkeit und ein Buch für Dein Bankkonto. Ich könnte mir vorstellen, dass die Geschichte ein regelrechter Bestseller werden könnte. Enthüllungsstorys über berühmte Leute funktionieren fast immer. Und Arnie Walton, habe ich gerade gelesen, hat eine Autobiographie angekündigt. Das ist Deine Chance! Jedes Mal, wenn er im Fernsehen darüber spricht, wäre das ein Gratis-Werbespot für Dich. Wenn Du Glück hast, verklagt er Dich sogar. Dann kann Dein Verleger gleich die nächste Auflage drucken lassen. Eine bessere Werbung als einen handfesten Skandal gibt es überhaupt nicht. Die Leute würden die Buchhandlungen stürmen! Und für die Filmrechte melde ich mich heute schon an!

Das ist nur so eine spontane Idee, wie wir geldgierigen Schreiberlinge sie manchmal haben. Aber auch im Elfenbeinturm muss man von irgendwas seine Miete bezahlen, nehme ich an. Oder hast Du im Casino den Jackpot geknackt?

Lass uns doch mal bei einem Bier drüber reden. Es dürfen von mir aus auch mehrere werden. Du schreibst, dass wir uns endlich wieder einmal sehen müssen, und ich könnte nicht mehr einverstanden sein. Im Moment bin ich mit dieser *City-Cops*-Sache noch furchtbar beschäftigt, aber nächsten Monat sieht es besser aus. Ruf mich doch einfach an, und wir machen etwas aus!

Dein alter Zimmerkollege
Sean[34]

PS: Ich habe den Brief noch mal durchgelesen, und mir ist wieder eingefallen, wie die kleine Schwarzhaarige hieß: Tinette. Obwohl sie gar keine Französin war.

---

34 Die Person des Absenders ließ sich nicht eruieren.

Tagebuch Werner Wagenknecht
(Januar 1945)

Große Aufregung am frühen Morgen: Frau Melchior ist auf Glatteis ausgerutscht, direkt vor der Tür vom *Watzmann*, und hat sich das Bein gebrochen. Ein schlimmer Bruch. Als ich aus dem Fenster schaute und sie auf dem Boden liegen sah, war das Bein unterhalb des Knies vom Körper abgeknickt, in einem ganz unmöglichen Winkel. Ich weiß nicht, ob es gerade passiert war, oder ob sie schon ein Weilchen dort gelegen hat. Ich bin aufgewacht, weil sie so geschrien hat. Es klang ganz anders, als man sich Schmerzensschreie vorstellt. Auch anders, als ich es aus dem Krieg kenne. Man muss sich das merken, wenn man mal so eine Szene zu schreiben hat. Mein erster Gedanke, noch mit vom Schlaf verschmiertem Kopf, war, dass hier jemand jodelt.

(Übrigens: Der Einzige, der von den Schreien nicht wach geworden ist, war natürlich Reitstaller. Er hat die ganze Katastrophe verschlafen.)

Einen Arzt gibt es hier weit und breit nicht, und niemand traute sich, Frau Melchior auch nur anzufassen. Außer Augustin, von dem ich das am allerwenigsten erwartet hätte. Er wollte gleich das Bein abbinden, aber das Blut auf dem Boden kam gar nicht von dem Bruch. Frau Melchior muss sich beim Hinfallen am Kopf verletzt haben. (Blut, mit Schnee vermischt, ist nicht rot, sondern braun.) «Schwartenriss», sagte Augustin und machte ein so fachmännisches Gesicht, als hätte er mindestens zehn Semester Medizin studiert. Dabei hat er nur einmal in einer seiner Militärkomödien einen Sanitäter gespielt. Er hat die Blutung dann mit einem Handtuch gestillt. Verbandszeug war auf die Schnelle nicht aufzutreiben.

Es war sofort klar, dass Frau Melchior ins Krankenhaus nach Berchtesgaden gebracht werden musste, aber der Transport war ein großes Problem. Im Winter ist die Straße nach Unterau praktisch nicht befahrbar; man ist dann hier oben total von der Welt abgeschnitten. Außerdem: Frau Melchior wehrte sich und wollte auf gar keinen Fall ins Krankenhaus gebracht werden. Wahrscheinlich war sie von den Schmerzen verwirrt. «Ich muss hierbleiben», hat sie immer wieder gesagt. Hat sogar versucht aufzustehen, was natürlich nicht ging, und hat noch lauter geschrien.

Titi ist dann bei ihr niedergekniet und hat auf sie eingeredet. Die beiden haben angefangen zu tuscheln, und Frau Melchior hat sich tatsächlich ein wenig beruhigt. Titi hat ihr den Gürtel mit dem Schlüsselbund abgenommen und sich selber umgebunden.

Unterdessen stand schon halb Kastelau um die beiden rum. Zum Glück hatte die Morgensonne die dünne Eisschicht schon wieder getaut, sonst wären bestimmt noch mehr Unfälle passiert.

Walter Arnold und der junge Basti Holzmayr sind zusammen angekommen, nicht aus dem Gasthof und nicht aus Richtung der Bäckerei. Bin ich tatsächlich der Einzige, der sich fragt, wo sie um diese Zeit gewesen sein können?

Jemand hat eine uralte Frau angeschleppt, die früher mal Hebamme gewesen sein soll. Wahrscheinlich die einzige Person im Dorf, die wenigstens eine kleine Ahnung von Medizin hat. Sie hat Frau Melchior irgendeinen selbstgebrauten Kräutertrank eingelöffelt. (Ein typischer Frank-Ehrenfels-Gedanke. Mein Hirn ist durch die Drehbuch-Schreiberei folkloristisch verdorben. Von wegen selbstgebrauter Kräutertrank. Es kann genauso gut ein ganz gewöhnliches Schmerzmittel gewesen sein.)

Ich mag Heckenbichler nicht – ein überflüssiger Satz; einen Menschen wie ihn kann man nicht mögen –, aber gerade weil er mir unsympathisch ist, muss ich hier notieren: An diesem Tag hat er sich bewährt. Er hat einen Hornschlitten organisiert, ein Monstrum wie aus dem Volkskundemuseum, und irgendwie haben sie Frau Melchior da draufbugsiert, mit ein paar Heuballen als Unterlage. Eine Wolldecke unter sie geschoben und sie damit hochgehoben. Sie war dabei ganz still. Ich nehme an, sie hat vor Schmerzen das Bewusstsein verloren.

Heckenbichler hat sich vorn auf den Schlitten gesetzt, ein paar Männer haben geschoben, und alle andern sind hinterhergelaufen. Nur Titi ist mit mir vor dem Gasthof stehen geblieben.

Kleinpeter hat mir nachher erzählt, dass die Leute die beiden bis zu der Stelle begleitet haben, wo die Straße anfängt, abschüssig zu werden. Ich stelle es mir sehr schwierig vor, so einen schweren Schlitten nur mit den Füßen zu bremsen und zu lenken, aber Heckenbichler traue ich es zu. Er wird Frau Melchior bestimmt heil bis nach Unterau bringen. Wo es dann die Lokalbahn gibt und Krankenwagen und Sanitäter. Zivilisation.

Fotokopie: Krankenblatt

Kreiskrankenhaus Berchtesgaden Traumachirurgie
22. Januar 1945
Melchior-Schattwald, Maria Walburga, 15.11.1900, w.

Initialbefund: Z.n. Sturz, V.a. geschl. Unterschenkelfraktur re.
 mit Dislokation
distal Durchblutung, Motorik, Sensibilität erhalten
starke Schmerzen, Pat. agitiert. RR 150/100, HF 100
Diagnose: Röntgenbild zeigt geschl. Fraktur prox. Tibia und
 Fibula re.
Verlauf: Reposition unter Analgosedierung 10 mg Morphin
 i.v., Inf 500ml 0,9 % NaCl i.v.
Therapie: operativ, Plattenosteosynthese unter AA
postoperative Analgesie 2,5 g/d Metamizol i.v. per Inf 0,9 %
 NaCl für 1 Woche bei stat. Aufenthalt
Prognose: Keine Läsion des N. peronaeus, Keine Infektion /
 Wundheilungsstörung
Osteosynthese übungsstabil, Rekonvaleszenz in 8–12 Wochen
Anmerkung 4.2.45: Entlassung wegen witterungsbedingter
 Sturzgefahr verschoben
Entlassen 27. Februar 1945

Tagebuch Werner Wagenknecht
(Januar 1945 / Fortsetzung)

In Theaterstücken oder Filmen kommt es immer mal wieder vor, dass ein Dialog ganz anders weitergeht, als man es erwartet hat. Dass ein einziger Satz allem eine neue Richtung gibt. Heute habe ich das in der Wirklichkeit erlebt.

Titi und ich standen da und schauten dem spontanen Festumzug hinterher, der sich hinter dem Schlitten gebildet hatte. Ich kann immer besser verstehen, warum auf dem Land Traditionen so sehr gepflegt werden. Wo die Tage einförmig verlaufen, ist jede Gelegenheit, etwas zu erleben, kostbar. Egal, ob es eine Prozession ist, ein Maifest oder ein gebrochenes Bein.

Die Menschenmenge ... Nein, Menge ist das falsche Wort; Kastelau ist ein kleines Dorf. Der Menschenhaufen, das Menschenknäuel entfernte sich von uns weg wie in der langen Abschiedseinstellung zum Schluss eines Films. Als man die Leute nicht mehr sehen konnte, nur noch von weitem ihr aufgeregtes Geschwätz hören, fasste Titi meine Hand und sagte: «Ich möchte, dass du mit mir in den Keller gehst. Heute um Mitternacht.»

Ich dachte natürlich sofort an die Gespenstergeschichte. Aber Titi hatte nur «Mitternacht» gesagt, weil das dramatisch klingt. Sie mag Effekte. Und weil dann im *Watzmann* alles schlafen würde. In einem Dorf schlägt man sich die Nächte nicht um die Ohren. Auch die ausdauerndsten Stammtischgäste machen sich spätestens gegen zehn Uhr auf den Heimweg.

Wenn es stimmt, was Frau Melchior Titi zugeflüstert hat, wenn es nicht nur eine Phantasie von ihr war, geboren aus den

Schmerzen ihres gebrochenen Beines, dann hat Reitstaller nicht geträumt. Dann kann er tatsächlich jemanden gesehen haben, der sich im Halbdunkel des Kellers etwas zu trinken holte. Dann ...

Mir fallen tausend «Danns» ein. Wenn sich im Keller des *Watzmann* tatsächlich jemand versteckt ...

Es kommt natürlich darauf an, wer es ist.

Titi weiß es, will es mir aber ums Verrecken nicht verraten. Ist das ein angeborener Sinn für Dramaturgie oder einfach nur kindisch? So oder so: Ich werde ihr nicht die Freude machen, sie deswegen zu löchern. Ich hatte in den letzten Jahren genügend Gelegenheit, mich im Warten zu üben.

«Mitternacht», hat sie gesagt.

Interview mit Tiziana Adam
(9. Oktober 1986)

Kann ich anfangen? Ich stell mir das Mikrofon schon selber ... Setz du deine Kopfhörer auf. Manchmal bist du schrecklich umständlich.

«Der Mann im Keller». Wäre auch ein guter Titel für einen Film. Aber es war wirklich jemand in dem Keller versteckt. Obwohl: Wirklichkeit ist auch immer nur das, was wir zufällig bemerken. Hättest du nicht gedacht, dass ich so philosophisch sein kann, was? Ich meine: Wenn sich die Marianne nicht das Bein ... Ich wäre heute noch fest davon überzeugt, dass da nie etwas war und sich der Reitstaller sein Gespenst nur eingebildet hat. Ohne diesen Unfall hätte sie es mir bestimmt nie ...

Niemandem. Sie hatte einen verdammt harten Schädel. Die hätte das für sich behalten bis zum Jüngsten Tag. Und keiner hätte was gemerkt, dafür hätte sie ... Sie hatte sich alles genau überlegt. Sogar den Gasthof zugesperrt, mit der Begründung, die Heizerei würde sich nicht rechnen bei den wenigen Gästen im Krieg. Nur damit niemand merken sollte, dass da einer drin ... Einer, den es nicht geben durfte. Nicht in Kastelau. Dann sind wir aus Berlin angekommen, und sie musste den *Watzmann* wieder aufmachen. Und er musste sich im Keller verstecken. Das hat die Sache noch komplizierter gemacht. Aber durchgezogen hätte sie es, da bin ich mir ganz sicher. Die Marianne hätte das ...

Wer es war? Ich denke, du studierst Filmwissenschaft. Da müsstest du doch wissen, dass man so was immer erst ganz zum Schluss verrät. Ein bisschen Spannung muss schon sein. Ich will auch meinen Spaß haben beim Erzählen.

Hetz mich nicht. Jetzt steck ich mir erst mal eine Zigarette an. In aller Ruhe. Auch wenn es nur Menthol ist.

[Pause, Lachen]

Dein Gesicht solltest du jetzt sehen. Wie so'n kleiner Junge, der es nicht erwarten kann, dass es unterm Weihnachtsbaum klingelt und er sich auf die Geschenke stürzen darf. Aber die Oma weiß schon, was sie tut, Bubi. Du freust dich hinterher umso mehr.

Es war der Marianne nichts anderes übriggeblieben, als mich einzuweihen. So schnell würde sie nicht aus dem Krankenhaus zurückkommen, das war klar. Es hat ja dann auch ein paar Wochen ... In der Zeit wär er glatt verhungert da unten. Nicht verdurstet, Gesöff war mehr als genug da, aber verhungert. Einer musste es übernehmen, ihm regelmäßig was zum

Essen ... Und mit mir hatte sie sich ... Zu mir hatte sie Vertrauen. Wenn ich mir vorstelle, dass irgendjemand anderer ...
Hör auf zu quengeln. Ich sag dir noch nicht, wer es war. Der Graf von Monte Christo.

Ich dürfe es auf keinen Fall irgendjemandem verraten, hat sie gesagt, aber dem Werner musste ich es ... Ich hätte mich ja nicht jede Nacht aus dem Zimmer schleichen können, ohne dass er ... Er hatte einen leichten Schlaf, und so breit waren die Betten im *Watzmann* nicht. Wir haben damals praktisch zusammengewohnt, der Werner und ich. Fast wie ein Ehepaar. Mein eigenes Zimmer habe ich natürlich trotzdem ... Wenn er auf seiner Schreibmaschine rumgehackt hat, musste man sich irgendwohin verziehen können. Stumm dasitzen und nicht mal mit den Augendeckeln plinkern, das ist nichts für mich. Als Statue bin ich fehlbesetzt. Aber wir waren zusammen. Darum hab ich's ihm auch erzählen müssen, es ging nicht anders. Das heißt: Richtig erzählt hab ich's ihm nicht. Auch bei ihm wollt ich es ein bisschen spannend machen. Hab ihm nur gesagt, dass er mitkommen soll. Dass ich ihm jemanden vorstellen will. Der Werner war nicht so ein ungeduldiger Typ wie du. Im Gegenteil. Der war geradezu unangenehm geduldig. Keine einzige Frage hat er gestellt, den ganzen Tag lang. Und es war ein verdammt langer Tag. Wir mussten ja warten, bis der Rest der Mannschaft ... Schon um halb elf war alles still, aber ich hatte nun mal Mitternacht gesagt. Bin extra noch mal auf die Straße raus, weil man von dort aus sehen konnte, ob noch irgendwo Licht ... Hätte mir dabei beinah auch noch die Haxen gebrochen. Es ging schon wieder los mit dem Glatteis. Aber dann ...

[Pause]

Nein, ich mach das nicht, um dich zu ärgern. Das war eine Kunstpause.

Als es vom Glockenturm der Kirche zwölf schlug ... Streich das durch, wenn du das Band abtippst. Sonst schreibst du es am Ende noch in dein Buch rein. Es hat natürlich keine Glocke geschlagen, das habe ich nur so gesagt. Für die Atmosphäre. In Kastelau läutete die Kirchenglocke nicht automatisch. Da musste sich jemand hinstellen und am Strick ziehen. Das hat man nur an Silvester gemacht oder bei Hochzeiten. Oder wenn ein Telegramm gekommen ist, und es war wieder einer gefallen für Führer, Volk und Vaterland. Wir also die Treppe runter, der Werner und ich. Ohne Licht zu machen, nur mit einer Taschenlampe. Das waren alles Holzstufen, damals, ich weiß nicht, ob es heute immer noch ... Die haben so gewaltig geknarrt, dass ich gedacht habe, wir wecken das ganze Haus auf. Wahrscheinlich war es gar nicht wirklich ... Ich war eben nervös. Den Schlüssel ins Schloss gesteckt und die Kellertür aufgesperrt. Und eine Männerstimme hat gesagt: «Na endlich, Mama. Ich bin schon fast verhungert.»

Mist. Jetzt hab ich mir selber die Pointe versaut.

Ja, es war ihr Sohn. Der Nicki. War in Italien stationiert gewesen und ist abgehauen. Desertiert. Hat sich irgendwie über die Berge bis nach Hause durchgeschlagen, und sie hat ihn versteckt. Fast ein halbes Jahr lang.

Der Nicki ... Ich will versuchen, ihn dir zu beschreiben. Er war nichts Besonderes. Kein Heldentyp oder Märtyrer oder so was. Eher spießig. Ein bisschen wie du. Verwöhnt halt. Einziges Kind, und schon früh keinen Vater mehr – den Rest kannst du dir ja ... Der Marianne ihr Mann ... Hab ich dir das schon erzählt? Der war nicht gefallen, wie ich ganz selbstverständlich angenommen hatte. Ein dummer Unfall beim Brennholzschlagen im Wald. Noch ganz jung. Der Nicki erst zwei Jahre alt, damals. Und von dem Tag an natürlich der Prinz im Haus. Der Thronfolger, der irgendwann den *Watzmann* ... Ich kann mir gut vorstellen, was da rausgekommen wäre, wenn er mit zwanzig schon Wirt ... Er hätte ein bisschen mit den Gästen geplaudert, und die Marianne hätte die Drecksarbeit ... So wäre das gekommen, ohne den Krieg. Aber dann haben sie ihn zum Barras geholt und nach Italien geschickt. Was eigentlich ein ganz gutes Los war, im Vergleich zu andern. Da unten gab es keine großen Schlachten. Damals noch nicht. Hauptsächlich Säuberungsaktionen gegen Partisanen. Im Vergleich zum Osten war das ein Druckposten. Trotzdem hat er es irgendwann nicht mehr ausgehalten und ist abgehauen. Später hat man das ja als Heldentat ... Widerstand gegen einen ungerechten Krieg und so. Aber damals ... Er ist aus Feigheit mutig geworden, so hat er es selber einmal formuliert. Hat sich irgendwie bis zu den Bergen durchgeschlagen, und da kannte er sich ja dann aus. Die Passstraßen waren bewacht, aber es gibt da oben eine Menge Wege, die nur die Einheimischen ... Schmugglerpfade. Hat es tatsächlich bis nach Hause geschafft, und dann wahrscheinlich einfach gesagt: «Mama, hilf mir!» Das war so seine Art. Und die Marianne hat geholfen.

Wie er aussah? Na ja. Jung. Perfekt rasiert, das ist mir als Erstes aufgefallen. Wenn ich ein Mann gewesen wäre und die ganze Zeit allein in einem Keller, ich hätte mir einen Bart ... Aber vielleicht hat er sich ja nur aus Langeweile ... Um eine Beschäftigung zu haben. Zwei Mäntel übereinander, es war ja arschkalt in dem Keller. Die Heizung auf der anderen Seite, da kam er nicht ran. Zwei Mäntel und noch eine Wolldecke um die Schultern. Das hat ihn größer erscheinen lassen, als er wirklich war. Und gehinkt hat er. Das, was der Reitstaller «bewegt sich wie ein Roboter» genannt hatte. Ein Sturz auf der Flucht nach Hause. Ist auch später nie ganz ausgeheilt. Ich muss irgendwo ein Bild von ihm haben. Wenn ich es finde, zeig ich es dir.

Nein, eigentlich will ich es nicht mehr sehen.

Natürlich ist er erschrocken, als plötzlich wir beide dastanden und nicht die Marianne. Hat sich dann aber keine großen Sorgen um sie gemacht. Auch nicht, als ich ihm von dem Unfall ... Etwas anderes hat ihn viel mehr interessiert: Wer ihm nun regelmäßig sein Essen bringen würde. Er hatte sich da unten in seinem Versteck ein richtiges Bäuchlein angefressen. So was ist einem aufgefallen im Jahr 45. Die meisten Menschen waren damals dünn. Der Werner hat einmal gesagt: «Es gibt keine bessere Diät als einen Krieg. Vor allem, wenn man ihn verliert.» Kennst du den Film mit dem Fröbe? Mit dem jungen Fröbe, als er noch keinen Bauch ...? Wo er den Otto Normalverbraucher spielt? So sahen fast alle Leute aus, damals. Bloß der Nicki nicht. Aber ich will nicht, dass du ein falsches Bild von ihm ... Er war kein schlechter Kerl, wirklich nicht. Nur verwöhnt halt. Brauchte immer jemanden, der sich um ihn kümmerte.

Der Werner hat ihn nicht gemocht, von Anfang an nicht. Hat sich dann aber doch oft mit ihm unterhalten, ihn immer wieder ausgefragt. Einmal hat er sich sogar im Keller mit ihm ... «Ich bin Menschensammler», hat er gesagt. Wenn der Werner länger gelebt hätte, ich bin sicher, der Nicki wäre irgendwann in einem Buch von ihm vorgekommen.

Der Scharfschütze[35]
von Werner Wagenknecht

Wenn man jemanden erschießen musste, das hatte er mit der Zeit gelernt, dann war es gut, sich auf die technische Seite des Vorgangs zu konzentrieren. Mit dem Finger rechtzeitig den Druckpunkt des Abzugs zu suchen, damit der eigene Schuss nicht hinter den anderen herknatterte und man von den Kameraden ausgelacht wurde. Darauf gefasst zu sein, dass sie manchmal, oft genau in dem Augenblick, wo das Kommando gegeben wurde, plötzlich zusammensackten, so dass der Zielpunkt nicht mehr war, wo man ihn anvisiert hatte. Besonders bei Frauen kam das vor. Es war auch nützlich, wenn man den Leutnant, der die Hinrichtung kommandierte – meistens war es ein Leutnant –, schon bei den Vorbereitungen ein bisschen beobachtete, damit man einschätzen konnte, ob er zu den Übereifrigen gehörte, die die vorgeschriebenen Befehle ratzfatz hintereinander herunterrasselten, oder ob er einer von den Zögerlichen war, bei denen es einem passieren konnte, dass sie noch gar nicht bei «Feuer!» angekommen waren, wenn man schon geschossen hatte. Wenn alle Beteiligten im gleichen Rhythmus waren, das hatte er mehr als einmal beobachtet, dann lief das Ganze mit einer gewissen Würde ab; er hatte manchmal das Gefühl, dass die Verurteilten das auch spürten und sich ihrerseits Mühe gaben, den geregelten Ablauf nicht zu stören.

---

35 Auch bei diesem Text ist nicht klar, wie weit er auf Fakten beruht, die Werner Wagenknecht im Gespräch mit Nikolaus Melchior erfahren haben könnte. (Siehe dazu auch die Ausführungen von Samuel Saunders auf S. 73 f.)

Was er gar nicht mochte, war, wenn einer das Maul nicht halten konnte, und man sich sein Gejammere oder seine Verwünschungen bis zum letzten Moment anhören musste. Man spürte, dass es Verwünschungen waren, auch wenn man die Sprache nicht verstand. Besonders unangenehm war es ihm jedes Mal, wenn einer betete. Es hatte etwas Unpassendes, mitten in ein Vaterunser oder Ave-Maria hineinzuschießen.

Er war immer ein guter Schütze gewesen, hatte schon mit sechzehn das erste Reh erlegt. Blattschuss. Er war keiner von den Sonntagsjägern, die sich den Gamsbart für ihren Hut beim Krämer besorgen mussten. Im Militär war ihm das zugutegekommen. Es gab gefährlichere Kommandos, zu denen man eingeteilt werden konnte.

Natürlich, es war nicht der Posten, den man sich selber ausgesucht haben würde, aber im Krieg geht man dahin, wo man hingeschickt wird. Er hatte als kleiner Junge auch lernen müssen, wie man Hühnern den Kopf abhackt. Nicht mehr als neun konnte er damals gewesen sein, zehn allerhöchstens, und am Anfang hatte er jedes Mal geweint, wenn er es tun musste. Aber es gibt nun mal Dinge, die gemacht sein müssen in einem Gasthof, wo die Leute ihr Brathähnchen haben wollen.

Wenn er seiner Mutter einen Brief schrieb – nicht so oft, wie sie sich das wünschte, aber oft genug –, dann nannte er das, wozu man ihn eingeteilt hatte, Ordnungsdienst. Er wollte nicht, dass sie sich unnötig Sorgen machte. Sie ihrerseits schrieb so oft, dass es ihm vor den Kameraden schon unangenehm war. In einem geräumten Haus hatte er die Fotografie einer hübschen jungen Frau eingesteckt, die zeigte er jetzt vor, wenn sie von ihm wissen wollten, von wem er so viel Post bekam.

Manchmal fragte er sich, ob die junge Frau wohl noch lebte.

Ordnungsdienst war kein schlechtes Wort. Im Krieg konnten die Dinge sehr rasch aus dem Ruder laufen. Dann musste man sie mit fester Hand wieder auf Kurs bringen, und das ging nun mal nicht mit Glacéhandschuhen. Jemand musste für Ordnung sorgen, die richtigen Verhältnisse wiederherstellen. Zehn für einen, das war die Regel. Zehn Leute, von der Straße weggefangen in dem Ort, aus dem die Partisanen gekommen waren. Oder wo sie sich versteckt hatten, und man hatte sie nicht angezeigt. Es war eine klare Ansage, eine Regel, die jeder verstehen konnte: Sie mussten nur ihre hinterhältigen Angriffe einstellen, und es würde kein Mensch mehr zu Schaden kommen. Kein Einziger. Wer sich nicht daran hielt, war selber schuld.

Er bemühte sich, seine Pflicht so sachlich wie möglich zu tun. Er hatte nichts gegen die Leute, die da in einer Reihe vor der Mauer standen. Es war nichts Persönliches. Wenn man innerlich Distanz wahrte, tat man den Verurteilten sogar etwas Gutes. Wer zornig ist, hat keine sichere Hand, und wenn man nachschießen musste – ihm war das noch nie passiert, aber es kam vor –, wenn sie nicht gleich mit dem ersten Schuss tot waren, dann bedeutete das eine unnötige Grausamkeit. Einmal, als Junge, hatte er ein Huhn nicht fest genug zu fassen bekommen, es hatte ihn in den Finger gepickt, und daraufhin, eben weil er wütend gewesen war, hatte er es mit der Axt nicht richtig getroffen. Ein zweites Mal war ihm so etwas nicht passiert.

Zehn Leute, und seiner war der Vierte von links. Der mit der viel zu großen Schiebermütze, die ihm bis über die Ohren gerutscht war. Kleingewachsen, wie viele hier. Man würde beim Zielen ein bisschen nach unten abwinkeln müssen. Stand ruhig da, immerhin das. Oft begriffen sie nicht, dass sie sich nur selber schadeten, wenn sie sich bewegten. Die Augen nicht verbunden, was ihm lieber gewesen wäre. Er mochte es nicht, wenn sie ihn dabei anschauten. Er hatte auch nie pinkeln können, wenn einer direkt neben ihm stand. Es war ihm einfach unangenehm.

Auf das Kommando legte er an. Die andern, er beobachtete es zufrieden aus den Augenwinkeln, taten es im exakt gleichen Takt. Präzis wie beim Exerzieren. Sie waren eine eingespielte Truppe.

Der Leutnant, ein neuer, war einer von den Langsamen. Gab das Kommando vielleicht zum ersten Mal und zögerte den Moment hinaus. Die Leute an der Mauer – aber vielleicht bildete er sich das nur ein – warteten ungeduldig.

Und dann riss sich seiner plötzlich die Mütze vom Kopf.

Er musste nachschießen, zum allerersten Mal, aber das war es nicht, was ihn hinterher quälte. Es waren die langen schwarzen Haare, die unter der Mütze versteckt gewesen waren. Die fremde Frau, deren Fotografie er in seinem Soldbuch mit sich herumtrug, hatte auch solche Haare.

Dass es ein Mädchen gewesen war, das quälte ihn.

«Evviva!», hatte sie geschrien. Hatte irgendetwas hochleben lassen, die Freiheit oder Italien, irgendeine Parole. Die Stimme war dann erstickt; er hatte sie in den Hals getroffen statt ins Herz. Peinlich. Er hatte sich halt erschrocken, wegen dieser Haare.

«Evviva!», hatte sie gerufen. Eine Mädchenstimme.

Er fasste keinen Entschluss, dachte nicht einmal darüber nach. Es war, als ob er einen Befehl ausführen würde.

Sie schliefen in dieser Nacht in fremden Betten. Im Dorf

war niemand mehr, obwohl sie doch nur zehn Leute erschossen hatten und den anderen nichts passiert wäre. Als Soldat hat man nicht oft die Gelegenheit, allein zu sein, und so machte es sich jeder in einem andern Haus bequem oder doch in einem eigenen Zimmer. Einer war als Wache eingeteilt, aber der hatte sich dann auch ein Bett gesucht. Wie um ihm den Weg freizugeben.

Am Abend reinigte er noch einmal gründlich sein Gewehr und ließ es dann einfach liegen.

Er nahm den Weg nach Nordwesten, in der Richtung, wo er die Gipfel gesehen hatte. In der ersten Nacht schien der Mond so hell, dass sein Schatten vor ihm herging.

Die Tage verschlief er, auf Haufen aus altem Laub oder, wenn es sich traf, in verlassenen Hütten. Den Dörfern wich er aus. Er wollte niemandem begegnen, nicht aus Angst, sondern weil es ihm immer wieder dasselbe Dorf zu sein schien. Wo zehn Leute vor einer Friedhofsmauer gestanden hatten, und eines davon war ein Mädchen gewesen.

Er hatte Hunger und tat wenig dagegen. Wo es Sträucher gab, stopfte er sich mit Beeren voll, ohne satt zu werden. Es war noch nicht die Jahreszeit, wo man sich eine reichhaltigere Mahlzeit hätte von den Bäumen pflücken können. Einmal stieß er auf einen ganzen Hexenring aus Sommersteinpilzen und aß sie roh. Durst war kein Problem. Die Landschaft war noch nicht so ausgetrocknet, wie sie es im richtigen Sommer sein würde.

Einmal, schon im Gebirge, rutschte er im Geröll aus und verletzte sich am Knöchel. Seit diesem Tag hinkte er. Die Schmerzen, die er bei jedem Schritt hatte, nahm er als etwas Verdientes an. Als ob er damit eine Rechnung bezahlen würde.

Irgendwann kam ihm die Gegend bekannter vor und dann wirklich bekannt. Von da an wäre er gern schneller gegangen, aber sein Knöchel erlaubte es nicht.

Er hatte eigentlich nie Angst, gefasst zu werden.

Es war ein Mädchen gewesen, und Mädchen erschießt man nicht. Irgendwo muss man eine Grenze ziehen.

Ausdruck aus Wikipedia

Fahnenflucht

In der Weimarer Republik war die Fahnenflucht in den §§ 64 bis 80 Militärstrafgesetzbuch (MstGB) in der Fassung vom 16. Juni 1926 (RGBl. I. S.275) geregelt. Die §§ 64 und 65 definieren eine «unerlaubte Entfernung», § 69 die Fahnenflucht/Desertion. Mit der *Weimarer Republik* ging die Gerichtsbarkeit in Militärstrafsachen auf die ordentlichen Gerichte über.

In der Zeit des *Nationalsozialismus* wurde die Verfolgung verstärkt. Am 1. Januar 1934 wurden die militärischen Strafgerichte wieder eingeführt.

Die noch vor Kriegsbeginn ergangene *Kriegssonderstrafrechtsverordnung* legte fest: «Bei Fahnenflucht ist auf Todesstrafe oder auf lebenslanges oder zeitiges Zuchthaus zu erkennen.» (§ 6) Gefängnisstrafen waren damit nicht mehr möglich; gemäß der fehlenden richterlichen Unabhängigkeit ist von einer maßgeblichen Wirkung des *Hitler*-Zitats «Der Soldat kann sterben, der Deserteur muss sterben» auszugehen. Schärfer als die Fahnenflucht wurde die Verleitung anderer zur Fahnenflucht gestraft, nämlich als *Wehrkraft-*

zersetzung (§ 5 Abs. 1 Nr. 1, 2 KSStVO); hier war die Todesstrafe außer in minder schweren Fällen alternativlos vorgesehen. Zuständig waren die *Feldkriegsgerichte*.

Die *NS-Militärjustiz* fällte laut Hochrechnungen etwa 30 000 Todesurteile; davon wurden etwa 23 000 auch vollstreckt.

Manuskript Samuel A. Saunders

Trotz des damit verbundenen Risikos scheinen Tiziana Adam und Werner Wagenknecht keinen Augenblick gezögert zu haben, das Geheimnis des Mannes im Keller zu bewahren und damit die Verantwortung für Nikolaus Melchior zu übernehmen. Bei Wagenknecht ist der Entschluss, über die Entdeckung zu schweigen, leicht verständlich: Da er sich unter falschem Namen in Kastelau aufhielt, lag es in seinem eigenen Interesse, jeden Kontakt mit den Behörden zu vermeiden. Bei Tiziana Adam hingegen darf man wohl, ohne sie damit gleich zu einer Heldin des Widerstands zu machen, von einer äußerst mutigen Haltung sprechen.

Ich habe Titi als recht geschwätzige alte Dame kennengelernt und kann mir kaum vorstellen, dass sie als junge Frau grundsätzlich anders gewesen ist. Umso höher ist es ihr deshalb anzurechnen, dass sie es, zusammen mit Werner Wagenknecht, schaffte, die Existenz des im Keller versteckten Mannes fast einen Monat lang nicht nur vor den Dorfbewohnern, sondern auch vor den anderen Mitgliedern der Filmequipe geheim zu halten.

In der zweiten Hälfte Februar 1945 kam es dann in Kastelau

kurz hintereinander zu zwei Verhaftungen, die beide, direkt oder indirekt, die Filmcrew betrafen. In diesem Buch wird zum ersten Mal geschildert, wie diese beiden Vorfälle zusammenhingen, und auf welche Weise das so lang gehütete Geheimnis des Deserteurs Nikolaus Melchior doch noch aufflog.

Ich bin mir durchaus im Klaren darüber, dass meine Darstellung auf heftigen Widerspruch stoßen wird, kann sie aber in allen Einzelheiten belegen.

Interview mit Tiziana Adam
(12. Oktober 1986)

... vielleicht nicht einmal unbegabt gewesen. Aber bevor ...
Was?
Das darf doch wohl nicht wahr sein! Ich rede mir da Schwielen an den Mund, und der Herr Wissenschaftler vergisst, auf den Aufnahmeknopf ... Da war ja unser Reitstaller noch besser zu ... Der war zwar taub, aber wenigstens nicht blöd. Jetzt musst du dir meine Weisheiten halt aus dem Gedächtnis ...

Ich denke ja gar nicht daran. Eine alte Frau ist kein Papagei.

Weißt du, an wen du mich erinnerst, wenn du dieses Bitte-bitte-bitte-Gesicht machst? An den Nicki. Der hat einen auch so angesehen, wenn er was von einem ... Hatte sich das wohl bei der Marianne angewöhnt. Bei der brauchte er nur niedlich zu gucken – ja, genauso wie du jetzt –, und schon hat sie alles gemacht, was er wollte. So 'ne Art Muttersöhnchen-Reflex. Oder Söhnchenmutter. Im Fernsehen kam mal ein Bericht über Vögel, da müssen die Jungen im Nest nur den Schnabel aufsperren, und schon stopfen ihnen die Alten Futter rein. Die können gar nicht anders, und wenn sie dabei selber ... Hat etwas mit der Farbe im Schlund der Jungen zu tun. Die löst bei denen einen Reflex aus. Beim Nicki und der Marianne hat das genauso funktioniert. Er hat gebettelt, und sie hat geliefert. Er war eben ihr Ein und Alles.

Ich hab das ja erst richtig mitgekriegt, als sie aus dem Krankenhaus zurückkam an ihren Krücken. Die Aufregung hättest du miterleben sollen. Hätte sich das Bein beinahe noch mal ... So eilig hatte sie es, ihren Liebling wiederzusehen. Ich habe noch versucht, sie aufzuhalten, weil der Nicki doch gar nicht mehr ...

Es ist mir egal, ob das jetzt schon hierhergehört oder nicht. Ich habe die ganze Zeit brav der Reihe nach erzählt. Du warst derjenige, der vergessen hat, die Aufnahme zu starten. Jetzt erzähl ich so, wie ich es will.

Das will ich auch hoffen.

Bei der Marianne war alles gut verheilt. Bloß belasten durfte sie das Bein noch nicht. Sie hätten sie schon früher aus dem Krankenhaus entlassen, aber wo hätte sie denn hin sollen, solang die Straße nicht wieder ...? Zu Fuß durch den Schnee den Berg hinauf, wie der Heckenbichler das gemacht hat? Am allerersten Tag, wo es wieder ging, hat sie sich ins Postauto gesetzt.

Im Februar irgendwann. Oder März? Nein, Ende Februar. Auf jeden Fall nach der Geschichte mit der Rolle für den Basti Holzmayr. Nach den Verhaftungen. Das Postauto hielt damals noch direkt vor dem *Watzmann*, und die Marianne ...

Die Rolle für den Basti. Im Film. Das hab ich dir doch alles gerade erzählt. Ist nicht meine Schuld, wenn du nicht weißt, wie man ein Tonbandgerät ...

Nein, habe ich gesagt. Im Kino gibt's auch kein Da capo.

Genau das gleiche Gesicht wie der Nicki.

Na schön, für die Wissenschaft. Aber nur im abgekürzten Verfahren. Sag schön danke.

Bitte.

Also. Eigentlich hätte *Lied der Freiheit* ja längst abgedreht sein können, aber wir haben alles getan, um die Dreharbeiten hinauszuzögern. Einmal war das Wetter zu nass, und dann hat wieder das Licht nicht gestimmt, oder an der Kamera ... Der Hauck brauchte jedes Mal zwei Tage, bis er repariert hatte, was gar nicht kaputt war. Ich weiß nicht, wie oft der seine Kamera auseinandergeschraubt und wieder zusammengesetzt hat. Den Hauck habe ich übrigens von den ganzen Filmleuten am wenigsten kennengelernt. Er hat gehinkt, eine Knieverletzung aus dem Ersten Weltkrieg. Sehr viel mehr weiß ich nicht von ihm. War so ein ganz verschlossener Nussknackertyp. Von uns anderen immer ein bisschen ... Ein Einzelgänger. Ich glaube, der hat in Kastelau immer nur darauf gewartet, dass alles vorbei ist, und er wieder in sein normales Leben ... Mit dem müsstest du auch mal reden. Der könnte dir eine Menge ... Über die Bavaria kannst du bestimmt seine Adresse ...

Der auch schon? Bin ich wirklich der letzte Mohikaner? Da komm ich mir ja noch älter vor, als ich ohnehin schon bin. Na ja. Wo war ich?

Genau. Es gab also immer wieder drehfreie Tage, und entsprechend hatten wir alle eine Menge leere Zeit. Außer mir. Der *Watzmann* musste ja auch ohne Marianne irgendwie ... Der Heckenbichler hatte uns eine Frau aus dem Dorf schicken wollen, aber die hätte doch als Erstes gefragt, warum sie keine Schlüssel zum Keller ... Also hat die liebe Tiziana mal wieder eine neue Rolle übernommen. Stenotypistin, Mannequin, Filmsternchen, Wirtin. Ich bin ganz schön vielseitig. Und jetzt auf meine alten Tage auch noch Märchentante für den Bubi aus Amerika.

Ehrlich gesagt: Ich bin nicht einmal ungern für die Marianne ... Da hatte man wenigstens was zu tun. Der Werner war keine Gesellschaft, außer nachts. Tagsüber saß er immer nur an seiner Schreibmaschine. Richtig süchtig war er darauf. Hat lauter Geschichten geschrieben, in denen Leute vorkamen, die man kannte. Berühmte Leute zum Teil. «Für später», hat er immer gesagt. Er hat mir die Sachen ja nicht zum Lesen gegeben, aber ab und zu hab ich doch ... Obwohl das Zeug am Schluss kaum mehr zu entziffern war, so blass war die Schrift. Die Farbbänder waren ihm ausgegangen, und im Dorf gab's keinen Ersatz. Er musste immer wieder die alten, ausgeleierten ... Einmal hat er versucht, ein Band nachzufärben, mit Stempelkissentinte, die er sich im Rathaus besorgt hatte. Hat die Tinte in einer Waschschüssel mit Salatöl angerührt. In unserem Zimmer. Die Sauerei kannst du dir überhaupt nicht ... Und funktioniert hat es auch nicht. Das Farbband musste er wegschmeißen. Was wollte ich ...?

Viel freie Zeit, ja. Jeder hat sich eingerichtet, so gut es ging. Der Kleinpeter zum Beispiel hatte gleich zwei Zimmer belegt, davon war eines sein Büro. Ich habe nie verstanden, was er dort zu verwalten hatte, den ganzen Tag lang. Der Mann brauchte Akten, wie ich Zigaretten brauche. Dem Schramm ging's am besten. Der hatte sich mit dem halben Dorf angefreundet, war überall bester Kumpel und Witwentröster. Konnte dir ganz genau sagen, wo der beste hausgebrannte Schnaps ... Das war dem Augustin sein besonderes Talent: Bei allen Leuten beliebt zu sein. Die Maar war genau das Gegenteil. Hat sich regelrecht in ihrem Zimmer ... Ist knapp noch zum Essen rausgekommen. Sie brauchte wohl Zeit, um sich ihre Welt neu zu sortieren. Es wurde ja mit jedem Tag offensichtlicher, dass das mit dem Endsieg nicht mehr ... Sie musste sich auf eine neue Situation vorbereiten. Wo ihr die Freundschaft mit Emmy Sonnemann nichts mehr nützen würde. Den Walter hat man auch nicht oft gesehen, aber aus einem anderen Grund. Der war mit dem Basti beschäftigt. Verwundetenbetreuung nennt man das wohl. Und eines Tages kam er dann eben mit diesem verrückten Vorschlag an. Den du schon längst auf Band hättest, wenn du bloß ...

Okay, okay. Du hast ja recht. Irgendwann muss man aufhören, die Leute wegen eines Fehlers ... Du darfst mir noch mal Feuer geben, und dann ist wieder gut.

[Pause]

Immer noch scheußlich. Aber besser als gar nichts.

Der Walter kam also eines Tages an und machte allen Ernstes den Vorschlag, für den jungen Holzmayr müsse eine Rolle in den Film hineingeschrieben werden. Zuerst haben ihn der Servatius und der Kleinpeter nur ... Aber der Walter hat keine Ruhe gegeben. Hat behauptet, der Basti sei eine richtige Entdeckung. Viel zu schade, um in der Backstube eines Bergdorfs ... Dabei war der gar nichts Besonderes. Ein hübscher Junge, natürlich, aber hübsche Jungs kriegst du bei jedem Agenten im Sonderangebot. Wenn sie überhaupt einen Agenten finden. Nicht alles, was blond ist, ist auch begabt. Aber der Walter war hin und weg. Er war ja eigentlich ein furchtbar

sachlicher Mensch, hat immer ganz kühl berechnet, ob etwas für seine Karriere nützlich war oder nicht. Bloß, wenn er sich verliebt hat ... Der Basti Holzmayr hätte nur ein Liedchen trällern brauchen, und der Walter hätte ihn für Caruso gehalten. «Er ist ein Naturtalent», hat er behauptet. Ich kann mir schon vorstellen, was das für Talente waren.
- [Lachen, Husten]
Gegen die Husterei hilft das Menthol auch nichts.

Irgendwann haben sie nachgegeben. Nicht weil der Walter sie überzeugt hat, sondern weil es im Grund ja scheißegal war, was man aufnahm. Solang es irgendwie reingepasst hat. Und wegen der neuen Rolle konnte man die Dreharbeiten wieder für ein paar Tage ... Ihnen fielen schon langsam keine Ausreden mehr ein für die dauernden Verzögerungen. Wir waren jetzt schon fast ein Vierteljahr da oben. Außerdem ... Das war wieder so eine typische Kleinpeter-Begründung, um drei Ecken, aber nicht wirklich falsch. Es würde politisch einen guten Eindruck machen, wenn in einem so patriotischen Film auch ein echter Mann aus dem Volke ... Ein Kriegsheld erst noch. Der Werner bekam also den Auftrag, eine Rolle für den Basti zu erfinden, und zu meiner Überraschung hat er überhaupt nicht ... Nicht so wie bei dem Festspiel zu Weihnachten, wo er ja ums Verrecken nicht ... Im Gegenteil: Der war richtig begeistert von der Idee. Und weißt du warum? Weil er in der Zeit nur noch an den Roman gedacht hat, den er nach dem Krieg schreiben wollte. In dem sollten lauter Sachen vorkommen, die während der Nazizeit tatsächlich passiert waren, möglichst verrückte Sachen. «Bericht aus dem Irrenhaus», das war einer der Titel, die er sich ... Für das Buch, das er dann nie geschrieben hat, weil ... Was ja dann auch wieder mit einer

Rolle zu tun hatte, die unbedingt in *Lied der Freiheit* hineingeschrieben werden musste. Und mit dem Walter Arnold.

Wie eigentlich alles.

[Lange Pause]

Weißt du wenigstens, wie man die Stopptaste bedient? Dann bedien sie.

Szene aus dem Drehbuch Lied der Freiheit
(2. Fassung)

Feste Schwanenburg. Außen. Abend.

Eine sternenklare Nacht. Im Licht des Vollmonds zeichnen sich die Ruinen der Schwanenburg im Relief ab. Aus einem verglimmenden Lagerfeuer steigt Rauch auf.
Bodo hat den Kopf auf seinen zusammengerollten Mantel gelegt. Er schläft. Mit einer Hand hält er selbst im Schlaf sein Gewehr fest.
In einiger Entfernung liegt Feldwebel Buff, ebenfalls schlafend.
Eine lange Pause. Ein Käuzchen schreit.
Bodo bewegt sich unruhig, wacht aber nicht auf.
Hinter dem Rauch des Lagerfeuers taucht schemenhaft, mehr zu spüren als zu sehen, eine Gestalt auf.
Wieder schreit das Käuzchen.
Die Gestalt wird deutlicher sichtbar: Es ist ein Landsknecht aus dem 16. Jahrhundert. Der Landsknecht tritt zu Bodo und schaut auf den Schlafenden hinunter.
Das Käuzchen schreit zum dritten Mal.

Doppelbelichtung: Bodo bleibt gleichzeitig liegen und richtet sich auf. Schaut den Landsknecht verwundert an.
Der Landsknecht macht eine einladende Geste.
Bodo steht auf.
Der Landsknecht salutiert.

BODO
(verwundert)
Wer bist du?

LANDSKNECHT
Ich bin nicht, Bodo. Ich war. Einer derer von Schwanenburg.

Bodo reibt sich die Augen.

BODO
Ich träume.

LANDSKNECHT
Du warst noch nie so wach.

BODO
Bist du …
(Er zögert.)
Bist du ein Gespenst?

Der Landsknecht schüttelt lächelnd den Kopf.

BODO
Was bist du dann?

LANDSKNECHT
Ein Soldat, genau wie du. Ein Kämpfer. Mein Auftrag war es, diese Burg zu verteidigen.

BODO
Und du hast es getan?

LANDSKNECHT
Was sonst hätte ich tun sollen als meine Pflicht?

Eine lange Pause. Dann fragt Bodo nachdenklich:

BODO

Einer derer von Schwanenburg?

LANDSKNECHT

(nickt)

Wir beide sind vom selben Blut.

BODO

Du bringst mir eine Botschaft?

LANDSKNECHT

Die einfachste Botschaft, die es geben kann. Und die wichtigste.

BODO

Sie lautet?

LANDSKNECHT

Der Tod ist leicht.

BODO

Ist er nicht das Schwerste, das es gibt?

LANDSKNECHT

Nicht wenn man seine Pflicht getan hat.

BODO

Aber …

Der Landsknecht hebt abwehrend die Hand. Bodo verstummt.

LANDSKNECHT

Denk darüber nach. Und tu, was getan werden muss.

Das Käuzchen schreit.

Der Landsknecht streckt Bodo Abschied nehmend die Hand hin. Bodo will sie fassen, aber …

Stopptrick: Der Landsknecht ist plötzlich verschwunden. Bodos ausgestreckte Hand fasst ins Leere.

Hinter dem Rauch des Lagerfeuers ist die geheimnisvolle Figur noch einen Moment lang zu erahnen. Dann ist sie endgültig verschwunden.
Der schlafende Bodo reißt die Augen auf. Wir sehen groß sein erschrockenes Gesicht. Er richtet sich ruckartig auf. Wir merken: Er ist aus einem Traum erwacht.

BODO
(laut)
Ich werde meine Pflicht tun!

Feldwebel Buff wacht auf.

BUFF
(grummlig)
Was ist denn los?

BODO
Da ist jemand.

BUFF
(erschrocken)
Der Feind?

BODO
Leider noch nicht der Feind. Ich kann ihn kaum erwarten.

Buff reagiert verwundert.

Tagebuch Werner Wagenknecht
(Februar 1945)

Diesmal sind sie noch nicht wegen mir gekommen. Aber ich weiß jetzt wieder, dass ich nicht unverwundbar bin, bloß weil mich der Steinschlag bisher nicht getroffen hat. Die Gesetze der Schwerkraft gelten auch auf abgelegenen Planeten.

Es war verführerisch, sich an die scheinbare Sicherheit von Kastelau zu gewöhnen. Wir haben uns kaum mehr Mühe gegeben, unsere Rollen überzeugend auszufüllen. Eine Tourneetruppe, die nicht merkt, dass ihre Dekorationen mit jeder Vorstellung schäbiger werden.

Auch wir selber werden schäbig. Beim Rasieren sieht mich aus dem Spiegel ein Landstreicherkopf an. Titis Versuch, mir die Haare zu schneiden, war nicht wirklich erfolgreich. An all meinen Hemden sind die Manschetten ausgefranst, und das letzte Paar Schuhe, das noch einigermaßen präsentabel war, hat jetzt auch ein Loch in der Sohle. Den andern geht es nicht besser, also ignoriert man es. Schneidet sich ein Stück Pappe für seinen Schuh zurecht und schlurft weiter durch den alltäglichen Wahnsinn.

Wir hatten tatsächlich angefangen, uns sicher zu fühlen. Als ob das Spiel schon abgepfiffen wäre und das Ergebnis feststünde. Aber die Weltgeschichte hat auf Verlängerung entschieden.

Nur aus diesem falschen Gefühl der Sicherheit heraus habe ich mir den Spaß gemacht, für Walter Arnolds Entdeckung eine so kitschige Szene zu schreiben, dass eigentlich noch der Schwerhörigste hätte mitkriegen müssen, wie in jeder Zeile die Ironie vor sich hin kichert. Inspiriert vom Geisterglauben unseres Tonmeisters habe ich ein Heldengespenst erfunden. In Landsknechtsuniform. (Landsknecht nur deshalb, weil der Fundus der Bavaria uns gnädig so ein Kostüm überlassen hat.) Ein Käuzchen, das wie im Märchenbuch dreimal schreit. (Schreien Käuzchen überhaupt? Oder benutzen Fachleute ein ganz anderes Wort für die Töne, die diese Vögel von sich geben?) Ich hatte dafür ein Schulterklopfen erwartet, zumindest ein diskret verständnisvolles Zuzwinkern. Aber nichts. Keine Reaktion. Sie haben die Ironie gar nicht bemerkt.

Wir haben verlernt, zwischen Schein und Sein zu unterscheiden.

Wir sind dabei, es wieder zu lernen. Seit heute Morgen kurz nach elf.

Zur ersten Probe sind alle in den Lindensaal gekommen, sogar die Maar. Den Untergang des Bastian Holzmayr wollte keiner verpassen. Der Mensch will was zu lachen haben. Ein Schwank stand auf dem Programm, in dem sich ein größenwahnsinniger Dilettant zu unserem Vergnügen blamieren würde. So etwas wie die Rüpelszenen im *Sommernachtstraum*.

Bastian hat uns enttäuscht. Er war nicht tölpelhaft genug, um komisch zu sein. Hat seine paar Sätzchen brav abgeliefert. Ein bisschen hölzern, aber das passte gar nicht schlecht zu einer Erscheinung aus dem Jenseits. Auch die tonlose Stimme wegen seiner kaputten Lunge. Walter Arnold hatte den Dialog mit ihm einstudiert, und war vor Entdeckerstolz ganz aufgeregt. Ein Dompteur, dessen dressiertes Hündchen das frischgelernte Kunststück zum ersten Mal in der Öffentlichkeit vorführt.

Mitten in die dritte oder vierte Wiederholung der Szene hinein hörte man die Tür klappen. Servatius, der bei seinen

Proben auch in Kastelau keine Störung duldet, sah sich schon automatisch nach dem Aufnahmeleiter um, den wir nicht haben.

Es war Heckenbichler, der hereinmarschiert kam, und hinter ihm her, nicht ganz im Tritt, zwei Männer mit Hakenkreuzarmbinden. Einer davon war der alte Holzmayr, Bastians Vater. Der Herr Bäckermeister. Alle drei hatten sie diesen sturen Geradeaus-Blick, den man in Deutschland aufsetzt, wenn es offiziell wird. Was ist das richtige Adjektiv für diesen Blick? «Bedrohlich» reicht nicht aus. Es braucht ein gefährlicheres Wort. Ein amtlicher Blick.

Dass Heckenbichler nicht aus Neugier aus dem Rathaus herübergekommen war, hätte ich schon an seinem Aufzug merken können. Ich habe es erst hinterher realisiert: Er hatte für einmal nicht die Lederhosen an, mit denen er sonst wahrscheinlich auch ins Bett geht, sondern trug korrekte Uniform. Samt umgeschnallter Dienstpistole.

Kleinpeter wollte sich nach dem Grund der Unterbrechung erkundigen, aber der Herr Ortsgruppenleiter stieß ihn einfach zur Seite. Marschierte auf die Bierkästen zu, mit denen Servatius den Schauplatz markiert hatte. Dann machte er einen seltsam ungeschickten Sprung auf das niedrige Podest und blieb vor Walter Arnold stehen.

«Herr Arnold», sagte er, «Sie sind hiermit festgenommen. Bitte leisten Sie keinen Widerstand.»

Es war der junge Holzmayr, der erschrocken aufschrie. (Nein, es war kein Schrei, das würde er mit seiner Lunge gar nicht schaffen, nur ein lautes Einatmen, fast ein bisschen wie ein Schnarchen. Als ob er am Ersticken wäre.) Walter senkte nur den Kopf, ganz langsam. Wenn er seine Gesten immer so sparsam einsetzen würde, wäre er ein wirklich guter Schauspieler. Dann streckte er – diese Bewegung schon wieder dramatisch übertrieben – die Arme zu Heckenbichler aus, die Gelenke aneinander, wie in Erwartung von Handschellen. Aber Heckenbichler drehte sich von ihm weg, machte wieder diesen ungeschickten Sprung, diesmal vom Podest hinunter, und marschierte in Richtung Ausgang. Walter folgte ihm. Ohne zu zögern. Als ob sie den Auftritt einstudiert hätten.

Die beiden Männer mit den Hakenkreuzbinden waren in strammer Haltung stehen geblieben. Ich erwartete, dass sie Walter in die Mitte nehmen und zum Rathaus eskortieren würden. Das taten sie auch, aber vorher spuckte ihm der alte Holzmayr voll ins Gesicht. Er tat es sachlich und ohne dabei eine Emotion zu zeigen. Wie man eine Sache hinter sich bringt, die erledigt werden muss.

Walter Arnold nahm auch das hin, ohne sich zu wehren. Er wischte sich noch nicht einmal die Spucke ab.

Maria Maar war hinter Heckenbichler hergelaufen und redete auf ihn ein. «Aber Peter», wiederholte sie immer wieder, «aber Peter, aber Peter.» Ich hatte vorher nicht gewusst, dass sich die beiden duzten. «Was immer es sein mag, ich bin überzeugt: Es ist ein Missverständnis.»

«Leider nicht», sagte Heckenbichler und sprach wieder so hochdeutsch wie in seiner Festrede an Silvester. «Gegen Herrn Arnold liegt eine Anzeige vor.»

Interview mit Tiziana Adam
(14. Oktober 1986)

[Während des ganzen Gesprächs Klappern von Besteck.]

Es stört dich hoffentlich nicht, wenn ich beim Erzählen weiter Silber putze. Obwohl es natürlich gar kein Silber .... Aber anlaufen tut es trotzdem.

Bis wohin war ich ...?

Okay. Wie das war, als sie den Walter Arnold ... Wir waren alle ... «Wie vom Schlag gerührt», sagt man, aber das ist kein guter Ausdruck. Hier im Lokal hat mal einer einen Schlaganfall gekriegt, und der sah überhaupt nicht ... Nicht überrascht. Eher als ob ihn einer erwürgt hätte. Die Zunge aus dem Mund und die Augen so verdreht, dass man nur noch das Weiße sah. Bis der Krankenwagen kam, war er schon ... Drei Bier, drei Korn und eine Packung Paprikachips, das weiß ich heute noch. Man kann ja nicht gut zur Beerdigung gehen und am Grab bei der Witwe ... Was wollte ich ...?

Richtig. Der Heckenbichler kam in den Lindensaal marschiert, direkt auf den Walter Arnold zu, und der ... Im ersten Moment hat er ein Gesicht gemacht wie ein kleiner Junge, den man mit der Hand in der Keksdose erwischt. Wie so ein kleiner Junge. «Als ob er nicht bis 175 zählen könnte», hat der Augustin hinterher gesagt. Der konnte sich nicht einmal in so einer Situation einen dummen Spruch ...

Habt ihr in Amerika eigentlich auch so einen Paragraphen? Dass Männer nicht mit Männern dürfen? Bei uns war der damals schwer in Kraft. Ich habe nie verstanden, warum der Walter Arnold das so total ... Dass da was lief zwischen den beiden, das hat jeder im Dorf ... Und aus dem Basti einen

Schauspieler machen, ich meine: Darauf konnte nur ein Verliebter kommen. Trotzdem war er dann total überrascht, als ihn der Heckenbichler ... Vielleicht hat er gedacht, da oben in Kastelau gelten andere Regeln. Oder es lag einfach daran, dass er ein Star war. Das verändert dich, weißt du. Wenn du jahrelang den großen Erfolg hast, in jedem Lokal immer den besten Tisch, und die Leute kommen vor Aufregung ins Stottern, wenn sie dir ihr Poesiealbum ... Das macht etwas mit dir. Da bist du nicht mehr ... Fängst an, dich selber für den Mittelpunkt der Welt ... Es wird dir immer alles aus dem Weg geräumt, und irgendwann glaubst du, das muss so sein. Das ist nur menschlich. Deshalb hat man sich auch nicht weiter drüber ... «Er ist halt ein Starschloch», hat man gesagt, und damit war die Sache ... Beim Walter Arnold kam auch noch der Ehrgeiz dazu. Er war der ehrgeizigste Mensch, den ich je gekannt habe. Für die Karriere war er bereit, über Leichen zu gehen. Ganz wörtlich.

[Pause]

Du bist schuld, wenn ich wieder zu viel rauche. Weil du mich zwingst, mich zu erinnern.

Zuerst war der Walter erstaunt, als der Heckenbichler vor ihm stand, aber wirklich nur einen Augenblick lang. Dann hat er nur noch gehorcht. Ohne Widerspruch. Ist hinter dem Heckenbichler hermarschiert, so demütig wie ... Wie ein zum Tod Verurteilter, der es sich mit dem Henker nicht verderben will. Hat nicht einmal gezuckt, als ihm der alte Holzmayr ins Gesicht gespuckt hat. Der Bäcker Holzmayr, der sonst immer zu allen Leuten so unterwürfig freundlich war. Er hatte den Walter beim Heckenbichler ... Das haben wir dann später erfahren. Wegen Paragraph 175. Wobei ich glaube: Was die beiden miteinander getrieben haben, im *Watzmann* oder irgendwo in einem leeren Schuppen, was weiß ich, das war dem alten Holzmayr eigentlich ... Das konnte der sich gar nicht richtig ... Aber dass der Basti jetzt plötzlich Schauspieler werden wollte und dafür von Kastelau wegziehen, das hat ihm seine ganze Lebensplanung durcheinandergebracht. Sein Sohn sollte die Bäckerei übernehmen, das war immer ... Nachdem der Basti aus dem Krieg zurückkam, erst recht. Dass das jetzt plötzlich nicht mehr so sein sollte, dafür hat er dem Walter die Schuld gegeben, und von seiner Warte aus gesehen ... Man kann das verstehen. Obwohl ich nicht glaube, dass der Walter nur der Verführer war und der Basti nur ... Um Mehl zu mahlen braucht es immer zwei Mühlsteine. Wie auch immer: Er hat ihn angezeigt, und der Heckenbichler hat ihn festgenommen. Ich habe den alten Holzmayr später ganz gut ... Das war kein böser Mensch. Hatte halt seine fixen Vorstellungen, wie die Welt ... Wie das so ist in einem Dorf. Nicht nur in einem Dorf. Nach dem Krieg hat er seine Bäckerei eisern weitergeführt, obwohl kein Sohn mehr da war, dem er sie hätte ... Ist noch mit über siebzig jeden Tag um vier Uhr früh ... Stur halt. Dass der damals die Klage wieder zurückgezogen haben soll, das macht einfach keinen Sinn für mich. Und doch muss es so gewesen sein. Weil am nächsten Tag, gegen Mittag, war der Walter plötzlich wieder ... Hat behauptet, es sei alles nur ein Missverständnis gewesen, aber das habe sich jetzt geklärt. Die Maar hat ihn umarmt wie einen lang vermissten Sohn. Vom Basti hat keiner mehr ... Schon gar nicht, dass er unbedingt auch in dem Film ... Den haben sie einfach aus der Geschichte rausgeschnitten. Was dann später zur Folge hatte ...

Ja doch. Der Reihe nach.

Das Nächste war, dass der Heckenbichler ein zweites Mal im *Watzmann* einmarschiert ist. Diesmal gleich mit vier Leuten. Alle mit Jagdgewehren bewaffnet. Hat den Kellerschlüssel von mir verlangt. Ich habe gar nicht erst versucht ... Wenn er Bescheid wusste, wusste er Bescheid. Wenn ich mir auch heute noch nicht erklären kann ... Außer dem Werner und mir konnte niemand wissen, dass der Nicki da unten ... Und außer der Marianne natürlich, aber die lag ja damals noch im Krankenhaus. Außerdem hätte die sich eher die Zunge abgebissen, als ...

Nein, ich kann es mir wirklich nicht erklären. Hab mir oft genug den Kopf darüber ... Bin den Tag immer wieder durchgegangen. Es ist seltsam, an was für Kleinigkeiten man sich ... Die feuchten Spuren auf dem Fußboden, weil draußen immer noch Schnee ... Und dass der Nicki gesagt hat: «Im Gefängnis wird es wenigstens nicht so kalt sein.» Er hat erwartet, dass sie ihn, sobald die Straße wieder offen ist, nach Berchtesgaden transportieren und dort ... Es ist dann anders gekommen. Aber das erzähl ich dir nicht mehr heute. Das ist eine viel zu lange Geschichte.

Das sind für mich die beiden großen Rätsel. Wieso der Heckenbichler den Walter Arnold wieder hat laufenlassen. Und woher er erfahren hat ... Du redest doch wegen deiner Doktorarbeit mit einer Menge Leute. Wenn du je herausfindest, wie das gekommen ist, musst du es mir unbedingt erzählen. Wie das alles gekommen ist, das möchte ich wirklich wissen.

Markus Heckenbichler:
Antwort auf einen Fragebogen
(1988)

FRAGE 6

Ich muss Sie um Verständnis dafür bitten, dass ich diese Frage nicht beantworten kann, obwohl ich die Antwort kenne. Wenn ich Ihnen die Umstände schildere, werden Sie das sicher einsehen.

Durch das Amt meines Vaters wohnten wir damals im Rathaus, in einer Wohnung über den amtlichen Räumen. Das Rathaus oder Lindenlehen, wie es eigentlich heißt, ist ein sehr altes Gebäude, an dem man im Lauf der Jahre ständig etwas an- oder umgebaut hat. Für uns neugierige Buben gab es darin immer etwas zu entdecken, vor allem auf dem Dachboden, wo sich jede Menge Gerümpel und Krimskrams angesammelt hatte. Mit meinem besten Freund Thomas habe ich viele Stunden dort oben verbracht. Konkret kann ich mich noch an eine Holzkiste erinnern, die wir nie haben öffnen können, weil das Schloss verrostet war.

Außerdem gab es in dem verwinkelten Bau noch einen weiteren Ort, von dem außer mir niemand etwas wusste. Im Keller des Lindenlehens hatte mein Vater eine Arrestzelle eingerichtet, die allerdings selten benutzt wurde und meistens nur als Ausnüchterungsraum für Betrunkene diente. Diese Zelle lag direkt neben dem Kellerraum, in dem meine Mutter ihre selber eingemachten Vorräte aufbewahrte. In diesem Vorratsraum habe ich einmal, direkt hinter dem Regal mit den Weckgläsern, einen Durchschlupf entdeckt, der in eine kleine abgeschlossene Kammer führte, in der man knapp aufrecht stehen konnte. Ich habe keine Erklärung dafür, wozu dieser Raum ursprünglich gedient haben kann.

Wenn man dort hineinkroch, hatte ich entdeckt, konnte man alles hören, was in der Arrestzelle gesprochen wurde. Ich habe das benutzt, um die Betrunkenen heimlich zu belauschen, und kam mir dabei vor wie ein Geheimagent, auch wenn sie meistens nur unverständliches Zeug vor sich hin gebrabbelt haben.

Als der Schauspieler Walter Arnold verhaftet wurde, war das natürlich die ganz große Sensation im Dorf, vor allem weil es jemanden von den Leuten aus Berlin betraf, die als etwas Besonderes galten. Ich selber habe von meinem Versteck aus ein Gespräch mit angehört, das in der Arrestzelle, oder, genauer gesagt, durch das Gitter der Arrestzelle zwischen Walter Arnold und meinem Vater geführt wurde. Dieses Gespräch, so viel darf ich sagen, war der Grund dafür, dass Herr Arnold schon am nächsten Tag wieder freigelassen wurde.

Irgendwie muss ich mich hinterher verplappert haben, und mein Vater hat gemerkt, dass ich gelauscht hatte. Er hat mir das feierliche Versprechen abgenommen, nie jemandem irgendetwas von dem zu erzählen, was sich an diesem Tag in der Arrestzelle abspielte. An dieses Versprechen fühle ich mich auch nach seinem Tod gebunden. Ich hoffe, Sie werden Verständnis dafür haben.

Durchschlag eines Briefes[36]

Movies Forever – The new address for old movies
139 14th Street, Santa Monica CA 90408, Tel. (310) 458-6361

August 19th 1988

Liebe Titi,

Ich habe mich lange nicht bei dir gemeldet. (Mir bei dich? Deine Sprache ist kompliziert.) Bitte entschuldige mich dafür. Ich habe sehr viel Arbeit zu machen. Die Anwalte von McIlroy & Partners schreiben immer wieder Briefen. Ich weiss noch nicht, ob ich den Buch uberhaupt werde publishen können.

Sie schreiben, sie werden im Gericht für eine Million Dollar fragen, wegen Defamation, ich weiss nicht das deutsch Wort. Ich habe ein Chance nur: Ich muss Beweisen haben. Jetzt bin ich durch Zufall in Contact gekommen mit Markus Heckenbichler, der Sohn von Burgomeister Heckenbichler. Du hast ihn sicherlich als Bub gekennt. Es scheint, dass er hat ganz wichtige Informations, aber er will sie nicht sagen. Er hat es sein Vater geschwört. (Ich schliesse ein seine Antwort auf meine Frage.)

Ich bin für ihm ein fremde Mann und werde ihm nicht in etwas anderes hineinreden können. Aber du hast lang in Kastelau gelebt und verstehst besser die Menschen von dort. Viel-

---

36 Dieser Brief ist im Original in deutscher Sprache verfasst. Um dem Leser einen Eindruck von Samuel Saunders Deutschkenntnissen zu vermitteln, habe ich Grammatik- und Orthographie-Fehler nicht korrigiert.

leicht existiert sogar ein Episode, das ihr habt gemeinsam gelebt und du ihn kannst davon erinnern.

Es wäre sehr nutzlich, wenn du willst schreiben ein Brief an Markus Heckenbichler (heute 58 Jahren) und ihn erklären, warum es so sehr wichtig ist, seine Informations zu haben. Ich bin sicher, du hast auch sehr viel Interesse, weil es handelt von der Frage, wo du auch kein Antwort dafür finden gekonnt: Warum hat Heckenbichler können wissen von dem versteckte Mann im Keller?

Bitte, Titi, schreib ein Brief an Markus! Du bist eine Frau und weisst, wie man muss Männer überreden.

Seine Addresse:
Markus Heckenbichler
Gregor-Mendel-Strasse 4
D – 8242 Bischofswiesen
Germany

Wenn du erfolgvoll bist, kaufe ich dich mit Vergnügen ein grosses Paket Zigaretten oder hole dich WC-Papier bei Cash & Carry. :-) Kannst du erinnern?

Ganz herzliche Grüssen

Sam Saunders

PS: Im Television sie zeigen gerade eine grosse Verbrechen in Gladbeck. Ich weiss meinen Weg in Deutschland nicht mehr so gut, aber ich hoffe, es ist weit entfernt von Wiesbaden.

Tagebuch Werner Wagenknecht
(März 1945)

Seit mehr als einer Woche habe ich kein Tagebuch mehr geführt. Die längste Unterbrechung seit fast zwölf Jahren. Damals, am 10. Mai 1933, als meine Bücher auf dem Scheiterhaufen landeten und sie mir das Schreiben verboten, habe ich beschlossen, es erst recht zu tun. Jeden Tag. Jeder Eintrag ein Baustein für ihr Schandmal, so stellte ich mir das vor. Ich bin ein Romantiker, der sich einredet, Realist zu sein. Es war der folgenlose Widerstand eines Machtlosen.

Seit einer Woche habe ich nichts mehr geschrieben.

All die Jahre bin ich immer nur Betrachter gewesen. Zuschauer. Habe mir die Welt angesehen wie einen Kinofilm. Als ob mich eine Zeitung als Rezensenten ins Leben geschickt hätte, damit ich meine Meinung dazu abgebe. Als ob meine Meinung irgendeine Bedeutung hätte. Das war auch ein Mittel gegen die Angst. Während man etwas beschreibt, während man es auf Papier festhält, kann man sich selber glauben machen, es sei beherrschbar. Ich sehe ja nur zu, kann man sich einreden. Das Massaker findet nur auf der Leinwand statt. Mich kann keine Kugel treffen.

Jetzt sind die Darsteller von der Leinwand heruntergestiegen. Noch sind sie an mir vorbeimarschiert, aber ich weiß jetzt wieder, dass ich mir den Film nicht nur ansehe, Parkett, fünfte Reihe Mitte. Ich spiele mit, ob ich will oder nicht. Und bin ganz bestimmt nicht als siegreicher Held besetzt. Ich bin der Typ, der im dritten Akt von einem Auto überfahren wird, und dann aus dem Drehbuch verschwindet, weil die Geschichte des Films die des Autofahrers ist.

Ich muss eine ganze Woche nachholen.

Nachdem sie Walter Arnold abgeführt hatten, ist der Bastian Holzmayr allein auf dem kleinen Podest zurückgeblieben, ein Bild des Elends. Weit aufgerissene Augen, beide Hände vor dem Mund, wie um einen Schrei festzuhalten. Nein, nicht wie ein Bild. Wie eine Statue. Eine abgemagerte, rekonvaleszente Statue. Die Zivilklamotten, die ihm früher mal gepasst haben müssen, schlottern jetzt an ihm. Er ist ein wirklich gutaussehender Mann, ein Junge eigentlich noch. Alt genug, um sich im Krieg die Lunge kaputtschießen zu lassen, aber noch zu jung, um zu begreifen, dass ihm die Beziehung zu Walter Arnold kein Glück bringen kann. Liebe macht blind. Kurzsichtig auf jeden Fall.

Er stand da wie eingefroren, und alle haben Abstand von ihm gehalten. Als ob da eine Absperrung gewesen wäre, zwei Meter in jeder Richtung. Man will sich nicht an fremden Schwierigkeiten infizieren. Haben ihn nicht einmal mehr zur Kenntnis genommen. Er war unsichtbar geworden. Aus dem Sinn, aus den Augen. Und sie waren, wir alle waren plötzlich sehr beschäftigt. Servatius hat in seinem Drehbuch herumgekritzelt, mit übertrieben konzentrierter Miene, als ob ihm gerade ein brillanter Regieeinfall gekommen wäre. Kleinpeter hat Maria Maar festgehalten, die hinter Heckenbichler herlaufen wollte. Titi, als Einzige von den Ereignissen scheinbar völlig unberührt, hat eine Zigarette aus ihrem Etui genommen, ganz langsam, hat das eine Ende sorgfältig festgeklopft und wollte sie anzünden. Dann erst hat sie gemerkt, dass sie bereits eine im Mund hatte.

Ich bin nicht zu Bastian hingegangen, obwohl ich doch am besten von allen verstanden habe, was es bedeutet, wenn man zum Außenseiter gemacht wird. Es war nicht Feigheit. Ich habe nach den richtigen Worten gesucht, die ich ihm hätte sagen können. Habe so lang am eigenen Dialog herumgefeilt, bis ich meinen Einsatz verpasst hatte.

Doch, es war Feigheit.

Der alte Holzmayr ist dann zurückgekommen, hat seinen Sohn am Arm gepackt und ihn hinausgeführt. Bastian hat sich ebenso wenig gewehrt wie vorher Walter Arnold.

Als wir Filmleute wieder unter uns waren, herrschte eine Stimmung wie nach einer Beerdigung, wenn die Trauergäste endlich gegangen sind, und man zusammen mit der schwarzen Krawatte auch den angestrengt feierlichen Gesichtsausdruck ablegen darf. Es hat keiner gefragt, auch ich nicht, was man für Walter Arnold tun könnte. Die einzige Frage war: Wie wird sich die Verhaftung auf uns selber auswirken? Ohne Hauptdarsteller war *Lied der Freiheit* keine Ausrede mehr.

Das Abendessen war dann der Leichenschmaus. Besteck klappert sehr laut, wenn niemand etwas sagt. Servatius legte seinen Löffel schon nach wenigen Bissen weg und meinte: «Das war's dann wohl.» Eigentlich braucht keine Trauerrede mehr Text.

In der Nacht hat Titi geweint. Sie hat behauptet, sie sei nur erkältet, und ich habe ihr nicht widersprochen. Man darf niemandem das Recht wegnehmen, sich selber zu belügen. Ich behaupte ja auch, dass diese Tagebuchschreiberei einen Sinn hat.

Am nächsten Morgen, ohne dass es verabredet gewesen wäre, trafen sich alle im Lindensaal. Als ob es in einem Film, dem der Hauptdarsteller abhandengekommen ist, noch etwas zu probieren gäbe. Es war der hilflose Versuch, Normalität vorzutäuschen, wo es keine mehr geben konnte. Wie bei einer dieser posthumen Gefallenenhochzeiten, über die in den Zeitungen mit perversem Stolz berichtet wird. Die Braut ganz in Weiß, manchmal mit einer schwarzen Schleife über dem Herzen, und neben ihr ein Mann in Uniform, der die Fotografie des gefallenen Bräutigams trägt. Die Bräutigame lächeln meist auf ihren Porträts, und die Bräute bemühen sich tapfer, es ihnen nachzutun. Weil es doch normal ist, dass man bei seiner Trauung lächelt. Auch wenn man schon vor der Hochzeitsnacht Witwe ist.

Es wurde nicht viel gesprochen. Wir saßen auf unseren Stühlen, lauter alte Leute, die alles gesagt haben, was es in ihrem Leben zu sagen gibt, die nur noch ab und zu mit dem Kopf nicken und sich gegenseitig die Sinnlosigkeit jedes weiteren Kommentars bestätigen.

Ja. Jaja. Jajaja.

Mich betraf die Situation noch mehr als die anderen, die immerhin mit echten Papieren aus Berlin abgehauen waren. Trotzdem war ich vom Gefühl her immer noch Zuschauer. Beobachter.

Selbst als Walter Arnold plötzlich wiederauftauchte. Wer sich die Welt als Film ansieht, akzeptiert überraschende Wendungen.

Walter hatte eine Nacht hinter Gittern verbracht und versuchte diese Tatsache so unüberzeugend wegzuwedeln, dass ihm jeder Regisseur hätte sagen müssen: «Sie dürfen die Natürlichkeit nicht übertreiben, Herr Arnold.» Keiner glaubte ihm, dass alles nur ein Missverständnis gewesen sei. Heckenbichler ist ein rationaler Diktator. Es musste eine Anzeige gegen Walter auf dem Tisch gelegen haben. Wir nehmen alle an, dass sie etwas mit seiner Beziehung zum jungen Holzmayr zu tun hatte. Irgendwie hat er es geschafft, sich aus der Sache herauszuwinden. Seit er wieder da ist, ist er zu allen Kollegen ungeheuer freundlich und zuvorkommend. Titi meint, das habe sie bei ihm schon einmal erlebt, als er in Berlin Probleme hatte.

Von meinem Kritikersitz aus habe ich auf alle Einzelheiten der Inszenierung geachtet. Walter Arnold sieht einem in die Augen, wenn er lügt. Weicht mit dem Blick nicht aus, wie man das erwarten würde, sondern fixiert sein Gegenüber. Es wird wohl eine Methode sein, die er an der Schauspielschule gelernt hat. Er tat es bei jedem Einzelnen, und seine Gesprächspartner, auch das habe ich mir noch ganz unbeteiligt notiert, logen zurück. Lächelten und nickten und sagten «Ach so!» und «Tatsächlich?» Dabei glaubte ihm keiner ein Wort. Was er selber auch genau wusste. Aber alle führten sie ihr Höflichkeitstänzchen auf, und keiner machte einen falschen Schritt.

Bis Heckenbichler seinen Auftritt vom Vortag da capo gab. Diesmal marschierte er mit vier bewaffneten Statisten ein. Er ging auf Titi zu und streckte fordernd die Hand aus. «Den Schlüssel zum Keller, bitte!», sagte er in seinem amtlichsten Hochdeutsch. Es ist bei ihm kein gutes Zeichen, wenn er förmlich wird.

Ich bin so erschrocken, dass ich nur auf Titi geschaut habe, nicht auf Walter Arnold. Ich habe also sein Gesicht in diesem Moment nicht gesehen, aber ich würde darauf schwören, dass er als Einziger von der neuen Entwicklung nicht überrascht war.

Titi versuchte, den Kellerschlüssel vom Ring zu lösen, was ihr nicht gelang. Sie hat dann den ganzen Ring vom Gürtel genommen und ihn Heckenbichler hingehalten, und der ist damit abmarschiert, seine Leibgarde hinter ihm her.

Das menschliche Hirn ist seltsam gebaut. In meinem Kopf haben sich die ganze Zeit zwei Zeilen Wilhelm Busch im Kreis gedreht. «Dass sie von dem Sauerkohle eine Portion sich hole.» Da, wo Witwe Bolte in den Keller geht.

Nicki Melchior war sehr bleich, als sie ihn herausholten. Wohl nicht nur aus Angst. Er ist sehr lang nicht mehr am Tageslicht gewesen.

Wir alle waren Heckenbichler und seiner Hilfstruppe gefolgt. Als sie aus dem Keller zurückkamen, standen wir aufgereiht auf dem Flur und mussten uns mit den Rücken an die Wand pressen, damit sie genügend Platz hatten und den Gefangenen an uns vorbeiführen konnten. Wir müssen ausgesehen haben wie eine Reihe von Verdächtigen, von der Polizei nebeneinander aufgestellt, um einen Täter zu identifizieren. Heckenbichler hat jeden Einzelnen fixiert – von unten herauf, er ist wirklich kein großgewachsener Mann – und hat dann gesagt: «Ich werde herausfinden, wer diesen Mann versteckt hat. Und es wird Konsequenzen haben.»

Auf die Unterstützung von Fahnenflüchtigen steht wahrscheinlich die Todesstrafe.

Ein Brief

Bischofswiesen, den 11. Oktober 1988

Sehr geehrter Mister Saunders,

ich habe heute einen Brief von Frau Adam erhalten. Ich nehme an, dass sie meine Adresse von Ihnen bekommen hat.

Der Brief hat mich sehr überrascht. Natürlich habe ich Frau Adam gekannt, zuerst noch als Schauspielerin und später dann im *Watzmann*, aber als sie nach dem Tod ihres Mannes aus dem Dorf weggezogen ist, waren wir alle fest davon überzeugt, dass wir nie wieder etwas von ihr hören würden. Sie hat ja auch nicht wirklich nach Kastelau gepasst, nur schon weil sie auch nach ihrer Hochzeit darauf bestanden hat, weiterhin mit ihrem Mädchennamen angesprochen zu werden, was im Dorf überhaupt nicht üblich war. Ich nehme an, es hatte damit zu tun, dass sie als Künstlerin ihren Namen nicht ändern wollte.

In diesem Zusammenhang hätte ich eine Frage, die Sie mir sicher beantworten können: War Frau Adam bei der UFA wirklich ein Star? Ich bin bei einem Besuch in München zufällig an einem Laden vorbeigekommen, in dem alte Autogrammpostkarten verkauft werden, und der Mann dort hatte ihren Namen noch nie gehört. Dafür hatte er drei verschiedene Karten von Walter Arnold, wovon ich eine gekauft habe. Er trägt darauf einen schräg aufgesetzten Strohhut. Wenn Sie das Bild nicht in Ihrer Sammlung haben sollten, mache ich Ihnen gern eine Fotokopie davon. In dem Laden gibt es die Karte auch mit Autogramm, allerdings zum doppelten Preis.

Frau Adam hat mir geschrieben, dass sie es gut versteht,

wenn ich das Versprechen halten will, das ich meinem Vater gegeben habe, dass sie mich aber trotzdem bittet, alles zu erzählen, was ich über die Verhaftung von Nikolaus Melchior und andere Sachen aus Kastelau weiß. Sie schreibt, dass es für einen Menschen sehr schwer ist, wenn er ein Leben lang über eine Sache nachdenken muss, weil ihm nie jemand hat sagen können, wie sie sich wirklich abgespielt hat. Sie denkt dabei wahrscheinlich nicht nur an die Geschichte mit dem Nicki Melchior, sondern auch an den Tod ihres ersten Mannes, der ja nie ganz aufgeklärt wurde. (Ich meine damit den Schriftsteller Ehrenfels. Ich bin mir allerdings nicht ganz sicher, ob sie tatsächlich verheiratet waren, sondern nehme es einfach an, weil man die beiden immer zusammen gesehen hat.)

Ich hatte die Sache nie von diesem Aspekt her betrachtet, aber die Argumente von Frau Adam leuchten mir ein. Es ist nicht fair, dass sie immer noch unter dieser Geschichte leiden muss, wo sogar Mord nach dreißig Jahren verjährt. Es ist jetzt mehr als vierzig Jahre her, seit mein Vater mir dieses Versprechen abgenommen hat.

Zum Tod von Herrn Ehrenfels kann ich nicht mehr sagen, als ich Ihnen schon geschrieben habe, aber was die Verhaftung von Herrn Arnold anbelangt, habe ich meine Antwort auf die Frage Nummer 6 auf Ihrer Liste noch einmal neu formuliert und lege sie Ihnen bei. Wenn Sie etwas davon in Ihrem Buch verwenden, möchte ich Sie bitten, nicht zu erwähnen, von wem Sie die Informationen haben. Ich hatte als Sohn meines Vaters schon genügend Schwierigkeiten und bin deshalb auch nach Bischofswiesen umgezogen.

Frau Adam hat in ihrem Brief keine Absenderadresse angegeben. Der Poststempel ist Wiesbaden, aber ich habe im dortigen Telefonbuch keine Tiziana Adam gefunden. Bitte machen Sie deshalb eine Kopie von meinem Bericht und leiten Sie ihn weiter.

Mit vorzüglicher Hochachtung
Heckenbichler Markus

PS: Noch eine Bitte von meinem Sohn, der ein begeisterter Briefmarkensammler ist: Falls Sie mir noch mal schreiben sollten, könnten Sie bitte die Sondermarke mit den beiden Tauben und dem Schriftzug LOVE verwenden? Die fehlt ihm in seiner Sammlung. Aber wirklich nur, wenn Sie mir ohnehin schreiben wollten.

Markus Heckenbichler:
Antwort auf einen Fragebogen
(Nachtrag)

FRAGE 6

Ich hatte vom Wohnzimmerfenster aus beobachtet, wie die vier Männer vom *Watzmann* her über den Dorfplatz kamen. Mein Vater ging ein paar Schritte voraus, dann kamen mein Patenonkel Otto Haslinger und der Bäckermeister Holzmayr, beide mit dienstlichen Hakenkreuzbinden am Arm. (Ich weiß nicht genau, welche Position sie in der Partei hatten. Mein Vater hat immer gesagt: «Der Haslinger Otti ist mein Stellvertreter», aber das war wohl kein offizieller Titel.) Die beiden gingen im Marschschritt, während Herr Arnold, der zwischen ihnen ging, eher schlurfte. Mein erster Eindruck war, dass er sehr müde sein musste.

Ich bin ganz schnell in den Keller hinuntergerannt, um mich noch vor der Ankunft meines Vaters dort verstecken zu können.

Man konnte hören, wie die Arrestzelle aufgesperrt und wieder abgeschlossen wurde. (Um genau zu sein: Man hörte das Einrasten des Vorhängeschlosses. Die Zelle war nur ein ganz gewöhnliches Kellerabteil, einfach mit einem festen Gitter davor.)

Mein Patenonkel fragte, ob er mit dem Holzmayr Wache stehen solle, aber mein Vater meinte, das würde nicht nötig sein, das Schloss sei stabil, und überhaupt wolle er den Gefangenen zuerst einmal ein bisschen «schmoren» lassen. Ich kann mich an dieses Wort ganz konkret erinnern, weil ich den Ausdruck nur aus Kriminalromanen kannte, die ich eigentlich nicht lesen durfte, und mich wunderte, dass mein Vater ihn auch benutzte.

Als Herr Arnold allein war, sagte er ein Gedicht auf, das auf mich einen sehr feierlichen Eindruck machte. Es hatte etwas mit dem Tod zu tun, der jede Schuld wegwäscht, und es kam die Aufforderung darin vor, keinen Groll zu haben.[37]

Ich konnte nicht lang im Keller bleiben, weil man bei uns zuhause immer ganz exakt um halb eins zum Mittagessen am

---

37 Vermutlich handelt es sich um eine Stelle aus dem letzten Akt von Heinrich von Kleists Drama *Prinz Friedrich von Homburg*, dessen Titelrolle Walter Arnold ja mit viel Erfolg gespielt hatte. Der entsprechende Text lautet:
«Der Tod wäscht jetzt von jeder Schuld mich rein.
Lass meinem Herzen, das versöhnt und heiter
Sich deinem Rechtsspruch unterwirft, den Trost,
Dass deine Brust auch jedem Groll entsagt.»

Tisch sitzen musste. Meine Mutter wollte einen Teller Suppe in die Zelle bringen, was mein Vater aber nicht erlaubte.

Um 13:15 Uhr war ich wieder in meinem Versteck. (Ich weiß die Zeit so genau, weil der Ablauf bei uns zuhause an jedem Tag derselbe war: Um 13:00 Uhr war man mit dem Essen fertig, blieb aber noch am Tisch sitzen und hörte gemeinsam die Nachrichten vom Reichssender München, die immer eine Viertelstunde dauerten.)

Am Nachmittag war nichts Interessantes zu hören, bis mein Vater in den Keller kam. Es muss etwa gegen vier Uhr gewesen sein.

Er musste das Gitter nicht öffnen, um sich mit dem Gefangenen zu unterhalten, sondern konnte einfach einen Stuhl davorstellen. Die beiden haben sich etwa eine halbe Stunde lang miteinander unterhalten. Ich nehme an, es ist dieses Gespräch, das für Sie und Frau Adam wichtig ist.

Mein Vater fragte, ob Herr Arnold ein Geständnis ablegen wolle, und der hat geantwortet, es gebe nichts zu gestehen, es sei alles ganz natürlich. Ich habe damals nicht verstanden, um was es ging, man war ja nicht aufgeklärt. Heute habe ich eine ganz klare Meinung zu diesen Dingen: Was zwei Menschen, auch wenn es zwei Männer sind, in dieser Beziehung miteinander machen, ist ihre Privatsache und geht den Staat nichts an, solang sie es nicht in der Öffentlichkeit tun.

Mein Vater sprach davon, dass der Basti Holzmayr ein Kriegsheld sei und als Verwundeter unter dem ganz besonderen Schutz der Gemeinschaft stehe. (Er hielt generell gern Ansprachen und zitierte darin oft aus den *Schulungsbriefen*, die er abonniert hatte.)

Herr Arnold schien sich unterdessen wieder gefangen zu

haben, denn er meinte ganz ruhig, man könne die Sache auch aus einem anderen Blickwinkel betrachten. In Berlin wisse man über seine Vorlieben, wenn ich das so nennen darf, durchaus Bescheid, habe aber höheren Ortes beschlossen, darüber hinwegzusehen, weil seine Arbeit als Filmschauspieler für die Stimmung in der Bevölkerung so wichtig sei. Man sehe solche Dinge in der Hauptstadt ohnehin nicht so eng wie in einem kleinen Dorf wie Kastelau; Joseph Goebbels habe selber einmal ausdrücklich gesagt, Nationalsozialisten seien keine Mucker. Seine Verhaftung könne deshalb durchaus auch negative Auswirkungen für meinen Vater haben, weil man sie als Behinderung der Dreharbeiten zu einem kriegswichtigen Film auslegen könne.

All das hat meinen Vater noch nicht überzeugt, aber dann machte ihm Herr Arnold einen konkreten Vorschlag. Jemanden wegen Homosexualität zu verhaften (er hat ein anderes Wort gebraucht, aber es fällt mir nicht mehr ein) sei keine welterschütternde Sache und für eine Karriere in der Partei nicht wirklich nützlich. Er verfüge aber über eine andere Information, die meinem Vater sehr nützlich sein könne. Wenn er seine Karten richtig spiele, sei es durchaus vorstellbar, dass man ihn deswegen sogar zum Kreisleiter machen würde. Einen solch wichtigen Posten bekamen damals nur ganz selten Leute, die aus einem Dorf stammten, meist waren es Stadtleute so wie damals der Stredele.[38] Von diesem Moment an war das Gespräch zwischen den beiden kein Verhör mehr, sondern bekam eher den Charakter einer gleichberechtigten Verhandlung.

Herr Arnold rückte mit seinem Geheimnis nicht sofort

---

38 Bernhard Stredele (1911–1981), Kreisleiter von Berchtesgaden.

heraus, sondern stellte Bedingungen. Mein Vater müsse ihn nicht nur freilassen, sondern auch dafür sorgen, dass der alte Holzmayr seine Anzeige zurückziehe. Mein Vater wollte das zuerst nicht versprechen, gab aber am Schluss dann doch nach.

Das Geheimnis war natürlich, dass der Sohn von der Frau Melchior nicht kriegsvermisst war, wie wir alle geglaubt hatten, sondern fahnenflüchtig, und dass er sich im Keller vom *Watzmann* versteckte. Herr Arnold hatte das ganz zufällig entdeckt, als er einmal spät nachts in den *Watzmann* zurückgekommen war. Einen Fahnenflüchtigen dingfest zu machen, das war damals eine Sache, mit der man sich durchaus einen Orden oder sogar eine Beförderung verdienen konnte.

Sie verabredeten, dass Herr Arnold noch eine Nacht lang eingesperrt bleiben sollte, weil mein Vater genügend Zeit brauchte, um dem alten Holzmayr klarzumachen, dass man die Sache vergessen müsse. Herr Arnold sollte aber Essen und auch ein Kissen und eine warme Decke bekommen. Meine Mutter hat ihm dann später die Sachen hinuntergebracht.

Ich weiß nicht, was mein Vater mit dem Holzmayr gesprochen hat, ob er ihm drohte oder ihm etwas versprach. Über das Thema wurde nicht mehr geredet, und der Basti hat wieder angefangen, in der Backstube mitzuhelfen.

Auf jeden Fall kann ich die Tatsache bestätigen, dass es Walter Arnold gewesen ist, der damals das Versteck von Nikolaus Melchior verraten hat. Ich darf Sie aber an Ihr Versprechen erinnern, im Falle einer Publikation meinen Namen nicht zu erwähnen.

Mein Vater hat übrigens von der ganzen Angelegenheit nicht profitiert, er bekam weder eine Auszeichnung noch eine Beförderung.

Tagebuch Werner Wagenknecht
(März 1945 / Fortsetzung)

Ich habe meine Aktentasche immer wieder neu gepackt. Das Nötigste, das man im Gefängnis unbedingt bei sich haben muss. Eine sinnlose Aktion, nicht mehr als ein nachgespieltes Filmklischee. In jedem besseren Tragödienstreifen packt der Held sein Köfferchen, wenn er damit rechnet, bald verhaftet zu werden. Wenn dann die Häscher an die Tür klopfen, fasst er nach dem bereitstehenden Gepäck, küsst Weib und Kind und sagt mit fester Stimme: «Ich bin bereit.» Und im Publikum sind alle schwer beeindruckt, wie gefasst der Mann ist.

Das hat alles nichts mit der Wirklichkeit zu tun, das weiß ich aus eigener Erfahrung. Was würde es einem denn nützen, das Richtige eingepackt zu haben? Ein Gefängnis ist kein Hotel. Es gibt dort keine Pagen, die einem für ein kleines Trinkgeld das Gepäck in die Zelle tragen. Wenn man das Eingangstor passiert, wird alles beschlagnahmt, was man bei sich hat, selbst der Gürtel und die Schnürsenkel. Sein Köfferchen kriegt man nie wieder zu sehen. Und wenn es anders wäre, wenn das Packen einen Sinn hätte – warum dann nur eine kleine Aktentasche? Warum nicht gleich ein ganzer Überseekoffer, damit der Abendanzug seine Form behält und die Seidenhemden nicht knittern?

Ich war ganz sicher, dass man mich früher oder später verhaften würde. Aus Nicki Melchior würden sie bald herausgefragt haben oder herausgeprügelt, dass Titi und ich ihn versteckt hatten. Wahrscheinlich würde er, um seine Mutter zu schützen, behaupten, es hätten von Anfang an nur wir beide Bescheid gewusst. Und Heckenbichler würde zum dritten Mal anmarschiert kommen mit seinem Stoßtrupp, und dann ...

Im Film muss man eine solche Geschichte nicht zu Ende erzählen. Man lässt den Helden abführen, und der Zuschauer denkt sich den tragischen Ausgang selber dazu, genau wie er sich nach dem Versöhnungskuss des Liebespaares eine glückliche Zukunft für die beiden ausdenkt. Große Totale und Ausblende.

In der Wirklichkeit muss man die Fortsetzung durchleben, mit all ihren unerfreulichen Einzelheiten. Nach der Bücherverbrennung 1933 war ich drei Tage eingesperrt. Nein, nicht eingesperrt. In Schutzhaft genommen. Um mich vor dem gerechten Volkszorn zu bewahren. Seit jenen Tagen weiß ich sehr genau, wie es sich anfühlt, hinter Gittern zu sitzen.

Auch Titi hatte Angst und versuchte auf kindlich naive Art, sich nichts davon anmerken zu lassen. Sie flüchtete sich in hektische Betriebsamkeit. In der Waschküche des Gasthofs drehte sie keuchend ein Leintuch nach dem anderen durch die Wäschemangel. Ich glaube, als alles sauber war, hat sie noch einmal von vorn begonnen.

Meine Angst ließ auch nicht nach, als tagelang nichts von dem eintrat, was ich befürchtete. Im Gegenteil. Meine Panik wurde immer größer, bis in mir drin für nichts anderes mehr Platz war. In Berlin, als sich Titi nach diesem nächtlichen Anruf zu mir flüchtete, habe ich versucht, sie zu beruhigen. Man dürfe der Angst einfach nicht nachgeben, habe ich damals gesagt. Leere Worte. Mein Herz fing schon an zu hämmern, wenn ich Heckenbichler nur von weitem über den Dorfplatz marschieren sah. (Er marschiert auch, wenn er privat unterwegs ist. Als ob eine andere Gangart für ihn gar nicht denkbar wäre.) Aber er war nie unterwegs zum *Watzmann*.

Vielleicht, dachte ich, hat er es einfach nicht eilig. Lässt sich Zeit damit, Titi und mich zu verhaften. Wir können ihm ja nicht weglaufen. Wo sollten wir denn hin? Kastelau ist ein Gefängnis aus Schnee. Oder wartet er auf einen Fluchtversuch? Spielt mit uns wie die Katze mit der Maus? Im Winter kann man nicht auf die Jagd nach Gemsen gehen. Soll ihm die Jagd auf zwei Volksschädlinge ein bisschen Unterhaltung bieten?

Es stimmt schon: Wenn man in Gefahr ist, denkt man schneller. Man denkt bloß nichts Brauchbares.

Unter den Filmleuten wurde die Verhaftung von Nicki Melchior immer wieder heftig diskutiert, wobei aber alle um den logischen Schluss, nämlich dass Titi und ich davon gewusst haben mussten, herumschlichen wie auf Zehenspitzen. Reitstaller ist ein bisschen enttäuscht, dass seine Gespenstergeschichte eine so logische Erklärung gefunden hat. Aber vielleicht bilde ich mir das auch nur ein. Seine seltsame Sprechweise macht es schwer, ihn richtig einzuschätzen. Und Augustin Schramm wollte witzig sein. «Ist doch praktisch, wenn sie ihn nach Berchtesgaden bringen», sagte er. «Da kann er gleich seine Mutter im Krankenhaus besuchen.»

Bisher wurde Nicki Melchior nicht nach Berchtesgaden transportiert. Ob es an den Straßenverhältnissen liegt oder einen anderen Grund hat: Er sitzt immer noch im Keller des Rathauses. Keller scheinen sein Schicksal zu sein.

Irgendwann hielt ich die Spannung nicht mehr aus und beschloss, bei Kleinpeter Rat zu holen. Er ist mir gegenüber immer sehr hilfreich gewesen. Dass ich nicht mehr in Berlin festsitze, habe ich nur ihm zu verdanken. Wir trafen uns in seinem «Büro», wo er jeden Tag Verwaltung spielt, obwohl es doch bei einem vorgetäuschten Filmprojekt nicht viel zu verwalten geben kann. Er hat sich statt des Betts zwei zusätzliche Tische hineinstellen lassen und sie mit sorgfältig geordneten Papierstapeln belegt.

Er hörte sich meine Geschichte mit der sanft ungeduldigen Miene eines Menschen an, der längst über alles Bescheid weiß, und nur aus Höflichkeit die Fragen nicht schon beantwortet, bevor sie gestellt sind. Er hat in der UFA so viele Intrigen überstanden, dass er ganz automatisch immer ein paar Züge im Voraus berechnet.

Ein Geständnis abzulegen braucht viel weniger Zeit als der Entschluss dazu. Schon sehr bald hatte ich alles gesagt, was ich zu sagen hatte. Hatte erklärt, wovor ich mich fürchtete. Kleinpeter sah mich an, den Kopf ein wenig zur Seite geneigt, und legte seine Fingerspitzen aneinander, so konzentriert, als ob er damit ein schwieriges Kunststück vorführe. Ganz langsam, Daumen an Daumen, Zeigefinger an Zeigefinger. Dann drehte er die Hände plötzlich nach vorn und präsentierte mir die leeren Handflächen, ein Zauberer, der gerade etwas hat verschwinden lassen. «Heckenbichler wird sich hüten, allzu viel über die Sache herauszufinden», sagte er.

«Wieso?»

«Erstens, weil er natürlich längst Bescheid weiß.» Daumen an Daumen. «Der Mann ist nicht dumm. Er sieht nur so aus. Zweitens ...» Zeigefinger an Zeigefinger. «... weil es ihm lieber wäre, er hätte nie etwas davon erfahren. Weil er nämlich, drittens, damit nur Schwierigkeiten bekommen kann.» Mittelfinger an Mittelfinger.

«Ein Lob für seinen Diensteifer wird er bekommen.» Wir leben in einem Staat, der Denunzianten zu Patrioten erklärt.

Kleinpeter schüttelte den Kopf, mitleidig triumphierend,

ein Schachspieler, dessen Gegenüber gerade einen schlimmen Patzer begangen hat. «Vor einem Monat hätte ich dir recht gegeben. Vielleicht sogar noch letzte Woche. Aber das gilt nicht mehr, seit immer mehr von diesen ...» Seine Finger malten Anführungszeichen in die Luft. «... ‹versprengten› Soldaten hier auftauchen. Was man auch in Berchtesgaden durchaus weiß. Soldaten, die sich im Dorf auf wundersame Weise in Zivilisten verwandeln. Mit Hilfe der ach so patriotischen Kastelauer. Nein, Deserteure sind ein Thema, auf das Heckenbichler lieber nicht angesprochen werden will. Schon gar nicht von einer vorgesetzten Behörde. Und darum ...» Wieder streckte er mir die leeren Handflächen hin. «... wird er den Nicki Melchior lieber nicht in Berchtesgaden abliefern, sondern irgendwann wieder laufenlassen. Nicht gleich, das wäre zu auffällig. Erst wenn ein bisschen Gras über die Sache gewachsen ist. Er wird die ganze Sache vergessen. Den Mann im Keller und die Leute, die ihn dort versteckt haben.»

«Bist du sicher?», habe ich ihn gefragt. Manchmal wehrt man sich auch gegen die Hoffnung. Weil man es nicht ertragen könnte, wenn sie enttäuscht würde.

Kleinpeter hat nicht geantwortet. Er hat nach einem Ordner gegriffen (ich werde nie verstehen, wozu er hier oben in Kastelau so viele Akten braucht), hat ihn vor sich auf den Tisch gelegt und begonnen, darin zu blättern. Ich kenne diese Geste noch aus Berlin. Er signalisiert damit, dass ein Thema für ihn erledigt ist. Dann hat er noch einmal aufgeblickt, demonstrativ überrascht, dass ich immer noch nicht gegangen war, und hat gesagt: «Im Gegensatz zu unserem über alles geliebten Führer zieht Heckenbichler in keinen Krieg, den er nicht gewinnen kann.»

Die Männer, von denen er sprach (auch das hätte ich schon längst im Tagebuch festhalten müssen), sind vereinzelte Soldaten, die sich trotz der Schneemassen, die da immer noch liegen, von der Ostmark her über die alte Passstraße nach Kastelau durchgeschlagen haben. Am Tag nach der Verhaftung von Nicki Melchior sind die ersten beiden im Dorf aufgetaucht, halb erfroren und sich gegenseitig stützend. Und dann noch einer und noch einer.

Es muss eine Schlacht gegeben haben, die nicht gut ausgegangen ist. (Oder gerade gut ausgegangen. Die Zivilisation wird erst wieder eine Chance haben, wenn dieser Krieg verloren ist.) Sie reden nicht gern über ihre Erlebnisse, aber mit einem habe ich mich doch länger unterhalten können. Ich habe ihm eins von meinen Jacketts geschenkt – ein Sommerjackett, viel zu dünn für diese Witterung –, und er war rührend dankbar dafür.

Die Männer gehören alle zur 10. Armee und sind von den amerikanischen und englischen Truppen quer durch Italien immer mehr nach Norden getrieben worden. Es scheint, dass die alliierten Verbände den unseren weit überlegen sind, vor allem, was Ausrüstung und Verpflegung anbelangt. «Die fahren mit der Limousine in den Krieg», hat er das formuliert, «und wir kriegen nicht mal die Stiefel frisch besohlt.» Irgendwann, als die Gelegenheit günstig war, hat er die Flucht ergriffen.

(Das ist ein falscher Ausdruck, weil er zu viel Entscheidungsfreiheit behauptet. Es müsste heißen: Irgendwann hat ihn die Flucht ergriffen.)

Lauter Deserteure.

Natürlich hat Kleinpeter recht: Heckenbichler müsste sie alle festnehmen lassen. Theoretisch wäre das seine Pflicht. Aber praktisch? Die meisten haben ihre Waffen noch bei sich, und es sind Leute, die das Schießen nicht nur an Gemsböcken geübt haben. Sie machen nicht den Eindruck von Menschen, die sich ohne Widerstand einsperren ließen.

Außerdem: Selbst wenn es Heckenbichler in sturer Pflichttreue versuchen wollte, er würde im Dorf nicht viele Leute finden, die sich freiwillig für diese Aufgabe meldeten. Man würde sich damit ins eigene Fleisch schneiden, denn die Deserteure sind eine lukrative Einnahmequelle. Wo es um den schnellen Profit geht, kann es niemand mit einem bayerischen Landwirt aufnehmen. Am besten gehen Zivilklamotten, in denen man einem den Soldaten nicht mehr ansieht. In denen man untertauchen kann. Die Preise für einen alten Anzug oder auch nur eine Arbeitshose erreichen jeden Tag neue Höhen. (Darum diese Dankbarkeit für ein altes Jackett.) Und wie man seine gebunkerten Lebensmittel zu Geld macht, das hat jeder deutsche Bauer schon vor zwanzig Jahren gelernt, als sich die Hamsterfahrer für ein Pfund Butter das Familiensilber abluchsen ließen.

Ich hatte das alles gewusst, natürlich. Aber ich war zu blöd gewesen, um es mit meinem eigenen Problem in Verbindung zu bringen. Wer zu lang in den Spiegel schaut, sieht die Welt nicht mehr.

Natürlich hat Kleinpeter recht: Der Wind dreht mit jedem Tag mehr. Heckenbichler kann an Titi und mir gar kein Interesse mehr haben.

Eine Minute Dauerton.[39] Ich kann wieder anfangen, Tagebuch zu schreiben.

---

39 Das Sirenensignal «Entwarnung» nach einem Fliegeralarm.

Interview mit Tiziana Adam
(15. Oktober 1986)

Eine Frage, bevor wir ... Widmest du mir deine Doktorarbeit, wenn sie fertig ist?

Aber ein signiertes Exemplar hast du mir ... Der Werner hat immer gesagt, er will mir einmal seinen großen Roman widmen. Wir haben uns das ganz genau ausgemalt: Ich bin ein Filmstar und er ein berühmter Dichter, einer von uns kriegt immer einen Preis, und der andere sitzt bei der Verleihung in der ersten Reihe und ... Er konnte sich die verrücktesten Sachen ausdenken, der Werner. Ich glaube, sein Roman wäre ein großer Erfolg geworden. Wenn er ihn hätte schreiben können.

Von der Marianne wollte ich dir erzählen, wie sie aus dem Krankenhaus zurückgekommen ist. Mit dem allerersten Postauto, das überhaupt wieder ... Ketten um die Räder, wegen dem Schnee. Hat ein seltsames Geräusch gemacht. Überhaupt nicht wie ein Auto. So ganz altmodische Krücken hatten sie ihr mitgegeben. Nicht diese Dinger, wo man die Hand und den Unterarm darauf abstützt, sondern solche, die man sich unter die Schultern ... Arme-Leute-Krücken. Und zu groß für sie. Sie kam mit dem gesunden Bein fast nicht auf den Boden. Es war ja Krieg, damals, und sie kamen mit dem Krückenproduzieren nicht ... Ich weiß nicht, wie sie mit den Dingern aus dem Bus ... «Gib mir den Kellerschlüssel!», hat sie gesagt. Nicht: «Ich bin wieder da» oder: «Grüß Gott», sondern einfach nur: «Gib mir den Kellerschlüssel!» Manchmal, wenn man überrascht ist, schaltet man einfach nicht. Oder zu spät. Ich hab ganz automatisch gesagt: «Es ist offen.» Weil der Heckenbichler doch den Schlüssel noch nicht ... Und sie ist sofort los.

Wäre beinahe auf der Kellertreppe ... Ich konnte sie gerade noch festhalten. Und dann musste ich ihr natürlich alles ... Wie der Heckenbichler einmarschiert ist mit seinen Leuten, und wie sie den Nicki ... Die ganze Geschichte. Die Marianne ist auf mich losgegangen, als ob ich an allem ... Später hat sie sich dann bei mir entschuldigt, aber in der ersten Wut ... Ich konnte sie ja verstehen. Da hatte sie sich wochenlang Sorgen um ihren Sohn gemacht, und nie irgendeine Nachricht von ihm ... Oder über ihn. Auch nicht von mir. Es durfte ja niemand etwas wissen vom Nicki, und wenn ein Brief in die falschen Hände geraten wäre ... Besuchen ging auch nicht, weil doch die Straße ... Da hatte sie nun also die ganze Zeit dagelegen, das eingegipste Bein in der Luft mit so 'nem Gewicht daran, hatte die ganze Zeit Angst um ihn gehabt, und jetzt kam sie zurück und dachte, es wäre endlich alles wieder gut, und dann ... Ich wäre auch durchgedreht.

Zuerst hat sie mich zusammengeschissen. Und dann ist sie plötzlich los. Wollte zu Heckenbichler. Quer über den verschneiten Dorfplatz an ihren Krücken. Ich konnte sie nicht aufhalten. Eine Mutter, der man den Sohn weggenommen hat, die hältst du nicht ... «Ich hol ihn da raus», hat sie gesagt.

Markus Heckenbichler:
Antwort auf einen Fragebogen
(1988)

FRAGE 7

Der Nicki Melchior war nur ein paar Jahre älter als wir, aber er ist uns sehr erwachsen vorgekommen, vor allem, als er dann zum Militär gekommen ist. Einmal war er noch auf Urlaub im Dorf gewesen, und da hat er uns sehr imponiert in seiner Uniform. Er war beliebt, vor allem bei den Jungen, weil er für jeden Spaß zu haben war und scheinbar immer Zeit hatte. Mein Vater fand, es fehle ihm die strenge Hand, aber auch er musste zugeben, dass der Nicki gut erzogen und immer zu allen Leuten höflich war.

Wir waren alle sehr überrascht, als sich herausstellte, dass er die ganze Zeit im Keller vom *Watzmann* versteckt gewesen war. Ich kann heute noch nicht verstehen, warum der Nicki von seiner Truppe weggelaufen ist, was gar nicht zu ihm gepasst hat. Er war mehr der Typ, der brav macht, was man ihm sagt, und versucht, dabei nicht aufzufallen.

Ihn konnte ich nicht in der Arrestzelle belauschen. Mein Vater hatte mein Versteck mit Kartoffelkisten vollgestellt, so dass man sich dort nicht mehr verstecken konnte. Aber natürlich habe ich mitbekommen, wie Frau Melchior nach ihrer Entlassung aus dem Krankenhaus sofort meinen Vater aufsuchte. Sie blieb vor dem Haus stehen und schrie zu dem Fenster hinauf, hinter dem mein Vater sein Büro hatte. Mit ihren Krücken wäre sie wohl kaum die Treppe hochgekommen. Sie schrie, sie wolle ihren Sohn wiederhaben und würde nicht weggehen, bis mein Vater ihn freiließe.

Er hat sie dann sehr freundlich ins Haus geholt. Seine

Freundlichkeit ist mir damals aufgefallen, weil mein Vater sonst eher einen bärbeißigen Umgangston hatte. Die beiden schlossen sich in der Registratur ein, dem einzigen Raum, in den man hineinkam, ohne vorher eine Treppe steigen zu müssen. Ich weiß nicht, was sie miteinander besprochen haben. Als sie wieder herauskamen, hatte sich Frau Melchior beruhigt.

Interview mit Tiziana Adam
(15. Oktober 1986 / Fortsetzung)

Als sie aus dem Rathaus zurückgekommen ist, war die Marianne wie verwandelt. Sie hat sich bei mir entschuldigt, weil sie mich so angeschrien hatte, und dann ... Weißt du, was sie dann als Erstes ...? Rate mal.

Da kommst du nie drauf. Kochen wollte sie. Kochen, ja. In ihrem Zustand. Am Schluss war es dann natürlich so, dass sie auf einem Hocker saß, und ich ... Ein Omelett aus sechs Eiern. Stell dir das mal vor: sechs Eier.

Beeindruckt dich nicht sehr, merke ich. Du kommst halt aus Amerika. Bei euch sind die Leute alle fett. Dort isst man ein halbes Dutzend Eier wahrscheinlich mal so schnell zwischendurch. Aber damals ... Wir hatten jeder Anrecht auf ein Ei pro Woche. Eines. Pro Person. «Den Gürtel enger schnallen», das war für uns nicht nur ein Ausdruck. Aber für ihren Nicki ... Dabei war die Marianne sonst eine vernünftige Frau. Ich musste ihm das Omelett rüberbringen, in seine Zelle im Rathaus. Als ihr Bein besser wurde, hat sie es selber gemacht, aber erst mal durfte mal wieder die liebe Titi … Dreimal am Tag. Morgen, Mittag, Abend. Mich kann man ja zu allem überreden. Ich hab ein zu gutes Herz. [Husten] Eine gute Lunge wär mir lieber.

Zuerst hab ich überhaupt nicht verstanden, warum der Heckenbichler … Ein Gefangener, der verpflegt wird wie im Erstklasshotel. Und die Leute im Dorf haben es natürlich … In einem Dorf weiß man alles. Ich immer mit meinem Deckelkorb quer über den Dorfplatz, das war ja nicht gerade die große Geheimhaltung. Der Werner hat es mir dann erklärt, und es hat mir auch eingeleuchtet. Es war wegen der Soldaten, von denen jeden Tag welche über den Pass … Das hat dem Heckenbichler klargemacht, dass die Verhältnisse wohl nicht ewig … Und da hat er sich zur Sicherheit schon mal drauf eingestellt. Er war zwar einer von denen, die sich *Mein Kampf* gleich neben der Bibel ins Vertiko gestellt hatten. Aber er war auch ein Bauer, und Bauern sind Leute, die vorausdenken. Wenn so einer einen Baum pflanzt, dann hat er heute schon überlegt, ob der ihm in zwanzig Jahren nicht zu viel Schatten … Den Nicki einfach laufenlassen … So weit war er noch nicht. Das hat er dann erst später … Aber ihm die Gefangenschaft so angenehm wie möglich machen … Damit der Nicki später mal erzählen sollte, was für ein netter Nazi der Heckenbichler … Das konnte nicht schaden. So ganz hatte er seine Jungfräulichkeit noch nicht verloren, aber ein bisschen schwanger war er schon. [Lachen, Husten]

Diese Soldaten, die von der Front abgehauen sind… Sie hatten eine Menge mitgemacht, das hat man ihnen angesehen. Es gibt so eine Art Gesicht, weißt du, das kriegt kein Schauspieler hin und auch kein Maskenbildner. Dazu musst du etwas erlebt haben. Und zwar nicht die angenehmen Dinge. Du kannst zehnmal in der Lotterie gewinnen oder dich glücklich verlieben, und dein Gesicht sieht immer noch aus wie frisch von der Käsetheke. Aber wenn dir mal einer gestorben ist oder krank geworden, oder dein Haus ist abgebrannt ... Solche Gesichter hatten sie. Man hat immer ein bisschen Angst vor ihnen gehabt. Sie waren ja meistens noch bewaffnet, und man hat nie gewusst: Kommen sie als Bettler oder ...? Gestohlen haben sie manchmal, klar. Wenn sie etwas brauchen konnten und Gelegenheit dazu war. Ich finde das nur natürlich. Aber richtig jemanden überfallen mit vorgehaltener Waffe ... Ich weiß von keinem Fall. So oder so, wir waren alle froh, dass sie nicht in Kastelau bleiben wollten, sondern ... Am liebsten nach München. Weil man in einer großen Stadt nicht so auffällt als frischgebackener Zivilist. «Wir wären blöd, wenn wir uns jetzt noch totschießen lassen würden», haben sie gesagt. «Die Amerikaner haben jede Menge Panzer, und wir haben nur noch Parolen.»

Wie auch immer ... Der Nicki lebte in seiner Zelle wie die Made im Speck. Man sagt das so, aber ich hab es einmal erlebt. Maden im Speck. Ekelhaft. So ein richtiges Gewusel, und die Speckseite konnte man wegschmeißen. Das war nach dem Krieg, als ich ...

Du brauchst mich gar nicht zu unterbrechen. Ich tu es schon selber. Wenn ich dich noch einmal «Bitte der Reihe nach!» sagen höre, krieg ich Zustände.

Zum Glück ist es der Marianne schnell besser ... Weil ich ihr schon bald nicht mehr viel ... Ich wurde plötzlich wieder jeden Tag beim Drehen gebraucht. Obwohl alle meine Szenen schon längst ... Außer der großen Sterbeszene im Schnee.

Die Sachen, die wir damals aufgenommen haben ... Wenn du die in einem Archiv findest, bist du der genialste Forscher aller Zeiten. Aber du findest sie nicht. Weil wir sie nämlich gedreht haben und doch nicht gedreht.

Ja, dann denk da mal hübsch drüber nach bis morgen. Nachdenken ist gut für die kleinen grauen Zellen.

Tagebuch Werner Wagenknecht
(März 1945)

Heute haben wir fast sieben Stunden lang gearbeitet, vom ersten Licht bis zum letzten. Fast sieben Stunden haben wir so getan, als ob wir tatsächlich einen Film drehen würden. Servatius hat Regieanweisungen gebrüllt, die Schauspieler haben sich einen Wolf gemimt, und Kamera und Ton haben eifrig so getan, als ob sie was tun würden. Kleinpeter ist hin und her gerannt und hat den Aufnahmeleiter gegeben. Selbst ein gewisser Frank Ehrenfels war ungeheuer beschäftigt, hat ein Blatt Papier nach dem andern vollgekritzelt und seine Notizen in hektischen Konferenzen mit Kleinpeter und Servatius besprochen. Wer uns zugesehen hat, muss uns für die fleißigste Filmmannschaft aller Zeiten gehalten haben. Das war auch der einzige Zweck der Übung.

Es ist nämlich ein neuer Erlass herausgekommen, von der Kreisleitung in Berchtesgaden. Die Liste der Leute, die zum Volkssturm einzuziehen sind, wird darin noch einmal erweitert, weit über das hinaus, was im Herbst verkündet wurde. Es soll jetzt alles eingezogen werden, was nicht niet- und nagelfest ist, auch die kleinen Jungs von der HJ. Einzige Ausnahme: Dienstliche Unabkömmlichkeit. Seither sind wir alle pausenlos unabkömmlich. Nur in Drehbüchern ist der Heldentod ein Ziel, aufs innigste zu wünschen.

Seit der Geschichte mit Bastian Holzmayr und der vorübergehenden Verhaftung von Walter Arnold hatten wir die Filmerei nur noch markiert. Aber jetzt drehen wir wieder wie die Weltmeister.

Aufgenommen haben wir allerdings keinen Meter.

Weil nämlich – das ist unser großes Geheimnis – kein Filmmaterial mehr da ist. Die Bavaria hat uns zu wenig davon mitgegeben, oder wir sind zu verschwenderisch damit umgegangen. Hauck hütet noch eine allerletzte Kassette als eiserne Reserve, aber eigentlich müssten wir unseren Krempel zusammenpacken und das Spiel verloren geben.

Eigentlich.

Wir tun es natürlich nicht. Die paar alten Männer, die Heckenbichler hat einfangen können, müssen mit ihren Jagdflinten auf dem Dorfplatz exerzieren. Es könnte ja jemand von Berchtesgaden herkommen und die Einhaltung des Befehls überprüfen. Die Buben marschieren auch mit. Mit Stöcken über der Schulter. Sie sollten Schaufeln nehmen statt der Stöcke. Damit sie schon mal rechtzeitig ihr Grab ausheben können.

Ich darf mich nicht über sie lustig machen. Mich hat der Zufall gerettet, dass der Aushebungsoffizier in Berlin ein Leser war und meine Bücher kannte. Sonst wäre ich schon längst auch mit dabei. Oder würde mir ein Holzkreuz von unten besehen.

Aber wir sind ja alle unabkömmlich. Wir müssen ja diesen kriegsentscheidenden Kinofilm drehen.

Selbst in dieser Situation verhalten sich die Schauspieler wie Schauspieler. Mit anderen Worten: Wie Kinder auf dem Bolzplatz. Seit sie wissen, dass kein Film in der Kamera ist, schmieren sie wie ein Wald voll Affen. Improvisieren sich Texte zusammen, die einen wünschen lassen, der Tonfilm wäre nie erfunden worden. Und alle, alle bauen sie ihre Rollen aus. Maria Maar hat gestern einen Monolog gesprochen, der war mehr als abendfüllend. Titi hat sich eine völlig neue Szene einfallen lassen, in der ihre Rosi, weil es mit dem wild zum Heldentum entschlossenen Bodo ja nicht klappt, mit Feldwebel Buff vorliebnimmt. Die beiden haben eine Liebesszene improvisiert, die war geradezu pornographisch. Aber saukomisch. Ich glaube, Titis Zukunft beim Film liegt in der Komödie. Sie ist doch mehr eine Oberflächenschauspielerin. Für tragische Heldinnen fehlt ihr das innere Gewicht.

Kleinpeter und Servatius hatten alle Mühe, die Einfälle der Darsteller im Zaun zu halten. Wenn jemand vom Dorf zusieht, darf er nicht den Eindruck haben, dass hier nur rumgealbert wird. Allerdings sind wir nicht mehr von so allgemeinem Interesse wie noch vor ein paar Wochen.

Interview mit Tiziana Adam
(16. Oktober 1986)

[Husten]

Entschuldige. Das geht schon die ganze Nacht so. Oder meinst du, ich empfange dich im Bett, weil ich dich verführen will?

Es ist kein Problem. Wirklich nicht. Ich kann das auch im Liegen.

Ich bin nicht krank, verdammt noch mal. Ein bisschen defekt vielleicht, das kann schon sein. Ein altes Auto ist auch nicht gleich kaputt, bloß weil ein Kotflügel ... Weil ein Lungenflügel. [Husten]

Lachen geht überhaupt nicht.

Doch, ich will das jetzt. Wenn es mir nicht gutgeht, erst recht. Wär ja doof, wenn ich tot umfalle und dir die Geschichte nicht zu Ende ... Weißt du was? Hol mal das eine Polster vom Sofa im Wohnzimmer. Das grüne. Im Sitzen geht es mit dem Atmen besser.

[Pause]

So. Schickes Nachthemd, wie? Hab ich noch aus Kastelau. Der Stoff wird länger durchhalten als ich.

Verkneif dir die frommen Sprüche. Wenn die Leute fürsorglich werden, das kann ich überhaupt nicht ... Lass mich lieber erzählen. Wir mussten so tun, als ob wir fleißig am Arbeiten wären. Weil sie sonst die ganzen Männer zum Militär ... Wer hat noch nicht, wer will noch mal? Operation Heldenklau. Mich hätten sie wahrscheinlich zur Krankenschwester umgeschult. Wäre heute nicht das Schlechteste. Da könnt ich mich selber ...

[Langes Husten]

Es geht schon. Ich werde dir schon nicht tot ... Obwohl es ein dramatischer Abgang wäre. Stell dir vor, ich sag dir noch: «Und jetzt, Herr Saunders, verrate ich Ihnen das ganz große Geheimnis!» – und dann wusch, und ich bin weg. Und du stehst da und hast auf deinem Tonband noch nicht mal mehr ein Röcheln. Den Gefallen tu ich dir aber nicht. Weil ich ja als tote Leiche nicht mehr sehen könnte, wie du dann dumm aus der Wäsche guckst. Also mach hier nicht auf Sozialarbeiter, sondern hör zu.

In Kastelau wurde an zwei Orten gleichzeitig Theater gespielt. Die eine Vorstellung gaben wir, und die andere ... Es war ein trauriges Häufchen, mit dem der Heckenbichler auf dem Platz vor dem Rathaus den Endsieg geprobt hat. Alte Männer und kleine Jungs. Der Einzige, der ein bisschen nach Soldat aussah, war der Nicki Melchior.

Ja, den hatte der Heckenbichler wieder freigelassen. Von einem Tag auf den andern. Damit er sich im Volkssturm bewähren könne. Ich glaube, der Nicki wäre lieber in seiner gemütlichen Zelle ... Aber es half ihm alles nichts, er musste jetzt mitmachen.

Manuskript Samuel A. Saunders

In den Memoiren von Arnie Walton (Memoiren, die vermutlich von einem Ghostwriter verfasst wurden) findet sich eine andere Erklärung für die Freilassung von Nikolaus Melchior.[40] Sie soll hier nur ihrer Skurrilität halber aufgeführt werden. Ihr Realitätsgehalt dürfte in etwa dem von Disneys *Fantasia* entsprechen.

Die eigene Festnahme erklärt Walton damit, dass man ihn staatsfeindlicher Umtriebe verdächtigt habe, es aber nicht gelungen sei, ihm etwas Konkretes nachzuweisen. Das passt zwar zu seinem Versuch, sich immer wieder als heimlichen Widerstandskämpfer darzustellen, hat aber mit den Tatsachen nichts zu tun. Und noch peinlicher wird die Geschichte, wenn er behauptet, bei der Befreiung des verhafteten Deserteurs eine entscheidende Rolle gespielt zu haben. Es ist eine unglaubhafte, ja geradezu lächerliche Szene, die er da beschreibt. (Ein kleines entlarvendes Detail: Walton spricht konsequent von einem «Hauptgruppenleiter Heckenbichler», ein Dienstrang, der in Nazideutschland gar nie existiert hat. Es war wohl sein allgegenwärtiger Hang zur Übertreibung, der es ihm nicht erlaubte, sich mit einem gewöhnlichen «Ortsgruppenleiter» zufriedenzugeben.)

Zuerst will er nach Nikolaus Melchiors Verhaftung versucht haben, Heckenbichler ins Gewissen zu reden – «mit aller Wortgewalt, die mir als Schauspieler zur Verfügung stand». Er habe an dessen väterliche Gefühle appelliert, habe ihn daran erinnert, dass Nikolaus Melchior ein einziges Kind sei, habe

---

40 *From Berlin To Hollywood*, S. 278 ff.

ihn angefleht, «weil doch schon genügend Blut geflossen ist», Gnade vor Recht ergehen zu lassen. Schließlich will er sich sogar vor Heckenbichler auf die Knie geworfen haben, aber auch mit dieser Geste habe er dessen «versteinertes Herz» nicht erweichen können.

Man braucht sich die Szene nur plastisch vorzustellen, um sofort zu merken, wie unglaubwürdig sie ist. Der feurige jugendliche Held auf Knien vor dem gefühlskalten Dorfdespoten – solche Situationen gibt es auf der Theaterbühne, aber ganz bestimmt nicht in der Wirklichkeit. Die Geschichte entspringt wohl weniger der Erinnerung als Arnie Waltons Bedürfnis, immer und in jeder Situation die Hauptrolle zu spielen. Offensichtlich fällt es ihm schwer, die Drehbücher, die er verfilmt hat, von den Tatsachen zu unterscheiden.

Im zweiten Teil von Waltons «Tatsachenbericht» über die Befreiung von Nikolaus Melchior wird die Verwechslung von Fantasie und Wirklichkeit noch viel deutlicher. Die Situation, die er schildert, stammt nämlich fast wortgetreu aus dem Film *The Good Fight* (1951). Walton spielt in diesem Western einen jungen Mann, dessen Vater bei einer Schießerei ums Leben kommt. Er gibt daraufhin den eigenen schlechten Lebenswandel auf und beschließt, nie mehr eine Waffe anzufassen. Sein Gegenspieler ist ein gefürchteter Bandit, der beim Überfall auf eine Postkutsche die junge Lehrerin des kleinen Orts entführt hat. Der junge Mann macht sich allein auf die Verfolgung und spürt den Bösewicht in dessen Versteck auf. Auf seinen Versuch, ihn allein durch die Macht des Wortes von einem besseren Lebenswandel zu überzeugen, reagiert der Bandit mit höhnischem Gelächter. Er fordert den Helden zu einem Duell heraus; nur wenn er es schaffe, ihn zu besiegen, sei er bereit, die entführte Frau freizulassen. Der Held nimmt an. Als Herausgefordertem steht ihm die Wahl der Waffe zu, und zur Überraschung seines Gegners wählt er weder Revolver noch Flinte, sondern die Flasche. Die Schlüsselszene des Films ist ein Wetttrinken der beiden Hauptfiguren: Wer im Saloon als Erster vom Hocker kippt, hat verloren. Natürlich gewinnt der Held, durch seinen früheren schlechten Lebenswandel im Trinken geübt, das Duell und befreit die junge Lehrerin. Auf dem Ritt zurück geben sich die beiden das Jawort.

Exakt die gleiche Situation schildert Arnie Walton in seinen «Erinnerungen», wobei er nur den Schauplatz des Wetttrinkens aus einem Saloon in die Gaststube des Hotels *Watzmann* verlegt. Er will mit dem trinkfesten Heckenbichler eine Wette abgeschlossen haben: Wenn er es schaffe, den «Hauptgruppenleiter» unter den Tisch zu trinken, müsse der den Deserteur freilassen, wenn nicht, sei der Schauspieler verpflichtet, den Gefangenen eigenhändig im Gefängnis von Berchtesgaden abzuliefern. Umgeben von den Dorfbewohnern kippen sie ein Bier nach dem andern, bis Heckenbichler schließlich besinnungslos vom Stuhl fällt und Walton – oder Arnold, wie er damals noch hieß – die Wette gewonnen hat.

Es ist eine sehr männliche Rolle, die er in dieser Szene spielt, eine Rolle, die sehr genau jener Art von Heldenfiguren entspricht, die er in seinen Filmen immer wieder verkörpert hat. Aber Film und Wirklichkeit sind zwei verschiedene Dinge. Von einem solchen Trinkduell, wenn es denn stattgefunden hätte, würde Tiziana Adam, die damals den *Watzmann* und damit auch dessen Gaststube führte, bestimmt etwas bemerkt haben. Und Werner Wagenknecht hätte ein solches Ereignis ganz sicher in seinen detailversessenen Tagebucheinträgen festgehalten.

Wie gesagt: Ich erwähne diese Geschichte überhaupt nur, weil sie so skurril ist. Und weil sie in ihrer Verlogenheit besonders deutlich zeigt, welches Prädikat diesen Memoiren und ihrem Verfasser angemessen ist: «Heuchler!»

Interview mit Tiziana Adam
(16. Oktober 1986 / Fortsetzung)

Wer war noch dabei beim Volkssturm? Der Basti Holzmayr natürlich. Den hatten sie sogar zum Instruktor gemacht, weil er doch ein Kriegsheld ... Aber er musste wegen seiner kaputten Lunge alle paar Minuten eine Pause ... Und diese Gurkentruppe hätte im Ernstfall Kastelau gegen die Amerikaner verteidigen sollen, das war die Idee. Was etwa so gewesen wäre, wie wenn ich gegen Cassius Clay antreten müsste, oder wie der sich jetzt nennt. Ich glaube auch nicht, dass einer von denen ernsthaft vorhatte, sich gegen die Amis ... Solang kein Gegner da war, spielten sie brav Soldat. Aber als die Amerikaner dann tatsächlich gekommen sind, hat sich von den ganzen Volkssturmleuten keiner ... Außer einem, aber der hatte einen besonderen Grund dafür.

[Husten, Ringen nach Luft]

Gib mir mal die Flasche vom Nachttisch rüber. Nein, die andere. Den Spray. Der hilft zwar auch nicht, aber man kann sich wenigstens einreden ...

[Pause. Röcheln, das sich allmählich beruhigt]

Die aus dem Dorf haben Krieg gespielt, und wir Filmleute ... Ich weiß nicht, was von beidem lächerlicher ... Aber wir hatten mehr Spaß dabei, das steht fest. Weil wir machen durften, was wir wollten. Mit dem Augustin Schramm habe ich eine Liebesszene gespielt, die war so was von komisch ... Den Dialog einfach improvisiert. Du weißt ja, aufs Maul gefallen bin ich nicht. Und der Schramm war ein wirklich guter ...

[Röcheln]

Gib noch mal den Spray.

Der Augustin und ich haben uns gut verstanden an dem Tag, und am Abend hat er mir dann etwas verraten ... Ich hab gedacht, mir fällt der Himmel auf den Kopf, so überrascht war ich. Stell dir vor: Die ganze Angst wegen dieses nächtlichen Anrufs damals, als ich aus meiner Wohnung weggelaufen bin und mich zum Werner ... Völlig unnötig. Ich hätte ruhig auch in Berlin ... Keiner hat da was gegen mich gehabt. Außer dem Flieger, der dann die Sprengbombe auf meine Wohnung ... Aber sonst ... Da war überhaupt keine Gefahr. Und das erzählt mir der Augustin Monate später in Kastelau. Und findet es auch noch komisch. Was sagst du dazu?

Hab ich das jetzt nicht gerade erzählt?

Ehrlich nicht?

Das kommt davon, wenn man in der Nacht nicht schläft. Also: Dieser Anruf um vier Uhr früh, der mir so einen Schreck ... Das war nicht die Gestapo. Das war überhaupt niemand Offizielles. Der Augustin hat sich einen Jux mit mir ... Was er für einen Jux hielt. Weil ich doch damals diese doofe Geschichte erfunden hatte, von wegen ich hätte was mit Goebbels. Da wollte er mich auf die Schippe nehmen. Ich hab mir vor Angst in die Hose ... Und für ihn war es ein kleiner Scherz. Mit dem er seine Saufkumpane amüsieren wollte. Die haben alle mitgehört, während er mit mir ... Haben sich schiefgelacht über meine Angst. Und das erzählt er mir einfach so. Erwartet auch noch, dass ich es komisch finde. Die Augen hätte ich ihm ... Aber dem Augustin konnte man nicht lang böse sein. Das konnte man einfach nicht.

[Röcheln]

Wo hast du den Spray hingestellt? Ich brauch den doch. Der Doktor sagt, ich soll ihn immer zur Hand ...

Das wird schon wieder. Es braucht nur ein bisschen Zeit, bis es wirkt.

Vielleicht hast du recht. Es ist besser, wenn wir für heute ... Ich bin wirklich ein bisschen angeschlagen. Wenn du mich fragst: Das kommt von den Mentholzigaretten. Richtiges Gift ist das.

Wir machen morgen weiter, ganz bestimmt. Ich muss mich nur einen Tag ... Meinst du, du könntest die Kneipe noch einmal übernehmen? Nur für einen Abend?

Tagebuch Werner Wagenknecht
(April 1945)

Man müsste einmal ein Buch über all jene historischen Momente schreiben, in denen die Weltgeschichte von einem Gleichgewichtszustand in den nächsten kippt. In verschiedenen Epochen jeweils den genauen Augenblick suchen, in dem sich die Gewichte endgültig verschoben haben und ein neues Zeitalter beginnt.

Manchmal ist es offensichtlich. Nach Waterloo wird selbst der begeistertste Anhänger Napoleons nicht mehr daran geglaubt haben, der Kaiser könne noch ein zweites Mal aus dem Exil zurückkommen und den verlorenen Krieg doch noch gewinnen. Aber gab es zum Beispiel einen Punkt, an dem den alten Ägyptern klar wurde, dass ihre Zeit abgelaufen war, dass sie endgültig kein Herrschervolk mehr waren, sondern nur noch ein Völkchen unter anderen? Irgendwann muss doch einer beim Steineschleppen zum andern gesagt haben: «Das ist die letzte Pyramide, die wir bauen, und eigentlich lohnt es sich gar nicht mehr, sie fertigzustellen.» Oder, wenn es keiner ausdrücklich gesagt hat – auch damals wird es schon lebensgefährlich gewesen sein, das Offensichtliche auszusprechen –, dann haben es bestimmt viele gedacht. Wann kippt die Geschichte? In dem Augenblick, in dem eine Mehrheit ihre Meinung ändert? Oder erst dann, wenn sie es auch wagt, die neue Erkenntnis auszusprechen? Es ist kein Buch, das ich schreiben möchte. Aber ich würde es gerne lesen.

In Kastelau lässt sich so ein Umschwung gerade beobachten. Das Kaleidoskop hat sich gedreht, und all die kleinen Teilchen fügen sich zu einem neuen Muster zusammen. Es hat es bisher noch keiner direkt ausgesprochen, zumindest nicht mir gegenüber, aber auch wenn der Volkssturm fleißig exerziert: Das Dorf hat den Krieg verloren gegeben. Man wartet nur noch auf die offizielle Bestätigung. Ohne große Ungeduld, scheint mir. Man merkt die Veränderung an vielen einzelnen Dingen, wie etwa an der überraschenden Freilassung von Nicki Melchior. (Kleinpeter hat mit seiner Prophezeiung recht behalten. Er ist ein wirklich guter Schachspieler.)

Weitere Beispiele: Bei meinem täglichen Spaziergang durchs

Dorf hat mich heute ein alter Bauer, mit dem ich bisher noch nie ein Wort gewechselt hatte, in ein Gespräch verwickelt. Es ging um ganz nebensächliche Dinge, dass das Wetter endlich wieder wärmer geworden sei, dass die Kühe im Stall schon ganz unruhig würden, weil sie den Frühling spürten und so weiter und so fort, aber das war alles nur Verpackung für die eigentliche Frage, die er mir stellen wollte: Ob ich zufällig Englisch spräche? Was heißen sollte: «Wenn dann die Amerikaner hier auftauchen – können Sie unser Dolmetscher sein?»

Oder: Ich betrat die Bäckerei (aus Neugier), und die Frau Holzmayr sagte: «Grüß Gott.» Nicht «Heil Hitler». Sagte es, als ich hereinkam und noch einmal, als ich wieder ging. Es klang ein bisschen künstlich, so als ob sie den neuen alten Gruß erst wieder einüben müsse.

Aber wenn ich den Finger auf einen exakten Moment legen müsste, in dem die Veränderung offensichtlich wurde, dann wäre es der, als Heckenbichlers Sohn (ich weiß seinen Namen nicht, er muss dreizehn oder vierzehn Jahre alt sein) mitten auf dem Dorfplatz Kleinpeter über den Haufen rannte, blind vor Aufregung. Er ist, wie auch die anderen Buben aus Kastelau, seit Tagen auf Schatzsuche. Sie sammeln Gegenstände, die die heimkehrenden Soldaten wegwerfen, und zeigen ihre Funde stolz herum. (Oder hätte ich schreiben sollen: «die davonlaufenden Soldaten»? Manchmal ist die Wirklichkeit nur eine Frage der Worte, die man dafür wählt.)

Der junge Heckenbichler hat am Rand des Weges, der vom Pass ins Dorf führt, etwas gefunden, dass er für ein wertvolles Schmuckstück hielt: eine große, an einer Kette befestigte Metallplakette mit dem Reichsadler und der Aufschrift *Feldgendarmerie.* Das Abzeichen der Feldjäger, die hinter der Front

Jagd auf kriegsmüde Soldaten machen, um sie wieder nach vorn zu jagen oder gleich zu erschießen. Kettenhunde nennt man sie, und sie sind gefürchtet. Wenn sogar einer von denen sein Abzeichen weggeworfen und sich aus dem Staub gemacht hat, dann ist das Gleichgewicht endgültig gekippt. Alles was jetzt noch kommt, scheint mir, spielt eigentlich keine Rolle mehr.

Markus Heckenbichler:
Antwort auf einen Fragebogen
(1988)

FRAGE 8

Dazu gibt es nicht viel zu erzählen. Man konnte damals entlang des Wegs zum Auenpass die unglaublichsten Sachen finden, alles von den Soldaten weggeworfen, die aus Italien zurückgekommen sind. Sie wollten wohl nichts mehr Unnötiges mit sich herumschleppen, oder es waren militärische Dinge, die sie nicht mehr brauchten, weil sie möglichst schnell wieder Zivilisten werden wollten.

Wir Buben sind jeden Tag auf die Suche nach diesen weggeworfenen Sachen gegangen. Der große Traum von allen war ein richtiges Bajonett, aber das hat keiner gefunden.

Einmal habe ich dieses Brustschild von einem Feldgendarmen aufgelesen und in meiner jugendlichen Naivität gedacht, es sei aus Silber und ungeheuer wertvoll. Mein Vater hat es mir sofort weggenommen und irgendwo versteckt. Später hat er es dann an die Filmleute verkauft, die es auch tatsächlich in einer Szene verwendet haben.

Tagebuch Werner Wagenknecht
(April 1945 / Fortsetzung)

An zwei Leuten aus unserer Mannschaft lässt sich die allgemeine Veränderung in Nahaufnahme beobachten: Maria Maar und Walter Arnold.

Die Maar hatte sich einige Zeit völlig zurückgezogen; man hat sie kaum mehr zu Gesicht bekommen. Was nicht einfach gewesen sein kann. In einem winzigen Ort wie Kastelau ist es verdammt schwierig, jemandem auszuweichen. Man begegnet sich, ob man will oder nicht, und darum weiß auch jeder alles vom andern.

(Idee zu einer Geschichte: In einem kleinen Dorf hat jemand ein Geheimnis. Irgendetwas ganz Harmloses, von dem er aber nicht will, dass es andere erfahren. Er fühlt sich dauernd beobachtet und sieht sein Geheimnis durch alle möglichen Zufälligkeiten bedroht. Irgendwann beginnt er, die vermeintlichen Mitwisser umzubringen und rottet schließlich das ganze Dorf aus.)

Unterdessen ist Maria Maar wieder aufgetaucht. Sie hat sich verändert, innerlich wie äußerlich, und so, wie ich sie einschätze, ist nichts davon Zufall. Sie ist die Sorte Frau, die ihr Rollenfach auch im Privatleben ganz bewusst wählt. Ihre Frisur ist da ein gutes Beispiel: Früher waren ihre Haare meist zu einem Knoten zusammengedreht, aber seit neustem trägt sie sie offen, und jeder kann sehen, wie grau sie geworden sind. (Vielleicht waren sie es schon immer, und sie hatte es sich nur erfolgreich weggefärbt. Auch Titi sieht ganz anders aus, seit sie sich nicht mehr blondieren kann.)

Aber viel auffälliger als ihr Aussehen ist das veränderte Verhalten, das sich die Maar angewöhnt hat. Man kann sich richtig vorstellen, wie sie die neue Rolle vor dem Spiegel eingeübt hat. Vorher war immer etwas Aristokratisch-Hochmütiges in ihrem Gehabe; wenn sie zu jemandem freundlich war, dann war das eine herablassende Freundlichkeit, eine Gnade, die sie ausnahmsweise erwies und jederzeit wieder zurücknehmen konnte. Jetzt spielt sie die weise alte Frau, die in einem langen Leben schon alles gesehen und erlebt hat, und dadurch mild und abgeklärt geworden ist. Das Essen zum Beispiel mag noch so karg sein, sie lächelt nur sanft und isst, ohne zu murren. Als ob sie sagen wollte: «Ich habe schon viel Schlimmeres runterwürgen müssen. Rohe Ratten haben wir gegessen, damals im Dreißigjährigen Krieg.»

Gestern ist sie nach dem Abendessen in der Küche aufgetaucht und wollte unbedingt beim Abwasch helfen. Titi und Frau Melchior haben sie aber nicht gelassen.

Sie gibt jetzt auch gern philosophische Sätze von sich, so in der Art von «Der Mensch ist fehlbar, und jeder kann sich einmal irren». Mir scheint, sie weiß noch nicht genau, welche Fragen man ihr stellen könnte, übt aber trotzdem schon mal passende Antworten ein. Wenn sie jetzt einer auf Emmy Sonnemann ansprache, sie würde ihn mit großen fragenden Augen ansehen und dann behaupten, sie habe den Namen noch nie gehört.

Bei Walter Arnold wirken sich die veränderten Verhältnisse anders aus. Er ist mit dem Film, den wir zu drehen vorgeben, nicht mehr zufrieden und hat mich doch tatsächlich gebeten, das Buch noch einmal umzuschreiben. «Vielleicht passt die Geschichte nicht mehr ganz in die Zeit», hat er gesagt, «da müsste man doch aus rein künstlerischen Gründen ...» Künstlerische Gründe? Ich habe nur gelacht. Er hat Angst davor, dass all die Durchhalteparolen, die ich ihm reingeschrieben habe, seiner Nachkriegskarriere schaden könnten.

Nachkriegskarriere. Man kann tatsächlich wieder anfangen, an so etwas zu denken.

Interview mit Tiziana Adam
(17. Oktober 1986)

Blumen? Für mich? Bei dir ist wohl der Wohlstand ...

Auch noch weiße Rosen. Bereitest du schon meine Beerdigung vor? So krank bin ich auch wieder nicht. [Husten] Aber du bist ein netter Mensch, weißt du das? Du nervst zwar mit deinem Tonbandgerät und deiner Fragerei, aber du bist ... Wie war der Umsatz gestern?

Macht nichts. Donnerstag ist immer flau. Sie sparen sich ihr Geld fürs Wochenende. Dafür werden sie heute ... [Husten] Kannst du noch mal einspringen? Nur den einen Abend? Ich fühl mich noch nicht hundert Pro.

Ein netter Mensch. Amerikaner, aber nett.

Vase? Bin ich ein Haushaltswarenladen? Ich hab keine Vase. Ich kauf nie Blumen. Und geschenkt krieg ich schon gar keine. Außer von dir.

In der Küche steht ein Wasserkrug, den kannst du ...

Weiße Rosen.

[Pause]

Nicht auf den Nachttisch, da schmeiß ich sie bloß runter. Dort drüben. Vor dem Spiegel. Dann sieht man sie doppelt, und der Strauß wirkt größer.

Sieht hübsch aus, wirklich. Hast dich in Unkosten gestürzt für mich. Blumen. Das ist mir schon lang nicht mehr passiert. Weiße Blumen haben immer etwas Besonderes, ist dir das schon mal …? Positiv oder negativ. Unschuld oder Tod. Als damals in Kastelau die ersten Schneeglöckchen rausgekommen sind …

Schneeglöckchen. Kennst du das Wort nicht? So kleine weiße Blüten. Wie Glocken. Die Ersten im Jahr. Unten liegt noch Schnee, und oben strecken sie schon die Köpfe …

Snowdrops? Kann sein. Ich war nie gut in Fremdsprachen. Nur was man so auf Schallplatten hört. [Singt] «Snowdrops keep falling on my head.» Was wollte ich erzählen? [Husten]

Schneeglöckchen. Als man in jenem Jahr die ersten gesehen hat, da hat man gedacht: Jetzt fängt etwas völlig Neues an. Was natürlich Blödsinn war. Ich meine: Sie blühen ja in jedem Frühling. Aber es war so ein Gefühl in der Luft von «Jetzt wird alles gut». Und dann wurde alles … Wie das halt ist im Leben.

Nein, ich bin kein Pessimist. Eigentlich nicht. Ich habe nur meine Erfahrungen …

[Pause]

Der Anfang vom Ende, das war, als der Walter Arnold mit dieser neuen Idee für den Film ankam. Diesmal ging es nicht um ein Naturtalent, das er entdeckt hatte. An die Geschichte wollte er überhaupt nicht mehr … Der Basti Holzmayr ist übrigens immer mal wieder bei uns im *Watzmann* aufgekreuzt. Der wollte einfach nicht glauben, dass aus seiner Filmkarriere nun doch nichts … Und aus seiner Beziehung zu Walter Arnold. Es war jedes Mal furchtbar peinlich, weil der Walter so getan hat, als ob er den Basti überhaupt nicht … Aber dem ging das einfach nicht in den Kopf. Ich glaube, beim Basti war es tatsächlich die große Liebe. Darum hat er ja dann auch, als die Amerikaner kamen ... Aber das wollte ich überhaupt nicht erzählen. Was wollte ich erzählen?

Die neue Idee für den Film, genau. Sag das doch gleich. Was natürlich beim Walter keine künstlerischen Gründe hatte, sondern ... Ich glaube, das richtige Wort ist «Karriereplanung». Es ging ihm um die Planung seiner Karriere. Wie eigentlich immer bei ihm. Als die Braunen noch voll im Schwung waren, überall Umzüge und Fahnen, und pausenlos haben wir nur gesiegt, da hat er ... Er hat am liebsten Rollen gespielt, mit denen man sich bei diesen Leuten eine gute Nummer machen konnte. Nicht gerade Hitlerjunge Quex[41], aber doch immer deutsche Recken. Auch wenn es nur eine ganz gewöhnliche Liebeskomödie ... Romeo auf Arisch, wenn du verstehst, was ich meine. Sauber gescheitelt und jederzeit zu einer Heldentat bereit. So wie die Rolle, die ihm der Werner für *Lied der Freiheit* ... Allein gegen den Rest der Welt. Das war so sein Fach, und er war damit ja auch ein Star ... Aber wenn erst mal die Amerikaner einmarschierten ... Wenn man die Feindsender hörte, war es klar, dass es die Amerikaner ... Dann war mit so einer Figur, die bis zur letzten Patrone Widerstand leistet, kein Blumentopf zu gewinnen. Dann war das die falsche Rolle. Wie eine schmale Krawatte, wenn die breiten wieder ... Es konnte ja sein, dass die Amis das Filmmaterial beschlagnahmen und sich ansehen würden. Und er in jeder Einstellung als germanischer Musterknabe. Lauter patriotische Sprüche. Das hätte

---

41 *Hitlerjunge Quex* (1933), nationalsozialistischer Propagandafilm, Regie: Hans Steinhoff.

nicht gut ausgesehen, wenn man sich bei denen lieb Kind ... Versteh mich richtig: Es war nicht so, dass er seine Meinung geändert hätte. Was man nicht hat, kann man auch nicht ändern. Er wollte sich nur bei der neuen Kundschaft anders verkaufen, und dazu ...
[Langes Husten]
Entschuldige. Früher habe ich immer gehustet, wenn ich lachen musste. Jetzt schaffe ich es auch ohne. Ein echter Fortschritt, was?
Der Walter wollte also seine Rolle noch einmal umgeschrieben haben. Er hatte sich dazu auch schon etwas ... Nicht einmal dumm. Blöd war er nicht. Dass seine Figur pausenlos kämpfen wollte, das war nicht mehr zu ... Das war so gedreht. Aber gegen wen sich dieser Kampf richtete, das ließ sich mit ein paar eingeschobenen Dialogen noch ... In einem Film geht so was ohne Probleme. Ich frage dich: «Magst du Kartoffelpuffer?», und du sagst: «Ja.» Dann nehme ich meine Frage neu auf, geh mit der Aufnahme in den Schneideraum, und schon ... «Mr. Saunders, gestehen Sie, dass Sie Lieschen Müller ermordet haben?» Schnitt, und du sagst: «Ja.» Und kommst auf den elektrischen Stuhl. Nach dem Prinzip hat er sich das vorgestellt. [Husten]
Der Werner, klar, sollte sich die entsprechenden Szenen für ihn ausdenken. Der hat aber nicht geliefert. Hat an seinem großen Roman ... An dem, was mal sein großer Roman werden sollte. Den er dann nicht mehr ...
[Langes Husten]
Ich weiß nicht, da ist etwas in der Luft, das mich im Hals reizt. Meinst du, das könnten deine Rosen ...?
Nein, lass sie nur stehen. Wenn mir schon einmal einer Blu-

men … Weißt du, wann ich zum letzten Mal einen großen Blumenstrauß bekommen habe? Bei meiner Hochzeit.

Mach nicht so ein Gesicht wie ein Fragezeichen. Ja, ich war mal verheiratet. Ich hätte mein Lokal auch *Zur lustigen Witwe* nennen können. Obwohl … So lustig war es gar nicht.

Nein, von dem reden wir jetzt noch nicht. Du bist doch der, der immer alles der Reihe nach … Also: Walter Arnold. Der unseren Film noch einmal umgeschrieben haben wollte. Und der Werner hatte keine Lust dazu. Und dann …

[Langes Husten]

Dieser Husten macht mich total fertig. Wenn hier gleich kleine Stückchen durch die Luft fliegen, dann ist das meine Lunge.

[Husten]

Entschuldige. Wenn's mich mal richtig erwischt …

Ich glaube, es sind tatsächlich die Rosen. Nein, nimm sie nicht weg. Da muss ich jetzt durch.

Tagebuch Werner Wagenknecht
(April 1945)

Sie benehmen sich wie Schüler, die einen neuen Lehrer kriegen und noch nicht wissen, wie streng er ist. Wenn ich ein hämischer Mensch wäre, würde ich mich darüber amüsieren.

Ich bin ein hämischer Mensch.

Die Aufregung, die man überall spürt, wirkt auf mich inspirierend. Heute Morgen habe ich mir eine Geschichte ausgedacht, die ich gern schreiben würde, wenn ich nicht Wichtigeres zu tun hätte. Nur schon beim Ausdenken habe ich mich so gut amüsiert, dass Titi ganz ärgerlich wurde. Sie dachte, ich mache mich über ihre neueste Frisur lustig. Wobei die Frisur auch Teil der allgemeinen Unruhe ist.

Die Geschichte spielt im alten Rom, zur Zeit der Punischen Kriege. Eines Tages spricht sich in der Stadt herum, Hannibal sei ante portas. Die Römer wissen nicht viel über ihn, aber eines ist allen klar: Der kommt mit Elefanten. Es hat bloß keiner eine Ahnung, was ein Elefant ist. Jeder stellt sich etwas anderes darunter vor. Dass es etwas Gefährliches sein muss, absolut tödlich, darüber sind sie sich einig. Aber ob ein Tier oder eine Maschine oder eine ganz andere Art von Wunderwaffe, darüber haben sie die verschiedensten Meinungen. Und darum bereitet auch jeder eine andere Art der Verteidigung vor. Der eine gräbt ein Loch und kriecht hinein, der Zweite zieht seine älteste Toga an und wälzt sich in der Asche, der Dritte nimmt ein Leintuch und schreibt darauf: «Ich war schon immer ein Freund der Elefanten.» Die Geschichte könnte damit schließen, dass Hannibal ganz überraschend doch noch besiegt wird, und jeder Einzelne fest davon überzeugt ist, es sei seine persönliche Vorsichtsmaßnahme gewesen, die den bösen Feind vertrieben habe. Nur was ein Elefant ist, das wissen sie immer noch nicht.

In Kastelau werden die Tore nicht verrammelt bleiben, wenn Hannibal aufmarschiert. Er wird nicht einmal Rammböcke auffahren müssen. Aber es weiß keiner so recht, was von den amerikanischen Karthagern zu erwarten ist. Wenn man der Propaganda glaubt, die man uns jeden Tag in den Hals stopft, sind sie alle blutrünstige Barbaren. So wie die römischen Zeitungen wahrscheinlich geschrieben haben, dass Elefanten

Feuer speien und sich mit Vorliebe von Menschenfleisch ernähren.

Ich glaube nicht, dass es eine schlimme Zeit wird. Auch die Amerikaner werden vom Krieg die Nase voll haben. Sie werden irgendwelche Befehle erlassen, und die Leute werden brav tun, was man ihnen sagt. Das Gehorchen haben wir ja ausführlich geübt.

Aber eben: Vorläufig weiß noch keiner, wie so ein Elefant aussieht, und wie man sich am besten vor ihm schützt. Und so bereitet sich jeder anders darauf vor.

Heckenbichler läuft seit neustem in Zivil durchs Dorf, und das wird wohl kaum daran liegen, dass seine Uniformjacke gerade in der Wäsche ist. Der Herr Ortsgruppenleiter übt für das Zivilistendasein. Am Abend sitzt er zwar noch manchmal am Stammtisch in der *Watzmann*-Stube, aber er führt dort nicht mehr das große Wort. Ein Heckenbichler, der zuhört – allein schon das bedeutet eine Zeitenwende.

Kleinpeter ordnet Papiere, als ob er eine Armee aus lauter Rechnungsprüfern erwartete. Dabei macht er sich keine großen Sorgen um seine Zukunft. «Leute, die organisieren können, werden immer gebraucht», sagt er. Leider wird er damit wohl recht behalten. Das ist ja auch in Ordnung, wenn einer immer nur Drehpläne und Aufnahmetermine organisiert hat. Ich befürchte nur, dass auch die Bücherverbrennungs- und Menschenverhaftungsorganisierer bald wieder gebraucht werden.

Servatius büffelt Englisch. Er hat zwar kein Lehrbuch und niemanden, der ihm sagen kann, wie man die Worte richtig ausspricht, aber er hat doch tatsächlich – so viel Bildungsbeflissenheit hätte ich ihm gar nicht zugetraut – eine zweisprachige Shakespeare-Ausgabe nach Kastelau mitgebracht. Er träumt davon, *Hamlet* zu verfilmen. Bin mal gespannt, wie weit er mit «Sein oder nicht sein» kommen wird.

Titi verbringt eine Menge Zeit vor dem Spiegel und probiert neue Frisuren aus. Ich glaube nicht, dass sie sich für mich so aufhübscht. Sie hat wohl beschlossen, die wilden Elefanten mit weiblichem Charme zu bändigen.

Alle, alle sind sie dabei, sich neu zu erfinden. Am gründlichsten schreibt Walter Arnold die eigene Rolle um – und in seinem Fall ist das ganz wörtlich zu verstehen. Vorhin war er bei mir und hat mir doch tatsächlich seine Idee für zwei neue Szenen erzählt. Ich müsse sie nur noch ein bisschen polieren, meinte er. Wie in dem alten Witz, wo einer einen unbehauenen Felsklotz als Venus von Milo verkaufen will. «Sie müssen nur noch wegklopfen, was zu viel dran ist.» Eine Situation hat er sich da einfallen lassen, die ist schon nicht mehr an den Haaren herbeigezogen, sondern an der Glatze. Bodo von Schwanenburg als Pazifist.

Ich denke natürlich nicht daran, auch nur ein Blatt Schreibmaschinenpapier für solchen Unfug zu verschwenden. Die Zeit, in der ich mich in jede gewünschte Richtung verbiegen musste, geht zu Ende. Frank Ehrenfels wird nicht mehr lang existieren. Ich freue mich jetzt schon darauf, auf seinem Grab zu tanzen.

Interview mit Tiziana Adam
(18. Oktober 1986)

Danke der Nachfrage. Besser. Die Nachricht von meinem Ableben war leicht übertrieben. Das hat der Augustin immer gesagt, wenn er am Morgen nach einer Sauferei … Leicht übertrieben.
[Lachen, Husten]
Lachen sollte ich noch nicht.
[Husten]
Wirklich. Viel besser. Ich wäre sogar aufgestanden, wenn es im Bett nicht so gemütlich … Wie war gestern der Umsatz?
Echt? Ich bin beeindruckt. Von jetzt an bleibe ich immer im Bett und lass dich den Laden … Dann werden wir beide Millionäre.
[Lachen, Husten]
Nein, Lachen geht noch gar nicht. Aber sonst … Du brauchst nicht auf Krankenschwester zu machen, sondern kannst gleich anfangen, deine Fragen …
Die neuen Szenen? Es gab nur zwei. Bei denen auch tatsächlich etwas aufgenommen wurde. Die erste zwischen dem Arnold und dem Augustin, und die zweite … Das war eben die, bei der dann der Unfall … Wenn es wirklich ein Unfall war und nicht Absicht. Ich bin mir da bis heute nicht sicher. Doch, eigentlich bin ich mir … Ich kann es bloß nicht beweisen. Weil der Film ja nicht mehr …
Ja doch. Ja doch. Ja doch. Der Reihe nach. Du solltest dir das auf den Bauch tätowieren lassen.
Ich bin nicht schlecht gelaunt. Wenn ich dich anstänkere,

ist das ein gutes Zeichen. So weit solltest du mich unterdessen kennen. Es geht mir besser.

[Husten]

Film hatten wir keinen mehr in der Kamera, aber wir haben fleißig weiter so getan, als ob wir ... Weil die Männer sonst zum Volkssturm gemusst hätten. Das war der einzige Grund. Vor Berlin hatten wir keine Angst mehr. Weil: Dass jetzt noch einer beim Ministerium nachfragt, ob wir auch wirklich ... Das war ... Ich bin nicht mal sicher, ob ein Telefongespräch überhaupt noch ... Oder auch nur ein Brief. Außerdem hatte der Heckenbichler jetzt andere Sorgen. Wenn du der Kapitän auf der *Titanic* bist und hast gerade den Eisberg gerammt, dann ist es dir völlig egal ... [Husten] Scheißegal ist es dir, ob die vom Bordorchester selber spielen oder nur eine Schallplatte ... Dann stellst du dir andere Fragen. Ob du heldenhaft mit deinem Schiff untergehen willst oder dir doch lieber einen Platz im Rettungsboot ... Das wird beim Heckenbichler nicht anders gewesen sein als bei uns. In den letzten Wochen des Krieges haben alle angefangen, Pläne für die Zukunft zu schmieden. Der Hauck, der Kameramann aus München, das weiß ich noch, der hatte seine Familie wegen der Bombenangriffe aus der Stadt weggeschickt, zu irgendwelchen Verwandten aufs Land, und jetzt konnte er es kaum erwarten ... Und der Kleinpeter hat in seinem Kopf bereits das ganze deutsche Filmwesen neu ... Der Goebbels hatte ja eine einzige riesige Firma daraus gemacht, und die würde man wieder auseinanderklamüsern müssen. Da hat er seine Aufgabe ... Er ist ja dann auch ein wichtiger Mann in dem Bereich geworden. War ein netter Mensch, der Kleinpeter. Ein bisschen zu pingelig für meinen Geschmack, aber nett. Der Servatius, typisch Starregisseur, hatte schon eine ganze Liste von Filmen im Kopf, die er alle ... Sobald das wieder möglich war. Hat nur noch überlegt, mit welchem er den Anfang macht. Der Werner hat an seinen großen Roman gedacht. Und wir Schauspieler waren in Gedanken alle schon wieder in Babelsberg. Die Maar und der Augustin hatten langfristige Verträge mit der UFA, und sie haben gehofft, dass die nach dem Krieg immer noch ... Bei mir war das anders. Ich war immer nur von Film zu Film ... Aber ich habe natürlich schon damit gerechnet, dass der Servatius ... Wo er doch immer gesagt hat, was für ein Talent ich wäre, und was für eine große Zukunft ... Und der Walter Arnold ...

Nein, ich glaube nicht, dass der damals schon von Hollywood geträumt hat. Auf die Idee wäre er gar nie ... Oder wenn er daran gedacht hätte, hätte er nicht daran geglaubt. Ein Säufer träumt auch von einer eigenen Schnapsfabrik und glaubt trotzdem nicht wirklich, dass ihm jemand ...

[Lachen, Husten]

Er hat sich vorgestellt, dass sie ihm bei der UFA nach dem Krieg einen roten Teppich ... Nur schon, weil er noch am Leben war und nicht irgendwie verstümmelt oder so. Ich hab mal ein Gespräch mit angehört, zwischen ihm und Servatius, da hat der Walter ... Der Krieg sei für ihn persönlich eine gute Sache gewesen. Weil sein Rollenfach jetzt nämlich Mangelware ... So viele jugendliche Helden kämen ja wohl nicht lebend von der Front zurück. Ganz sachlich, als ob der einzige Zweck des Krieges gewesen wäre, ihm dicke Rollen ... «Ehrgeiz» ist ein gutes Wort. Da hat mich der Werner mal drauf aufmerksam gemacht. Weil da «Geiz» mit drinsteckt. Zum richtigen Ehrgeiz gehört, dass man keinem andern etwas vom

Erfolg abgeben will. Dass es dann bei ihm nicht die UFA geworden ist, sondern sogar Hollywood, das war Zufall. Wenn dieser amerikanische Kulturoffizier nicht aus der Filmbranche gewesen wäre, sondern zum Beispiel Musiker ... Arnie Walton. Doofer Name, übrigens. Ein Held heißt nicht Arnie, finde ich.

Vielen Dank, Herr Professor. Das hätte ich selber gar nicht gemerkt, dass das nur eine Verdrehung von seinem deutschen Namen ist. So einen Scheiß musst du mir wirklich nicht erklären wollen. Ich hab's an der Lunge, nicht am Hirn.

Ist schon gut. Macht ja nichts. Du bist halt ein Studierter, die müssen einem immer beweisen ...

[Husten]

Was wollte ich ...?

Diese neuen Szenen, die hat er nur vorgeschlagen, weil er dachte, sie wären gut für seine Karriere. Er nahm an, die Amis würden zunächst mal nur solche Leute wieder ins Atelier lassen, die politisch unverdächtig ... Die Parteimitgliedschaft allein würde dabei kein Problem sein, das war seine Theorie. In dem Punkt würden sie bestimmt ... Weil sich mit den Nichtmitgliedern noch nicht mal ein Zweipersonenstück anständig besetzen ließe. Aber wenn einer ein Hundertfünfzigprozentiger gewesen war, allzu sichtbar braun eingefärbt ... Die Maar ist erschrocken, wie er das gesagt hat. Wo sie doch in jedem Interview von ihren Plauderstündchen mit den Görings erzählt hatte. Und dem Augustin, mit all seinen Bonzenfreunden, dem sind auch einen Moment lang die Gesichtszüge entgleist. Ich sehe die Situation noch genau ... Wir hatten den Regietisch auf die Terrasse vom *Watzmann* rausgestellt, nicht nur wegen der Frühlingssonne, sondern damit die Leute aus dem Dorf auch sehen sollten, wie fleißig wir ... Da haben wir das besprochen. Man müsste den Amerikanern zeigen können, dass man innerlich schon immer dagegen war, hat der Walter gemeint. Und dazu wäre unser Durchhaltefilm ja nicht wirklich das Gelbe vom Ei. Man müsste dem Ganzen nachträglich einen völlig anderen Dreh ... Wie er das denn machen wolle, hat der Servatius ganz ärgerlich gefragt. Und der Walter Arnold hatte auch tatsächlich schon ...

[Langes Husten]

Der hatte eine Idee.

Tagebuch Werner Wagenknecht
(April 1945)

Jetzt sind alle endgültig durchgeknallt. Sogar Servatius und Kleinpeter, die es ja wirklich besser wissen müssten.

Sind restlos begeistert von dieser total blödsinnigen Idee. Sehen darin die Lösung all ihrer Probleme. Reden sich ein, wir müssten den Unsinn nur drehen, mit unserer allerletzten Filmkassette, und schon würden uns die Amerikaner den roten Teppich ausrollen. Sehen sich schon als Ehrengäste bei einem Sektempfang im alliierten Hauptquartier. «Mein Name ist Eisenhower, ich freue mich, Ihre Bekanntschaft zu machen. Nehmen Sie doch noch ein Schnittchen, Herr Arnold!»

Sie glauben das tatsächlich.

Weil sie es glauben wollen. Und bald werden sie auch überzeugt sein, dass sie alle schon immer dagegen gewesen sind. Ich habe keinen Zweifel, dass man das bald in ganz Deutschland behaupten wird. Mehrstimmig und im Chor. Wenn das Kind in den Brunnen gefallen ist, will keiner Kindermädchen gewesen sein.

Walter Arnolds Idee entspricht ihrer Weltsicht. Die Weltsicht von Leuten, die zu lang im Kinogeschäft gearbeitet haben und dabei betriebsblind geworden sind. Im Film, diese Erfahrung haben sie tausendmal gemacht, lässt sich die Welt ganz nach Belieben zusammensetzen. So wie man sie gerade braucht. Was einem nicht ins Konzept passt, wird rausgeschnitten. Die Leute im Kino sollen nur das zu sehen bekommen, was man ihnen zeigen will. Wie es jeder Varietézauberer auch tut, wenn er einen Trick vorführt. Magie ist, wenn man den doppelten Boden nicht bemerkt.

Ich habe selber auch schon einmal bei einem solchen Zauberkunststückchen mitgewirkt, damals bei *Sein bester Freund*, als wir aus einem schwerblütigen Drama über Nacht eine heitere Komödie machen mussten. Die Dreharbeiten liefen schon zehn Tage, als plötzlich von ganz oben die Order kam, es dürften ab sofort nur noch Filme mit glücklichem Ausgang gedreht werden. Die Kassenrapporte hätten eindeutig gezeigt, dass die Leute ihr Geld nur ausgeben würden, wenn sie dafür Friede, Freude, Eierkuchen bekämen. «Also lassen Sie sich etwas einfallen», hieß es. «Einmal Happy End mit viel Zuckerguss, bitte.»

Königsberger Klopse hatten sie bestellt und jetzt wollten sie doch lieber Sahnetorte haben. Aus den gleichen Zutaten hergestellt, denn das schon gedrehte Material sollte gefälligst möglichst vollständig verwendet werden. Aus Gründen der Sparsamkeit. «Sie werden schon eine Lösung finden, Herr Wagenknecht. Wir haben volles Vertrauen zu Ihnen.»

Damals durfte ich noch Werner Wagenknecht sein.

Am schwierigsten zu retten war eine lange Szenenfolge, die wir in Hoppegarten gedreht hatten. Die aufwendigste Sequenz des ganzen Films. Hugo ist mit seiner Familie beim Rennen, alle sind bester Laune. Dann, als er gerade eine Pferdewette gewonnen hat und entsprechend jubelt, trifft die Nachricht vom Tod seines besten Freundes ein. Seine Welt bricht zusammen. Allgemeiner Wasserfall, wie das Titi gern nennt. Sie ist so stolz auf die paar Fachausdrücke, die sie aufgeschnappt hat.

Die Sequenz war so teuer gewesen, dass man sie nicht wegschmeißen konnte. Sie musste im fertigen Film vorkommen, auch wenn sie nun wahrhaftig nichts Komödienhaftes oder Happyendiges an sich hatte. Eigentlich war das ein unlösbares Problem, und das hat mir damals gerade Spaß gemacht. Ich habe auch tatsächlich eine Lösung gefunden, auf die außer mir wohl keiner gekommen wäre. Ich habe eine Szene dazugeschrieben, in der der Zuschauer erfährt, dass der alte Konsul seinen Tod nur vortäuscht, weil er die Freundschaft der anderen auf die Probe stellen will. Und weil die Leute im Kino das wussten, haben sie während der allgemeinen Schluchzerei in Hoppegarten nicht ihre Taschentücher rausgeholt, wie es ursprünglich vorgesehen war, sondern sich amüsiert wie Bolle auf dem Milchwagen.

Im Film geht so was. Da kann man auch einen Toten wieder zum Leben erwecken. In der Wirklichkeit wird die Technik kaum funktionieren. Ich glaube kaum, dass sich die Amerikaner mit einer Tüte Bonbons auf die billigen Plätze setzen werden.

Wir drehen hier seit Wochen, ach was: seit Monaten einen

Durchhaltefilm. Jeder Dialog läuft darauf hinaus, dass man sich bis zum letzten Blutstropfen gegen den Feind wehren muss. Alles ist heroisch und kampfbereit bis zum Gehtnichtmehr. Und jetzt soll daraus plötzlich ein Aufruf zum Frieden werden?

Und aus Essiggurken macht man Limonade.

«Wir müssen nur ein paar einzelne Sätze nachdrehen», sagt Walter Arnold. «Und eben die neuen Szenen.»

Auf die er so stolz ist.

Selbst ein so vernünftiger Mensch wie Kleinpeter ist Feuer und Flamme für die Idee. («Feuer und Flamme?» Ich muss mir solche Sonnwendfeier-Ausdrücke schleunigst wieder abgewöhnen.) Ich war der Einzige am Tisch, der Einwände machte. Sie wollten sie gar nicht hören, sondern haben mich die ganze Zeit nur mit diesem leicht mitleidigen Blick angesehen, der überdeutlich sagt: «Unser Schreiberling will mal wieder gebeten werden.»

Was mich am meisten ärgert: Sie sind alle fest davon überzeugt, dass ich letzten Endes ihr Hütchenspiel mitmachen werde. Auch Titi, die mich ja nun wirklich besser kennen müsste. Nicht einer hat den geringsten Zweifel daran, dass ich sie bei ihrer Fälschung unterstützen werde. Sie meinen mich besser zu kennen als ich mich selber. Aber man kennt einen Menschen nicht, bloß weil man ihm auf dem Weg ins Badezimmer in Unterhosen begegnet ist.

Nichts wissen sie von mir. Gar nichts. Sie kennen nur Frank Ehrenfels, diese Pappfigur. Diesen Hampelmann, bei dem man nur am Schnürchen zu ziehen braucht, und schon tanzt er. Er würde ihnen den Willen tun. Aber ich bin Werner Wagenknecht.

WERNER WAGENKNECHT.

Als frischgebackener Gymnasiast war ich so stolz auf mich und meine neue Schülermütze, dass ich einmal eine ganze Seite meines Aufsatzheftes nur mit meinem Namen vollgekritzelt habe. Werner Wagenknecht. Werner Wagenknecht. Werner Wagenknecht. Ich hätte Lust, es wieder zu tun.

Damals musste ich die Seite mit einer Rasierklinge vorsichtig aus dem Heft trennen, damit unser Klassenlehrer nichts von meinem Eitelkeitsanfall bemerkte. Jetzt kann es nur noch Tage dauern, Wochen höchstens, bis ich mich nicht mehr zu verstecken brauche. Bis ich endlich wieder ich selber sein darf.

Zwölf Jahre lang hat es Wahrheit nur auf Marken gegeben, in winzigen Rationen. Jetzt kommt sie wieder in den freien Verkauf. Und Werner Wagenknecht wird sich den Luxus der Ehrlichkeit leisten. Schluss mit der Heuchelei. Im Gegensatz zu allen andern muss ich den Amerikanern nicht beweisen, dass ich eigentlich, eigentlich, eigentlich schon immer dagegen war. Man hat meine Bücher verbrannt und mir ein Dutzend Jahre lang meinen Beruf verboten. Ich werde mein Schicksal vorweisen können wie einen Passierschein.

Sie denken, ich sitze in meinem Zimmer, um ihnen ihre Szene doch noch zu schreiben. So ein bisschen Dialog in die Schreibmaschine hauen, das macht ihm ja keine Mühe, denken sie.

Nein, es würde mir keine Mühe machen. Aber es tut gut, endlich wieder nein sagen zu können.

Interview mit Tiziana Adam
(20. Oktober 1986)

Seit ich wieder auf den Beinen bin, kommt mir die Wohnung größer vor. Riesig. Die Strecke bis in die Küche ... Aber ich hab uns trotzdem Kaffee ...
Ja, ich bin auf dem Weg der Besserung. Wenn es mal bloß keine Sackgasse ist. Was für Kuchen hast du ...?
Apfelschnitten. Na ja. Teller sind in der Küche.
[Leise] Apfelschnitten. Phantasieloser geht's nicht.
[Pause]
Nein, das sind die Falschen. Für Kuchen nehm ich immer ... Ach, egal. Man ist schließlich flexibel. Setz dich hin.
Kaffee und Kuchen. Richtig gemütlich. Der Bubi zu Besuch bei der Oma. Du wirst mir fehlen, wenn du wieder in Los Angeles ... Auch im Lokal. Meinst du, dass einer deiner Kollegen Lust hätte, an den Wochenenden ab und zu ...?
Wär ja auch zu einfach gewesen. Das Leben ist nie einfach. Wann fliegst du zurück?
Weißt du, dass ich noch nie in einem Flugzeug ...? Auch so eine Sache, die an mir vorbeigegangen ist. Damals, als man wusste, dass der Krieg nicht mehr lang dauern konnte, da hat man sich gesagt: Jetzt geht das Leben los. Dabei war es eigentlich schon ... Für mich war es zu Ende. Willst du nicht das Tonbandgerät ...?
Schon die ganze Zeit? Und lässt mich hier labern.
Hab ich dir eigentlich mal das Bild vom Werner gezeigt? Das einzige, das ich von ihm habe? Das aus der Zeitung? Wo sie ihm diesen Preis überreichen und er schaut so verlegen in die Gegend, als ob es ihm peinlich wäre, dass er ...?

Ich such's dir raus. Ich weiß genau, wo … Wo es liegen müsste. Ziemlich genau. Auf dem Bild sieht man, dass er ein schmächtiger Typ war. Schmal. Woher sollte es auch kommen? Den ganzen Tag am Schreibtisch und eine Zigarette nach der andern. Und trotzdem ist er auf den Walter Arnold losgegangen. Der zwanzig Jahre jünger war und doppelt so kräftig. Wenn sie ihn nicht festgehalten hätten, drei Mann hoch, ich glaube, er hätte ihn …

Ja doch. Das wollte ich dir gerade erklären. Du sollst mich nicht immer unterbrechen.

Es ging um die neuen Szenen, die sich der Walter für den Film hatte einfallen lassen. Sie dachten, sie könnten sie einfach so bei ihm bestellen, wie man sich beim Ober zwei Eier im Glas bestellt. Wollten sie ums Verrecken haben, und der Werner wollte ums Verrecken nicht … Nichts zu machen. «Wenden Sie sich an Frank Ehrenfels», hat er gesagt. «Ich habe mit dem Herrn nichts zu tun.» Er hatte sich verändert in jener Zeit. War sturer geworden. Oder selbstsicherer. Anders auf jeden Fall. Ich wusste noch nicht recht, ob er mir so besser gefällt, oder … Ich bin nicht mehr dazugekommen, es herauszufinden. Vielleicht hätten wir uns schon bald auseinandergelebt, oder vielleicht … Ich meine heute noch, aus ihm und mir hätte etwas werden können. Wenn wir mehr Zeit gehabt hätten. Wenn er nicht …

[Lange Pause]

Es hätte alles anders kommen können. Wenn er ihnen bloß den Gefallen getan hätte und die eine Szene … Wenn meine Oma Räder hätt … [Schniefen]

Ich bin nicht traurig. Ich bin nachdenklich. Das ist etwas anderes. Ist noch Kaffee …?

Danke.
Schon wieder kalt.
Nein, bleib sitzen. Kalter Kaffee macht schön.
Zuerst wollten sie nicht glauben, dass er es dieses Mal ernst meinte. Weil er sonst immer ... Aber irgendwann mussten sie einsehen, dass er sich nicht überreden lassen würde. Und darum haben sie beschlossen ...
Iss meinen Kuchen auch auf. Ich habe heute keinen Appetit. Du bist ein junger Mann. Du musst noch wachsen.
So ist's brav.
Der Werner hat sein Zimmer immer abgeschlossen, wenn er hinausging. Das hatte er sich wegen dem Heckenbichler angewöhnt. Aber die Schlösser im *Watzmann* damals, die hast du mit einem Zahnstocher ... Er ist einfach eingebrochen, der Walter Arnold. Während der Werner seinen täglichen Spaziergang durchs Dorf ... Ist reingegangen und hat die Schreibmaschine ... Weil es in Kastelau keine andere gab. Außer im Rathaus natürlich, aber da konnten sie ja nicht gut ... Sie hatten beschlossen, die Szenen selber zu schreiben. Gemeinsam würden sie das schon hinkriegen, haben sie gedacht. Der Servatius war ohnehin überzeugt, eigentlich verstünde er von Drehbüchern mehr als alle seine Autoren. Das hab ich ihn selber sagen hören. Du musst dir das vorstellen: der Werner ohne seine Schreibmaschine. Das war, wie wenn du ihm einen Arm ... Bei lebendigem Leib. Als er zurückkam, hat er einen Wutanfall gekriegt, so was war überhaupt noch nicht ... Und er wusste auch gleich, dass es der Walter ... Ohne dass ihm das einer hätte sagen müssen. Für ihn war das ... Die vier Männer, der Kleinpeter, der Servatius, der Augustin Schramm und der Walter Arnold, saßen in dem Zimmer, das der Kleinpeter als

sein Büro benutzt hat, und haben gemeinsam … Der Augustin, der alles ein bisschen konnte, spielte den Sekretär und tippte in die Maschine, was sie sich ausdachten. Bis der Werner hereingestürmt kam wie … Zorro, der Rächer der Enterbten. Ich habe noch versucht, ihn aufzuhalten, aber … Er hat den Walter Arnold gepackt und gewürgt. Der hat sich überhaupt nicht gewehrt. Ich weiß nicht, ob aus Überraschung oder aus Feigheit. Der Werner war so wütend, sie mussten ihn zu dritt … Er hat sich losgemacht, hat die Blätter, die in der Maschine steckten, rausgerissen wie etwas Ekelhaftes, hat sie auf den Fußboden geschmissen und ist mit seiner Schreibmaschine abmarschiert wie … Im Fernsehen kam mal ein Bericht über ein kleines Kind, das in einen Brunnen gefallen ist, und die Feuerwehr hat einen ganzen Tag gebraucht … Als es dann endlich wieder draußen war, unverletzt, aber völlig verzweifelt, da hat der Vater es in den Arm genommen und … Ganz zärtlich. Genau so der Werner mit seiner Schreibmaschine. Sie haben die Szene dann von Hand … Und der Werner musste letzten Endes sogar … Zwei Tage später war das. Ist noch Kaffee da?

Machst du neuen? Der Weg in die Küche ist mir heute wirklich …

Tagebuch Werner Wagenknecht
(April 1945)

Es ist meine Schreibmaschine. Meine. Ende 1925 habe ich sie gekauft, in dem kleinen Laden an der Münzstraße. 98 Reichsmark, mehr als der Monatslohn eines Arbeiters, bezahlt mit dem ersten Honorar für *Kommando Null*. Damals war sie das Neuste vom Neuen. Stahlgehärtete Typenhebel, das hat mich beeindruckt.

Die Maschine, auf der ich *Stahlseele* geschrieben habe.

Auf der Schräge hinter der Walze, dort wo man das Papier hineindreht, steht groß ihr Name. Ein passender Name für die einzige Waffe, die ein Schreiber besitzt. *Torpedo*. Hergestellt von den Weilwerken in Frankfurt-Rödelheim. Ob die Fabrik wohl noch existiert? Auf Frankfurt hat es viele Bombenangriffe gegeben.

Es ist eine Reiseschreibmaschine, das war mir wichtig. Leicht zu transportieren. Ich stellte mir vor, wie ich auf dem Balkon meines Hotelzimmers sitze, in Südfrankreich vielleicht, aus dem Park weht Fliederduft zu mir herüber, und ich tippe meinen nächsten Erfolgsroman ins Reine.

Ich bin nie nach Frankreich gekommen. Nicht einmal nach Paris.

Ein einziges Mal habe ich die Maschine auf eine Reise mitgenommen. Es war ein unerträglich heißer Sommer, der Schweiß tropfte nur so auf die Tastatur, und ich kam mit dem Drehbuch zu *Dr. Fabrizius* nicht voran. Ich bin dann in den Harz gefahren, nach Wernigerode, aber dort, im Garten dieser Pension, ging überhaupt nichts mehr. Ein schattiges Plätzchen, kühles Bier und null Inspiration. Keinen geraden Satz habe ich zustande gekriegt. Nach vier Tagen habe ich die Übung abgebrochen.

Seit jener Reise ist das Schloss am Transportkoffer kaputt. Für die Fahrt nach Kastelau habe ich den Kasten mit Bindfaden zusammenschnüren müssen. Aber selbst wenn der Koffer zugesperrt gewesen wäre, dreifach verriegelt, Walter Arnold hätte sich davon nicht abhalten lassen. Wenn er etwas haben will, will er es haben. Eine Rolle oder den Basti Holzmayr oder meine Schreibmaschine.

Vom kleinen E ist schon vor Jahren das Ende des Aufwärtsbogens abgesplittert. Man könnte den Typenhebel auswechseln, das hat mir der Verkäufer damals als besonders nützliche Eigenschaft angepriesen. Ich habe nie daran gedacht, es machen zu lassen. Man liebt seine Freundin auch mit Zahnlücke.

Meine Torpedo nimmt es mir dafür nicht übel, dass ich so ungeschickt auf ihr herumhacke. Beim Tippen verwende ich nur die Hälfte meiner Finger. Die beiden Zeigefinger und den rechten Mittelfinger für die Buchstaben, die Daumen für die Abstands- und die Umschalttaste. 1933, als sie mir das Schreiben verboten, habe ich versucht, mir das Zehnfingersystem beizubringen. Zeit genug zum Üben hatte ich. Es ging nicht. Meine Hände machten einfach nicht mit. Ich bin kein Büromensch.

Vor der Machtübernahme, als es mich in der UFA noch geben durfte, musste ich oft, wenn in einer Szene etwas nicht ganz funktionierte, kleine Textergänzungen vor Ort verfassen. Auf einer fremden Maschine. Ich habe jedes Mal, obwohl die Tastaturen doch alle gleich sind, sehr viel mehr Fehler gemacht als zu Hause. Der ganze Bewegungsablauf hat nicht funktioniert. Es war, als ob man an Krücken ginge.

(Frau Melchior braucht ihre Krücken nicht mehr. Sie hat sie neben der Tür zur Küche an die Wand gehängt. Es sieht aus wie eine dieser Votivgaben, die man manchmal in katholischen Kirchen antrifft. «Dank für wundersame Errettung».)

Manchmal, viel zu selten, mache ich meine Torpedo gründlich sauber. Die Buchstabentasten, die man oft verwendet, das fällt mir jedes Mal wieder neu auf, werden viel schmutziger als die anderen. X und Y sind noch ganz jungfräulich. Ich wische die Tasten mit einem feuchten Lappen ab, eine nach der andern. Es ist ein zärtlicher Vorgang.

Über einem Blatt Zeitungspapier stelle ich die Maschine auf den Kopf und bin immer wieder erstaunt, was sich alles darin ansammelt. Haare, Brotkrumen, Zigarettenasche. Titi hat einmal gesagt: «Andere Leute rauchen beim Schreiben, aber du schreibst beim Rauchen.»

In einem Trödelladen habe ich mir einmal ein altes Ölkännchen gekauft, mit der Vorstellung, die mechanischen Teile meiner Schreibmaschine zu ölen. Ich bin mir aber nie darüber klargeworden, wo der Öltropfen hingehören würde. Das Kännchen steht immer noch unbenutzt in Berlin.

In der Klingel, die am Ende jeder Zeile anschlägt, ist ein Kratzer. Ich weiß nicht, wie er entstanden ist. Die Klingel ist wichtig für mich. Ihr Rhythmus zeigt mir an, wie gut meine Arbeit läuft. Manchmal, wenn eine Zeile am Ende eines Abschnitts nur aus zwei oder drei Worten besteht, verlängere ich sie mit der Abstandstaste, nur um die Klingel zu hören.

Es ist meine Schreibmaschine, meine, meine, meine. Eher würde ich mein Unterhemd verleihen als sie. Aber Walter Arnold kümmert so etwas nicht. Er hat sie sich einfach aus meinem Zimmer geholt. Aus meinem verriegelten Zimmer. Er würde einem Musiker die Stradivari klauen, wenn ihn die Lust ankäme, ein paar Töne zu fiedeln.

Aber ich habe es mir nicht gefallen lassen. Ich habe mich behauptet.

Ein schönes Wort, das einem die deutsche Sprache da anbietet. «Sich behaupten». Man stellt eine Behauptung auf.

Ich behaupte, dass ich nicht mehr Frank Ehrenfels bin.

Sollen sie ihren Quatsch doch von Hand schreiben.

Zwei Szenen aus dem Drehbuch Lied der Freiheit
(3. Fassung)

Feste Schwanenburg. Außen. Tag.

Ein warmer Frühlingstag. Wir hören das Zwitschern der Vögel.
Im Vordergrund Bodo. Er hat seine Pistole in der Hand und betrachtet sie nachdenklich.
Im Hintergrund Buff, der mit dem Rücken an einem Mauerstück auf dem Boden sitzt und die Sonne genießt.
Bodo fasst einen Entschluss. Er spricht leise, aber eindringlich.

BODO

Nein. Nie wieder. Nie, nie wieder.

Er lässt die Waffe auf den Boden fallen.
Buff springt auf und will die Pistole aufheben. Bodo hindert ihn daran.

BODO

Lass sie liegen. Da, wo alle Waffen hingehören: im Dreck.

BUFF

Man kann doch nicht …

BODO

Irgendwann muss es zu Ende sein.

BUFF

Aber unser Kampf …

BODO

Wir waren verblendet. Wir haben Treue geschworen, wo Treue keinen Platz hatte. Man hat uns belogen.

BUFF

Und wenn der Feind kommt?

BODO

Verstehst du immer noch nicht? Die wir die ganze Zeit als Feinde sahen, sind unsere wahren Freunde. Sie befreien uns von der Tyrannei des Bösen.

BUFF

(zweifelnd)

Wir sollen also nicht weiterkämpfen?

BODO

Doch.

Er bückt sich und hebt seine Pistole auf.

BODO

Für die Freiheit. Für die Gerechtigkeit. Für den Frieden.

Er steckt die Pistole ins Halfter.

BODO

Bist du dabei?

Eine lange Pause. Dann:

BUFF

Ich bin dabei.

Die beiden reichen sich die Hände.

Schmaler Weg im Gebirge. Außen. Tag.

Bodo und Buff sind auf dem Weg ins Tal. Sie singen leise vor sich hin.

BODO UND BUFF

Freiheit, die ich meine / die mein Herz erfüllt / komm mit deinem Scheine / süßes Engelsbild! Magst du dich nie zeigen / der bedrängten Welt? / Führest deinen Reigen / nur am Sternenzelt? / Freiheit, die ich meine …

Hinter einem Felsvorsprung taucht ein Feldjäger auf, der dort gelauert hat. Er richtet seine Waffe auf die beiden.

FELDJÄGER

Halt!

Bodo und Buff bleiben stehen.

FELDJÄGER

Wohin?

BODO

Nach Hause.

FELDJÄGER

Das ist Feigheit!

BODO

Im Gegenteil. Das ist Mut.

(zu Buff)

Komm!

Die beiden wollen weitergehen. Der Feldjäger stellt sich ihnen in den Weg.

FELDJÄGER

Keinen Schritt weiter!

BODO

(spöttisch)

Sonst?

FELDJÄGER

Auf Fahnenflucht steht der Tod.

BODO

Du willst mich zwingen, einen sinnlosen Krieg zu führen?

FELDJÄGER

Sinnlos? Das ist Verrat!

BODO

Das ist Vernunft.

FELDJÄGER

Her mit deiner Waffe. Du bist nicht würdig, sie zu tragen!

Ganz langsam zieht Bodo seine Pistole aus dem Halfter.
Der Feldjäger streckt auffordernd die Hand aus. [42]

FELDJÄGER

Verräter verdienen den Tod.

Es sieht aus, als ob Bodo ihm die Waffe reichen wolle.

BUFF

Tun Sie es nicht!

BODO

Er hat recht. Wer die Freiheit verrät, hat den Tod verdient.

Er drückt ab. Der Feldjäger bricht blutend zusammen.
Bodo schaut einen Augenblick auf den Toten. Dann wendet er sich ab.

---

42 Ab hier handschriftlich.

BODO
Komm, Buff! Auf uns wartet ein neues Leben.
Ohne sich noch einmal umzusehen, gehen die beiden den Weg weiter in Richtung Tal.

Interview mit Tiziana Adam
(22. Oktober 1986)

Es geht mir gut, ja. Es geht mir gut. Hör auf mit der Fragerei.

Die Schnapsflaschen stehen falsch im Regal. Zu weit hinten. Auf Kante müssen sie stehen, dass sie beinahe vorn runterfallen. Wenn du sie zu weit nach hinten schiebst, hat das so was Endgültiges. Ganz schlecht für den Umsatz.

Aber sonst: Kompliment. Alles picobello im Schuss. Schade, dass du ums Verrecken deinen Doktor ... Ich würde dich sofort ... Und dir in meinem Testament die Kneipe vermachen. Du kannst sie ja umtaufen. *Bei Bubi* statt *Bei Titi*. [Lachen]

Siehst du, sogar das Lachen geht schon wieder.

Hol mal ein Piccolo aus dem Eis. Wir wollen meine Auferstehung stilvoll feiern.

[Pause]

Sehr zum Wohl, Herr Dr. Saunders.

Heute wär ich in der Stimmung, dir etwas Lustiges ... Eine Episode mit rosa Schleifchen. Aber es sind keine rosa Schleifchen mehr ... Die Geschichte hatte kein Happyend. Das Leben ist ein Scheißfilm, weißt du das? Im Kino würde ich zur Kasse gehen und mein Geld zurückverlangen.

[Pause]

Zum Wohl.

Diese neue Handlung, die sich der Walter Arnold ausgedacht hatte, die sie sich zusammen ausgedacht hatten, die hatte einen großen Haken: die Besetzung. Weil Schauspieler gab's ja nur die zwei, den Walter und den Augustin. Für die eine Szene brauchten sie aber unbedingt einen dritten. Den Feldgendarmen, der den Bodo an die Front zurück ... Keine schwierige Rolle. Er kommt raus, sagt ein paar Sätze und wird erschossen. Das kann dir eigentlich jeder ... Tot umfallen ist eine der leichteren Übungen. Das hat noch jeder irgendwann ... Ob er wollte oder nicht.

Trinkst du dein Glas nicht aus? Dann gib her. Ich hab heute so einen trockenen Mund.

[Pause]

Den Basti Holzmayr hätte es natürlich noch ... Aber der war tabu. Außerdem war er jetzt beim Volkssturm und musste den andern «Rechtsum kehrt!» beibringen. Und er wäre auch gar keine gute Besetzung ... Zu jung für einen Kettenhund. Und dazu diese atemlose Stimme. Er klang immer so, als ob er gerade hundert Meter ... Sonst hatten sie alles, was für die Szene nötig war. Rein technisch. Viel brauchte es ja nicht. Nur eine Pistole mit Knallpatronen. Die Pistole war vorher schon in dem Film vorgekommen. Eine Walther P38.

Ja, genau die, die ich dir ...

Das mit dem Piccolo war ein Fehler. Hol besser eine ganze Flasche.

Es ist mir scheißegal, ob du Sekt magst oder nicht. Sagt ja keiner, dass du mittrinken musst.

[Pause]

[Singt] «Meine Herren, heute sehn Sie mich Flaschen aufmachen …» Das kannst du schon ganz gut. Mit der Nummer kriegst du in jeder Bar einen Job. Schade, dass es dafür keinen Doktortitel … Was?

[Pause]

Ah.

Was sie nicht hatten und eigentlich gebraucht hätten, das war diese kleine Kapsel. Die man unter der Uniform befestigt und dann mit Druckluft … Damit das Blut schön spritzt. War ja kein Requisiteur da. Und selbst wenn sie eine gehabt hätten … Das Risiko wäre zu groß gewesen, dass etwas damit schiefgeht. Die Aufnahme musste gleich beim ersten Mal … War ja kaum mehr Film … Und sie hatten noch ein paar andere Sachen zu drehen. Einzelne Sätze. Sie haben dann beschlossen, dass sich der Kettenhund nach dem Schuss einfach mit der Hand an die Brust fassen sollte, als ob da eine Wunde … Und dann tot umfallen. Eigentlich ganz einfach. Nur einen Darsteller hatten sie nicht dafür.

Willst du wirklich keinen Sekt?

Bist dir wohl Besseres gewöhnt. Die feinste Marke ist es nicht, ich geb's zu. Aber Teureres bestellt bei mir keiner.

Zum Wohl.

[Pause]

Sie haben dann untereinander ausgeheckt, dass der Kleinpeter die Rolle spielen sollte. In der Not frisst der Teufel Linsen. Sie haben ihm eine Uniform angezogen und eine Probe gemacht. Das hättest du sehen sollen! Der Kleinpeter, der doch sonst immer so souverän war, wurde plötzlich … Es gibt nun mal Leute, denen musst du nur eine Kamera vors Gesicht halten und schon können sie sich nicht mehr bewegen wie normale Menschen. Die meisten Leute, glaube ich. Das ist nicht einmal Lampenfieber oder Aufregung, sondern einfach ... Sie fangen an zu überlegen, wie man steht und wie ... Aber wenn du das mit Überlegung machen willst, dann funktioniert es schon überhaupt nicht. Frag mal einen Tausendfüßler, in welcher Reihenfolge er seine Beine ... Sobald er drüber nachdenkt, fällt er nur noch auf die Schnauze. Dem Kleinpeter ging das genau so, und dabei kannte sich der mit Kintopp doch wirklich aus. War seit zwanzig Jahren jeden Tag im Atelier gewesen. Aber jetzt, wo er selber mal ran sollte ... Wie ein Eunuch im Harem, von dem man verlangt, dass er selber ... Er weiß, wie's geht, er kann erklären, wie's geht, aber selber kriegt er's nicht hin. Wenn er umkippen musste, nach dem Schuss, dann sah das aus, als ob er sich nach seiner Brille bücken würde. Völlig unbrauchbar. Und so sind sie dann schließlich auf den Gedanken gekommen ...

Wenn das Glas einer Dame leer ist, was tut dann der Gentleman?

[Pause]

Zum Wohl.

[Pause]

Ich werde doch auf eine andere Marke umsteigen. Bei dem Gesöff merkt man ja noch nicht mal, dass Alkohol drin ist. Ich bin immer noch ekelhaft nüchtern. Und dabei ...

[Lange Pause]

Es geht mir gut. Wie oft soll ich dir das noch sagen? Es geht mir gut. Jetzt hab ich dir die Geschichte bis hierher erzählt, jetzt erzähl ich dir auch noch den Schluss. Mit aller Scheiße, die dazu ...

Sie haben die Szene probiert und noch mal probiert, es haben sich auch alle mit guten Ratschlägen eingemischt, aber ...

Dass der Augustin die ganze Zeit gekichert hat, hat die Sache auch nicht besser ... Der konnte sich überhaupt nicht mehr einkriegen. Manchmal war er eine furchtbare Lachwurzen.

Lachwurzen. Einer, der mitten in einer Szene zu lachen beginnt. Sie haben dir die falschen Worte beigebracht.

Irgendwann mussten sie einsehen, dass es mit dem Kleinpeter nicht ging. Der hätte fünf Jahre probieren können, und es wäre immer noch Laienspiel ... Und genau diese Szene sollte doch besonders ... Sie hat ja dann auch überzeugend ausgesehen. Das haben sie hingekriegt. Der Walter Arnold hat das hingekriegt.

[Lange Pause]

Hast du ein Taschentuch?

Dann gib her. Ich hab was im Auge.

[Pause]

Zum Wohl.

[Pause]

Ich werde mich beim Cash and Carry beschweren. Das Zeug hat weniger Alkohol als jeder Hustensirup. Traubensaft ist das, bestenfalls. Wenn sie's nicht in irgendeinem Labor zusammengebraut haben, aus Kartoffelschalen und ... Heutzutage wird alles gefälscht. Genau wie damals.

Sie haben dann beschlossen, dass der Werner ran sollte. Ein paar Sätze reden und dann tot umfallen, das müsste auch ein Schriftsteller ... Ich habe ihnen gesagt, dass sie ihn gar nicht fragen brauchten. Dass er das ganz bestimmt nicht ... Aber wenn sich der Walter Arnold etwas in den Kopf gesetzt hatte ... Und die andern auch. Alle. Sie haben den Kleinpeter losgeschickt, der sollte ihn überreden. Der Werner war bei der Probe nicht dabei. Der saß in seinem Zimmer und tippte sich die Finger wund. Die ganze Filmerei interessierte ihn nicht mehr. Er hatte sich verändert in den letzten Tagen. Wochen. Wie kann ich dir das beschreiben? Als ob er ... Es klingt jetzt doof, wenn ich das so sage, aber ... Als ob er gewachsen wäre. Größer geworden. Stärker. Den andern ist das nicht aufgefallen, weil ... Wenn du einen Menschen jeden Tag triffst, dann schaust du gar nicht mehr richtig hin. Dann weißt du ja, wie er ... Aber der Werner ... Das war ein ganz toller Mann, weißt du. Ich hab's ja auch zu spät gemerkt.

[Lange Pause]

Jetzt müsste man rauchen dürfen.

[Pause]

Nein. Danke. Das Zeug kannst du in den Ausguss kippen. Ich brauch jetzt etwas Stärkeres.

Tagebuch Werner Wagenknecht
(20. April 1945)

Ich will es nicht machen, natürlich nicht. Aber ich habe keine Wahl. Frank Ehrenfels hätte sich vor der Aufgabe drücken können, aber nicht Werner Wagenknecht. Seine Rechnungen muss man bezahlen.

Ich verdanke Kleinpeter wahrscheinlich mein Leben. Er hat, über das Berufliche hinaus, nie etwas dafür verlangt. Jetzt hat er mir meine Schuldscheine präsentiert. Ohne sie auch nur zu erwähnen; das ist nicht sein Stil.

«Es ist eine persönliche Bitte», hat er gesagt. «Eine Sache zwischen dir und mir. Walter Arnold ist kein angenehmer

Mensch, das weiß ich. Niemand, dem man gern einen Gefallen tut. Aber diesmal ...» Er hat den Satz nicht zu Ende gesprochen.

Kleinpeter trägt wieder Anzug und Krawatte. All die Zeit ist er rumgelaufen wie ein auf ländlich verkleideter Städter. Jetzt ist er wieder er selber, der Herr Herstellungsleiter, der hinter einem Schreibtisch zu Hause ist, mit einem Telefon, das pausenlos klingelt, und einer Sekretärin, die lästige Besucher abwimmelt. Die Bügelfalte an seiner Hose ist messerscharf, und sein weißes Hemd sieht aus wie gerade erst gekauft. Ich weiß nicht, wie er das macht. Wir andern schaffen bestenfalls noch die fadenscheinige Eleganz von Leuten, die mal bessere Tage gesehen haben. Seine Schuhe sind frisch gewienert, ein Paar, das ich noch nie an ihm gesehen habe. Er versteht es besser, sich zu organisieren als ich. Ganz egal, wie die Welt in ein paar Tagen aussehen wird, Kleinpeter ist bereit, jede ihm übertragene Aufgabe zu erfüllen. In leitender Stellung, selbstverständlich.

«Ich weiß nicht, ob es funktionieren wird», hat er gesagt. «Aber den Versuch ist es wert. Einen neuen Vorgesetzten muss man gleich am ersten Tag beeindrucken. Am zweiten kann es schon zu spät sein.»

Kleinpeter bleibt sachlich, wenn er einen zu etwas überreden will. Er benutzt keine leeren Floskeln, sagt nicht «Für dich ist das doch eine Kleinigkeit» oder «Du wirst sehen, es macht dir sogar Spaß». Er legt seine Karten offen auf den Tisch. «Das und das will ich von dir.» Die Gegenposition – «Das und das schuldest du mir» – erwähnt er nicht. Er geht davon aus, dass man sie genauso gut kennt wie er selber. Er kennt sie sehr genau. Ein Buchhalter der gegenseitigen Verpflichtungen.

«Es ist mir unangenehm», habe ich gesagt, und er hat nur

genickt. Auch das war in seiner Rechnung schon eingepreist.

Er hätte mich daran erinnern können, dass er mir jahrelang Arbeit gegeben hat, obwohl das auch für ihn selber ein Risiko war. Er hätte unsere Treffen am Anhalter Bahnhof erwähnen können. Die Tatsache, dass er mich nach Kastelau mitgenommen hat. Er hat kein Wort davon erwähnt. Er verlässt sich darauf, dass ich ein Gewissen habe.

Er kennt mich zu gut.

Als ich ja gesagt habe, war er nicht überrascht. Ein guter Schachspieler weiß im Voraus, nach welchem Zug sein Gegner den König vom Brett nehmen wird.

«Und wenn mir die Uniform nicht passt?», habe ich noch gefragt. In der verlorenen Hoffnung, dass mir mein schmächtiger Körperbau einmal nützlich sein könnte.

Auch darauf war er vorbereitet.

«Mit der Kamera schummeln wir das weg», hat er gesagt.

Es hätte mich nicht gewundert, wenn er einen fixfertigen Drehplan aus der Tasche gezogen und mir überreicht hätte. Auf dem ich dann schon besetzt gewesen wäre. «Ein Feldgendarm: Werner Wagenknecht.»

«Wir erwarten dich im Lindensaal zur Probe», hat er gesagt.

Keine schwere Aufgabe, eigentlich. Ich habe ein paar Sätze Dialog zu sprechen – idiotischen Dialog, aber was Frank Ehrenfels geschrieben hat, war auch nicht intelligenter –, und dann werde ich erschossen. «Sterbeszenen sind die besten», sagt Titi. Sie ist heute noch traurig darüber, dass sie nicht mehr im Schnee hat erfrieren dürfen. Sie werden die letzte kostbare Filmkassette dafür verwenden, und sie zweifeln keinen Augenblick daran, dass die Amerikaner nach ihrem Einmarsch nichts Eiligeres zu tun haben werden, als sich anzusehen, was wir da gedreht haben. Die Feldküche werden die Amis vielleicht vergessen haben oder die Munition für ihre Gewehre. Aber ganz bestimmt wird jede Kompanie mit einem fahrbaren Labor ausgerüstet sein. Damit sie jedes Fitzelchen Negativ gleich an Ort und Stelle entwickeln können. Weil Film ja die wichtigste Sache von der Welt ist.

So ähnlich stellen sie sich das tatsächlich vor.

Andererseits: Wenn ich so sicher bin, dass sich nie jemand den Quatsch ansehen wird – wieso sträubt sich dann in mir alles dagegen? Warum fällt es mir so schwer, Kleinpeter den Gefallen zu tun? Warum bringe ich es nicht einfach hinter mich, habe meine Schulden bei ihm abbezahlt, und die Sache ist erledigt?

Weil es noch einmal eine Aufgabe für Frank Ehrenfels sein wird. Weil ich mich noch einmal verbiegen und verdrehen muss, mir noch einmal einreden, der Dreck, den sie mir vorsetzen, sei eigentlich Medizin. Ich habe im Lauf der Jahre zu viel geschluckt, und immer gab es einen guten Grund dafür. Um nicht noch einmal in einen Krieg ziehen zu müssen, um meinen Beruf weiter ausüben zu können, um die Zeit auszusitzen, die so viel länger geworden ist, so viel schwärzer, als ich es mir jemals hätte vorstellen können. Ich bin ein schlechter Prophet gewesen. Wenn ich gewusst hätte, wie es wird, ich wäre nach Amerika gegangen, als man mich einlud. Ich hatte damals Angst davor, meine Sprache zu verlieren. Ich habe lernen müssen, dass es Schlimmeres gibt.

Es würde mir nicht so schwerfallen, wenn ich nicht schon gedacht hätte, es sei vorbei. «Ein Hund, der einmal gewildert hat, wird nie wieder gehorchen lernen.» In welchem Drehbuch habe ich den Satz geschrieben?

Ich ziere mich. Ein ironisches Wort. Wer zwölf Jahre im Bordell gearbeitet hat, wird nicht zierlicher, wenn er sich aufführt wie eine verschämte Jungfrau.

Wenn Walter Arnold ein triumphierendes Lächeln zeigt, auch nur den Ansatz dazu, ich schwöre es: Ich werde mich auf dem Absatz umdrehen und weggehen. (Wieso eigentlich auf dem Absatz? Wenn ich mir die Bewegung vorstelle, sieht sie ganz anders aus.) Aber er wird nicht lächeln. Er wird sich so harmlos unpersönlich geben, als ob ich ihn nicht gerade erst beinahe erwürgt hätte. Ganz professionell wird er sich geben, ein bisschen zu sachlich, um glaubhaft zu sein. So wie er den Helden spielt: immer mit einer Prise Übertreibung in der Selbstverständlichkeit. «Sehr freundlich von Ihnen, dass Sie uns aushelfen», wird er sagen. Wir duzen uns immer noch nicht, auch nicht nach diesem gemeinsam verbrachten Winter.

Ich werde brav meinen Text aufsagen, und aufs Stichwort werde ich tot umfallen. Ich werde meine Sache gut machen, wie damals als Polonius in der Schulaufführung von *Hamlet*. Das scheint meine Fachrolle zu sein: sich lange hinter einer spanischen Wand verstecken und zum Schluss als Leiche auf die Bühne rollen.

Bringen wir es hinter uns.[43]

---

43 Dies ist die letzte Tagebucheintragung von Werner Wagenknecht, geschrieben am Tag seines Todes.

Ein Brief[44]

Lieber Bubi,

ich habe Dir ausrichten lassen, es ginge mir nicht gut, und Du solltest deshalb heute nicht kommen. Das war eine Lüge. Es geht mir nicht schlecht, zumindest nicht schlechter als die letzten Tage. Aber das, was ich Dir als Nächstes von Kastelau erzählen müsste, was ich Dir auch erzählen will, weil ich es nicht ewig hinunterschlucken kann, und wenn Du es nicht aufschreibst, wird es eines Tages niemand mehr wissen und schon gar nicht wissen wollen, diese Geschichte bringe ich nicht aus mir raus. Nicht wenn Du vor mir sitzt mit Deinen großen Augen und Deinem Tonbandgerät.

Du bist so jung und hast so überhaupt keine Ahnung von der Welt. Du weißt gar nicht, wie ich Dich darum beneide.

Ich habe die ganze Nacht nicht schlafen können, weil ich an die Ereignisse von damals gedacht habe. Kennst Du das, wenn die Gedanken im Kreis laufen, immer um einen herum, man versucht sie davonzujagen, und sie kommen immer wieder auf denselben Punkt zurück, wie Schmeißfliegen, wenn sie Scheiße riechen? Ich habe ständig die Bilder gesehen, das eine Bild, und es ist mir klargeworden, dass ich nicht darüber reden kann. Nicht wenn jemand zuhört. Ich würde es einfach nicht schaffen. Du hast nichts davon, wenn eine alte Frau vor Dir sitzt und heult.

Ich habe deshalb beschlossen, weil ich ohnehin wach bin, dass ich mich hinsetze und es für Dich aufschreibe, so genau, wie ich kann. Du musst mir aber fest versprechen, großes In-

---

44 Handschriftlich.

dianerehrenwort, oder wie ihr das in Amerika nennt, dass Du hinterher nicht nachfragst, mich nicht darauf ansprichst, gar nichts. Ich halte es nicht aus, obwohl ich es schon so lang aushalte und immer noch kein Magengeschwür davon gekriegt habe. Aber ob man eine Erinnerung für sich allein erträgt, oder ob man sie mit jemandem teilen soll, das sind zwei ganz verschiedene Dinge. Man kann mit einer alten Wunde leben, die manchmal mehr weh tut und manchmal weniger, der Mensch gewöhnt sich an alles, aber wenn einer darin herumstochern will, dann laufe ich davon. Obwohl Du ein netter Mensch bist. Gerade deshalb.

Kann man ein Magengeschwür auch an der Lunge kriegen?

Ich muss mit dem Streit anfangen, den der Werner und der Walter Arnold miteinander hatten. Nicht der Streit wegen der gestohlenen Schreibmaschine, das war am Tag vorher, und damals ist jeden Tag so viel passiert und hat sich so viel verändert, dass vierundzwanzig Stunden eine lange Zeit waren. Die Geschichte hatten sie beide schon wieder vergessen oder haben doch so getan, als ob sie sie vergessen hätten. Wie man das manchmal am Fernsehen sieht, wenn zwei Politiker eine Konferenz miteinander abhalten, man weiß, dass sie sich nicht mögen, aber sie lächeln einander an, so ein gefrorenes Lächeln, und schütteln sich für die Kameras die Hände. So war das mit den beiden.

Der Werner ist also tatsächlich zur Probe erschienen, was ich nicht erwartet hatte, ist in den Lindensaal hereingeschlendert, so auffällig zufällig, als ob er ganz aus Versehen an der Tür vorbeigekommen wäre und nur schnell mal gucken wollte, was hier so läuft. Sie haben dann als Erstes ausprobiert, ob ihm die Uniform passt, die sie vorbereitet hatten. Für den Kleinpeter war sie genau richtig gewesen, aber der Werner war magerer als alle anderen, und sie mussten ihm die Hose oben mit dem Gürtel zusammenschnüren wie einen Kartoffelsack. Auch die Jacke war ihm zu weit, aber Servatius hat gemeint, das sieht sogar besonders überzeugend aus, nach einem langen Feldzug und nie genug zu essen.

Der Werner hat alles mit sich machen lassen, auch dass sie zu dritt an ihm herumgefummelt haben, und das hat mich schon gewundert, denn für gewöhnlich mochte er es gar nicht, wenn man ihn einfach so anfasste. Ich schon, das war etwas anderes, aber wenn ihm sonst jemand in einem Gespräch die Hand auf die Schulter legte oder ihn am Arm fasste, dann konnte man richtig sehen, wie ihm das unangenehm war. Aber er hat sich nicht gewehrt.

Der Werner in Uniform, das hat falsch ausgesehen. Ich kann Dir nicht erklären, warum das nicht gestimmt hat, Soldat konnte ja schließlich jeder sein, in der Zeit damals sowieso. Vielleicht hatte es auch nur damit zu tun, dass ich den Werner so gut gekannt habe, aber es geht mir manchmal auch so bei Leuten, von denen ich überhaupt nichts Näheres weiß. Unser Briefträger zum Beispiel, der hat einen Musikerkopf. Wenn der in einem Orchester sitzen würde, Du würdest keinen Augenblick zweifeln, dass er dahin gehört. Unter seiner Dienstmütze sieht er immer aus wie falsch besetzt. Dabei interessiert er sich überhaupt nicht für Musik, ich habe ihn einmal gefragt, und trotzdem …

Du musst entschuldigen, ich kann auch auf dem Papier nicht beim Thema bleiben, das war schon immer mein Fehler.

Das ist mein erster Brief seit vielen Jahren. Ich wüsste nicht, wem ich hätte schreiben sollen. Daher auch die unleserliche Schrift. Aber Du wirst sie schon entziffern. Du bist ja Wissenschaftler.

Ich wollte nur sagen: Es passt nicht jedes Kostüm zu jedem Kopf. Außer wenn Du ein leeres Gesicht hast, so wie der Walter Arnold. Ein Bilderrahmengesicht hat der Werner das genannt, weil da alles reinpasste. Dem Walter konntest Du anziehen, was Du wolltest, und es hat an ihm immer richtig ausgesehen. Nicht ganz richtig, aber richtig genug für die Kamera. Und der Werner in Uniform, das war eben das falsche Bild. Total falsch.

Er hat es mit sich machen lassen, bis zu dem Moment, wo der Walter Arnold etwas zu ihm gesagt hat, ich weiß nicht, was es war, und der Werner ist auf ihn losgegangen, so heftig, Du kannst Dir das überhaupt nicht vorstellen. Das ist eine der Sachen, über die ich viel nachgedacht habe in all den Jahren, woran sich ihr letzter Streit eigentlich entzündet hat, an welchem Wort oder welchem Satz. Nicht dass es etwas ändern würde, wenn ich es wüsste, aber ich meine immer: Was man versteht, kann man leichter ertragen.

Was der Werner geantwortet hat, habe ich dann wieder gehört. Das hat jeder gehört. Er hatte an dem Tag so eine harte Stimme, ganz anders als sonst, eine streitsüchtige Stimme, wie man etwas sagt, wenn man weiß, es wird den anderen wütend machen, und man will das auch. «Es wird euch nichts nützen», hat er gesagt, «ich spiele euer Spielchen mit, weil ich Kleinpeter etwas schuldig bin, aber es wird euch nichts nützen. Weil ich nämlich nicht den Mund halten werde, wenn alles vorbei ist, weil ich nämlich erzählen werde, wie es wirklich gewesen ist, jedem, der es hören will, und wenn es einer nicht hören will, dann erst recht.» Was natürlich das Schlimmste war, was er ihnen sagen konnte, weil sie sich das Ganze ja nur ausgedacht hatten, damit der Film anders aussehen sollte, als er eigentlich war, damit die Amis meinen sollten, sie seien alle schon immer dagegen gewesen, gegen die Nazis und gegen den Krieg und überhaupt. Und wenn sich jetzt einer hinstellen würde hinterher und sagen: «Das ist alles nur Theater und Lüge und überhaupt nicht wahr», dann war das eine Bedrohung für sie und für den Walter Arnold ganz besonders. Weil für den seine Karriere doch das Wichtigste war, und jetzt sah es so aus, als ob der Werner sie ihm kaputtmachen würde.

Der Kleinpeter hat dann beruhigende Worte gesagt, und der Walter Arnold hat das Gesicht gemacht, das man aufsetzt, wenn man dem andern sagen will: «Von dir lasse ich mich nicht provozieren.»

Dann haben sie die Szene probiert. Servatius hat Regieanweisungen gegeben und die Kameraposition festgelegt, und wenn man nicht gewusst hätte, wie sich die beiden gerade gefetzt hatten, hätte man meinen können, es sei eine ganz gewöhnliche Probe und ein ganz gewöhnlicher Dialog. Der Werner hat den Text schnell gekonnt, viel war es ja nicht, und weil er wütend war und das nicht verstecken konnte, war er richtig überzeugend in der Rolle. Er musste ja jemanden spielen, der auf die anderen losgeht. An der Stelle, wo er erschossen wird, hat er sich fallen lassen wie ein Profi, mit einer Hand hat er sich abgestützt und die andere hat er vor die Brust gehalten, dort, wo sich der Zuschauer die Wunde vorstellen sollte. Nur der Reitstaller, der Tonmeister, hat mit seiner lauten Stimme gesagt, er war lang genug im Felde und hat mehr als einmal gesehen, wie jemand erschossen wurde, und er meint, es sieht ganz anders aus. Aber auf den Reitstaller hat niemand gehört, obwohl er recht hatte. Beim Werner hatte er recht.

Sonst ging alles sehr schnell und ohne Probleme, nur eine Stimmung war in dem Lindensaal, wie bei einem Gewitter, wenn es zum ersten Mal gedonnert hat, und man weiß: Gleich geht es los.

Der Augustin hatte nicht viel zu tun in der Szene – der Walter hatte sich selber den meisten Text gegeben und dem Augustin praktisch nichts –, und er hat Sprüche geklopft, von wegen der Walter müsse gewaltig aufpassen, dass er nicht an die Wand gespielt würde. Der Werner sei ein schauspielerisches Naturtalent, hat er gesagt, genau der gleiche Ausdruck, den der Walter Arnold für den Basti Holzmayr verwendet hatte. Das hat er bestimmt absichtlich getan, um den Walter zu ärgern. Ich glaube, der Augustin hat die ganze Sache am wenigsten ernst genommen. Vielleicht weil er ja der Komiker war und sich gedacht hat, viel kann ihm nicht passieren, beruflich. Lachen wollen die Leute immer.

Sie hatten an dem Vormittag schon ein paar Sachen gedreht, die neue Szene zwischen den beiden Soldaten und ein paar einzelne Sätze von der Maar und vom Walter, ich weiß nicht genau, was die waren. Wahrscheinlich haben sie improvisiert. Ich habe alles gesammelt, was es in Kastelau an Drehbuch gegeben hat, und die Sätze stehen nirgends. Die Aufnahmen waren sehr schnell gegangen. Sie hatten ja nur noch die eine Filmkassette, und es musste alles beim ersten Versuch im Kasten sein.

Nach der Probe sind sie rausgegangen, ich auch, zu der Straße über dem Dorf, die zum Auenpass führt, dort wollten sie die Szene mit dem Werner drehen. Das war derselbe Weg, wo auch die ganzen Deserteure immer hergekommen sind. In den letzten Tagen hatte es kaum mehr neue gegeben, der Kleinpeter meinte, das müsse daran liegen, dass die Front schon ganz in der Nähe sei, wer weglaufen wolle, sei schon weggelaufen, und die anderen müssten nun halt Helden sein, ob sie wollten oder nicht. Der Kleinpeter konnte immer alles erklären.

Es ist ein schmaler Weg, oder war damals ein schmaler Weg, ich glaube, sie haben ihn unterdessen ausgebaut für die Touristen. Wir sind hintereinander hergegangen, ich direkt hinter dem Werner. Er hatte diese zu große Uniform an und das Metallschild um den Hals, das Feldjägerabzeichen. Es hat ein bisschen komisch ausgesehen, weil er völlig unpassende Schuhe dazu trug. Die Stiefel, die sie für ihn vorbereitet hatten, waren zu klein gewesen, der Werner hatte große Füße. Er hat sich selber immer darüber lustig gemacht. «Wenn es nach den Füßen ginge, wäre ich der größte deutsche Dichter» und solche Sachen. Halbschuhe hatte er an, mit einem Loch in der Sohle. Er hat zwar ein Stück Pappe in den Schuh gelegt, wie man das damals gemacht hat, aber das war auch schon wieder durchgescheuert, und man hat seine Socken gesehen. Graue Socken.

Ich bin froh, dass ich Dir das aufschreiben kann und es nicht erzählen muss, denn wegen dieser doofen Socken habe ich jetzt gerade geheult. Ich weiß auch nicht warum. Wenn ich als kleines Mädchen geweint habe, hat meine Mutter immer gesagt: «Tränen machen keine Flecken.» Sie machen aber Flecken. Man sieht sie bloß nicht.

Unterdessen ist es halb sechs geworden. Ich bin schon seit ewigen Zeiten nicht mehr so früh auf gewesen, außer zum Husten.

Sie hatten sich eine Stelle ausgesucht, wo der Weg eine Kurve macht. Er macht eine Menge Kurven, natürlich, wie das so ist bei einer Passstraße, aber die Stelle war besonders gut zu fotografieren, weil direkt gegenüber ein Felsvorsprung war, wo man die Kamera aufstellen konnte. Und die Sonne aus der richtigen Richtung. Ich glaube, ich würde den Ort mit geschlossenen Augen finden, obwohl ich nie mehr hingegangen bin, kein einziges Mal in all den Jahren, in denen ich in Kastelau gewohnt habe. Ich hätte es nicht ausgehalten. Ich habe immer gesagt, ich habe Höhenangst und kann nicht auf den Berg.

Sie wollten den Dialog in einer einzigen Einstellung aufnehmen, nicht hin und her geschnitten, wie man das normalerweise tun würde. Dafür war nicht mehr genügend Film da. Der Hauck hat gesagt, er kann nicht hundertprozentig sicher sein, wie viel Film noch in der Kassette ist, aber es wird knapp und darum muss es beim ersten Mal klappen.

Aus dem Dorf war niemand dabei. Die Leute hatten jetzt andere Sorgen als unsere Filmerei.

Der Walter und der Augustin kamen also den Weg herunter, und der Werner ist hinter seinem Felsen rausgesprungen und hat sie aufgehalten. Er will sie zurück in den Krieg schicken, und sie weigern sich. Dann verlangt er vom Walter, dass der ihm seine Pistole gibt, und der hält sie ihm auch hin, und ganz plötzlich

Sieben Uhr. Ich muss es zu Ende schreiben. Es hilft ja nichts.

Der Walter Arnold hat den Werner [Unleserliches, mehrfach durchgestrichenes Wort].

Es sollte eine Platzpatrone sein, nur für den Knall, so war es abgesprochen. Der Walter Arnold hat hinterher gesagt, dass er sich nicht erklären kann, wie die echte Munition in seine Pistole gekommen ist, es ist ihm völlig rätselhaft, und er ist verzweifelt, dass er an so einem Unfall beteiligt war, wenn er auch nicht wirklich etwas dafür kann. Aber ich stand höchstens zwei Meter neben der Kamera, wo man einen wirklich guten Blick auf die Szene hatte, und ich würde schwören, dass der Walter nicht überrascht war, als ein richtiger Schuss losging. Vor Gericht würde ich es beschwören.

Es hat nie eine Gerichtsverhandlung gegeben. Es war einfacher, dem Walter Arnold zu glauben, dass es ein Unfall gewesen war. Die anderen haben es ja auch alle bestätigt.

Aber ich glaube es nicht.

Ich merke, meine Schrift wird immer unleserlicher. Ich habe mir die Erinnerung ein bisschen zutrinken müssen.

Der Reitstaller hat recht gehabt, als er sagte, dass ein Erschossener nicht einfach zusammensackt. Der Werner hat die Arme in die Höhe gerissen, nicht vor die Brust, so wie das inszeniert war, und ist dann nach hinten gekippt, ohne sich abzustützen. Wie ein Baum, wenn er gefällt wird. Ich habe noch gedacht, er wird sich weh tun, aber da hat ihm schon nichts mehr weh getan.

Zuerst haben alle geglaubt, der Werner spielt nur eine andere Nuance als abgesprochen. Der Augustin hat sogar applaudiert. Nicht gleich, natürlich, er hat gewartet, bis der Walter Arnold die letzten Sätze der Szene gesprochen hatte. «Komm, Buff! Auf uns wartet ein neues Leben.»

Aber der Werner war tot.

Ich bin dann hinterher auf dem Boden gesessen, den Kopf vom Werner auf meinem Schoß. Ich hatte einen Rock an, den hatte mir die Marianne geliehen, aus einem schweren, dunkelgrünen Stoff, und ich weiß noch, dass ich gedacht habe, die Blutflecken gehen nie mehr raus. Sie sind auch nicht mehr rausgegangen.

Das Gesicht vom Werner hat ausgesehen, als ob er sich amüsiert. Als ob er etwas weiß, das die andern bloß noch nicht gemerkt haben. Das ist das Bild, das ich immer vor mir sehe. Dass er gelächelt hat.

Das ist die Geschichte, und ich will nicht darüber reden. Keine Fragen, nichts. Wenn Du wieder in Amerika bist, kannst Du den Arnie Walton fragen.

Es ist bald acht Uhr, und ich will versuchen, doch noch ein bisschen zu schlafen. Wenn ich wieder aufwache, bring ich den Brief zur Post.

Oder ich drück ihn Dir in die Hand, wenn Du das nächste Mal mit Deiner Uher ankommst. Viel ist aber nicht mehr zu erzählen. Nur noch der Rest meines Lebens.

Titi

Markus Heckenbichler:
Antwort auf einen Fragebogen
(1988)

FRAGE 9

Von dieser Geschichte weiß ich nur, was man sich hinterher in Kastelau erzählt hat. Ich war an dem Tag zum Volkssturm eingezogen. Nach allem, was man damals gehört hat, war es ein Unfall. In einer Szene sollte mit Schreckschussmunition geschossen werden, und die wurde mit richtiger Munition verwechselt. Eigentlich wäre mein Vater für die Aufklärung des Todesfalls zuständig gewesen, und er hatte die Leiche auch zuerst noch in den Keller vom *Watzmann* bringen lassen, ganz unten bei den Bierfässern, weil es dort am kühlsten war. Aber dann hat man beschlossen, den Herrn Ehrenfels doch einfach ohne Untersuchung zu begraben.

Es gab nachher einige im Dorf, die nicht an eine versehentliche Verwechslung der Munition geglaubt haben. Aber man muss auch bedenken, dass es sich um Schauspieler gehandelt hat, also um Leute, denen die Erfahrung in diesen Dingen fehlte. Außerdem: Was sollte der Walter Arnold für einen Grund gehabt haben, den Herrn Ehrenfels zu erschießen? Die alte Frau Waldreutner, die sich als Einzige im Dorf für solche Sachen interessierte, hat uns aus einer Zeitschrift, die sie seit Jahren gesammelt hatte, einen Fotobericht mit Bildern von einem Ball gezeigt, wo man Frau Adam und Herrn Arnold zusammen sehen konnte. Ihre Theorie war, dass es ein Mord aus Eifersucht gewesen sein müsse, weil der Herr Ehrenfels dem Herrn Arnold die Freundin ausgespannt habe. Aber das kann auch nicht stimmen, weil sich der Herr Arnold für Frauen gar nicht interessiert hat, wie wir ja wissen.

Es tut mir leid, dass ich Ihnen zu dieser Frage nicht mehr Informationen liefern kann.

Interview mit Tiziana Adam
(25. Oktober 1986)

Jetzt hast du es gelesen und weißt, was passiert ist. Ende der Durchsage. Es ist vierzig Jahre her. Mehr als vierzig Jahre. Schau mich nicht so an. Erzähl mir lieber, was du tun wirst, wenn du wieder in Amerika ... Deine Doktorarbeit schreiben, natürlich. Und sonst? Die Familie besuchen oder was? Ihr habt doch nächstens dieses Fest, wo man einen Truthahn ... Wie heißt das schon wieder?

Thanksgiving. Wo sich alle an einen Tisch setzen und dann miteinander dankbar sind. Wofür eigentlich?

Schön für euch. Ich würde da nicht mitfeiern wollen. Ich habe kein Talent zum Dankbarsein. Keinen Grund. Und Familien sind auch nicht mein Ding. Ich habe nie eine Familie gehabt. Als Kind natürlich schon, da hat jeder eine, oder doch fast jeder. Aber dann, später ...

Am 20. April. Führers Geburtstag. Mir ist erst hinterher klargeworden, was für ein Tag es war. Man hat nicht nach dem Kalender gelebt in Kastelau. Man hatte ja keine Termine. Am 20. April. Ein Freitag. Die Beerdigung war dann am Montag. Er hat immer gesagt, das Schönste an Kastelau ist der Friedhof. Es sollte erst noch eine Untersuchung geben, aber dann ... Sie haben beschlossen, dass es ein Unfall war. Es war kein Unfall, da bin ich ganz sicher.

[Pause]

[Schreit] Das ist eine ganz dumme Frage. Weil ich es nicht beweisen konnte. Wie denn? Aber der Werner war ihm im Weg, und einem Menschen wie Walter Arnold darf man nicht ...

Das ist gegen die Abmachung. Die Bedingung war, dass du keine Fragen ...

Eine? Ich kenn dich doch. Und dann noch eine und noch eine und noch eine. Wie viel Spulen Tonband hast du ...?

Also schön. Eine.

Nein, nein, nein, du hast das völlig falsch verstanden. Es geht nicht darum, dass der Walter Arnold ein mieser Charakter war. War er vielleicht. War er sogar ganz bestimmt. Aber du liegst völlig falsch, wenn du ihn dir als Bösewicht ... Er war nicht einer von denen, die in den Indianerfilmen immer die schwarzen Hüte ... Er hat den Werner auch nicht gehasst oder so was. Nein. Er hat es aus praktischen Gründen getan. Aus rein praktischen Gründen. Weil der Werner sonst allen erzählt hätte, was sie ums Verrecken nicht ... Dass der einzige Zweck des Films gewesen war, aus Berlin wegzukommen. Dass es die ganze Zeit ein Nazi-Propagandafilm war, und sie erst ganz am Schluss versucht haben, daraus einen Widerstandsfilm ... Der Werner hätte kein Blatt vor den Mund genommen. Das hatte er ihnen angedroht, und nur deshalb hat ihn der Walter ...

Möglicherweise, vielleicht, könnte sein. Oder auch nicht. Es ist mir so was von egal, was du in deiner Arbeit schreibst. Für mich ist die Sache klar. Ich glaube nicht an Zufälle. Wenn etwas quakt wie eine Ente, ist es kein Kaninchen.

Bei wem denn? Beim Heckenbichler? Du stellst dir das falsch vor. Das war keine Zeit, wo man einfach aufs Amt gehen konnte und eine Anzeige machen. «Da hat einer im Halteverbot geparkt. Seinen Müll am falschen Tag vors Haus gestellt. Ach ja, und meinen Freund hat jemand erschossen, würden Sie sich bitte darum kümmern?» Da hat sich keiner ...

Nein. Keine Fragen mehr. Erzähl mir von Kalifornien. Wie

das Wetter dort ist. Was für Kneipen ... Irgendwas Uninteressantes. Wie's am Strand aussieht. Ich war nur ein einziges Mal am Meer. In Heringsdorf. Kennst du Heringsdorf?

Okay, was hinterher war, darüber können wir ... Aber nicht über die Sache selber. Ich hab dir das aufgeschrieben, und das muss dir reichen.

Hinterher haben sie den Werner in den Keller getragen. Die Leute vom Volkssturm. Das war für die gleich eine praktische Übung. In den Bierkeller vom *Watzmann*. Du musst dir das nicht denken wie in den Fernsehkrimis, wo erst mal ein Arzt kommt und den Tod feststellt. Erstens gab es keinen Arzt und zweitens ...

[Lange Pause]

Auf den Boden haben sie ihn gelegt. «Dort ist es am kühlsten», hat einer gesagt. «Dort ist es am kühlsten.»

[Lange Pause]

Weil die Kirche nicht frei war. Sonst brachte man die Toten immer gleich ... Aber der Heckenbichler hatte beschlossen, dort einen Gefechtsstand einzurichten. Um Kastelau heldenhaft gegen den Feind ... Was dann natürlich nicht stattgefunden hat. So blöd war keiner.

Am 20. April 1945. Führers Geburtstag. Vielleicht hat er deshalb gelächelt, als er schon tot war.

Markus Heckenbichler:
Antwort auf einen Fragebogen
(1988)

FRAGE 10

Mein Vater hat uns für alle möglichen Arbeiten eingesetzt. So ist es gekommen, dass ich zusammen mit meinen Kollegen das Grab für Herrn Ehrenfels ausgehoben habe. Einen eigenen Totengräber gab es in Kastelau nicht.

Die Grabstelle war direkt an der Mauer, auf der Seite gegen die Steingasse hin, wo man traditionellerweise die Leute, die nicht ins Dorf gehörten, und die Selbstmörder beerdigt hat. Diese Gräber sind später aufgehoben worden, und man hat dort eine Reihe von Bäumen als Sichtschutz gepflanzt, weil sich Touristen beschwert hatten, sie wollten im Urlaub aus ihrem Fenster nicht auf ungepflegte Gräber sehen.

Zur Beerdigung sind nicht nur die Leute von der UFA gekommen, sondern auch viele aus dem Dorf. Bei den meisten wird es wohl einfach Neugierde gewesen sein, weil man sehen wollte, wie sich Schauspieler bei so etwas verhalten. Es war dann aber nichts Besonderes, nur dass die Filmleute viel weniger korrekt angezogen waren als die Leute aus Kastelau. In einem Dorf hat man für solche Gelegenheiten immer noch einen schwarzen Anzug oder ein schwarzes Kleid im Schrank.

Frau Adam hat sehr geweint; er war ja auch ihr Mann gewesen. (Das meine ich wenigstens.) Mein Vater hat eine Ansprache gehalten, und auch Herr Arnold hat am Grab etwas gesagt.

Dann mussten wir Buben das Grab wieder zuschaufeln.

Wir haben uns sehr beeilt, weil wir gedacht haben, im *Watzmann* gibt es hinterher etwas zu essen. Aber als wir dort ankamen, war schon alles vorbei.

Interview mit Tiziana Adam
(27. Oktober 1986)

Hier. Schenk ich dir. Zum Abschied.

Ich weiß. Aber mit Packen wirst du ja schon angefangen haben.

Kannst sie ruhig annehmen. Häng sie dir übers Bett. Oder ins Klo. Mir ist das egal.

Lass das Gedöns. Große Töne kann ich überhaupt nicht … Außerdem: Wenn ich mal nicht mehr da bin, landet der ganze Kram doch nur …

[Husten]

Sei nicht so ekelhaft besorgt. Meine Lunge schafft das schon noch ein Weilchen. So 'n Schinken hält auch länger, wenn er gut geräuchert ist. Ich räume nur auf, das ist alles.

Wenn du noch einmal danke sagst, nehme ich das Ding wieder zurück.

Die Klappe von *Lied der Freiheit*, ja. Den Namen des Films hab ich ausgekratzt, damals. Ich wollte nur noch alles vergessen.

Hinterher. Als alles vorbei war. Der Krieg zu Ende. Und der Werner …

[Lange Pause]

Ach, Scheiße. Wärst du bloß nicht aus Amerika hierhergekommen mit deiner ewigen Fragerei. Ich war schon richtig gut darin, an die Zeit nicht mehr zu denken.

Jetzt pack sie schon weg, die blöde Klappe. Ich will sie nicht mehr sehen. Sie erinnert mich nur.

Die Beerdigung ... Bei solchen Anlässen wird ja immer gelogen und geheuchelt, was das Zeug hält. Das gehört dazu. Aber dass der Walter Arnold ... Hab ich dir erzählt, dass er eine Rede gehalten hat? Am Grab?

Das hat er tatsächlich getan. Er hat sich nicht entblödet. Kennst du den Ausdruck?

Entblödet. Schau halt im Wörterbuch nach. Er ist dagestanden, mit so einem betroffenen Gesicht, wie man das in der Schauspielschule lernt, und hat geredet. Bei der Beerdigung vom Werner.

Ich weiß nicht, was er gesagt hat. Vielleicht: «Hallo, ich hab ihn umgebracht, es tut mir furchtbar leid, ich hoffe, ihr habt mich trotzdem lieb.» Ich weiß es nicht. Er hat Worte von sich gegeben. Den Mund auf- und zugemacht. Töne produziert. Ich habe nichts davon ... Gar nichts. Für mich war das Stummfilm. Oder wie wenn man sich Muster ansieht, und die Tonspur ist noch nicht ... Kennst du das? Dass man da ist und doch nicht da? Man hat bloß seinen Körper geparkt, und man selber ...

[Pause]

Glaubst du, dass der Mensch eine Seele hat?

Was ist das für eine idiotische Antwort? «Ich hoffe es.» Wahrscheinlich weiß es keiner. Am wenigsten die, die dauernd ... Vielleicht haben nur manche Leute eine, und bei den andern ist bloß ein Uhrwerk eingebaut. Das wird aufgezogen, wenn du zur Welt kommst, oder wenn deine Eltern dich machen, und wenn es abgelaufen ist ... Ende der Veranstaltung. Der Werner hatte eine Seele, da bin ich mir ganz sicher. Der Werner war ...

[Pause]

Ich hab das viel zu wenig geschätzt, damals. Ich war so jung, noch jünger als du jetzt. Und mindestens so dumm.

[Pause]

Siehst du, in solchen Momenten müsste man sich eine Zigarette anzünden können.

[Pause]

Der Nicki Melchior hatte ein Grabkreuz vorbereitet. Es war bestimmt nicht sein eigener Einfall, das war nicht seine Art. Die Marianne wird es ihm ... Aber nett war es trotzdem. Er hatte den Namen ins Holz gebrannt, richtig professionell. Den falschen Namen, aber das konnte er nicht wissen. Er hatte geschickte Hände, der Nicki. Nicht wie der Werner. Der Werner ist ... Der Werner war ...

[Lange Pause]

Wenn einer tot ist, dann verändert er sich nicht mehr. Damals war der Werner so viel älter als ich, mehr als doppelt so alt, und heute ... Ich bin eine alte Frau geworden, und das wollte ich nie sein. Tot, ja, das habe ich mir damals gewünscht. Aber nicht alt. Das passt nicht zu mir.

Ich bin am Grab zusammengebrochen. Das klingt so dramatisch, aber ... Ich bin einfach umgekippt. Der Nicki hat mich aufgefangen, und sie haben mich in den *Watzmann* ... Selber habe ich davon nichts ... Ich weiß nur noch, was das Letzte war, das ich auf dem Friedhof ... Das hat sich bei mir eingeprägt. Als ob da an der Wand ein Bild davon hängen würde, ein Foto, und ich würde es jeden Tag ansehen. Da war ein Haufen Erde, Schollen, nicht braun oder schwarz, wie Erde eigentlich sein müsste, sondern gelblich, die Spaten steckten drin, und das Kreuz lag bereit. Wenn sie das Grab wieder zugeschaufelt hatten, wollten sie es in die Erde stecken. Darum hatte der Nicki das Holz unten angespitzt. Ich habe nur noch diese Spitze ... Habe mir vorgestellt, wie sie sie in den Boden rammen, da wo der Werner liegt, sie rammen sie in ihn hinein, da ist schon ein Loch in seinem Körper, und da passt die Spitze genau ... Ich hab mir das vorgestellt, hab es richtig vor mir gesehen, und dann ...

Sie haben mich ins Bett gelegt, in dem Zimmer, das ich mit dem Werner geteilt hatte. Es war noch alles da von ihm, seine Schreibmaschine und alles. Sein Jackett einfach auf einen Stuhl geschmissen, nicht anständig über die Lehne gehängt. Als ob er nur schnell rausgegangen wäre. Ein Paar Pantoffeln unter dem Heizkörper. Filzpantoffeln.

[Lange Pause]

Ich habe es nicht ausgehalten dort. In meinem eigenen Zimmer war es dann besser. Nein, nicht besser. Anders schlimm. Ich lag im Bett und bin tagelang nicht ... Hatte einfach nicht die Kraft dazu. Als ob ein Teil von mir mit dem Werner ... Der Kleinpeter hat einmal bei mir reingeschaut, aber sonst keiner von der Truppe. Kein Einziger. Die Marianne hat mich gepflegt, zum zweiten Mal schon. Und wenig später dann ...

Mach nicht so ein ehrfürchtiges Gesicht, bloß weil ich traurige Dinge erzähle. Es ist vierzig Jahre her, mein Gott. Schon bald nicht mehr wahr. Ich bin noch die Einzige, die weiß, was wirklich ... Und der Walter Arnold, natürlich.

Nein, ich habe nie etwas gegen ihn ... Weder damals noch später. Als es passiert war, konnte ich erst mal überhaupt nicht denken. Und später ... Ach ja, später ... Weißt du, was ich gemacht habe, nachdem sie den Werner in den Keller ...? Ich bin vor der Badewanne gekniet, vor der einen Wanne, die wir uns alle teilen mussten, und habe versucht, das Blut aus dem Rock heraus ... Weil er doch der Marianne gehörte, und ich wollte ihn ihr sauber ... Habe an dem Stoff herumgerieben, stundenlang. Als ob das das Wichtigste auf der Welt ... Mein Hirn hat nicht funktioniert, verstehst du. Vielleicht, wenn mir jemand Fragen gestellt hätte ... Aber es hat niemand ... Sie wollten es gar nicht ... Dann war die Beerdigung, und dann war gar nichts mehr. Und als ich wieder auf den Beinen war, einigermaßen auf den Beinen, da sind andere Dinge ... Wichtigere Dinge. Nicht für mich wichtiger, aber für alle anderen. Für die Welt vielleicht. Am 6. Mai sind die Amerikaner nach Kastelau gekommen.

Staff Sergeant Leroy C. Martensen: Erinnerungen
(unveröffentlichtes Manuskript)
(Aus der Sammlung zur Geschichte der 101st Airborne Division, Don F. Pratt-Museum, Fort Campbell, Kentucky)

Um Berchtesgaden hat man uns betrogen. Es war vom SHAEF[45] eindeutig festgelegt worden, dass die Ehre, den zweiten Regierungssitz des deutschen Reiches einzunehmen, unserer Division, den Screaming Eagles, zufallen sollte, zusammen mit der französischen zweiten Panzerdivision. Aber

---

45 Supreme Headquarters Allied Expeditionary Force.

die 3ʳᵈ Infantry kam uns mit einem Trick zuvor. Sie kontrollierte die beiden einzigen unzerstörten Brücken über den Fluss Saalach und sie nutzte diese Position, um unsere Vorhut so lange aufzuhalten, bis sie sich selber einen uneinholbaren Vorsprung verschafft hatte. Es war ein leichter Erfolg für sie; die Deutschen leisteten zu diesem Zeitpunkt praktisch keinen Widerstand mehr. Unter den deutschen Offizieren, die sich ihnen in Berchtesgaden ergaben, war auch ein Neffe von Hermann Göring.

Wir selber kamen erst am nächsten Tag, also am 5. Mai in Berchtesgaden an. Die Stadt war vollkommen unzerstört, nur Hitlers Berghof, ein paar Meilen außerhalb, war Ende April von der RAF in Schutt und Asche gelegt worden. Dort bin ich leider nie hingekommen.

Berchtesgaden war ganz anders, als wir es uns vorgestellt hatten. Die «Alpenfestung», wo wir mit dem letzten erbitterten Widerstand der Nazis gerechnet hatten, existierte nur in der Propaganda. Statt auf Bunker und Geschützstellungen trafen wir auf ein malerisches Städtchen, sauber und ordentlich wie aus einem alten Bilderbuch. Nur die weißen Tücher, die überall aus den Fenstern hingen, waren eine moderne Zugabe.

Man erzählt sich heute Wunderdinge von den Besäufnissen, die in Berchtesgaden stattgefunden haben sollen. Ich kann dazu nur sagen: Was man Ihnen auch erzählt hat – die Wirklichkeit war noch viel wilder. Wir haben dort einen Keller entdeckt mit Wein, Champagner und jeder Art von Schnaps, die man sich nur vorstellen kann, auch amerikanische Whiskeys. Es hieß, das Ganze sei Hermann Görings privater Alkoholvorrat. Es sollen rund 16 000 Flaschen gewesen sein. Wir haben unser Möglichstes getan, um sie zu befreien, und sie haben auch keinen Widerstand geleistet. Jemand hatte einen Lagerraum mit Käselaiben aufgebrochen, ich sehe noch vor mir, wie sie die Dinger, groß wie Wagenräder, über die Hauptstraße von Berchtesgaden gerollt haben. Whiskey und Käse passt nicht zusammen, aber das haben wir erst am nächsten Morgen so richtig gemerkt. Es war der schlimmste Kater meines Lebens.

Zum Glück bekamen wir vom 506th die perfekte Aufgabe, um den Kopf wieder klar zu kriegen. Berchtesgaden ist eine große Gemeinde, mit einzelnen Dörfern, die teilweise ziemlich weit vom Zentrum entfernt sind, aber doch dazugehören. Wir sollten diese Ortsteile von eventuellen Widerstandsnestern säubern. Es wurde eine regelrechte Landpartie, angenehmes Frühlingswetter und eine malerische Umgebung, wo man gern Ferien gemacht hätte. Auf Widerstand trafen wir nirgends. Von den sagenhaften «Werwölfen», die aus dem Hinterhalt Jagd auf unsere Soldaten machen sollten, haben wir nie etwas bemerkt. Nur in der höchstgelegenen Gemeinde, einem Nest namens Kastelau, wurde aus dem Fenster eines Gasthauses ein einzelner Schuss auf uns abgegeben. Das war aber mit einer Salve aus der M2 HB[46] schnell erledigt.

Die Eroberung von Berchtesgaden machte damals weniger Schlagzeilen, als sie es eigentlich verdient hätte, weil gleich darauf in Reims die deutsche Kapitulation unterzeichnet wurde.

---

46 Browning M2 HB, ein schweres Maschinengewehr.

Markus Heckenbichler:
Antwort auf einen Fragebogen
(1988)

FRAGE 11

Vom Einmarsch der Amerikaner habe ich wenig mitbekommen.

Als man erfahren hat, dass München eingenommen war, hat mein Vater seinen allerletzten Befehl erteilt und hat die Order gegeben, dass nun doch kein Widerstand geleistet werden sollte. Dann hat er die Fahne vor dem Rathaus eingezogen.

Mein Vater, meine Mutter und ich haben im Keller vom Rathaus auf die Amerikaner gewartet. Man wusste ja nicht, was man zu erwarten hatte. Aber es war doch seltsam, dass man sich gewissermaßen selbst eingesperrt hatte.

Einmal hat man Schüsse gehört, nur eine kurze Salve, und dann war wieder alles still. Zumindest haben wir im Keller nicht mehr mitbekommen.

Als wir wieder herauskamen, war schon alles vorbei. Die Amerikaner waren weitergefahren und hatten nicht einmal einen Posten zurückgelassen. Kastelau war wohl nicht wichtig genug für sie. Später haben sie dann wieder jemanden geschickt, einen Offizier, der sehr gut Deutsch gesprochen hat. Aber das hatte mehr mit den Filmleuten zu tun.

Schäden hatte es nur beim *Watzmann* gegeben. Und der Basti Holzmayr war tot.

Als die Leute meinen Vater gefragt haben, wie man sich jetzt verhalten müsse, hat er geantwortet, sie sollen sich an jemand anderen wenden, er sei nicht mehr zuständig.

Interview mit Tiziana Adam
(29. Oktober 1986)

Na? Koffer fertiggepackt?

Du wirst mir fehlen, weißt du das? Ich hab mich richtig daran gewöhnt, dass du mir hier ständig ...

Mach dir da keine Hoffnungen. Briefe schreiben ist nicht mein Ding. Aber du könntest mir ab und zu eine Ansichtskarte ... Etwas aus Hollywood, mit einem Filmstar drauf. Für die Wand im Lokal.

Komm, wir fangen an. Ich hab mir vorgenommen, dir den Rest der Geschichte heute zu Ende zu erzählen. Morgen treffen wir uns dann ein letztes Mal und betrinken uns zusammen.

Dann betrink ich mich halt allein.

Irgendwie ist es ja deprimierend, dass alles, was ich nach dem Tod vom Werner noch erlebt habe, auf einem einzigen Tonband ... Dabei war ich damals erst einundzwanzig. Gerade erst volljährig. Der Werner hat mir damals zum Geburtstag ein Gedicht geschenkt, handgeschrieben. Ich hab lange Zeit gedacht, es sei von ihm. War es aber gar nicht. Ich hab das erst viel später herausgefunden, als es einmal in der Zeitung ... Aber ein schönes Gedicht war es trotzdem. «Ich würde dir ohne Bedenken eine Kachel aus meinem Ofen schenken.»[47]

Ich hab wieder vergessen, wer es wirklich ... Ist ja auch egal. Für mich war nur wichtig, dass der Werner es mir geschenkt hatte. Der Werner war in meinem Leben ... Wie soll ich dir das erklären? Der Augustin hat mich mal gefragt: «Woran merkt man, ob jemand in einem Film die Hauptrolle hat?»

---

47 Aus: Joachim Ringelnatz (1883–1934): *Ich habe dich so lieb.*

Das war so eine von seinen Scherzfragen. Die Antwort hieß: «Wenn er stirbt, und dann ist der Film sofort zu Ende – dann war es die Hauptrolle.» Mein Film ist auch nicht mehr weitergegangen, nachdem der Werner ... Was danach noch gekommen ist, hätte man von mir aus alles rausschneiden können.

Die Ankunft der Amerikaner. Die hätte ganz friedlich ablaufen können, wenn der Basti Holzmayr nicht ums Verrecken hätte den Helden spielen wollen. Weil er dachte, das würde den Walter Arnold ... Im ganzen Dorf hingen die weißen Laken aus den Fenstern. Als ob ganz Kastelau am selben Tag große Wäsche hätte. Man hatte gehört, dass die Amis schon in Berchtesgaden waren, und da konnte es nicht mehr lang ... Die meisten Leute haben einfach in ihren Häusern ... Der Heckenbichler soll sich in seinem Keller verkrochen haben, hat man später erzählt, aber das muss nicht so gewesen sein. Sie haben im Dorf nur noch schlecht von ihm geredet, hinterher. Die Filmleute sind alle zum Lindenkastell ... Nicht um zu drehen, Filmmaterial war ja keines mehr ... Um sich abzusondern. Die Amerikaner sollten gleich merken, dass sie etwas Besonderes waren. Aber die sind dann gar nicht bis zum Lindenkastell ... Ich war an diesem Tag zum ersten Mal wieder aufgestanden. Vielleicht wäre das auch schon früher möglich gewesen, aber ich konnte mir einfach nicht vorstellen, wie ich dem Walter Arnold ... Und allen andern. Da bin ich lieber liegen geblieben. Solang man krank ist, muss man keine Entscheidungen ... Ich hatte mich in die Gaststube gesetzt und trank einen Kaffee. Richtigen Kaffee, das war damals der größte Luxus überhaupt. Die Marianne hat solches Mitleid mit mir gehabt, dass sie für mich noch ihre letzten geheimen Vorräte ... Und für den Nicki natürlich. Für den hätte sie alles getan. Ich saß also da vor meiner Tasse, und plötzlich kommt der Basti Holzmayr rein. In Uniform und mit einem Gewehr. Ich war noch ein bisschen langsam im Kopf und hab gar nichts Besonderes daran gesehen. Volkssturm, habe ich gedacht. Dass die ihre Kriegsspiele schon längst wieder aufgegeben hatten, das hatte ich noch gar nicht ... Ich war völlig aus der Zeit gefallen. Der Basti lehnt sein Gewehr vorsichtig an einen Tisch und setzt sich hin. So wie man sich beim Zahnarzt hinsetzt, wenn man noch nicht an der Reihe ist. Sagt kein Wort, eine ganze Weile lang. Und fragt dann plötzlich: «Ist der Herr Arnold nicht da?» – «Herr Arnold», sagt er, obwohl sich die beiden bestimmt nicht gesiezt haben. Es gibt Situationen, in denen ... «Ist der Herr Arnold nicht da?» Ich sage: «Beim Lindenkastell», und er sagt: «Stört es Sie, wenn ich hier auf ihn warte?» Sagt es ganz höflich. Man hat wirklich nicht merken können, was er ... Das war am 6. Mai 1945. Wenn die Amerikaner einen Tag später nach Kastelau gekommen wären, wäre ich heute ein Filmstar.

Weil am 7. Mai die deutsche Kapitulation war. Ende des Krieges. Einen Tag später war es nicht mehr okay, aufeinander zu schießen. Aber wir hatten erst den 6.

Das wird mir fehlen. Deine Versuche, mich zur Ordnung zu erziehen. «Der Reihe nach, der Reihe nach.» Du solltest mir den Satz zum Andenken in eine Marmortafel meißeln lassen. Mit goldenen Buchstaben.

Gut, der Reihe nach. Wir saßen also da, der Basti und ich, jeder in seinen Gedanken, und nach einem Weilchen fragt er mich zum zweiten Mal: «Sind Sie ganz sicher, dass der Herr Arnold nicht hier ist?» Mit dieser atemlosen Stimme, die so gut zu seiner Rolle als Geist des toten Soldaten gepasst hatte.

Und sagt auch noch: «Er hat so schön gesprochen, am Grab. Meinen Sie, er wird das auch für mich tun?» – «Wird» hat er gesagt, nicht «würde». Es war eine ganz praktische Frage. Nur hab ich das damals nicht ... Das Verrückte war, dass er die ganze Zeit über so höflich war. Hat überhaupt nicht verzweifelt geklungen oder so. Gar nicht wie ein Selbstmörder. «Der Mehlstaub in der Backstube», hat er gesagt, «der ist nicht gut für meine Lunge. Ich muss da etwas ändern.» Und ich dumme Kuh habe immer noch nichts ... Habe gedacht, er spricht von einem Berufswechsel. Er will doch noch Schauspieler werden, und der Walter Arnold soll ihm ... Wenn ich verstanden hätte, was er wirklich vorhat, ich hätte ... Ich weiß es nicht. Wahrscheinlich hätte ich nicht einmal versucht, ihn davon abzuhalten. Aber ich wäre nicht in der Gaststube sitzen geblieben. Ich hätte mich in Sicherheit ... Wenn ich geschaltet hätte. Wenn.

[Pause]

Irgendwann hat man vom Dorfplatz her das Geräusch von Kettenfahrzeugen gehört. Ein bisschen wie das Postauto im Winter. Nur viel lauter natürlich. Der Basti ist aufgestanden, ganz gemächlich, hat einen Fensterflügel aufgemacht und sein Gewehr genommen. Da hab ich erst kapiert, was er ... Ich hätte sofort unter den Tisch kriechen sollen, das wäre das einzig Vernünftige gewesen, aber mein Kopf ... Alles wie in Zeitlupe. «Tu das nicht, Basti», hab ich noch gesagt, und dann hat er schon ... Und sie haben zurückgeschossen.

Der Basti war sofort tot, haben sie mir hinterher gesagt. Mich hat keine von den Kugeln erwischt, nur ein abgesplittertes Stück Fensterrahmen. Das hat gereicht. Knapp am Auge vorbei und runter fast bis zum Kinn. Eine hübsche Narbe, was? Richtig schick. Heute können sie so was nähen, dass man fast nichts mehr sieht, nur eine ganz feine Linie, und die kann man für die Kamera ... Aber damals ... Außerdem: Wer hätte denn nähen sollen, in einem Dorf ohne Doktor? Die Marianne hat mich verarztet. Zusammen mit dem Nicki. Wie man einen Verband anlegt, das war das einzig Nützliche, das er beim Barras gelernt hatte. Die Wunde hat sich dann trotzdem entzündet. Eiter und alles. Hohes Fieber. Und weißt du, wer mir das Leben gerettet hat? Der Walter Arnold. Absurder geht's nicht. Der stand sich unterdessen so gut mit diesem amerikanischen Kulturoffizier, dass der ihm ein Mittel besorgt hat, das es sonst eigentlich gar nicht ... Nicht für Deutsche. Ein Pulver, das man direkt auf die Wunde ... Sulfa irgendwas. So hab ich dann überlebt. Manchmal frag ich mich, ob der Basti Holzmayr nicht der Glücklichere von uns beiden war.

Ist doch wahr.

Der Film? Von dem hab ich überhaupt nichts mehr ... Gar nichts. Als ich wieder gesund war ... Na ja, mehr oder weniger. Da war mindestens ein Monat vorbei, und von den ganzen UFA-Leuten war keiner mehr ... Sie hatten sich abgesetzt, einer nach dem andern. Ich weiß es von der Marianne. Der Hauck und der Reitstaller hatten es am wenigsten weit, nur bis München. Der Augustin und die Maar wurden von einem Wagen abgeholt. So ein richtiger Dienstwagen, hat die Marianne gesagt. Der Fahrer mit Uniformmütze. Vielleicht hatte die UFA ... Oder der Augustin hat das über einen seiner Freunde organisiert. Er hatte eine Menge Freunde. Zuletzt dann auch der Servatius und der Kleinpeter. In dem rosaroten Borgward, mit dem wir gekommen waren. Samt Anhänger. Fröhlich & Lustig. Und der Walter ...

Auch nur aus zweiter Hand. Aber es wird schon stimmen.

Die Marianne hätte keinen Grund gehabt ...

Der Walter ... Ich mach dir einen Vorschlag: Wir betrinken uns doch heute schon. Und den Rest erzähl ich dir morgen. Ist besser so. Sonst steigst du noch ganz verkatert ins Flugzeug.

Markus Heckenbichler:
Antwort auf einen Fragebogen
(1988)

FRAGE 12

Es tut mir leid, dass ich den Namen vergessen habe. Ich weiß nur noch, dass er etwas mit einer Stadt zu tun hatte. (So wie «Frankfurter» oder «Wiener», aber es war keines von beiden.)

Am lebhaftesten kann ich mich in diesem Zusammenhang an etwas erinnern, das Ihnen nichts nützen wird: an die Wrigley-Kaugummis. Man hat von diesem Offizier manchmal ein Päckchen bekommen, wenn man ihm höflich Auskunft gegeben hat. Es gab sie in verschiedenen Farben, und wir Buben haben die Verpackungen gesammelt wie Briefmarken.

Ursprünglich war er gar nicht wegen der UFA-Leute ins Dorf gekommen, sondern weil die Amerikaner glaubten, dass es irgendwo in den Bergen ein geheimes Lager mit Kostbarkeiten geben müsse. In Berchtesgaden hatten sie eine Menge wertvoller Bilder aus dem Besitz von Hermann Göring gefunden, der sie ja überall in Europa zusammengestohlen hat, und nun vermuteten sie, er habe vielleicht einen Teil davon in der Umgebung versteckt.

Der Offizier sprach sehr gut Deutsch, mit einem auffälligen

österreichischen Akzent. Soweit ich weiß, stammte er ursprünglich aus Wien und ist dann nach Amerika ausgewandert.

Als er von dem Film erfuhr, interessierte er sich plötzlich überhaupt nicht mehr für die verschwundenen Kunstwerke. Er saß mehrmals mit den UFA-Leuten zusammen, und nach ein paar Tagen kam er in dem eigenen Jeep, den er nur zu seiner persönlichen Verfügung hatte, noch einmal zurück und holte Herrn Arnold ab. Ich nehme an, dass sie nach München gefahren sind, denn sie haben die beiden Techniker mitgenommen, die ja von dort stammten und nach Hause zurückwollten.

Nach etwa zwei Wochen waren Herr Arnold und der Kulturoffizier noch ein letztes Mal im Dorf, wo sie aber nicht lang geblieben sind. Sie holten nur die Koffer von Herrn Arnold ab.

Wenn mir der Name noch einfallen sollte, werde ich Ihnen schreiben.

Interview mit Tiziana Adam

(30. Oktober 1986)

Für mich? Was ist da drin? Für Brillantohrringe ist die Schachtel ein bisschen groß. [Lachen, Husten]

Später? Dazu bin ich viel zu neugierig. Du kannst unterdessen schon mal die Flasche … Wein muss atmen. Sagt man.

Keine Ahnung. Davon verstehe ich nichts. Soll aber etwas besonders Gutes sein. Die Flasche haben sie mir geschenkt, als ich damals die Kneipe … Der Gaststättenverband. Wollten, dass ich Mitglied werde, die Blödmänner. Ich zahl doch keine

Beiträge, bloß damit sich jemand auf meine Kosten ... Ich hab die Flasche aufbewahrt, für wenn mal ein besonderer Anlass ... War aber nie. Meine letzten besonderen Anlässe haben vor tausend Jahren stattgefunden.

Hast du das so zugeschnürt? Gib mal ein Messer.
[Pause]
Süß. Du hast ja doch ein bisschen Humor. Danke, Bubi.
[Pause]
Hier, nimm die Serviette. Wenn die Farbe von den Lippen abgeht, geht sie auch von der Backe ab.

Nein, das Lebkuchenherz kommt nicht in die Kneipe. Das häng ich mir übers Bett. Wenn die Männer das nächste Mal davor Schlange stehen, brauchen sie nur die Aufschrift lesen: «Bitte der Reihe nach.» [Lacht]

Jetzt hab ich seit ewigen Zeiten zum ersten Mal gelacht ohne ...

Komm, auf geht's. Ich mach es kurz, und dann stoßen wir an. Auf deinen Doktortitel. Also: Dieser Kulturoffizier, der mir das Sulfa besorgt hat, das soll ein Wiener gewesen sein, ursprünglich. Jude wahrscheinlich, sonst wär er ja nicht ... Ich hab ihn selber nie kennengelernt. Ich lag ja die ganze Zeit im Bett und war voll damit beschäftigt, nicht abzunibbeln. Ich hab das alles nur von der Marianne ... Und vom Nicki. Aber es wird schon stimmen. In so einem Dorf weiß immer jeder alles vom andern. Dieser österreichische Amerikaner, oder amerikanische Österreicher, der hatte etwas mit Film zu tun. Nicht in der Armee, natürlich. Privat. Beruflich.

Weiß ich nicht. Produzent vielleicht oder auch nur zweiter Buchhalter bei einer Filmfirma. In dem Gewerbe schneiden sie alle auf wie die Weltmeister. Obwohl ... Irgendwas Wichtiges muss er schon ... Sonst hätt er den Walter nicht nach Amerika bringen können. Wie auch immer, er hat sich für *Lied der Freiheit* interessiert, und sie haben ihm das Ganze genauso verkauft, wie sie sich das ... Als heimliches Widerstandsprojekt, unheimlich mutig. Der Walter Arnold natürlich als der große Held, im Film und überhaupt. Sie müssen sehr überzeugend gewesen sein, denn dieser Ami ...

Stört es dich eigentlich, wenn ich «Ami» sage?

Ich könnte es mir auch nicht mehr abgewöhnen auf meine alten Tage. Also: Dieser Amerikaner hat beschlossen, nach München zu fahren und das Material dort entwickeln zu lassen. Weil er es sich ansehen wollte. Und der Walter Arnold ist mitgefahren. Um ihm zu erklären, wie der Schnitt ...

Fragen stellst du. Woher soll ich wissen, ob da noch mehr war zwischen den beiden? Ich hab nichts in der Richtung gehört. Selbst in dem Beruf sind nicht alle schwul.

Irgendwann sind sie dann aus München zurückgekommen, nach einer Woche oder so, und der Ami war hin und weg. Hat wohl die ganz große Sensation gerochen. Und dann sind sie endgültig miteinander ... Mehr weiß ich nicht. Das Nächste, was ich vom Walter Arnold gehört habe, war, dass er einen neuen Namen hatte und in Amerika ... So, und jetzt stoßen wir an und feiern Abschied.

Was denn noch? Ich weiß wirklich nicht mehr.

Ich? Ich bin in Kastelau geblieben, fürs Erste. Nur noch einmal kurz nach Berlin gefahren, um meine Sachen zu holen, aus meiner Wohnung, die nicht mehr existierte, und dann ... Wo sollte ich denn hin? Die Filmerei konnte ich vergessen, mit einer Narbe im Gesicht. So viele Gruselfilme werden in Deutschland nicht ... Und zurück nach Treuchtlingen ... Da war auch nichts mehr. Dafür hatten eure Bomber gründlich gesorgt. Also Kastelau. Da wurde ich wenigstens gebraucht.

Das spielt doch alles keine Rolle für deine Doktorarbeit. Hat mit dem Film überhaupt nichts mehr ... Aber wenn du ums Verrecken willst ...

[Pause]

Ich hab halt den Nicki geheiratet. Mehr aus Dankbarkeit als aus Liebe. Hab den *Watzmann* für ihn geführt, als die Marianne ihre Nierengeschichte kriegte. Irgendwann hat der Gasthof mir gehört, und ich hab ihn verkauft. Im falschen Moment natürlich. Wie das so meine Art ist. Kurz bevor der Ort bei den Winterurlaubern Mode wurde. Heute würde ich eine Stange Geld ... Beste Lage und so. Na ja, du hast es dir ja selber angesehen. Und dann hab ich die Kneipe hier ...

Wiesbaden? Das war reiner Zufall. Ich hab eine Anzeige gesehen und hingeschrieben. Es hätte auch ... Ich wollte einfach irgendwo hin, wo man garantiert keine Berge sieht.

Der Nicki? Das spielt ja nun wirklich keine Rolle für deine Arbeit.

[Pause]

Na schön, bevor du mich noch länger ... Der Nicki hat sich aufgehängt. Auf dem Dachboden. Damals ist diese Untersuchung angelaufen, was seine Einheit in Italien alles gemacht hat, und da hat er sich ... Wenigstens hat die Marianne das nicht mehr erleben müssen.

[Lange Pause]

Du immer mit deiner Fragerei. Jetzt hab ich überhaupt keine Lust mehr auf ein Glas Wein. Oder auf irgendwas.

Weißt du was? Du packst jetzt dein Tonbandgerät zusammen und verschwindest.

Doch, es ist besser. Viel besser. Kannst ja schon mal nach Frankfurt zum Flughafen ... Damit du auch ganz bestimmt deine Maschine nicht verpasst. Und dein Lebkuchenherz kannst du auch wieder ... Als Proviant.

Nein. Das war's. Ende, aus. Lass mich in Frieden. Und deine Doktorarbeit will ich auch nicht ...

Mach, dass du wegkommst. Es ist besser, wenn man allein ist. Dann will wenigstens keiner etwas ... Erinnern ist Scheiße.

Manuskript Samuel A. Saunders

Es war keine gewöhnliche Dissertation, die ich geschrieben hatte. Es war, verdammt noch mal, die beste Doktorarbeit, die es in diesem Fach je gegeben hat. Summa cum laude. Nicht einfach in der Bibliothek aus fremden Fußnoten zusammengestückelt, sondern von Anfang bis Ende selber recherchiert. Eine bisher vollkommen unbekannte Episode der Filmgeschichte. Eine Zeitzeugin, die vor mir noch nie jemand befragt hatte. Und alles bis ins letzte Detail dokumentiert.

Und was hat es mir gebracht?

Als Professor Styneberg mich zu sich bestellte, dachte ich, es gehe um die Stelle am Institut, um die ich mich beworben hatte. Meine Arbeit hatte ich ihm noch gar nicht eingereicht. Ich habe das Abgabedatum immer wieder hinausgeschoben, weil ich ständig noch eine Kleinigkeit entdeckte, die sich verbessern ließ.

Als ich mich pünktlich in seinem Vorzimmer meldete, war

er noch nicht da. Seine Sekretärin, die wir alle Miss Moneypenny nannten, obwohl sie ganz simpel nur Smith hieß, ließ mich schon mal in seinem Büro Platz nehmen. Sie kann nicht gewusst haben, was mich erwartete. Sie mochte mich gut und hätte ihr Mitleid nicht verbergen können.

Dieses Büro! Ich erinnere mich so genau daran, wie sich wohl ein zum Tod Verurteilter an den Gerichtssaal erinnert, in dem sein Urteil gesprochen wurde. Die klassischen Filmplakate an der Wand, auf die Styneberg so stolz war. Keine Kopien, sondern Originale. *King Kong. Casablanca. A Night At The Opera.* Er muss einen Haufen Geld dafür ausgegeben haben. Auf seinem Schreibtisch die imitierte Oscar-Statue, die ihm Studenten an seinem sechzigsten Geburtstag überreicht hatten. «Für den besten Lehrer der Welt.» Im Bücherregal eine Fotografie, die ihn zusammen mit Präsident Nixon bei der Eröffnung des Kennedy Centers zeigte. Nach der Watergate-Affäre hatte er Nixon kleine Teufelshörner gemalt, aber von seinem Ehrenplatz entfernt hatte er das Bild nicht. Man kann ungeheuer liberal sein und trotzdem ungeheuer eitel. Und unfair und verlogen und bösartig.

Ich war vorher schon oft in Stynebergs Büro gewesen. Ich hatte keine Ahnung, dass es diesmal das letzte Mal sein würde.

Er kam herein, einen Becher Kaffee in der Hand, setzte sich hinter seinen Schreibtisch und fuhr sich mit der Hand über die Stirn, als ob er sich, vielbeschäftigter Mann, der er war, zuerst einmal erinnern müsste, wieso er mich eigentlich herbestellt hatte. Er wusste es sehr genau, dieser Heuchler. Seine Haare waren zerzaust wie immer. Wahrscheinlich stellte er die unordentliche Frisur jeden Morgen sorgfältig vor dem Spiegel her. Sie gehörte zu seinem unkonventionellen Image, genau wie die bunten Fliegen, von denen er eine ganze Sammlung zu haben schien. An diesem Tag hatte sie ein Muster aus lauter kleinen Signalflaggen.

Ich erinnere mich an alles. An jedes kleinste Detail.

Er habe den Entwurf meiner Dissertation in die Hände bekommen, sagte er, ganz zufällig, und darüber wolle er mit mir reden. Ich habe mich erst hinterher gefragt, wie er zu dem Text gekommen sein konnte. Als er davon anfing, habe ich mich gefreut, das war meine erste Reaktion. Ich dachte, er würde mich loben.

Und dann kam das Todesurteil.

Das Ganze sei ja nun eine Abhandlung über Arnie Walton geworden, sagte er, und eine solche Arbeit über einen lebenden Prominenten sei einfach nicht opportun. «Nicht opportun.» Er muss sich die Formulierung lang überlegt haben. Ich solle sie gar nicht einreichen, sagte er, weil er sie sonst ablehnen müsse, und das würde sich in meinem CV schlecht machen. Er rate mir das aus reiner Fürsorge, weil ich doch einer seiner liebsten Studenten sei.

Ungeliebte Studenten hat er wahrscheinlich gleich erschossen.

Es seien aber doch alles Fakten, versuchte ich zu argumentieren, aber er wollte keine Argumente hören. Vielleicht hatten ihm McIlroy & Partners ebenfalls mit einer Klage gedroht. Oder Arnie Walton hatte eine Spende für das filmwissenschaftliche Institut angeboten.

«Sie haben keine Beweise», sagte Styneberg allen Ernstes. «Was Ihnen diese Frau Adam erzählt hat, das sind doch nur Geschichten vom Hörensagen.»

«Und all die anderen Belege?»

«Vom Hörensagen», wiederholte er und hätte es wohl noch hundertmal gesagt. Es war die Ausrede, die er für sich gefunden hatte.

«Bringen Sie mir den Film», sagte er. «Zeigen Sie mir *Lied der Freiheit*, und ich werde Ihre Arbeit gern annehmen.»

«Das Material existiert nicht mehr.»

«Eben», sagte Styneberg, und da war ein gewisser Triumph in seiner Stimme. «Man kann keine Dissertation über einen Film schreiben, den niemand gesehen hat. Das müsste Ihnen eigentlich klar sein.»

Damit war unser Gespräch beendet. Fast beendet. «Ach ja», sagte er noch, als ich schon aufgestanden war. «Aus der Stelle am Institut kann unter diesen Umständen natürlich nichts werden.»

Ich bin ein Mensch, der selten Alkohol trinkt, aber als ich an diesem Tag nach Hause kam, war ich besoffen. [Handschriftlich durchgestrichen und ersetzt durch «betrunken»] Auf der Fußmatte lag der Brief von McIlroy & Partners. Ich habe ihn aufgehoben und auf den Tisch gelegt. Gelesen habe ich ihn erst am nächsten Morgen.

Sie müssen den Termin miteinander abgesprochen haben, McIlroy und Styneberg. Den Termin meiner Hinrichtung.

Zuerst war ich nur verzweifelt. Die ganze Arbeit war vergeblich gewesen. Die Aussichten auf eine akademische Karriere zerstört. Tagelang bin ich nicht aus meiner Wohnung rausgegangen. Habe mir Pizzas bestellt und sie nicht gegessen. Mich im Selbstmitleid gewälzt. Bis mir klar wurde, dass ich eine allerletzte Chance hatte. *Lied der Freiheit* existierte zwar nicht mehr, aber vielleicht lebte ja dieser Kulturoffizier noch, der damals in Kastelau aufgetaucht war. Der einzige Mensch, der den Film gesehen haben musste. Der Filmproduzent mit dem Wiener Akzent, der von Walter Arnold so begeistert war, dass er ihm als Arnie Walton eine zweite Karriere verschaffte. Wenn es mir gelang, diesen Mann zu finden, wenn er sich an den Film erinnerte, wenn er mir dessen Inhalt beschreiben konnte – dann hatte ich den Beweis, den Professor Styneberg *so heuchlerisch* von mir verlangt hatte.

Ich habe jahrelang nach ihm gesucht. Ich konnte ja auch nicht die ganze Zeit dranbleiben. Ich musste mir meinen Lebensunterhalt verdienen. Ich habe meine Videothek eröffnet, und am Anfang lief sie ganz anständig. Es war eine Menge Arbeit, aber es schien sich zu lohnen. Mit *Movies Forever* hatte ich eine Marktlücke entdeckt. Eine Lücke in einem Markt, der mit jedem Tag ein bisschen weniger existiert.

Aber ich habe mein Ziel nie ganz aus den Augen verloren. Sobald ich mir ein bisschen Zeit abknapsen konnte, packte ich das Problem wieder an. Obwohl es fast unlösbar schien. Ich hatte viel zu wenig Angaben.

Die Schwierigkeiten fingen damit an, dass der Begriff «Kulturoffizier» zur Zeit der Ereignisse in Kastelau noch gar nicht existierte, obwohl ihn sowohl Tiziana Adam wie Markus Heckenbichler in ihren Erinnerungen verwendeten. Ich bin unterdessen ein richtiger Spezialist für die Zeit direkt nach Ende des Krieges geworden und weiß die verschiedenen Funktionen samt dem Buchstabensalat ihrer Abkürzungen voneinander zu unterscheiden.

Die Bezeichnung «Kulturoffizier» wurde erst ab September 1945 vom damals neu eingerichteten OMGUS (Office of Military Government for Germany / U.S.) eingeführt, als offizieller Titel jener Mitarbeiter der ICD (Information Control Division), die für die Kontrolle und Lenkung kultureller Aktivitäten in der amerikanischen Besatzungszone verantwortlich waren. Diese Posten – und das hätte wieder der Beschreibung von Markus Heckenbichler entsprochen – wurden oft mit Emigranten aus Deutschland oder Österreich besetzt, die nun in amerikanischer Uniform in ihre Heimatländer zurückkehrten.

Markus Heckenbichler hatte auch berichtet, dass der Offizier ursprünglich auf der Suche nach Raubkunst in Kastelau aufgetaucht war. Das deutete darauf hin, dass er zur ALIU (Art Looting Investigation Unit) gehört haben könnte, die als Unterabteilung des Geheimdienstes OSS (Office of Strategic Services) dem Kriegsministerium unterstellt war und deren nach Europa delegierte Mitarbeiter deshalb einzelnen Armeeeinheiten zugeordnet waren. Die Personalakten des OSS sind in den nationalen Archiven zugänglich, aber sie umfassen rund 24000 Namen, die sich nicht nach Einsatzbereichen durchsuchen lassen. Da ich nur über eine sehr ungenaue Angabe («Der Name hat etwas mit einer Stadt zu tun») verfügte, erschien es nicht praktikabel, dort weiter nachzuforschen.

Nach der im Herbst 1945 erfolgten Auflösung des OSS wurden viele seiner Mitarbeiter vom OMGUS übernommen. In der Hoffnung, dass dies auch bei dem von mir gesuchten Kulturoffizier der Fall gewesen war, machte ich mich auf die Reise nach Maryland und durchforstete in den National Archives in College Park die bedeutend besser organisierten Akten des OMGUS. Und ich wurde fündig! In den Papieren der E&CRD (Education and Cultural Relations Division) entdeckte ich unter den im Regierungsbezirk Oberbayern eingesetzten Mitarbeitern tatsächlich einen Namen, der «etwas mit einer Stadt zu tun hatte»: Kurt Prager. Derselbe Name fand sich in der IMDb (Internet Movie Database) als Produzent bei Warner Brothers (1937–1940) und bei United Artists (1948–1951). Ich war, so glaubte ich, fast schon am Ziel. Aber ein Name ist noch keine Adresse.

Es würde den Rahmen dieses Berichtes sprengen, wenn ich hier im Einzelnen schildern wollte, wie schwierig es war, die Spur weiterzuverfolgen. Irgendwann ist es mir gelungen. Ich hatte eine Adresse in Boynton Beach, Florida, in Händen. Aber es war zu spät: Kurt Prager war zwei Jahre vorher verstorben. Über seine Zeit in Deutschland hatte er keinerlei Aufzeichnungen hinterlassen. Seine Tochter, Mrs. Dora Whittaker, schickte mir die Kopie einer signierten Fotografie, die immer im Arbeitszimmer ihres Vaters gehangen hatte. Sie zeigt Kurt Prager zusammen mit Arnie Walton, der freundschaftlich einen Arm um seine Schultern gelegt hat.

Ich hatte den richtigen Mann gefunden, aber ich konnte ihn nicht mehr befragen.

Und dann, Jahre später, war plötzlich alles wieder anders.

Eine E-Mail

Von: janet.westhoffer@drygoods.net
An: info@movies-forever.com
Cc:
Betreff: Kastelau

Ich hoffe, dass Sie der richtige Samuel Saunders sind. Ich habe den Namen gegoogelt und bin auf die Website von *Movies Forever* gestoßen. Meine Mutter meint, Sie hätten etwas mit Videos zu tun.

Ich bin die Tochter von Dora Whittaker, mit der sie vor einigen Jahren einmal Kontakt hatten. Sie haben sich damals bei ihr gemeldet, weil sie auf der Suche nach meinem verstorbenen Großvater Kurt Prager waren.

Meine Mutter ist zwar noch geistig rege, aber wegen ihrer schweren Parkinson-Krankheit nicht mehr in der Lage, selber E-Mails zu schreiben. Wegen ihrer Erkrankung wird sie bald in ein Heim umziehen, wo man sie besser pflegen kann, als es mir möglich ist. Mein Mann und ich sind beide berufstätig und durch unsere Firma an Miami gebunden.

Zurzeit bin ich dabei, das Haus in Boynton Beach zu räumen. Meine Eltern haben ein paar Jahrzehnte dort gewohnt, und es ist kaum zu glauben, was sie alles aufbewahrt haben. (Ich bin sicher, dass das meine Kinder auch einmal über meinen Mann und mich sagen werden.☺) Die Arbeit wird nicht leichter dadurch, dass meine Mutter bei jedem einzelnen Stück gefragt werden will. Es fällt ihr nicht leicht, sich von Dingen zu trennen, mit denen sie einen Teil ihres Lebens verbracht hat.

In einem Karton in der Garage habe ich ein paar große Metalldosen mit Filmmaterial gefunden. Wie Sie sicher wissen, hat mein Vater sowohl für Warner Brothers wie für United Artists gearbeitet. Ich weiß nicht, was auf dem Film zu sehen ist, aber die Dosen sind mit «Kastelau» beschriftet, und meine Mutter meint sich zu erinnern, dass das der Titel eines Films gewesen sei, für den Sie sich besonders interessierten. Vielleicht bringt sie da aber auch etwas durcheinander. Ich habe im Internet unter dem Stichwort «Kastelau» außer einem Wintersportort in Deutschland keinen Eintrag finden können.

Falls Sie sich für die Dosen interessieren, sende ich sie

Ihnen gern auf Ihre Kosten per FedEx zu. Wenn ich in den nächsten zwei Wochen in dieser Sache nichts von Ihnen höre, nehme ich an, dass Sie kein Interesse haben und werde die Dosen zusammen mit dem anderen Krempel entsorgen. Ich habe schon eine halbe Schuttmulde gefüllt.

Meine Mutter lässt Sie grüßen. Sie seien damals am Telefon sehr höflich gewesen, sagt sie.

Janet Westhoffer

Manuskript Samuel A. Saunders

Der Mann von Federal Express bedankte sich überschwänglich für das großzügigste Trinkgeld seines Lebens. Er konnte nicht ahnen, was der Karton, den er gerade in meinen Laden geschleppt hatte, für mich bedeutete.

Zehn alte Filmbüchsen aus Blech, alle noch in gutem Zustand. Seit langer Zeit nicht geöffnet. Das Klebeband, mit dem sie verschlossen waren, vom Alter gelblich verfärbt und die Papiersiegel der Art Looting Investigation Unit unbeschädigt. Es waren wohl dieselben Siegel, mit denen man damals wiedergefundene Raubkunst bezeichnete. «Property of the U.S. Government».

Jetzt gehörte alles mir.

Auf jeder Dose klebte ein Etikett der Bavaria Filmkunst GmbH, mit Rubriken für «Name des Films», «Produktionsnummer» und «Datum». Statt einer Produktionsnummer war jeweils der Vermerk «Maj. Prager» eingetragen, und das Datum war auf allen Dosen dasselbe: der 11. Juni 1945.

Name des Films: *Kastelau*.

Ich öffnete die Dosen nicht gleich. Ich reihte sie vor mir auf der Ladentheke auf und ordnete sie immer wieder anders an, so wie es wohl Dagobert Duck mit seinen Lieblingsgoldbarren tut. Baute eine Pyramide aus ihnen, vier, drei, zwei, eins. Wischte sie mit einem feuchten Lappen sauber.

Kastelau.

Natürlich war nie vorgesehen gewesen, den Film so zu nennen. Ein anderer Name als *Lied der Freiheit* hatte nach allem, was ich wusste, nie zur Debatte gestanden. Aber *Kastelau* war passend.

Die Büchsen waren nicht nummeriert. Als ich die erste zum Öffnen herauspickte, tat ich das mit einem Abzählreim, mit dem wir als Kinder auf dem Spielplatz Mannschaften zusammengestellt haben. «Icka backa soda cracker, icka backa boo, in comes out and out goes you.»

Ich riss das Klebeband nicht ab, sondern trennte es, samt Papiersiegel, mit einer Rasierklinge vorsichtig in der Mitte durch. Die Büchse enthielt nur kurze Filmabschnitte, teilweise Bild, teilweise Lichtton. Manche der Abschnitte nicht mehr als zwanzig oder dreißig Frames lang. Zuerst war ich enttäuscht, bis mir klar wurde, was das bedeuten musste: Es waren Reste, so wie sie während der Montage eines Films anfallen. Das Material war also nicht nur entwickelt, sondern auch bearbeitet worden. Wahrscheinlich bei der Bavaria Filmkunst. Wozu wären Kurt Prager und Walter Arnold sonst nach München gefahren?

Die zweite Dose öffnete ich noch mit der gleichen Sorgfalt; bei der dritten hatte meine Ungeduld schon die Oberhand gewonnen, und ich riss das Klebeband einfach weg. Beide Dosen enthielten nur Schnipsel.

Aber die vierte ...

War es Triumph, was ich empfand? Erleichterung? Glück? Es war alles gleichzeitig und noch viel mehr. Genugtuung.

Die Dose enthielt eine Spule Film mit einkopiertem Lichtton. Das musste das Ergebnis des Schnitts sein, den Prager in München hatte vornehmen lassen. Nach den Angaben von Walter Arnold.

Der Beweis, den ich all die Jahre nicht hatte finden können.

In allen andern Filmbüchsen waren nur Schnipsel und Reste. Ich stelle mir vor, dass der Cutter sich nicht vorwerfen lassen wollte, er habe auch nur einen Zentimeter Zelluloid aus dem Eigentum der amerikanischen Regierung unterschlagen. Wer zwölf Jahre lang in einer Diktatur gelebt hat, geht davon aus, dass der Eroberer nicht milder sein wird.

Ich besitze keinen eigenen Schneidetisch, aber das war kein Problem. Wir helfen einander aus, wir paar Verrückten, die das alte Kino so viel interessanter finden als die Fabrikware, die sie heutzutage produzieren. Noch am selben Abend konnte ich den Film einspannen.

Kein Titel, natürlich nicht, weder *Kastelau* noch *Lied der Freiheit*. Bis zu solchen Details waren sie in der Eile nicht mehr gekommen. 72 Frames Schwarzfilm und dann eine lange, leere Einstellung des winterlichen Lindenkastells. Daraus sollte wohl in der Nachbearbeitung eine Aufblende gemacht werden.

Die erste Szene: Oberleutnant Bodo von Schwanenburg und Feldwebel Buff treffen auf dem Hügel ein, den sie gegen den Feind verteidigen sollen. Neben dem rundlichen Augustin Schramm wirkte der junge Walter Arnold überraschend schlank. Überraschend für mich, weil ich ihn aus seinen späteren amerikanischen Filmen als Arnie Walton ganz anders kannte: als eine eher massige Figur, bei der man nie recht wusste, ob das noch Muskeln waren oder schon Fett. Hier wirkte er geradezu jungenhaft, fast ein bisschen wie ein Tänzer. Ein gutaussehender Mann, aber auch einer, dem man zu oft gesagt hat, dass er gut aussieht.

Oder ist das ein Vorurteil, das ich in ihn hineinlese? Er hat mein Leben ruiniert – da fällt es schwer, objektiv zu bleiben.

Die Qualität der Bildgestaltung war sehr professionell. Keine «künstlerischen» Einstellungen, wie sie heute an den Filmakademien Mode sind, aber lauter sauber komponierte Bilder. Mathias Hauck muss ein erfahrener Kameramann gewesen sein. (Die Liste der Filme, für die er bei der Bavaria verantwortlich zeichnete, ist zwar nicht übermäßig lang, aber es sind alles größere Produktionen.) Überraschend, wie gut die Anschlüsse funktionierten, wo die ganze Produktion doch ohne kontrollierendes Skript hergestellt worden war. Hauck muss da sehr viel mitgedacht haben. Das Fehlen eines musikalischen Soundtracks verstärkte die Wirkung noch.

Die Tonspur war natürlich nicht auf professionellem Niveau, aber besser, als ich sie bei der Taubheit des Tonmeisters erwartet hätte. Ich nehme an, dass Reitstaller die Einstellungen rein nach Erfahrung vorgenommen hat. Manchmal ist ihm das misslungen. In einzelnen Passagen sind die gesprochenen Texte kaum hörbar, während in anderen der Pegel unvermittelt nach oben ausschlägt. Aber alles in allem ist es durchaus möglich, dem Dialog zu folgen. Der war – abgesehen von kleinen Änderungen, wie sie beim Dreh immer vorkommen – exakt so, wie ihn Werner Wagenknecht geschrieben hatte.

Ein B-Movie, handwerklich sauber gemacht, nur die Storyline allzu voraussehbar. Ein klassisches Setup: Der blauäugige Held und sein skeptischer Sidekick bekommen gemeinsam eine Aufgabe zu lösen. Jeder regelmäßige Kinobesucher hätte nach spätestens fünf Minuten gewusst, dass der anfänglich noch naive junge Offizier am Schluss über sich hinauswachsen und eine Heldentat vollbringen würde. Nach der Überwindung von ein paar Hindernissen, selbstverständlich. Streng nach *The Writer's Journey*.[48]

Die Handlung exakt so, wie ich sie aus dem Drehbuch kannte. Bis dann plötzlich eine Szene kam, in die einer der nachträglich aufgenommenen Sätze eingefügt worden war. Der Unterschied zum ursprünglichen Text war kaum zu merken, wenn man nicht sehr gut zuhörte.

Transkription einer Sequenz aus
Lied der Freiheit/Kastelau

Das Lindenkastell im Winter.
Walter Arnold und Maria Maar. Neben ihm liegen auf einem Mauerstück die Einzelteile seiner Pistole.

MARIA MAAR
Du bereitest dich auf einen Kampf vor, den du
nicht gewinnen kannst.

---

48 Christopher Vogler: *The Writer's Journey* (deutsche Fassung *Die Odyssee des Drehbuchschreibers*), ein populärer Leitfaden für Drehbuchautoren.

WALTER ARNOLD

Vielleicht. Aber der Nationalsozialismus muss bekämpft werden.

MARIA MAAR

Die Übermacht deiner Gegner …

Er fällt ihr ins Wort.

WALTER ARNOLD

Es gibt keine Übermacht, solang das Recht auf unserer Seite ist.

MARIA MAAR

Und für dieses Recht bist du bereit, dein Leben zu opfern?

WALTER ARNOLD

Für das Recht und für die Freiheit.

Eine lange Pause. Zwei Gegenschnitte zwischen Walter Arnolds entschlossenem und Maria Maars flehendem Gesicht.

MARIA MAAR

Musst ausgerechnet du …?

WALTER ARNOLD

Wer sonst?

MARIA MAAR

Der Kampf wird doch nicht hier entschieden. Nicht in dieser abgelegenen Ecke.

Pause. Walter Arnold fasst Maria Maar an den Schultern und dreht sie zu den Waffenteilen, die nebeneinander auf der Mauer liegen.

WALTER ARNOLD

Schau her, Mutter. Was ist das?

Sie sieht ihn verständnislos an. Er nimmt ein kleines Bestandteil der Pistole und hält es ihr hin.

WALTER ARNOLD
Das hier.
MARIA MAAR
Ein Stück Metall.
WALTER ARNOLD
Richtig. Aber ohne dieses kleine Stückchen Metall ist die ganze Pistole sinnlos. Weil sie nämlich nur schießen kann, wenn auch das kleinste Teilchen seine Pflicht tut.
MARIA MAAR
Du bist kein Teilchen! Du bist mein Sohn!
Er legt das Metallstück sorgfältig wieder zu den andern zurück.
WALTER ARNOLD
Gerade weil ich dein Sohn bin. Du sollst stolz auf mich sein können. Versprich mir, tapfer zu sein!
Pause.
MARIA MAAR
Ich verspreche es.
Die beiden umarmen sich.
Gegenschnitt: Maria Maar weint.

Manuskript Samuel A. Saunders

Es war geschickt gemacht. Sehr geschickt. In der ursprünglichen Szene hatte es geheißen: «Der Feind muss bekämpft werden.» Jetzt sagte Bodo von Schwanenburg: «Der Nationalsozialismus muss bekämpft werden.» Sie hatten ein einziges Wort verändert und damit der ganzen Szene eine neue Bedeutung gegeben. Der ganzen Story. Aus linientreuer Kriegsbegeisterung war todesmutiger Widerstand geworden.

Wegen einem einzigen Wort.

In seinen Tagebuchaufzeichnungen schreibt Werner Wagenknecht einmal über den Ortsgruppenleiter Heckenbichler: «Ich mag ihn nicht, aber an diesem Tag hat er sich bewährt.» Etwas Ähnliches muss ich hier in Bezug auf Walter Arnold sagen: Ich mag ihn nicht, aber diese Fälschung war professionell.

Sie hatten den Satz in einer extremen Nahaufnahme gedreht, so dass sein Gesicht den Großteil des Bildes ausfüllte. Nur wenn man ganz genau hinschaute, konnte man feststellen, dass im Hintergrund der Schnee fehlte, der sonst in der ganzen Sequenz das Bild bestimmte. Im Mai, als sie den Satz nachdrehten, hatte dort kein Schnee mehr gelegen. Das war aber auch der einzige Hinweis darauf, dass diese Einstellung nicht gleichzeitig mit den andern entstanden war.

Das und ein Pegelsprung auf der Tonspur. Aber bei einem Tonmeister wie Reitstaller waren solche Sprünge keine Seltenheit.

Kurt Prager jedenfalls scheint nichts Auffälliges bemerkt zu haben. Und selbst wenn ihm die Diskrepanz aufgefallen sein sollte, kann es nicht schwierig gewesen sein, ihm eine überzeugende Erklärung dafür zu liefern. Der tapfere Widerstandskämpfer Walter Arnold hatte seine subversive Botschaft natürlich heimlich und an einem anderen Tag aufnehmen müssen.

Das Kino – ich weiß nicht mehr, wer das gesagt hat – ist das einzige Kulturprodukt, in dem die Lüge zur großen Kunst geadelt wird. Aber natürlich gilt auch die Umkehrung: Es ist die verlogenste aller Kunstformen. Wo sonst lässt sich die Wirklichkeit so einfach verändern?

Es braucht nicht viel, um aus einer Tragödie eine Komödie zu machen, aus einem tragischen Ende ein Happyend. Lass Romeo und Julia überleben, und schon hört das Schluchzen im Zuschauerraum schlagartig auf, und im Rückblick war das Ganze ein fröhliches Lustspiel. Und so hatte es auch nicht viel gebraucht, um aus einem anpasserischen Mitläufer wie Walter Arnold einen Helden zu machen.

Mit ganz wenigen Ausnahmen war der Film gegenüber dem Drehbuch unverändert geblieben. Aber all die Szenen, in denen von Widerstand bis zum letzten Blutstropfen die Rede war, hatten plötzlich einen neuen Zusammenhang und damit eine völlig neue Bedeutung bekommen. Die Feinde, gegen die immer wieder so wortreich zum Kampf aufgerufen wurde, waren jetzt nicht mehr die näher rückenden Alliierten, sondern die Vertreter des verbrecherischen Naziregimes.

Von Lügen versteht Arnie Walton etwas.

Klappentext zu
From Berlin To Hollywood: An Actor's Journey

Die unglaubliche, aber wahre Geschichte der zweifachen Karriere eines großen Schauspielers und seines unermüdlichen, lebenslangen Kampfes gegen Diktatur und Unfreiheit.

«Ergreifender als jedes Filmdrehbuch!» (*Publishers Weekly*)

Manuskript Samuel A. Saunders

Seltsam anrührend war es für mich, Tiziana Adam auf dem Bildschirm zu sehen. In ihrem ersten Auftritt, der Begegnung vor der Kirche, strahlte sie selbst in dem altväterisch folkloristischen Kostüm jugendliche Frische aus. Und sie sah gut aus. So wie sie sich selber beschrieben hatte: Nicht schön, aber verdammt hübsch. Man konnte verstehen, dass Werner Wagenknecht sich in sie verliebt hatte.

Einmal bekam ich sogar feuchte Augen. Obwohl ich doch das Drehbuch kannte und ganz genau wusste, mit welchen Mitteln an dieser Stelle die Emotionen des Zuschauers manipuliert werden sollten. Die Kraft des Kinos wirkte trotzdem. Ich meine die Szene, in der Feldwebel Buff der verliebten Rosi erklärt, warum Bodo für den Heldentod und nicht für eine glückliche Liebe bestimmt ist.

Transkription einer Sequenz aus Lied der Freiheit / Kastelau

Bildfüllend das Gesicht von Tiziana Adam. Während der ganzen Sequenz bleibt die Kamera ohne Zwischenschnitt auf sie fokussiert. Augustin Schramms Stimme ist nur aus dem Off zu hören.

AUGUSTIN SCHRAMM
Bodo ist kein Mann, in dem man sich verlieben sollte.
Tiziana Adam zuckt zusammen.
AUGUSTIN SCHRAMM
Obwohl er ein guter Mann ist.

Tiziana Adams Gesicht zeigt Erleichterung.
AUGUSTIN SCHRAMM
Ein sehr guter Mann. Aber er wird dir nie treu sein.
Tiziana Adam erschrickt.
AUGUSTIN SCHRAMM
Keine Angst. Er hat keine andere.
Tiziana Adam zeigt Erleichterung.
AUGUSTIN SCHRAMM
Aber treu ist er immer nur seiner Mission.
Tiziana Adam schaut fragend.
AUGUSTIN SCHRAMM
Es gibt Kämpfe, die müssen geführt werden. Auch wenn man sie nicht gewinnen kann.
Tiziana Adams Gesicht wird ernst.
AUGUSTIN SCHRAMM
Gerade, weil man sie nicht gewinnen kann. Er wird es nicht überleben, Rosi.
Tiziana Adam starrt ins Leere.
AUGUSTIN SCHRAMM
Er wird für seine Sache fallen. Und du bist zu jung, um schon Witwe zu werden.
Tiziana Adams Augen werden feucht.
AUGUSTIN SCHRAMM
Du solltest ihn vergessen.
Eine Träne läuft über Tiziana Adams Wange.
AUGUSTIN SCHRAMM
Nein, das war falsch. Du sollst dich an ihn erinnern. Menschen wie ihn dürfen wir nie, nie, nie vergessen.
Eine lange Pause. Die Kamera bleibt auf Tiziana Adams Gesicht.

Manuskript Samuel A. Saunders

Im Standbild der Tiziana von damals suchte ich nach der Titi, die ich in Wiesbaden kennengelernt hatte. Manches war selbst nach mehr als vierzig Jahren unverändert geblieben. Auch noch als alte Dame hatte sie sich die Beweglichkeit des Ausdrucks bewahrt. Aber als wir uns damals in ihrer Kneipe in Wiesbaden zum ersten Mal begegneten, war aus echter Lebenslust schon längst die automatische Heiterkeit einer Wirtin geworden, die ihre Gäste zu unterhalten weiß. Keine wirklich überzeugende Heiterkeit. Nicht jede Narbe lässt sich überpudern.

In der Einstellung, bei der ich den Film angehalten hatte, erglänzte die Tränenspur auf ihrer Wange in einem zufälligen Sonnenstrahl. (Es kann kein geschickt platzierter Scheinwerfer gewesen sein, dazu fehlten damals in Kastelau die technischen Voraussetzungen.) Es war ein Gesicht, dem man gern die Tränen abgewischt hätte. Dieser Rosi hätte man ihren Bodo gegönnt und dieser Tiziana ihren Werner Wagenknecht.

Der Dialog mit Augustin Schramm war Tizianas letzter Auftritt in *Lied der Freiheit*. Die Szene, in der sie im Schnee erfriert, war nicht mehr gedreht worden, und so hatte man beim Schnitt den ganzen dazugehörigen Handlungsstrang weggelassen. Sie verschwand einfach aus dem Film. Titi wäre sehr enttäuscht darüber gewesen.

Wir schauten uns ein ganzes Weilchen in die Augen, ihr Bild und ich. Dann – obwohl das bei modernen Schneidetischen eigentlich nicht mehr vorkommt – bekam ich es plötzlich mit der Angst zu tun, das kostbare Zelluloid könnte sich in der immer gleichen Position vor der Lampe zu sehr erhitzen und in Brand geraten. Ich ließ die Rolle weiterlaufen.

Der Film war nicht schlecht gemacht, und ich kann verstehen, dass Kurt Prager auf die Geschichte hereinfiel. Natürlich, seine Bereitschaft, an die Legende, die man ihm hier servierte, zu glauben, hatte bestimmt auch mit der besonderen Situation jener Zeit kurz nach Kriegsende zu tun. Und mit dem Traum, den selbst der hartgesottenste Hollywood-Produzent stets im Geheimen träumt: Einen neuen Star zu entdecken und mit ihm Erfolge zu feiern. In diesem Fall hat sich diese Hoffnung mit der Wandlung von Walter Arnold zu Arnie Walton ja auch erfüllt.

Technische Unzulänglichkeiten, wie die unsaubere Tonspur, werden ihn in seinem Glauben nicht irritiert haben. Im Gegenteil: Sie machten alles noch glaubhafter. Schließlich behaupteten die Filmleute, das Ganze habe heimlich entstehen müssen, als subversive Aktion gegen einen unterdrückerischen Machtapparat. Es wäre ja tatsächlich eine mutige Tat gewesen, wenn im Dritten Reich jemand den Film so gedreht hätte, wie er sich jetzt darstellte.

Filmen heißt lügen.

Lied der Freiheit war eine wirkungsvolle Lüge, eine wie sie Hollywood liebt: Ein junger Offizier kommt zur Erkenntnis, dass sein wahrer Feind das verbrecherische Regime ist, das ihn in einen ungerechten Krieg geschickt hat, beschließt, unter Einsatz des eigenen Lebens dagegen zu kämpfen, und nimmt zum Schluss diesen Kampf auch tatsächlich auf, indem er den Feldjäger, der ihn an die Front zurückjagen will, erschießt.

Indem er einen Menschen erschießt.

Als Werner Wagenknecht ins Bild kam, stoppte ich den

Film noch einmal. Ich ertrage die Wirklichkeit schlecht. Ich kann auch im Fernsehen kaum hinschauen, wenn dort eine Reportage aus einem Kriegsgebiet oder auch nur über einen Verkehrsunfall gezeigt wird. Im Kino dagegen machen mir selbst die schlimmsten Scheußlichkeiten nichts aus. Weil ich ja weiß, dass die verstümmelten Opfer nach Drehschluss alle wieder aufgestanden sind und sich in der Maske das künstliche Blut haben abwischen lassen. Wenn es überhaupt Menschen waren und nicht nur computergenerierte Phantome.

Hier wusste ich, dass Werner Wagenknecht gleich getötet werden würde. Und es würde kein vorgetäuschter Tod sein.

Ich hatte ihn mir jünger vorgestellt. Vielleicht weil man sich einen verliebten Menschen nur jung vorstellen kann. Er war mager, mit schlaksigen Bewegungen. Die Uniform des Feldjägers war ihm zu groß, aber vielleicht fiel mir das auch nur auf, weil ich es von Titi gehört hatte. Sein Gesicht konnte ich nur vage erkennen, denn sie hatten die Szene – weil die einzige noch nicht belichtete Filmkassette für etwas anderes nicht mehr ausgereicht hätte – in einer einzigen Einstellung drehen müssen, und das war notwendigerweise eine Totale. Aus demselben Grund hatten sie auch den vorgesehenen Anfang, in dem Bodo und Feldwebel Buff singend ins Bild kommen, ebenso weglassen müssen wie den letzten Satz und den abschließenden Abgang. Mit den heutigen Kameras ist es kein Problem, bei einem solchen Gang einfach mitzuschwenken, aber die Objektive jener Jahre verfügten noch nicht über die Möglichkeit, die Schärfe fließend zu verstellen. Die Sequenz – kürzer als im Drehbuch – beginnt deshalb direkt damit, dass der Feldjäger die beiden Soldaten aufhält.

Ich habe es mir angesehen. Ich musste es mir ansehen.

Transkription einer Sequenz aus
Lied der Freiheit/ Kastelau

An der Biegung eines Gebirgspfades. Von links kommen Walter Arnold und Augustin Schramm ins Bild.
Werner Wagenknecht tritt hinter einem Felsvorsprung hervor.
WERNER WAGENKNECHT
Halt! Wohin?
Walter Arnold und Augustin Schramm bleiben stehen.
WALTER ARNOLD
Nach Hause.
WERNER WAGENKNECHT
Auf Fahnenflucht steht der Tod.
WALTER ARNOLD
Du willst mich zwingen, einen sinnlosen Krieg zu führen?
WERNER WAGENKNECHT
Sinnlos? Das ist Verrat!
WALTER ARNOLD
Das ist Vernunft.
WERNER WAGENKNECHT
Her mit deiner Waffe. Du bist nicht würdig, sie zu tragen!
Er streckt auffordernd die Hand aus. Walter Arnold zieht ganz langsam seine Pistole aus dem Halfter. Zögert.
WALTER ARNOLD
Und dann?
WERNER WAGENKNECHT
Verräter verdienen den Tod.
Eine Pause. Die beiden mustern sich. Dann:

WALTER ARNOLD
Du hast recht. Wer die Freiheit verrät, hat den Tod
verdient.
Er schießt.
*Werner Wagenknecht reißt beide Arme in die Höhe. Einen
Moment lang sieht es aus, als ob er sich ergeben wolle. Dann kippt
er nach hinten und fällt zu Boden.*
*Aus dem Off hört man sehr leise einen Schrei. Es könnte sich um
Tiziana Adam handeln.*
*Augustin Schramm und Walter Arnold, der noch immer die Pistole
in der Hand hält, starren den regungslosen Körper von Werner
Wagenknecht an. Augustin Schramms Gesicht zeigt erschrockene
Überraschung; Walter Arnolds Miene ist schwieriger zu deuten.*
Schnitt.
Schwarzfilm.

Manuskript Samuel A. Saunders

Je öfter man sich etwas ansieht, desto mehr verliert es an Realität. Ich habe die Erschießung von Werner Wagenknecht sicher zwanzigmal Bild für Bild studiert, und aus dem anfänglichen Schrecken wurde mit der Zeit Gewöhnung. Eine Filmszene, wie man sie tausendmal gesehen hat. Der Sheriff erschießt den Viehdieb, der Polizist den Verbrecher, Walter Arnold erschießt Werner Wagenknecht. Auf der Leinwand wird alles irgendwann zum Klischee.

Schließlich habe ich nur noch versucht, in Walter Arnolds Miene einen Beweis für Tiziana Adams These zu finden, er habe die Schreckschusspatrone absichtlich gegen scharfe Munition ausgetauscht. Ich musste einsehen, dass das ein sinnloses Unterfangen war. Man kann – auch das gehört zum Kino – alles in das Gesicht eines Menschen hineinlesen. Der Zuschauer sieht, was er zu sehen erwartet.

Aber auch ohne diesen allerletzten Beweis: Jetzt konnte niemand mehr behaupten, meine Arbeit sei nicht genügend belegt. «Bringen Sie mir den Film», hatte Styneberg gesagt, das war das Killerargument gewesen, mit dem er meine Dissertation abgelehnt und mich zur akademischen Unperson gemacht hatte. Jetzt hatte ich den Film. Eine UFA-Produktion, von der niemand etwas wusste, mit einer Geschichte, von der niemand etwas wissen sollte. Eine filmgeschichtliche Sensation. Euer Ehren, ich beantrage die Wiederaufnahme des Verfahrens.

In derselben Woche kam auch noch dieses Schreiben von McIlroy & Partners, die Erlaubnis des Studios, das Buch zu veröffentlichen, die Unterstützung. Endlich, so schien es mir, endlich, nach mehr als einem halben Leben, endlich das Happyend.

Und dann, ganz allmählich, die Erkenntnis, dass sich niemand mehr für das Buch interessierte. Wenn die Verlage überhaupt geantwortet haben, dann nur mit vorgefertigten Absagebriefen.

Ein Brief

Lighthouse Books – A Globe Books Company

Boston, 18.4.2011

Lieber Herr Sanders [sic],

Vielen Dank für die Zusendung Ihres Manuskripts *Kastelau: Killing Time In The Bavarian Alps*[49].

Unser Lektorat hat Ihr Buch gründlich geprüft und ist zum Schluss gekommen, dass es leider nicht zum Profil unseres Verlagsprogramms passt.

Da Ihrer Einsendung kein adressierter und frankierter Rückumschlag beilag, entspricht es leider nicht unserer Geschäftspolitik, Ihnen Ihr Manuskript zu retournieren.

Hochachtungsvoll

i.A. Gillian F. White

Manuskript Samuel A. Saunders

Natürlich, ich könnte noch einmal eine Doktorarbeit daraus machen. Professor Cyslevski würde sie wohl annehmen, auch ohne das Modewort «Gender». Aber ich habe nicht mehr die Energie dafür. Was soll ich noch mit einem Doktortitel? Ich bin heute schon älter, als es Werner Wagenknecht bei seinem

---

49 Der Titel, den Samuel A. Saunders für sein Buch gewählt hatte, lässt sich nur schwer ins Deutsche übersetzen. «Killing Time» kann sowohl «die Zeit totschlagen» wie auch «Zeit zum Töten» bedeuten.

Tod war. Und ein Titel würde den Konkurs von *Movies Forever* auch nicht verhindern. Der Hausbesitzer hat mir mitgeteilt, dass sich die Miete verdoppeln wird. Ein Baskin-Robbins interessiert sich dafür. Was ist schon *Birth Of A Nation*[50] gegen ein Eis mit Nutty-Cream-Cheese-Brownie-Geschmack?

Ich habe bei einer Bank ein Schließfach gemietet, es mit meinem letzten Geld für ein Jahr vorausbezahlt, und die zehn Filmdosen dort deponiert. Vielleicht wird sich eines Tages jemand die Mühe machen und auch noch die Schnipsel sichten, die beim Schnitt übrig geblieben sind. Es könnte ja sein, dass der Kameramann den richtigen Ausschnitt für die allerletzte Einstellung gesucht und dabei ganz zufällig Walter Arnold aufgenommen hat, als der gerade die Pistolenmunition vertauschte. Ich glaube nicht daran, aber alles ist möglich.

Viel Glück bei der Suche. Ich habe nicht mehr die Kraft dazu.[51]

Die andern Materialien, all die Filme und Ausschnitte, die ich mein Leben lang gesammelt habe – Müllkippe. Es interessiert sich niemand mehr dafür.

Und ich?

Ich könnte mich auf dem Grab von Arnie Walton erschießen. Forest Lawn, natürlich, darunter macht er es nicht. Ein Wunder, dass sie ihn nicht auf dem Heldenfriedhof von Arlington beerdigt haben. So ein dramatischer Selbstmord wäre

---

50 1915, Regie D. W. Griffith.
51 Es ist mir nicht gelungen, die Bank ausfindig zu machen, in der Samuel A. Saunders das Filmmaterial deponiert hatte. Als nach seinem Tod die Gebühren nicht mehr bezahlt wurden, hat man das Schließfach wahrscheinlich geöffnet und den Inhalt entsorgt.

ein passender Abschluss für die Schmierenkomödie seines Lebens.

Aber ich hätte Angst, nicht richtig zu treffen. Es ist in meinem Leben so viel schiefgegangen – warum sollte mir ausgerechnet das gelingen?

Ich bin ein Versager, und er ist ein Star. Ein Hollywoodstar mit einem Stern auf dem Walk Of Fame. Aber den Stern hat er nicht verdient.

Nein, den hat er nicht verdient.

Anhang A

Arnie Walton: Die amerikanischen Filme

The Other Side Of Hell (1946)
Real Men (1947)
The Prize Of Freedom (1947)
Walter And Lydia (1948)
Whom The Gods Love (1949)
Mountains Are For Climbing (1950)
The Secret (1950)
Don't Ask (1951)
The Good Fight (1951)
For Ever And Ever (1953)
Colder Than Ice (1954)
Number 13 (1955)
When A Tree Falls (1957)
A Day To Remember (1959)
Sing While You Can (1960)
History Class (1963)
The Tall And The Small (1965)
Terence (1971)
No Time For Tears (1974)

Anhang B

Walter Arnold: Die deutschen Filme

Der Klassenprimus (1936)
Gnädiges Fräulein (1937)
Fahrt ins Glück (1937)
Die blaue Blume (1938)
Reiter im Nebel (1938)
Wer nicht will, der hat schon (1939)
Der doppelte Schultze (1939)
Gefreiter Gebhardt (1940)
Der ewige Junggeselle (1941)
Die eiserne Faust (1941)
Weg ohne Ende (1942)
Aufstand im Puppenhaus (1943)
Lied der Freiheit (1944)

Anhang C

Bei Kriegsende 1945 unfertige oder noch nicht aufgeführte UFA-Filme

Das Gesetz der Liebe
    Regie: Hans Schweikart; Drehbuch: Ernst von Salomon
Das kleine Hofkonzert
    Regie und Drehbuch: Paul Verhoeven
Der große Fall
    Regie: Karl Anton; Drehbuch: Otto Bernhard Wendler
Der Mann, dem man den Namen stahl
    Regie: Wolfgang Staudte; Drehbuch: Josef Maria Frank, Wolfgang Staudte
Die Fledermaus
    Regie: Géza von Bolváry; Drehbuch: Ernst Marischka
Die Nacht der 12
    Regie: Hans Schweikart; Drehbuch: Fred Andreas, Paul May
Ein Herz schlägt für dich
    Regie: Joe Stöckel; Drehbuch: Wilhelmine von Hillern, Alois Johannes Lippl
Eine reizende Familie (Danke, es geht mir gut)
    Regie: Erich Waschneck; Drehbuch: Gustav Kampendonk
Frech und verliebt
    Regie: Hans Schweikart; Drehbuch: Fred Andreas, Ernst von Salomon

Frühlingsmelodie (Frühlingstage)
 Regie: Hans Robert Bortfeld; Drehbuch: Walter Lieck
Geld ins Haus
 Regie: Robert A. Stemmle; Drehbuch: Erna Fentsch,
 Robert A. Stemmle
Leuchtende Schatten
 Regie und Drehbuch: Géza von Cziffra
Lied der Freiheit[52]
 Regie: Reinhold Servatius; Drehbuch: Frank Ehrenfels
Peter Voß, der Millionendieb
 Regie: Karl Anton; Drehbuch: Karl Anton, Felix von
 Eckardt
Spuk im Schloss
 Regie und Drehbuch: Hans H. Zerlett
Tierarzt Dr. Vlimmen
 Regie: Boleslaw Barlog; Drehbuch: Conrad Beste
Via Mala (Die Straße des Bösen)
 Regie: Josef von Báky; Drehbuch: Thea von Harbou
Wiener Mädeln
 Regie: Willi Forst; Drehbuch: Willi Forst, Franz Gribitz,
 Erich Meder

---

52 Handschriftlich in die sonst maschinengeschriebene Liste eingefügt.